W0415922

BASTEI LÜBBE

PATRICIA A. McKILLIP
im BASTEI-LÜBBE-Taschenbuchprogramm:

20 282 Die Zauberin und der Schwan
20 294 Der Prinz und der Feuervogel

PATRICIA A. McKILLIP

Der PRINZ und der FEUERVOGEL

Fantasy-Roman

Ins Deutsche übertragen
von Michael Ritz

BASTEI LÜBBE

BASTEI-LÜBBE-TASCHENBUCH
Band 20294

Erste Auflage:
November 1996

© Copyright 1993 by
Patricia A. McKillip
All rights reserved
Deutsche Lizenzausgabe 1996
Bastei-Verlag
Gustav H. Lübbe GmbH & Co.,
Bergisch Gladbach
Originaltitel:
The Cygnet and the Firebird
Lektorat:
Birgit Sonnek/Stefan Bauer
Titelbild: Michael Whelan
Umschlaggestaltung:
Quadro Grafik, Bensberg
Satz: Fotosatz Schell, Hagen a.T.W.
Druck und Verarbeitung:
Brodard & Taupin,
La Flèche, Frankreich
Printed in France

ISBN 3-404-20294-5

Der Preis dieses Bandes
versteht sich einschließlich der
gesetzlichen Mehrwertsteuer.

Für Howard Morhaim,
den Dunklen Ritter der Seele,
mit Liebe (und ohne Cholesterin)

Kapitel 1

Meguet Vervaine stand an der Türschwelle von Chrysoms schwarzem Turm, und Schwäne flogen auf von ihrem Rükken, ihren Schultern und von ihren Handgelenken, Schwäne erhoben sich aus ihren Händen. Sie stand schon seit Stunden dort, gekleidet in schwarze Seide mit dem Jungen Schwan von Ro Holding, der seine Schwingen über die Silbermonde auf ihrem Mantel und ihrem Rock breitete. Sie hielt das alte Breitschwert von Moro Ro gezückt, die Spitze auf dem Boden, und hielt Wache vor verirrten Gänsen, dem Ball der Dorfkinder und herumgaukelnden Schmetterlingen, denn in der weitläufigen runden Halle hatten sich die Abgesandten der vier Holds versammelt, um unter dem Zeichen des Jungen Schwans und den gestrengen Augen von Lauro Ro ihre Meinungsverschiedenheiten zu diskutieren. Zu Moro Ros Zeiten hätten die Türwächter sowohl den Beratungsraum als auch den Hof im Blick gehabt, um gegen Gewalttätigkeiten aus beiden Richtungen, nicht zuletzt von seiten der unberechenbaren Abgesandten, gewappnet zu sein. Meguet, die mehr aus Tradition als aus Notwendigkeit bewaffnet war, hatte ihr Gesicht der Halle zugewandt, damit ihr die Sonne nicht in die Augen schien. Ihr langes maisgelbes Haar hatte sie zu einem strengen Zopf geflochten. Ihre Augen, deren Grün eine Spur heller war als das der Rosenblätter, die sich an den Mauern des tausendjährigen Turms emporrankten, beobachteten ruhig und aufmerksam die zeitweise etwas aufgebrachte Versammlung. Mitglieder der ältesten Familien von Ro Holding hatten lange, beschwerliche Reisen auf sich genommen, um sich an einem Ort zum Holding-Rat zu versammeln, an dem Meguet noch vor wenigen Wochen ihr Schwert in einem Kampf auf Leben und Tod hatte erheben müssen. Sie rechnete nicht mit weiteren Schwierigkeiten. Es war gekommen und wieder verschwunden, aber immer noch schreckte ein Teil von ihr beim Anblick eines Schattens oder beim Klang unerwarteter Stimmen zusammen.

Doch es waren nur die Ratsmitglieder selbst, die für eine gewisse Aufregung gesorgt hatten, und das hing mit so komplizierten Problemen wie der Frage der Grenzsteuern zusammen. Zuerst war es zwischen Hunter Hold und dem Delta zu einer scharfen Debatte über Bergwerke in den Grenzbergen gekommen, die heute am neunten Tag des langen Rates jedermann wachgehalten hatte. Jetzt, im Licht des Spätnachmittags gurrten die Tauben träge oben in den Turmfenstern, und die junge, hochtrabende Stimme von Haf Berg, der sich verdrossen und endlos über Fragen der Schafzucht ausließ, klang einschläfernd aus der Halle. Meguet hörte ein Schnarchen von einem der hinteren Tische. Sie unterdrückte ein Gähnen. Ein plötzlicher Wind zerrte an ihrem leichten Mantel. Die Luft war voll von einer betörenden Mischung aus salziger Seebrise und dem Duft der sonnendurchtränkten Rosenstöcke am Turm. Der Wind schien von allen Seiten gleichzeitig zu kommen: aus der Gegenwart und Zukunft, aus unerforschten Ländern, wo sich hölzerne Blumen auf Baumästen öffneten und fremdartige, würzige Gerüche preisgaben, und wo Schafe von der Farbe des Herbstlaubes zwischen den Hügeln umherstreiften …

Sie spürte, wie sie sich von dem fremdartigen Wind davontragen ließ; ein plötzliches Geräusch brachte sie wieder zu sich. In der Halle war es still, und sie fragte sich, ob sie selbst das Geräusch verursacht hatte. Doch es war nur Haf Berg, der sich endlich hinsetzte und seinen Stuhl umständlich über die Fliesen heranzog. Lauro Ro beobachtete ihn ungerührt. Sie saß an dem hufeisenförmigen Estradentisch, und der Junge Schwan flog wie ein Schatten zwischen blassen Mitternachtssternen auf dem großen, im Laufe der Zeit verblichenen Banner hinter ihr. Keine Regung ihres vornehmen Gesichts verriet, was in ihr vorging, und ihr schwer zu bändigendes dunkles Haar war so unnatürlich ordentlich, daß Meguet den Verdacht hatte, Nyx hätte es durch Zauberei in Form gebracht. Die Erbin der Herrscherin saß zu ihrer Rechten und trug ihren zweifelhaften Ruf mit Gelassenheit. Lauro Ro fragte: »Möchte jemand zu Haf Bergs sorgfältiger Untersuchung der Probleme der Schafzucht an der Südgrenze von Berg Hold Stellung nehmen?« In ihrer Stimme lag ein drohender Unterton. Nur eine Taube nahm Stellung. Iris, die zur Linken der Herrscherin saß, blickte in ihre Notizen und flüsterte ihrer Mutter etwas zu.

Rush Yarr saß neben Iris, und Calyx neben Nyx. Die beiden jüngeren Schwestern, die eine blond und zurückhaltend, die andere dunkelhaarig und hauptsächlich durch ungewöhnliche Gerüchte ausgezeichnet, ertrugen geduldig die intensive Neugier der Ratsmitglieder. Wenn Calyx sprach, kamen weder Perlen noch Tauben aus ihrem Mund. Wenn Nyx sprach, entwichen ihren Lippen weder Kröten noch Blitze. Aber es hatte tagelang gedauert, bis die Vorurteile zu schwinden begannen.

Die Herrscherin ergriff wieder das Wort. Linden Dacey von Withy Hold begehrte eine Aussprache zum Thema der ... Meguet zog die Schultern hoch und ließ sie wieder sinken. Eine Verspannung durchzog ihren Nacken. Sie drehte sich ein wenig und verlagerte ihr Gewicht mehr auf das Schwert, das sie vor sich hielt. Auf der anderen Seite des Raumes hob die Zauberin den Kopf, als die Klinge aufblitzte.

Sie sahen sich einen Moment lang an: Cousinen, die durch eine gemeinsame Herkunft und alte, geheime Bande miteinander verbunden waren. Erinnerungen sammelten sich zwischen ihnen in der fluteten Luft. Die Schwäne auf dem Knauf und der gravierten Klinge in Meguets Hand waren zum Flug aufgestiegen. Nyx hatte sich erst vor so kurzer Zeit von einer Sumpfhexe in die Erbin des Jungen Schwans verwandelt, daß die Zauberkraft der verborgenen Zeit und des verborgenen Ortes unter ihren Füßen immer noch von den Steinwänden des Labyrinths widerhallen mußte. Die Augen der Zauberin, nebelbleich im Licht der

Halle, wirkten etwas nachdenklich, als ob sie mit dem Gedanken spielte, ihre Cousine zur allgemeinen Aufmunterung in eine Fledermaus zu verwandeln, dachte Meguet. Fast wünschte sie es sich, als sie ihre Aufmerksamkeit wieder den Geschehnissen in der Halle zuwandte.

Linden Dacey hatte einen Grenzstreit zwischen Withy Hold und dem Delta zur Sprache gebracht. Ein Flußlauf hatte sich verändert oder war verändert worden, und der Verlauf der Südgrenze, der jahrhundertelang festgestanden hatte, war plötzlich ungewiß geworden ... Die großen Holdbanner bewegten sich glitzernd über ihrem Kopf, während sie sprach, und Augen richteten sich auf Meguet. Der Blutfuchs des Deltas schlich auf Sternenpfoten umher. Eines seiner Augen funkelte, als sei ein Gedanke durch die hellen Fäden geblitzt. Der Goldene König von Hunter Hold, die wilde, gekrönte Sonne, blickte aus seinem Nachtgefängnis heraus. Meguet, die ihn anstarrte, fühlte ein plötzliches Frösteln, als wäre das Gesicht aus gesponnenen Goldfäden wieder lebendig und beobachtete sie.

Jemand aus dem Delta unterbrach Linden Dacey. Ein unterhaltsamer Zank entwickelte sich im Rat. Der alte Maharis Kell schreckte aus seinem Nickerchen auf, und sein Schnarchen brach plötzlich ab. Die Herrscherin ließ die Streitenden für einen Augenblick gewähren, wahrscheinlich, um jedermann aufzuwecken. Dann unterbrach sie das Gezanke mit einer Stimme, die bestimmt ein paar Dorfbewohner auf dem Außengelände erstarren ließ. Rush Yarr schob eine Hand vor seinen Mund. Calyx spürte ein Zittern in der Luft und warf ihm einen Blick zu. Meguet bemerkte, daß Rush seinen Humor wiedergefunden – oder entdeckt – hatte. Sie wußte es nicht genau, denn er hatte so lange eine Zauberin geliebt, die niemals zu Hause war, daß er wahrscheinlich selbst nicht genau wußte, ob er jemals Humor gehabt hatte. Calyx hatte die türlosen Mauern durchdrungen, die er um sich herum errichtet hatte, und er hatte sie in seinem Herzen gefunden.

Linden Dacey war schließlich fertig und übergab die

Debatte dem gemaßregelten Rat von Delta. Goldenes Licht fiel plötzlich durch eines der Westfenster. Meguet betrachtete ihren Schatten und schätzte die Zeit. Noch eine Stunde, wenn ... Der Abgesandte von Delta brach mitten im Wort ab und verstummte. Meguet blickte auf. Auf der Estrade schien niemand mehr zu atmen. Hinter ihr auf dem Hof war vollkommene Stille. Kein Kinderruf, kein knirschendes Wagenrad, kein Hammerklingen aus der Schmiede unterbrach die plötzliche, zauberartige Ruhe. Meguet starrte Nyx an und fragte sich, ob sie aus Langeweile oder in einem Tagtraum einen Zauberbann über den Rat gelegt hatte. Aber Nyx schien in sich versunken am Tisch zu sitzen. Regungslos blickte sie mit großen Augen vor sich hin.

Jemand hatte die Zeit verlangsamt.

In der seltsamen Stille hörte Meguet einen Schritt hinter sich im Gras. Mit pochendem Herzen wirbelte sie herum und riß das Breitschwert mit beiden Händen hoch. Ein Mann stand innerhalb des Turmrings und blickte hoch zu dem einzeln stehenden schwarzen Turm. Der silbern blitzende Bogen an der Tür, mit dem das Breitschwert die Luft durchschnitt, schreckte ihn auf. Meguet spürte, wie sich seine Aufmerksamkeit plötzlich auf sie richtete. Der Fremde warf in dem leuchtenden Nachmittagslicht keinen Schatten.

Sie holte geräuschlos tief Luft und packte das Schwert fester. Sein Zauber und ihr eigenes seltsames Erbe – der Zwang, Tag und Nacht zu bewachen, was im Herzen des Turmes verborgen war – hielten sie in einer Welt außerhalb der Zeit gefangen. Das Gesicht des Mannes war schwer zu erkennen, es verschwamm in dem blendenden Licht oder verlor in der verschobenen Zeit seine Kontur. Ein Überfluß von Farben ging von ihm aus: Rot, Gold, Weiß, Grau, Blau, Silber; Farben, die sich zu einem deutlichen Bild formten, während er sich quer über den Hof mit langen, energischen Schritten auf sie zubewegte.

Meguet war selbst groß, und doch mußte sie zu ihm aufblicken. Sein Haar und seine Haut besaßen die gleiche Farbe wie der Staub auf dem Saum seines roten Umhangs und auf seinen abgetragenen gelben Stiefeln, so als sei die ausgedörrte, gold-braune Erde, die unablässig durch die hitzeglühende Luft einer endlosen Wüste getrieben wurde, in ihn eingesickert. Ein seltsames geflügeltes Tier wand sich weiß gestickt über die Umhangfalten auf seiner Brust.Sein Gewand bestand aus einem merkwürdigen verwickelten Gewebe aus Silber, und Silber glänzte auch an seinem Handgelenk zwischen seinen Ärmeln. Er hatte einen dunkelblauen Lederbeutel über die Schulter geworfen. Daneben hing ein weiterer staubiger Beutel aus gelber Seide. Vor Meguets Schwert blieb der Mann stehen. Sie konnte sein Gesicht jetzt deutlich sehen. Er war über ihre Anwesenheit ebenso erstaunt wie sie über die seine.

Sein Blick glitt über ihre Schulter hinweg in die Halle, in der sich nichts rührte. Dann sah er sie wieder an. Sein offenes, breites Gesicht war wettergegerbt, aber noch jung. Seine hellblau leuchtenden Augen waren mit goldenen Flekken gesprenkelt.

Überrascht fragte er: »Wer bist du?«

Meguet, preisgegeben und nur mit dem Breitschwert bewaffnet, um das Haus gegen Zauberei zu verteidigen, fand schließlich ihre Sprache wieder. »Du bist im Haus der Herrscherinnen von Ro Holding. Wenn du etwas mit der Herrscherin zu besprechen hast, melde dich beim Torwächter an.«

Er blickte zurück zu dem kleinen Wachturm über dem Tor, wo der Torwächter untätig an einer Mauer lehnte, eine regungslose Gestalt in der schwarzen Kleidung des Hauses, die etwas im Hof beobachtete. »Bei ihm.« Er drehte sich wieder um. »Er sieht beschäftigt aus.« Er berührte die Klinge vor seiner Brust mit einem Finger, schob sie jedoch nicht zur Seite. Er knurrte leise und sah Meguet wieder an. »Das ist echt.«

»Ja.«

»Und, was hast du damit vor? Du kannst mich nicht mit einem Schwert von diesem Turm fernhalten. Wie kannst du die Macht haben, mich durch die verschobene Zeit zu sehen und mir trotzdem dieses Ding unter die Nase zu halten? Was bist du? Eine Magierin?«

»Du hast in diesem Turm nichts zu suchen, du hast in diesem Haus nichts zu suchen, und du hast mir keine Fragen zu stellen.«

»Ich bin neugierig«, sagte er. »Du trotzt meiner Zauberei, und dabei dachte ich, daß ich heimlich kommen und wieder gehen könnte, ohne daß es jemand bemerkt.«

»Warum?« fragte sie scharf. »Warum bist du hierhergekommen?«

»Ich will etwas haben, das sich in diesem Turm befindet.«

Sie wurde so still, daß kein Licht mehr von der Klinge blitzte. »Du darfst nicht herein.«

»Es gibt tausend Möglichkeiten, einen Turm zu betreten. Jeder Felsblock ist eine offene Tür. Du kannst nicht jede Schwelle bewachen.«

In ihrer Stimme lag keine Angst mehr, sie war schneidend und kompromißlos. »Wenn ich muß, kann ich es.«

Er schwieg, verblüfft über die Bestimmtheit ihrer Worte. »Das Schwert kann es nicht sein«, sagte er schließlich. »Der Zauber liegt in dir, nicht in ihm. Richtig?« Er griff so schnell nach der Klinge, daß nicht einmal ein Lidzucken sie warnte. Vergeblich zog sie daran. Ebensogut hätte es in einem Felsblock stecken können. »Nein«, grübelte er. »Das Schwert ist es nicht.« Er ließ es plötzlich los. Hörbar atmend versuchte sie sich zu beruhigen, während er sie mit einem geheimnisvollen, spöttischen Gesichtsausdruck ansah. »Vielleicht verleiht dir das, was du in diesem Turm bewachst, diese Kraft«, sagte er schließlich. »Ist es so?«

Sie schluckte trocken und hob das Schwert wieder. »Niemand darf zur Zeit den Turm ohne Erlaubnis der Herrscherin betreten. Dies sind meine Anweisungen. Du darfst nicht hinein.«

»Aber die Herrscherin würde niemals davon erfahren«, sagte er mit weicher Stimme. »Was ich suche, liegt seit Jahrhunderten versteckt. Niemand weiß, daß es dort ist, und niemand wird es vermissen, wenn es verschwunden ist. Ich werde nie nach Ro Holding zurückkehren. Laß mich vorbei. Wenn es nur die Ehre ist, die du mir entgegenhältst, sie wird dadurch nicht befleckt. Niemand wird es je wissen.«

»Ich werde es wissen«, sagte Meguet knapp. »Und auch du wirst es wissen. Du würdest dich nicht damit aufhalten, von Ehre zu sprechen, wenn dieses Wort für dich keine Bedeutung hätte. Du darfst nicht hinein.«

Er schwieg wieder, verharrte so regungslos, als unterliege er selbst seinem geheimnisvollen Zauberbann. Seine Augen hatten sich verengt; ein Licht oder eine Erinnerung blitzte in ihnen auf. »Was hat dich zur Wächterin der Zeit oder der Ehre gemacht?« flüsterte er. »Du kennst einige ihrer Hinterstraßen, ihrer krummen Wege und Gassen, nicht wahr? Aber du bist keine Magierin. Oder doch?« Sie antwortete nicht. Er trat ein Stück auf sie zu; sie rührte sich nicht von der Stelle. Er trat so nah heran, daß die Klinge das goldene Auge des geflügelten Wesens auf seiner Brust berührte. »Wenn du mich nicht hineinläßt, werde ich jede Rose an diesem Turm in Brand setzen.«

»Dann wirst du das verbrennen, für das du gekommen bist.«

Er kam noch näher. Das Schwert drehte sich ein wenig in ihrer Hand, als habe das Tier sich unter ihm bewegt, und sie fühlte, wie ihr der Schweiß auf die Stirn trat.

»Ich werde jede Tür und jedes Fenster dieses Turms versiegeln und ihn in ein Grabmal für diejenigen verwandeln, die du bewachst.«

»Er ist bereits ein Grabmal.« Ihre Stimme zitterte. Er trat so nah heran, daß die Klinge ihn wie einen Geist durchbohrte. Das plötzliche Gewicht zerrte an ihren Schultern, aber sie hielt die Klinge ruhig, während er sie ausdruckslos anstarrte.

»Wenn du mich nicht hineinläßt, werde ich dich töten.«

»Dann wird einer von uns sterben«, sagte sie. Schweiß und Licht brannten in ihren Augen, und das krallenbewehrte Luftwesen zuckte wie verzweifelt unter der Klinge.

Da trat er zurück, so mühelos, als bestünde das große

Schwert nur aus Rauch. Das Tier richtete ein glimmendes Auge auf sie und senkte sich wieder in den Stoff. Die Klinge zitterte in ihren Händen, aber sie ließ das Schwert immer noch nicht sinken. Das Gesicht des Magiers veränderte sich. Sein Ausdruck verwirrte sie.

»Du hättest etwas Besseres verdient als eine Türschwelle«, sagte er. »Was für ein merkwürdiges Haus ist das, wo keine Macht, sondern Ehre gegen jemanden wie mich gerichtet wird? Du kannst mich nicht aufhalten. Du kannst kaum dieses Schwert halten. Es zittert in deinen Händen. Es ist schwer wie Blei, und sein Gewicht zieht dich herunter. Es ist schwerer als die Vergangenheit, schwerer als die Trauer. Es sinkt wie die untergehende Sonne, langsam, langsam. Sieh, wie es sinkt. Sieh, wie der kleine Lichtfleck auf seiner Spitze sich verschiebt und über die Klinge auf deine Hände zuläuft. Sieh hin. Das Licht zittert über die Schwingen des silbernen Schwans. Wie heißt du?«

»Meguet Vervaine.«

»Ist es Tag oder Nacht?«

»Ich weiß es nicht.«

»Bist du wach oder träumst du?«

»Ich weiß es nicht.«

»Bist du eine Magierin?«

»Nein.«

»Hast du die Kräfte einer Magierin?«

»Nein.«

»Wieso hast du die Macht, durch die verschobene Zeit zu sehen und dich darin zu bewegen?«

»Ich habe keine Macht.«

»Wer verleiht dir dann die Macht?«

»Niemand.«

»Du hast Macht. Du stehst hier und redest mit mir, während niemand sonst in diesem Haus sich auch nur bewegen kann.«

»Ich habe keine Macht.«

»Was verleiht dir Kraft?«

»Nichts.«

»Du bewachst etwas vor mir so standfest, wie du diese Tür bewachst. Ich werde diesen Turm betreten. Hast du die Macht, mich aufzuhalten?«

»Du darfst nicht hinein.«

»Hast du die Macht, mich aufzuhalten?«

Meguet schwieg. Wind blies ihr ins Gesicht, eine kalte Brise, die nach Dämmerung roch. Einen Augenblick starrte sie vor sich hin, ohne wirklich aufzunehmen, was sie sah: den inneren Hof, die Türme, hinter den Bögen das Außengelände, wo die Dorfkinder sich einen Ball zuwarfen, und den Torwächter, der ihr den Rücken zuwandte und einigen Reitern das Tor öffnete. Dann blickte sie auf ihre Hände herab. Sie schlossen sich so kraftvoll, so schützend um den Griff von Moro Ros Schwert, daß ihre Finger schmerzten und langsam erlahmten. Der Geruch von Rosen weckte eine Erinnerung.

Ich bin eingeschlafen, dachte sie überrascht. *Ich habe geträumt ...*

Dann klang die Stimme der Herrscherin durch den Raum. »Meguet!«

Sie drehte sich verwirrt um. Das Schwert glitt ihr aus den Händen und klirrte wie eine Kampfansage auf die Steine. Neben dem Schwert erblickte sie die Rose, die von der Außenwand in die Halle gefallen war und brennend in Meguets Schatten lag. Sie löste ihren Blick davon und blickte zu der Estrade hinüber.

Nyx war verschwunden.

Der Traum verschob sich in die Zeit und verwandelte sich in Erinnerung. Sie spürte, wie ihr schlagartig das Blut aus dem Gesicht wich. Sie bückte sich, hob die Rose auf und begann zu rennen.

Auf der Estrade hatte die Zauberin die plötzliche Zeitverschiebung bemerkt.

Interessiert blieb sie einfach still sitzen, keine schwere Aufgabe für jemanden, der lange Nächte in den schwarzen

Wüsten von Hunter Hold damit verbracht hatte, die Bewegungen der Sternzeichen zu beobachten und das Öffnen der orangefarbenen Blüten des Bitterdorns im Vollmond. Sie sah, wie Meguet sich umdrehte und das Schwert hob. Der blonde Fremde blieb vor der Schwelle stehen. Nyx' Aufmerksamkeit richtete sich mit voller Konzentration auf ihre Cousine, die eine Klinge aus Weidegras gegen den Wind richtete. Ihre Stimmen klangen mühelos durch die unheimliche Stille.

Regungslos beobachtete sie, wie der Fremde so nah an Meguet herantrat, daß nur noch die Schwäne auf dem Schwertgriff sie beschützten. Das Funkeln eines Edelsteins in Nyx' Haar würde den Magier alarmieren. Wenn er sie zwang, sich zu bewegen, sollte er sie nicht sehen. Doch er trat ein Stück von Meguet zurück, ging um sie herum und ließ sie die überschrittene Schwelle in einem Traum weiter bewachen. Aus irgendeinem Grund war er stehengeblieben, um eine Rose von den Rosenstöcken des Turms zu pflücken. Er warf sie in Meguets Schatten. Dann ging er zwischen den Reihen der Ratsmitglieder hindurch und schenkte ihnen dabei so wenig Interesse, als seien sie Hecken. An der Treppe, unter dem Blutfuchs, der zwischen dem grünem Sumpf und der sternenübersäten Nacht auf dem Deltabanner entlangschlich, zögerte er. Die Kräfte des Turmes waren vielfältig. Sie wurden gespeist von Chrysoms alter Zauberei, von Hausgeistern, von den jahrhundertelangen Einflüssen jedes Magiers oder Wächters des Jungen Schwans, der eine Spur seiner Macht in der Zeit zurückgelassen hatte. Darunter lag der Magier in seinem Sarg und die gewaltige und komplexe Macht im Herzen des Jungen Schwans. Er würde diese Macht nicht erkennen, aber er würde eine unbestimmte Bedrohung empfinden wie ein Mann, der in mitternächtlicher Finsternis an den Rand eines Abgrunds herantritt. Um den Zauber zu finden, den der Fremde zwischen all den Kräften und Erinnerungen, in den alten Mauern für sich abzusondern trachtete, war es zumindest notwendig, die Wendeltreppe hinaufzusteigen. Nachdem der Fremde den Zauberströmungen um die erste Windung der Treppe herum gefolgt war, erhob sich Nyx. Sie ließ ein Bild von Chrysoms Bibliothek vor ihrem geistigen Auge erscheinen, Bücher und Mauern und rosenförmige Fenster, und ging hinei.

Sie wartete.

Der Anblick von Nyx, die lesend an einem der Tische saß, ließ den Fremden für einen Moment innehalten, so als habe er sich ihr Bild bei seinem Blick auf die Ratsversammlung eingeprägt. Aber sie blickte völlig versunken auf das Schriftstück vor ihr – eine Liste von Kühen, die vor vierhundertneunzig Jahren gekalbt hatten. In diesem zaubergetränkten Raum würde er nicht wahrnehmen, daß ihr Verstand arbeitete. Er hatte sein Ziel erreicht. Seine Aufmerksamkeit zitterte wie eine Kompaßnadel in Richtung der Sache, die zu stehlen er gekommen war.

Der Steinsims über dem Kamin war übersät mit tausend Jahre alten Hinterlassenschaften von Chrysom, die irgendwie alle Unglücksfälle, Verlegen, Plünderungen und Frühjahrsputze überstanden hatten. Nyx hatte keine Ahnung, worum es sich dabei handelte, sie wußte nur, daß es lose und ungeordnet herumlag. Der Fremde warf einen kurzen Blick darauf. Er stand in der Mitte des Raumes und sandte Gedankenfäden aus wie eine Spinne, die ihr Netz zieht, schickte sie zu den Tischen, zur Feuerstelle, zu Bücherregalen, alten Waffen, gesprungenen, angelaufenen Spiegeln, zu den Tapeten an den Wänden. Er ignorierte Nyx, die – umgeben von Geheimnissen – etwas über Kühe las. Schließlich setzte er sich abrupt in Bewegung, ging durch den Raum und kniete neben dem Kamin nieder. Seine Hände schlossen sich um einen der massiven Ecksteine, der von jahrhundertealter Asche überkrustet war. Er versuchte ihn zu bewegen. Jetzt, da er ihr gezeigt hatte, wo es war, fragte Nyx, bevor er es finden konnte: »In Moros Namen, wonach suchst du da?«

Er erschrak so sehr, daß er fast in seine eigene Zeit zurückgesprungen wäre. Teile von ihm verblaßten und erschienen wieder. In seinem Umhang klaffte plötzlich eine Lücke und wurde dann wieder zu Stoff. Er drehte sich weniger ihretwegen um, sondern sortierte vielmehr seine Erscheinung in den sich verschiebenden Zeitebenen neu. Sie erkannte das weiße Tier aus einigen von Chrysoms alten Zeichnungen wieder. Sie hatte immer geglaubt, daß es seiner Vorstellung entstammte, inspiriert durch irgendeine Sage, die so alt war, daß sich kaum noch jemand in Ro Holding daran erinnerte. Der Magier, dessen Gesicht heller als Staub war, betrachtete sie forschend, während er sich von seinem Schrecken erholte.

Plötzlich sagte er: »Du warst da unten, in der Halle. Ich erinnere mich jetzt an dich. An deine Augen.«

Sie zog eine Augenbraue hoch. »Du hast gemerkt, daß ich dich beobachtet habe?«

»Nein. Ich erinnere mich, daß mir die Farbe deiner Augen auffiel, als ich an der Estrade vorbeikam. Wie ein Winterhimmel. Du bist eine Magierin. Das ist in diesem Haus nicht leicht festzustellen.«

»Leute, die in dieses Haus gehören, erkennen mich leicht.« Sie stützte ihr Kinn auf ihre Hand und betrachtete ihn nachdenklich. »Du bist ein Dieb. Du bist nicht aus Ro Holding, sonst würde ich dich kennen. Deine bemerkenswerten Kräfte hätten mein Interesse erregt.«

»Du selbst verfügst über bemerkenswerte Kräfte«, sagte er beeindruckt. »Du hast mich fast zu Tode erschreckt.«

»Ich weiß ein paar Dinge«, sagte sie.

»Du weißt nicht, was sich in diesem Stein befindet. Du hast nicht einmal gewußt, daß sich überhaupt etwas in ihm befindet. Ich kann es beim Namen nennen. Daher habe ich ein Recht darauf.«

»Gut«, sagte sie trocken. »Du sollst den Namen behalten. Du kannst ihn nehmen und dich zusammen mit ihm aus dem Turm entfernen. Wie konntest du es wagen, dieses Haus zu verhexen und dann hindurchzustreifen, um Dinge zu stehlen? In welchem barbarischen Land hat man dir so etwas beigebracht?«

»Nur ein Ding«, korrigierte er sie. »Nur ein Diebstahl.

Mehr brauche ich nicht. Eine Sache, die du nie gebraucht hast. Laß mich sie nehmen und gehen. Ich werde niemals wieder nach Ro Holding kommen.«

»Du hast dich für mehr als einen Diebstahl zu verantworten. Du hast meine Cousine Meguet verstört. Du hast sie bedroht und versucht, sie zu bezwingen.« Er öffnete den Mund, um ihr zu antworten, schwieg dann aber. Grimmig sprach Nyx weiter, wobei sie mit einem von Calyx' Stiften gedankenverloren in ihrem Haar herumstocherte. »Du hast Zauberei gegen sie angewandt.«

»Es tut mir leid«, sagte er. »Ich war neugierig.«

»Du warst grausam.«

Er holte tief Luft und wandte den Blick von ihr ab. Sie sah, wie ihm das Blut in das gebräunte Gesicht stieg. »Man hat mir nie beigebracht, solch feine Unterscheidungen zu treffen«, sagte er schließlich. »In meinem Land ist Unwissenheit gefährlich. Neugier darf daher skrupellos sein. Aber ich hätte deiner Cousine niemals etwas angetan. Ich wollte nur wissen ...«

»Ich weiß, was du nur wissen wolltest.« Sie schwieg für einen Moment und senkte selbst kurz den Blick. Sie zog den Stift aus ihrem Haar und legte ihn auf den Tisch. Dann faltete sie die Hände vor ihrem Mund und sah den Fremden wieder an. »Aber das geht dich nichts an. Verlaß jetzt friedlich dieses Haus.«

Er schwieg, und seine Augen verengten sich und leuchteten rätselhaft. »Auch du bist neugierig«, sagte er dann gedehnt. »Du willst dieses Ding nur, weil du nicht weißt, worum es sich handelt.« Sie nickte gelassen.

Für einen Moment trafen sich ihre abschätzenden Blicke, und dann warf er plötzlich eine Hand hoch und gab nach. »Ich hätte nie gedacht, daß ich diesen Turm so gut bewacht antreffe. Und jetzt habe ich keine Zeit mehr ...«

Und dann war er zu ihrer Verwunderung verschwunden, leicht und geräuschlos wie Licht, das auf einer Mauer verblaßt. In der Ferne waren wieder Geräusche zu hören: Kinderrufe, das Muhen der Kühe, die von den hinteren Weiden hereingetrieben wurden. Plötzlich fiel ihr ein, daß die Herrscherin den leeren Platz neben sich bemerken würde. Aber Meguet würde sie beruhigen. Nyx kniete am Kamin nieder und berührte den Stein zuerst mit ihren Händen, dann mit ihrem Geist. Nichts von beiden bewegte ihn. Sie umfaßte den Stein mit ihren Gedanken, spürte sein Gewicht und seine Struktur, seine Größe: ein einzelner, versengter Marmorblock in einem Kamin, der so alt war, daß die Steine ineinandergesunken waren. Während sie den Stein erforschte, spürte sie, daß etwas sie beobachtete. Sie hob den Kopf. Eine Krähe, die sich auf dem Sims erhob, sah sie aus ihrem schwarzen Marmorauge an.

Sie hob den Arm und berührte das Auge. Nichts rührte sich. Über der Krähe flog der Junge Schwan als Relief durch einen schwarzen Marmorhimmel über den Sims, und sein Auge war auf das Auge der Krähe gerichtet. Sie mußte sich hochrecken, um es zu berühren. Das Auge des Jungen Schwans setzte nichts in Bewegung. Nachdenklich stand sie da, und ihr Blick glitt über den verstreuten Krähenschwarm, bis sich aus den schwarzen Steinaugen der Tiere das Muster formte.

Es war ein Sternzeichen: Alle Augen waren Sterne, die den Jungen Schwan beim nächtlichen Flug darstellten. Ein Rätsel, dachte sie, auf das niemand außerhalb von Ro Holding kommen konnte. Ein seltenes Gefühl der Gefahr überkam sie, doch sie verdrängte es sofort, sie war zu nah an der Lösung des Rätsels, war zu neugierig. Nacheinander berührte sie die schwarzen Sterne. Der Stein löste sich, und sein Mörtel rieselte trocken auf die Feuerstelle.

Sie hatte kaum einen Blick hineinwerfen können, als irgend etwas – ein Windstoß, ein Blitz – sie traf und gegen den Sims schleuderte und dann auf ihn zwischen die Krähen. Verwirrt schrie sie auf, aber der Stein erstickte ihren Schrei. Sie konzentrierte sich, fand das Gesicht von einer der Krähen und sammelte sich wie ein Gedanke in ihrem steinernen Kopf, und dann in einem Lichtfleck in ihrem Auge. Unter sich sah sie den Magier, der in den hohlen Stein blickte.

Meguet stieß die Tür der Bibliothek so heftig auf, daß ein Schild von der Wand fiel. Der Magier blickte kaum auf. Er murmelte etwas und streckte ungeduldig die Hand aus. Das Tier sprang von seiner Brust, ein verzerrter weißer Fleck, der zu Boden floß, sich wieder aufrichtete, sich flügelschlagend in die Luft erhob und die Krallen nach seiner Beute ausstreckte. Meguet riß den Arm hoch und streckte ihm eine Rose entgegen. Irgend etwas – ein roter Fleck in der Luft, ein Geräusch, das sie machte – zog die Aufmerksamkeit des Magiers auf sich. Sein Kopf fuhr herum. Für einen Moment ließ der Anblick der Rose ihn erstarren. Dann sagte er mit scharfer Stimme etwas. Das Tier hielt mitten im Flug inne, weiße Stickfäden zuckten in der Luft. Nyx fiel wie eine Träne aus dem Auge der Krähe und tauchte vor Meguet wieder auf. Die Luft schien hinter ihr zu knistern, während sie die Überreste des Magierzaubers aus der Luft zog und dem Zauberer wieder zuwarf. Der Magier begann sich gleichzeitig in verschiedene Richtungen zu zerfransen, als sei er aus dünnen Zeitfäden gesponnen, die sich alle voneinander lösten. Bevor er verschwand, schrie er etwas. Der Schrei hallte durch die Luft, wie ein Stein, der über Wasser springt, und fing sich in den langsam zu Boden sinkenden Fäden. Schrei und Fäden wirbelten ins Nichts.

Meguet ließ sich gegen den Türrahmen sinken, spürte eine Luftzug und richtete sich wieder auf. »In Moros Namen«, flüsterte sie. »Was hast du mit ihm gemacht?«

Mit leuchtenden Augen löste sich Nyx aus ihrem eigenen Zauber, wirkte selbst noch verzaubert, wie ein halbmenschliches Wesen. »Ich bin mir nicht sicher«, sagte sie. »Ich habe so etwas noch nie getan.«

»Lebt er noch?«

»Ich habe keine Ahnung.« Sie holte tief Luft. Ihre Augen wurden wieder blaß und vertraut. Sie blickte in Richtung des Lärms, der Meguet die Treppe hinauf gefolgt war. Sie berührte ihre Cousine, die merkwürdig erschüttert wirkte, da sie noch vor wenigen Wochen einen Kampf mit einem sehr seltsamen und alten Zauber bestanden hatte. »Bleib hier. Laß sie nicht herein. Wenn er zurückkommt, wird ihn diesmal nicht einmal diese Rose aufhalten.«

Sie durchschritt schnell den Raum und kniete am Kamin nieder. Meguet, die auf eine warnende Farbveränderung in der Luft achtete, wurde von ersten Wachen angerempelt, die mit gezückten Waffen entschlossen der Bedrohung des Hauses entgegenstürzten. Einige der rüstigeren Ratsmitglieder waren bei ihnen. Meguet hörte die Stimme der Herrscherin weiter unten im Treppenhaus.

Sie drehte sich kurz um und brachte die Wachen mit einer Handbewegung zum Stehen. Sie wurden leise und blickten über Meguets Schulter hinüber zu Nyx, die versunken in einen geborstenen, versengten Stein blickte, der sich aus dem Kamin gelöst hatte. Stille breitete sich aus. Unterdrücktes Geflüster brachte die Kunde davon bis zu der Menschenansammlung am oberen Ende der Treppe und schließlich bis zur Herrscherin. Meguet spürte ihr Herannahen an der Unruhe, die die Wachen auslösten, als sie ihr einen Weg bahnten. Sie trat an Meguet heran, die schon wieder eine Schwelle zu bewachen hatte, warf einen Blick auf ihre Tochter und ging nicht weiter.

»Was ist los?« fragte sie. Sie hatte offensichtlich eine Spur von Haarnadeln im Treppenhaus hinterlassen, ihr Haar fiel fast völlig frei herab. Sie wirkte äußerst besorgt. Ihre schwarzen Augen waren ausdruckslos, aber sie sprach mit leiser Stimme. »Ist ihr etwas zugestoßen?«

»Nein. Es war ein seltsamer Magier hier, ein Dieb, der versucht hat, etwas zu stehlen – vielleicht ist sie noch immer in Gefahr.«

»In Moros Namen, sie kennt doch genug Zauber, um Chrysom sich in seinem Sarg aufrichten zu lassen – warum hat sie ihm nicht einfach überlassen, was er wollte?«

»Weil sie nicht weiß, um was es sich handelt.«

»Ich dachte, sie wüßte mittlerweile alles.«

»Sie versucht nur, vorsichtig zu sein.«

Die Herrscherin starrte sie an. »Ach, tatsächlich? Und wie ist dieser Dieb am Torwächter vorbeigekommen?«

»Er hat die Zeit verlangsamt.«

Die Antwort der Herrscherin ließ sogar Nyx, die den Stein auf Zauberfallen überprüfte, den Blick heben. Mitten im Satz senkte die immer noch wütende Herrscherin daraufhin ihre Stimme. » ...mitten im Holding-Rat, wandert zwischen uns herum, wie es ihm beliebt, das ist unvorstellbar, unerträglich. Konntest du ihn nicht aufhalten?«

Meguet seufzte leise. »Ich habe es versucht. Alles, was er wollte, war etwas von Chrysoms Sachen, nichts Bedeutenderes. Ich hatte nichts, womit ich mich gegen Zauberei zur Wehr setzen konnte. Ich hatte nur ein Schwert.«

Die Herrscherin schwieg und warf ihr einen merkwürdigen Blick zu. Ihr Blick fiel auf die Rose in Meguets Hand. Meguet starrte ebenfalls darauf und spürte, wie ihr die Farbe ins Gesichts stieg. Sie hob die andere Hand, rieb sich die Augen und sah die Rose wieder vor sich, wie sie neben dem Schwert in ihrem Schatten lag.

Sie ließ sie fallen, als habe sie sich an einem Dorn gestochen. »Ich war verhext.«

»Offensichtlich«, sagte die Herrscherin neugierig. »Aber ich frage mich, wodurch?«

Ein Murmeln erhob sich hinter Meguets Rücken in der Menge. Sie blickte auf, um zu sehen, was der Magier so sehr aus dem Stein begehrt hatte, daß er dafür die Welt angehalten hatte.

Nyx hielt es in der Hand: einen goldenen Schlüssel.

Kapitel 2

Als am nächsten Tag der Feuervogel über das Tor flog, kniete Nyx gerade unter einem Tisch in der Bücherei des Zauberers und kratzte mit dem Fingernagel in einem Riß des Steinfußbodens herum. Sie war so in ihre Beschäftigung vertieft, daß sie die Auswirkungen seiner Ankunft nicht sofort bemerkte. Die Ratsmitglieder der Holds und die meisten Hausangestellten waren beim Abendessen. In der Ferne ertönten alte Melodien von Streich- und Blasinstrumenten aaus dem dritten Turm durch das friedliche Dämmerlicht und mischten sich mit den Klängen von Trommeln und Flöten aus der Weinstube. Nyx war sich schon zum Abendessen angekleidet, hatte dann aber die Zeit vergessen. Spinnweben hingen in ihrem dunklen Haar. Gedankenverloren hatte sie das feine, juwelenbesetzte Netz zurechtgeschoben, bis lauter dünne Fäden und Nadeln voll von kleinen Perlen ihr Gesicht umrahmten. Ihr schwarzes Samtkleid war von dünnen Staubstreifen überzogen, und ihre Schuhe hatte sie schon vor einiger Zeit ausgezogen. Ihre Augen, die normalerweise die Farbe des Sumpfnebels hatten, waren jetzt lavendelfarben. Ein wilder Ausdruck lag auf ihrem Gesicht. Sie schien beinahe die Rauchfäden zu riechen, die ihre Spuren auf dem alten Stein hinterlassen hatten.

Der Lärm von aufgeschreckten Menschen und Tieren durchdrang schließlich ihre Konzentration. Sie richtete sich abrupt auf, wobei ihr Kopf gegen die Tischplatte stieß. Jemand klopfte heftig an die Tür und öffnete sie dann.

»Nyx.«

Es war Calyx, die suchend durch den dämmrigen Raum blickte, bis sie schließlich weit genug nach unten sah. Nyx, die sich ärgerlich den Kopf rieb, sagte: »Ich glaubte, diese Tür abgeschlossen zu haben. Was in Moros Namen hat dieser Aufruhr im Hof zu bedeuten?«

»Da ist ein Vogel«, sagte Calyx benommen. »Was machst

du unter dem Tisch? Und was hast du ...« Ihre Stimme verebbte, und ihr feines Gesicht wurde rot. Dann fand sie die Sprache wieder und erhob ihre Stimme mit ungewöhnlicher Schärfe. »Nyx Ro, was hast du mit all den alten Haushaltsbüchern getan, die ich gerade studiert habe?«

»Da drüben«, sagte Nyx und wies auf einen Bücherstapel, während sie unter dem Tisch hervorkroch. »Ein Vogel? Was für ein Vogel?«

»Sie sind ganz durcheinander! Ich hatte sie alle sortiert, tausend Jahre Geschichte dieses Hauses – und sieh dir an, was du mit diesem Raum angestellt hast!«

Aufeinandergestapelte Stühle standen auf einem kleinen Weintisch. Schilde und Felle und Wandteppiche schwebten darüber in der Luft. Bücherstapel übersäten die Stufen der Treppe, die zum Dach hinaufführte. Zauberbücher, Geschichtsbücher, Rechnungsbücher und Tagebücher ragten wie Felsen vom Boden auf. Nyx stand mit verschränkten Armen unbeweglich wie die Bücherstapel zwischen ihnen und sah ihre Schwester aus engen Augen an.

»Calyx«, sagte sie leise. »Was für ein Vogel?«

»Sieh dir die Bescherung an! Und sieh dir dein Gesicht an! Es ist voller Schmutzflecken.«

»Das muß von dem Kamin sein. Calyx ...«

»Du hast dein Gesicht in den Kamin gesteckt?«

»Offensichtlich.«

»Warum hast du dein Gesicht in den Kamin gesteckt?« forschte Calyx weiter.

»Weil ich etwas suche«, sagte Nyx ungeduldig. »Warum sollte ich sonst in einen Kamin steigen?«

»Ich habe keine Ahnung. Ich hätte gedacht, daß du einfach einen Kobold herbeihexen kannst, der es für dich tut, nachdem du neun Jahre lang Zauberei studiert hast. Vielleicht kann ich dir helfen. Wonach suchst du denn?«

»Höchstwahrscheinlich nach einem Buch.«

Calyx starrte sie an. »Hast du in den Bücherregalen nachgesehen?« fragte sie unheilverkündend.

»Also wirklich, Calyx.« Sie wischte sich mit dem Ärmel

etwas Asche aus dem Gesicht und lachte kurz auf. »Du hältst dich immer mit Nebensächlichkeiten auf. Nachdem ich neun Jahre lang Zauberei studiert habe, weiß ich, wie man ein Zimmer aufräumt.« Sie schlängelte sich zwischen den Stühlen hindurch zum Fenster. Von diesem hochgelegenen Ort aus konnte sie die zinnenbewehrte Mauer sehen, die die sieben weißen Türme miteinander verband. Sie überblickte auch die Häuser des Dorfes, die sich größtenteils hinter der Mauer drängten, und den weitläufigen Hof mit seinen Scheunen und Schmieden und den Werkstätten der Handwerker, die für die Erfordernisse des Haushalts sorgten, und das Land, das sich innerhalb der Außenmauern endlos dahinzog. Eine Sache fiel ihr jedoch auf zu dieser geschäftigen Tageszeit.

»Der Torwächter ist nicht am Tor.«

Und dann sah sie den Lichtblitz, der golden über den Himmel flammte und ein scheuendes Karrenpferd in einen Baum voller Diamantenblätter verwandelte.

Meguet hatte mit dem Torwächter in seinem Turm gesessen, als der Vogel über das Tor flog. Gekleidet in ein maisgrünes Seidenkleid, das die gleiche Farbe hatte wie ihre Augen, dünne Ketten aus winzigen Perlen in ihr herabhängendes kräuselndes Haar geflochten, hatte sie Gäste und Musikanten im Speisesaal zurückgelassen, ihre ältesten Stiefel angezogen und war hinaus in das abendliche Sommerlicht geschlendert, um sich mit dem Torwächter zu unterhalten. Sie hatte ihn gestern nicht zu Gesicht bekommen. Den meisten Teil des Abends hatte sie auf Geheiß der Herrscherin in Chrysoms Bibliothek Wache gehalten, während Nyx sich den Kopf über den Schlüssel zerbrach, den sie gefunden hatte. Ein paar Gerüchte waren anscheinend schon bis zum Tor vorgedrungen. Als sie den Turm betrat, überreichte der Torwächter ihr eine Rose.

Sie sah ihn an. Sein hageres, sonnengebräuntes Gesicht

mit den silber-grünen Sumpfblätteraugen war ausdruckslos. »Sie war rot, nicht weiß«, sagte sie.

»Ich hatte gehofft, daß dir diese hier besser gefällt.« Dann sah sie, wie sein knappes, schiefes Lächeln in seinem Gesicht Gestalt annahm, seufzte und schlüpfte zu ihm auf die Steinbank.

»Ich hatte gehofft, daß es niemand bemerkt hätte. Werden die Gerüchte dennvom Wind über diesen Hof getragen? Oder kannst du durch den Stein hören?«

»Die Leute lieben es, zu erzählen.« Er legte ihr den Arm um die Schultern. »Neun Tage lang hast du mit einem Schwert in den Händen vor dieser Turmtür gestanden. Wenn du es plötzlich wegen einer Rose wegwirfst, reden die Leute natürlich. Wie war er, der Magier, der dir die Rose gegeben hat?«

»Du solltest es wissen«, sagte sie grimmig. »Du hast ihn hereingelassen.«

Er bewegte sich unruhig. Sein Blick löste sich von ihr und glitt über die Brüstung, wo das träge Rauschen der Brandung zu hören war. »Er ist tatsächlich an mir vorbeigekommen. Das ist schon anderen seltsamen Wesen in diesem Haus gelungen. Erzähl mir, was passiert ist. Niemand außer Nyx und dir hat ihn gesehen, und wegen der Geschichten, die man sich von diesem rätselhaften Magier erzählt, fürchte ich mich, das Tor überhaupt noch zu öffnen.«

Bei dieser Vorstellung mußte sie lächeln. »Du würdest das Tor doch selbst dem Winter öffnen. Oder der Zeit, oder ihrem Ende.« Sie hob die weiße Rose vor ihr Gesicht und atmete ihren Duft ein. Er öffnete ihre andere Hand und senkte seine Lippen auf die Handfläche, wo die Dornen einen Abdruck hinterlassen hatten.

»Du hast einen Kampf mit der roten Rose ausgetragen.«

»Ich hätte ihn fast verloren«, sagte sie und hörte seinen Atem.

»Erzähl es mir«, bat er und hörte ihr mit dem harten, emotionslosen Ausdruck zu, den sein Gesicht immer annahm, wenn ihn etwas beunruhigte. Er hielt eine dünne Wachskerze an seine Ebenholzpfeife und blies mit abgewandtem Gesicht Rauchwolken zum Meer hinaus. Sie sprach die meiste Zeit zu der Rose, die sie in ihren Fingern drehte, fand die Erinnerung in den Windungen ihrer Blütenblätter.

»Erwartet man, daß er zurückkommt?« fragte er. »Oder hat sie ihn getötet?«

»Sie weiß es nicht. Sie hat der Herrscherin gesagt, daß er vielleicht wiederkommen wird, wenn er noch lebt, so verzweifelt sah er aus.«

»Wegen eines Schlüssels? Wozu gehört dieser Schlüssel?«

»Nyx glaubt, zu einem Buch. Irgendein geheimes Zauberbuch von Chrysom.«

»Ich dachte, sie hätte alle seine Bücher.«

»Das dachte sie auch.«

Er drehte den Kopf und blies Rauch in den Wind. »Was für Dinge würde ein Magier wohl verborgen halten?«

»Das ist der Grund, warum Nyx dem Fremden nicht geben will, was er begehrt«, seufzte sie. »Diesen Rat hat ihr schließlich auch die Herrscherin gegeben. Wenn sie es wüßte, würde sie es ihm vielleicht geben, damit das Haus nicht mehr bedroht wird. Aber sie ist wie besessen von diesem Buch, das sie noch nicht einmal finden kann.«

»Und dem Fremden scheint es genauso zu gehen, wenn er die Zeit dafür anhält und droht, das Haus niederzubrennen.«

»Wie war es? Hast du gespürt, wie die Zeit anhielt?«

Er schüttelte den Kopf. »Dein maisgelbes Haar fiel mir auf. Ich drehte mich um und wollte dich ansehen. Ich hoffte, du würdest dich auch umdrehen. Dann zwinkerte ich mit den Augen, und da war dein Gesicht. Dann verschwandest du im Turm, und ich bemerkte einen silberglänzenden Lichtschein unmittelbar hinter der Schwelle auf den Steinen. Einen Augenblick später kam einer der Turmwächter zu Hilfe. Und ich ahnte, woher das Licht kommen mußte. Ich hätte fast das Tor verlassen. Aber ich wollte nicht riskieren, daß das Problem in meiner Abwesenheit hinausgelangen konnte, obwohl es auch ohne meine Hilfe hereingekommen war. Also wartete ich ab. Und die Gerüchte erhoben sich wie Vögel vom Turm, eines bunter als das andere.« Er berührte die Rose in ihrer Hand. »Sie sagten alle, daß dir nichts geschehen sei.« Er schwieg für einen Moment, sein Blick wanderte wieder hinaus auf das Meer, wo weiße Vögel über das Wasser blitzten und untertauchten. »Das Wesentliche habe ich mitbekommen: ein Magier, ein Schlüssel ...«

»Sag es nicht.«

»Und eine blutrote Rose.«

Sie sah ihn an und sagte unbekümmert: »Du hast es doch beobachtet, du mußt gesehen haben, wie er sie gepflückt hat.«

Er blinzelte wortlos und zog sie dann plötzlich an sich. Sie hörte seinen Herzschlag. »Was glaubst du denn? Daß ich hier gestanden und mich wie eine Schildkröte gesonnt hätte, während du ganz allein den schlafenden Holding-Rat gegen einen Magier verteidigtest, der dich genauso leicht in deinem Schatten hätte liegenlassen können wie die Rose? Glaubst du das wirklich?«

»Ja«, sagte sie, denn es gab Tore über Tore zu diesem Haus, und sie glaubte, daß er sie alle bewachte. »Nein. Ja. Ich glaube, daß du genau weißt, was durch dieses Tor kommt und geht.«

Er schwieg. Sein Griff lockerte sich. Er küßte sie auf ihr Haar und sagte schließlich: »Das glaube ich auch. Und für den Fall, daß der Magier beim nächsten Mal so freundlich ist, am Tor anzuklopfen, sag mir, woran ich ihn erkennen kann.«

»Ein Mann«, sagte sie. »Ein paar Zentimeter größer als ich. Mit Haaren in einem staubigen Goldbraun und Augen hell wie Wasser. Das Tier ist auf seinen Umhang gestickt.« Sie schwieg und versuchte sich zu erinnern. »Er trägt Silber an seinen Handgelenken ...«

»Wie alt ist er?«

»Nicht älter als du. Größer als ich ...«

»Das sagtest du bereits.«

»Und er bewegt sich wie ein Mann, der gewohnt ist, im Freien zu leben.«

»Du hast in einem kurzen Moment viel beobachtet«, kommentierte er trocken. Sie sah ihn an, ihre Augen waren so ruhig und klar wie der Himmel, wenn die Sonne untergegangen ist und das Licht langsam verblaßt. Er verschluckte ein Wort. Sein Gesicht neigte sich ihr zu. Ihre Lippen berührten sich. Und dann riß er sich plötzlich von ihr los, drehte sich um, und sie sah über seine Schulter hinweg den Feuervogel.

Er schien wie Schaum aus dem Meer zu steigen, so weiß war er, und so schnell flog er. Dann, als er an dem Turm vorbeikam, sah sie die feurigen Flügelspitzen und die langen, anmutigen Schwanzfedern, die er wie Flammen hinter sich herzog. Seine Krallen waren aus Silber. Er stieß einen so wilden Schrei von Wut und Verzweiflung aus, daß sie erbleichte und der Torwächter aufsprang. Das geschäftige Treiben im Hof erstarrte, als habe sich wieder ein Zauber auf ihn gelegt. Mit dem Schrei kam Feuer: das Feuer einer Schmiede, und ein Hammer, und die Hand, die den Hammer hielt, verwandelten sich in Silber.

Meguet rannte los und erreichte den Hof, bevor sie überhaupt begriff, daß sie sich in Bewegung gesetzt hatte. Dort waren die Dorfkinder und starrten den herabstoßenden Vogel wie gebannt an. Überall schienen Tiere zu sein – Pferde, Kühe, die gerade zum Melken hereingetrieben worden waren, Hühner, Hunde. Der Vogel schrie wieder, er verwandelte die Ecke einer Scheune in Bronze und schnappte nach dem Ohr eines Hundes. Der Hund bellte und raste zwischen die Kühe. Eine kleine Stampede bewegte sich in Richtung der verhexten Scheune. Stallmädchen hasteten umher, um die Pferde wieder einzufangen. Sie hielten sich die Arme über den Kopf, als liefen sie durch einen Hagelschauer. Der Vogel kreiste über einer Gruppe von barfüßigen Kindern, die sich mit einem Zaumzeug aneinandergefesselt hatten. Meguet und einige der Dorfbewohner rannten auf sie zu, während sie verzweifelt versuchten, sich zu befreien. Das

Feuer des Vogels verfehlte die Kinder und traf eine Katze, die durch den Schatten schlich. Es verwandelte sie in ein juwelenbesetztes Schwert. Meguet hob es auf und schwang es über den Kindern, die vor Schreck zu weinen begannen. Sie schnitt sie voneinander los, und sie zerstreuten sich jammernd in alle Richtungen, drehten sich aber bald wieder um, zu fasziniert, um Deckung zu suchen.

Sie sah Rush Yarr und ein paar der jüngeren Ratsmitglieder mit Bögen oben auf der Turmmauer stehen. Wachmannschaften verteilten sich auf der zinnenbewehrten Brüstung. Sie sah, wie Rush einen Pfeil einlegte, den Bogen spannte und zielte. Sie verlangsamte ihren Schritt und fühlte, wie sich ein plötzlicher, unerklärlicher Widerwille wie ein Schrei in ihrer Kehle bildete. Der Vogel, ein Wirbel aus Weiß und Rot, schrie seine wütende Klage heraus. Feuer fegte über die Mauer, und alle Bogenschützen duckten sich. Die Steine verwandelten sich in Gold.

»Nyx«, flüsterte sie. Der Torwächter, der mit einem panikerfüllten Wagenpferd kämpfte, rief sie an.

»Meguet!«

»Ich muß Nyx holen! Sag ihnen, daß sie nicht schießen sollen!«

»Es ist nicht der Vogel, der sich in Gefahr befindet«, erwiderte er, während Stallknechte das Pferd aus dem schwankenden Wagen ausspannten. »Du bist es, die da steht und darauf wartet, in eine Silberrose verwandelt zu werden.«

»Er schreit so«, sagte sie verwirrt und hörte es wieder: ein Geräusch, das ihr die Kehle zuschnürte. Das Pferd scheute und warf den Torwächter zu Boden. Dann reckte es sich in die Höhe, als es vom Feuer getroffen wurde. Sein dunkles Fell verwandelte sich in Holz. Das Zaumzeug fiel raschelnd durch glänzende Blätter zu Boden. Meguet hielt sich eine Hand vor den Mund und unterdrückte einen Schrei. Sie starrte den Torwächter an. Er glänzte nicht mehr als gewöhnlich. Da er sich sofort unter den Wagen gerollt hatte, war ihm nichts passiert.

»Geh!« schrie er ihr zu.

Sie ging, trug automatisch immer noch die verwandelte Katze mit sich und hob ihr Kleid hoch über die Stiefel, als sie losrannte. Nyx tauchte plötzlich vor ihr auf und stand vor dem dunklen Turm, als sei sie wie eine Rose vom Spalier gefallen.

»Hier bin ich«, sagte sie und legte Meguet eine Hand auf die Schulter, um nicht von ihr überrannt zu werden. Der Vogel schrie über ihnen. Gebannt folgten ihm ihre Blicke. Calyx, die sich gefährlich weit aus einem Fenster lehnte, duckte sich plötzlich. Ein Regen von Bronzeäpfeln prasselte auf das Gras.

»Rosen«, sagte Nyx knapp, nachdem sie einen Blick darauf geworfen hatte. »Nicht Calyx.«

»Was in Moros Namen ist das?« keuchte Meguet.

»Ein Feuervogel.«

»Er schreit wie Holz im Feuer. Warum schreit er so?«

»Die Legende überliefert, daß sie so schreien. Der Schrei des Feuervogels ist wild, verzweifelt, schrecklich. So äußerte sich Chrysom über ihn, den er für ein Fabelwesen hielt.«

»Es klingt menschlich«, sagte Meguet leise, und Nyx sah sie aus ihren farblosen Augen an. Eine kleine Falte erschien zwischen ihren dunklen Augenbrauen. Sie öffnete den Mund, um zu antworten, drehte dann aber ihren Kopf, als Wachmannschaften über den Hof liefen, gefolgt von neugierigen Besuchern. Der Vogel schrie wieder, wirbelte auf sie zu, und sie zogen sich unter die Mauerbögen des Turmwalls zurück. Feuer loderte hinter ihnen her die Bögen entlang und glasierte die Pflastersteine mit Opal. »Nyx, kannst du etwas tun?« bat Meguet. »Bevor er verletzt wird?«

Nyx sah sie wieder an. »Du hast eine merkwürdige Vorliebe für Vögel«, sagte sie trocken. Sie hob den Arm, als wollte sie ihn einem Falken entgegenstrecken. Der Vogel zog Kreise um den dunklen Turm. Meguet, die ihn beobachtete, glaubte zu sehen, daß zwischen Nyx' erhobener Hand und dem Vogel ein Faden erschien, ein feiner, durchsichtiger Luftstreifen, der schwach erleuchtet vor dem Abendhimmel schimmerte. Der Vogel stieß wieder einen Schrei aus und schraubte sich zu ihnen hinunter. Onyxrosen schwankten an den Rosenstöcken und lösten sich. Meguet sah aus den Augenwinkeln noch etwas anderes leuchten: Rush Yarrs Blutfuchshaar. Sie drehte sich um und rannte wieder über den Hof, während er sich unter einem der Bogengänge duckte und dem Vogel mit seinem Pfeil folgte.

»Rush!«

Sie wußte, wie gut sein Zielvermögen war. Es war erheblich besser als der Zauber, den er offensichtlich in seinen Bogen hauchte. Er war so konzentriert, daß er sie nicht hörte. Er schoß. Hinter Meguet spann Nyx einen weiteren Faden, der den Pfeil mitten im Flug auffing. Der Vogel, der in der Luft auf ihn zuglitt, packte ihn wie eine Beute mit dem Schnabel und schrie seinen wilden Wutschrei. Rot-goldene Blitze flammten durch die Dämmerung. Meguet lief genau in sie hinein. Ein Gefühl unendlichen Erstaunens überkam sie, und dann füllten sich ihre Augen mit Gold und dann mit Nacht.

Der Abend war plötzlich sehr ruhig. Der Vogel flog hoch zu dem schwarzen Turm und verschwand. Das Geräusch von Rushs Bogen, der auf die verzauberten Pflastersteine fiel, hallte von dem Mauerring wider. Nyx, die bewegungslos am Fuß des Turms stand, begegnete seinem erstaunten Blick. Nach einem kurzen Moment des Schocks, in dem ihr Verstand scheinbar nur in der Lage war, nach vergleichbaren Erfahrungen zu suchen, zwang sie sich zur Konzentration und versuchte, die Natur des Zaubers zu erspüren, der Meguet verwandelt hatte. Auf den ersten Blick schien der Zauber seltsam fugenlos zu sein. Calyx, die atemlos aus dem Turm gestürzt kam, rannte gegen Nyx. Sie erstarrte und blinzelte, wieder völlig verblüfft. Als ob die unbeweglichen grünen Blätter sie herangewunken hätten, standen die drei zusammen mit Wächtern und faszinierten Besuchern sprachlos starrend da und versuchten, Meguet in den Blättern und Rosen zu erkennen.

»Oh, Rush«, flüsterte Calyx vorwurfsvoll.

»Ich habe sie nicht ... ich schwöre, daß ich sie nicht einmal gesehen habe!« Prüfend betastete er ein gläsernes Blatt. Seine Augen suchten Nyx' Blick. »Kannst du nichts tun?«

»Ich war gerade dabei!« fauchte sie erbittert, und tiefe Röte überlief sein Gesicht.

»Es tut mir leid. Ich bin so ungeschickt beim Zaubern. Es macht mich blind und taub und äußerst töricht.«

Nyx würdigte ihn keiner Antwort. Sie berührte den Rosenstrauch hier und da mit ihren Gedanken. Es war ein großer Edelstein aus Malachit und Smaragd, mit Blüten aus Rubin, Granat, Bernstein und Mondstein zwischen geschlossenen Knospen aus fahler Jade. In dem Edelstein war Meguet. Auf der Suche nach ihr fand Nyx eine Feuerschicht nach der anderen und schließlich das Gesicht des Vogels.

Er war maskiert wie ein Schwan, mit rotem Gefieder. Seine Augen waren golden. Als er sie spürte, schrie er. Der Junge Schwan, der vor ihm auf einem langen Dreieck nächtlichen Himmels flog, schmolz zu einem seltsamen Rosenstock mit schwanförmigen Blättern.

Der Vogel war auf dem Dach des Turms. Nyx spann wieder ihren Faden und sandte ihn aus wie eine Botschaft: *Ich bin die, die du suchst*. Einen Augenblick später landete der Vogel geräuschlos. Sein Weiß und Feuerrot glühte schwach in der Dämmerung, als er sich mit seinen Silberklauen an den Malachitblättern festkrallte.

In den Gesichtern rings um Nyx erschien wieder Entschlossenheit. Eines davon war das des Torwächters, bleich und ausdruckslos, hart wie der Edelstein, den er anstarrte.

»Paßt«, bemerkte er. Seine Hand glitt zwischen den Blättern und Silberdornen hindurch und schloß sich zärtlich um den Stamm. Nyx sah, wie er schluckte. »War ich, der ihn drauf gebracht hat«, fügte er hinzu, und der Akzent des Jungen vom Fluß durchbrach die zehnjährige höfische Erziehung. »Hab' ihr so was zugerufen.« Wie Rush suchte er Nyx' Blick. Sie verschränkte die Arme und sagte: »Es ist ein komplizierter Zauber. Ich kann sie nicht finden, nur den Vogel. Es sollte einfach sein, ist es aber nicht.«

»Ich werde warten«, sagte der Torwächter.

»Der Vogel wartet auch«, sagte Calyx staunend. »Jetzt schreit er nicht mehr. Ist er wirklich? Oder nur ein Zauber?«

»Das kann ich noch nicht sagen«, meinte Nyx. Sie sah ihm tief in die Augen, und ihr rußbeflecktes, juwelengerahmtes Gesicht war so rätselhaft wie das des Feuervogels. Stimmen unterbrachen ihre Konzentration. Sie wandten sich alle um und erblickten die Herrscherin und ihre älteste Tochter, umgeben von den Wächtern des Hauses und der Hälfte der Hold-Räte mit ihren Familien.

»Da ist er!« rief jemand, während sie über den Hof herankamen. In plötzlichem erstaunten Schweigen sammelten sie sich um das Gebilde, an das der Vogel sich klammerte. Die Herrscherin, deren Haar fast genauso unordentlich war wie das ihrer Tochter, studierte den Feuervogel grimmig. Die Wächter umringten ihn mit gespannten Bögen. Calyx schrie angsterfüllt: »Schießt nicht auf ihn! Ihr werdet Meguet treffen!«

»Meguet«, rief die Herrscherin. Erst jetzt registrierte sie den regungslosen Torwächter, seine Hand, und das, was seine Hand umfaßte. Ihre dunklen Augen weiteten sich. Als sie ihre dunkle Stimme erhob, fuhr sogar der Feuervogel zusammen. »In Moros Namen! Ich werde ihm den Hals umdrehen!«

»Mutter«, flüsterte Nyx.

»Das ist Meguet? Bist du sicher?«

»Ein Zauber scheint ihr in dieser Gestalt zu folgen«, sagte der Torwächter.

»Warum stehst du so tatenlos hier herum?« wollte Lauro Ro von Nyx wissen. »Wartest du darauf, daß die Rosen blühen?«

»Ich warte darauf, daß ich nicht mehr gestört werde«, sagte Nyx schroff.

»Nach all der Zeit in den Sümpfen mußt du doch alle Vögel in- und auswendig kennen. Wie konntest du zulassen, daß so etwas geschieht? Kann sie darin atmen? Lebt sie überhaupt noch?«

Iris, ihre überlegene und praktisch denkende Älteste, warf einen Blick in Nyx' versteinertes Gesicht und dann auf die Gäste, die fasziniert waren von dem Zauber und der Auseinandersetzung zwischen der Herrscherin und ihrer unberechenbaren Erbin. Besorgt berührte sie ihre Mutter am Arm. »Mutter, Nyx weiß, was sie braucht, um damit fertig zu werden, und wenn es Ruhe ist, könntest du endlich aufhören zu schreien. Wie kannst du Nyx vorwerfen, was geschehen ist? Glaubst du denn nicht, daß sie alles für Meguet tun würde?«

Die Herrscherin sah ihre staubbedeckte, barfüßige Erbin an, die dunkel und still vor ihr stand. Das erste Licht des aufgehenden Mondes fiel über ihre Schulter. Lauro Ro gab den Wachen einen Wink, und sie ließen ihre Bögen sinken, blieben jedoch wachsam im Kreis stehen. Nyx sagte leise und bestimmt: »Es gibt keinen Grund, zu glauben, daß sie nicht mehr lebt. Aber der Zauber des Vogels ist zufällig, unkalkuliert und sehr stark. Ich muß wissen, ob der Vogel der Zauberer ist oder der Zauber. Der Verursacher der Magie oder nur das verzauberte Objekt. Aus irgendeinem Grund ist das schwer zu sagen. Es sollte nicht so schwierig sein, aber es ist so. Ich kann Meguet überhaupt nicht finden. Du mußt geduldig sein. Bitte. Wenn du den Vogel erschreckst, könnte er wieder schreien, und dann wird es für mich doppelt schwer, das Rätsel zu lösen.«

Die Herrscherin seufzte. Mit ihren gefalteten Armen und den Nadeln, die ihr aus dem Haar hingen, ähnelte sie ihrer zauberkundigen Tochter sehr. »Es tut mir leid«, sagte sie. »All diese Zauberei macht mich nervös. Er ist jetzt ruhig. Und fürchtet sich vor keinem von uns. Er ist höchstwahrscheinlich nicht in mein Haus geflogen, um Meguet in einen Rosenstrauch zu verwandeln. Hat er nach dir gesucht?«

»Ich glaube, ja.«

»Die Wachen sagen, er fängt Pfeile aus der Luft.«

»Er hat jedenfalls meinen gefangen«, sagte Rush Yarr. »Meguet rannte auf mich zu, um mich zurückzuhalten. Sie verstrickte sich in seinem Schrei.«

»Hinten im Hof gibt es einen Schmied mit einer Silberhand«, sagte die Herrscherin grimmig. »Wenn dieser Vogel der Zauberer ist, hat er für vieles zu bezahlen. Dürfen wir zusehen? Wenn er dich in einen schwarzen Rosenstrauch verwandelt, kann ich ihm dann den Hals umdrehen?«

Nyx lächelte ein bißchen. »Bitte.« Dann verschwand das Lächeln; auf ihrer Stirn erschien wieder eine Falte. »Was mich am meisten beschäftigt, ist etwas, das Meguet sagte. Sie hat keine magischen Fähigkeiten, aber manchmal kann sie sehr komplizierte Dinge ganz einfach auszudrücken, indem sie sie aus einem Blickwinkel betrachtet, der mir entgeht. Sie sagte über den Vogel: Er hat einen menschlichen Schrei. Ich glaube, das ist es, was seinen Schrei so schrecklich macht.«

Der Vogel hatte sich nicht gerührt, seit die Herrscherin ihn erschreckt hatte. Wie aus Marmor gehauen klammerte er sich an seinem Zaubergebilde fest. Das Licht der Mondsichel, die sich hinter dem Osttor erhob, fing sich in seinen Silberkrallen. Sie blitzten wie Schwertklingen. Seine Augen, von Mondlicht überflutet, wurden milchig. Nyx sah ihn an. Ihr Verstand war offen, ruhig und gelassen, eine Einladung für jede Gewalt, jeden Zauber oder jeden Spruch, mit dem sie sich möglicherweise auseinandersetzen mußte. Unbeweglich wie sie selbst erwiderte der Vogel ihren Blick. Wieder versuchte sie, eine Spur von Meguet in seinem Zauber zu finden: Blätter bewegten sich durch ihre Augen, endlose Blätter und Blüten aus Karneol und getriebenem Gold, als wanderte sie durch einen Zaubergarten.

Mondlicht berührte die Edelsteinblätter und legte sein kaltes Feuer über den Vogel. Er erhob sich plötzlich und schrie seinen schrecklichen, wilden Schrei, aber sein Feuer fiel diesmal fahl und verbraucht, harmlos wie das Licht des aufgegangenen Mondes. Als er sich bewegte, begannen die Blätter zu zittern. Der Torwächter, der immer noch den Stamm festhielt, fand seine Hand auf Meguets Hals wieder, und ihr Haar fiel über seinen Arm. Für einen Moment waren ihre Augen noch aus Malachit, dann waren es wieder ihre eigenen, aus denen sie die Herrscherin überrascht anblinzelte. Der Vogel landete lichtüberflutet zu ihren Füßen. Der Schrei, den er ausstieß, als er sich verwandelte, war vollständig menschlich.

Kapitel 3

Ausdruckslos blickte er auf die Pfeile, die auf ihn zielten, so als erkenne er sie gar nicht, oder als wären solche Dinge in seinem Leben etwas völlig Vertrautes. Meguet, die sich instinktiv nach dem Schwert bückte, das sie hatte fallenlassen, zuckte zusammen, als es unter ihrer Hand wegglitt. Niemand sonst regte sich. Sein Schrei hielt sie in seinem Bann. Aber nichts von seiner blanken Wut und Verzweiflung spiegelte sich in seinem Gesicht. Er schien gar nicht zu begreifen, daß er ein Geräusch gemacht hatte.

Er war seltsam gekleidet, mit einer zerfetzten, schmutzigen Tunika aus blauer Seide und einem bestickten Gürtel aus roter Rohseide. Darunter trug er enganliegende Kleidung aus Goldfäden oder -ketten. Seine weichen Lederstiefel waren abgetragen. An den Handgelenken trug er seltsame, kompliziert gefertigte Metallbänder. Sie sahen aus, als seien Fäden aus geschmolzenem Metall zu einem breiten Filigranwerk übereinandergelegt worden. Sie waren feuerversengt, so geschwärzt, daß sie aus Eisen bestehen konnten. Sein dichtes schwarzes Haar fiel ihm bis über die Schultern. Der Mond, dessen Licht ihn seitlich traf, beleuchtete sein Gesicht zur Hälfte: dunkle Augenbrauen, lange Wangen- und Kinnknochen, zwischen denen sich die Haut spannte. Die andere Hälfte seines Gesichts lag im Dunkeln.

Er sprach kein Wort. Er schien auf jede Reaktion gefaßt zu sein, die sein Handeln auslösen mochte. Nyx, die das Mondlicht mit dem fahlen Feuer in Zusammenhang brachte, das von dem Vogel ausgegangen war, bevor er sich verändert hatte, fragte plötzlich: »Wie lange wirst du menschlich sein?«

Er schien überrascht über ihre Frage. »Bis Mitternacht.« Seine Stimme war kaum zu hören. »Dann jagt der Vogel.«

»Was jagt er?« fragte die Herrscherin scharf.

»Ich glaube, Mäuse.«

»Wer bist du? Aus welchem unzivilisierten Land kommst du, daß du in mein Haus fliegst, seine Bewohner erschreckst und meine Nichte in einen Rosenstrauch verwandelst?«

Meguet, die sich nach der erwähnten Nichte umblickte, trat plötzlich einen Schritt zurück und fand sich an der Seite des Torwächters wieder.

»Der Vogel schreit. Er verändert Dinge.« Seine Stimme hatte einen hohlen, gespenstischen Klang. »Ich kann ihn nicht aufhalten. Bist du eine Magierin?«

»Nein. Ich bin die Herrscherin von Ro Holding.«

»Ro Holding.« Die Leere in seiner Stimme war erstaunlich. Dann fügte er hinzu: »Das Reich des Jungen Schwans. Ich habe den schwarzen Schwan auf den Segeln von Kriegsschiffen fliegen sehen. Oder der Vogel hat es gesehen. Einer von uns beiden. Vielleicht war es auch nur ein Bild. Ich kann mich nicht erinnern.«

»Kannst du dich an deinen Namen erinnern?« fragte Nyx. Er sah sie lange an, bevor er antwortete.

»Du bist die Magierin.«

»Ich bin Nyx Ro. Und Magierin, Zauberin, Sumpfhexe, etwas von allem.« Sie hielt seinen Blick fest, sprach langsam und ruhig, benutzte die Worte wie kleine Widerhaken, um seine Aufmerksamkeit auf sich zu ziehen und festzuhalten. »Du bist verhext. Du bist hergekommen, weil du Hilfe suchst.«

»Ja«, flüsterte er. »Der Vogel schreit um Hilfe – er verwandelt seine Schreie in Edelsteine, Gold, in irgend etwas Wertvolles, das ins Auge fällt.«

»Woher wußtest du, daß du hier Hilfe finden kannst?«

»Der Vogel wußte es.«

»Du bist der Vogel.«

Er öffnete den Mund und schloß ihn wieder. Plötzlich veränderte sich sein Gesichtsausdruck, wie ein flackerndes Licht: Einen Augenblick schien es, als wollte er beginnen zu schreien. Dann verschwand dieser Ausdruck wieder, als hätte er es vergessen. »Nein. Der Vogel ist Zauberei.«

»Wie lange bist du schon verhext?«

»Ich weiß es nicht. Eine Woche. Einen Monat. Ein Jahrhundert. Ich weiß es nicht.«

»Woher kommst du?«

»Ich habe es vergessen.«

»Wie heißt du?«

»Ich habe es vergessen«, flüsterte er. Nyx schwieg. Ihre Augen, in denen sich das bleiche Feuer des Mondes fing, wurden blaß, unmenschlich. Meguet sah diesen Blick resignierend; sie wußte, daß Nyx jetzt im Zauber ihrer eigenen Neugier gefangen war. Nach einer Weile löste Nyx ihren Blick von dem Mann und sah die Herrscherin fragend an. Die Herrscherin hob – ebenfalls resignierend – die Hand.

»Schon gut. Auch ich bin neugierig. Aber ich werde keine weitere Zauberei durch diesen Vogel mehr dulden. Sorgt dafür, daß er nicht mehr auftaucht, und gebt dem Mann in Moros Namen etwas anderes als Mäuse zum Essen.«

Der Mann fiel auf die Knie. Er senkte den Kopf. Dann legte er die Arme aneinander, als seien sie gefesselt, von den Ellbogen bis zu den nach oben gedrehten Handgelenken, die von dem seltsamen, gitterförmigen Metall umschlossen wurden. Seine Finger spreizten sich und schlossen sich wieder, eine Geste, die Nyx' Aufmerksamkeit erregte. »Das ist für den Jungen Schwan«, sagte er. »Alle Zeit, die ich habe.«

Die Herrscherin schickte ihn unter Bewachung fort, damit er etwas zu essen bekam, gewaschen und eingekleidet wurde. Danach konnte Nyx sich im Turm des Magiers mit ihm beschäftigen, bis die Glocke im Nordturm die Nacht vom Morgen schied. Nyx kehrte in die Bücherei zurück, die in einem Zustand war, den ein flüchtige Betrachter nur als Katastrophe hätte bezeichnen können. Doch ihr Chaos hatte so viel System, daß sie sofort Calyx' wirkungslose Versuche registrierte, hier Ordnung zu schaffen. Nachdenklich starrte sie in das Auge des Jungen Schwans, der durch den schwarzen Marmor über dem Kaminsims flog, und rief sich die Geste des Fremden noch einmal in Erinnerung. Unter dem Jungen Schwan glänzten verschiedene Gegenstände im

Licht von Kerzen und Fackeln: kleine undurchsichtige Fläschen, dunkle Glaskästchen, die sich nicht öffnen ließen, geheimnisvolle Behälter, die aus Bernstein, Gold oder Holz gefertigt waren und keine Öffnungen besaßen, sich aber nach dem Schütteln zu bewegen schienen wegen der Flüssigkeit, die sie enthielten. Sie betastete eine fugenlose Kobaltdose. In ihr summte etwas wie ein wütendes Insekt. Nach all den Jahren ihrer Reisen, ihres Studiums, ihrer Arbeit wußte sie immer noch nicht, welchen Zauber diese kleine Dose enthielt. Was sie letztendlich gelernt hatte, war, warum sie noch so unwissend war.

Die Tür öffnete sich. Meguet, die gerade im Begriff war, den Raum zu betreten, blieb an der Schwelle stehen. Ein erstauntes Gesicht spähte neugierig über ihre Schulter. Sie drehte sich ohne einen Ausdruck der Verwunderung um und nahm das Tablett entgegen, mit dem ihr jemand gefolgt war. Die Tür schloß sich. Sie sah sich nach einem Platz um, an dem sie Nyx' Abendessen abstellen konnte.

»Laß es einfach los«, sagte Nyx. Meguet, die mit weniger Vorwarnung in einen Rosenstrauch verwandelt worden war, fügte sich ruhig den Launen der Zauberei und ließ das Tablett mitten in der Luft schweben. »Danke.«

»Deine Mutter bat mich, es dir zu bringen. Sie sagte, du hättest den ganzen Tag noch nichts gegessen.«

»Wie konnte sie sich daran erinnern? Ich habe es selber nicht gemerkt.« Sie winkte das Tablett durch den Raum zu sich heran. Meguet, die sich umsah, erblickte alte Waffen, die wie Eiszapfen über ihrem Kopf hingen. Sie ging prompt zur Seite und stellte sich zu Nyx an den Kamin, wo nichts mehr in der Luft schwebte als ein verblichener Wandteppich. Nyx hielt ihr Brot in der einen Hand, kaltes Geflügel in der anderen und fragte: »Wo ist er?«

»Im Badezimmer, glaube ich. Was hast du an dir, das Möbelstücke veranlaßt, sich so merkwürdig zu verhalten?«

»Ich bevorzuge eine Welt, die in ständigem Wandel begriffen ist«, sagte Nyx mit vollem Mund.

»Wirst du das auch der Herrscherin sagen?«

»Kommt sie herauf?«

»Sie ist kaum in der Stimmung, dich hier oben mit einem Mann alleinzulassen, der durch einen Atemstoß Wagenpferde in Bäume verwandeln kann.«

»Oh.«

»So hat sie es gesagt.«

Nyx zuckte mit den Schultern. »Die Zaubersprüche des Vogels verlieren im Mondlicht ihre Wirkung. Glücklicherweise. Du hast einen wundervollen Rosenstrauch abgegeben.«

»Einen Rosenstrauch«, sagte Meguet staunend. »Vor der Hälfte der Hausbewohner. Warum hast du darauf gewartet, daß der Mond mich rettet? Du hättest mir etwas von dieser Peinlichkeit ersparen können.«

»Ich konnte es nicht.«

»Warum nicht?«

»Ich weiß es nicht.«

Meguet sah sie an. Sie verschränkte die Arme und lehnte sich an den Kaminsims. Sie machte selten unnötige Bewegungen. Jetzt klopfte der Absatz ihres Stiefels unbequeme Fragen gegen die Kaminsteine. »Du meinst also, du konntest es nicht.«

»Ich konnte es nicht.« Nyx legte einen Geflügelknochen beiseite, betrachtete ihn mit den abschätzenden Augen einer Sumpfhexe und leckte sich dann einen Finger. »Das fasziniert mich ja so. Um einen Zauber zu brechen, muß man ihn einfach entflechten, Faden für Faden, bis er sich auflöst. Natürlich läuft man dabei Gefahr, die Aufmerksamkeit des Zauberers auf sich zu ziehen, der den Zauber ausgesprochen hat, und der dein Eindringen vielleicht mit Mißfallen betrachtet. Ich konnte den Zauber, der auf dir lag, nicht lösen, weil ich nicht einen einzigen Faden gefunden habe. Dieser Zauber war aus einem Stück, wie ein Edelstein. Sehr schön.«

»Du meinst, wenn der Mond nicht aufgegangen wäre ...«

»Früher oder später hätte ich ihn durchschaut. Es gibt immer einen Weg. Immer. Aber der Mond war schneller.«

Meguet schwieg. Eine nächtliche Brise wehte durch die Fenster und brachte den Duft von Rosen mit sich. In ihrer Erinnerung sah sie die Rose vor sich, die in ihrem Schatten gelegen hatte. Ihre Finger schlossen sich fester um die Arme, und sie fragte langsam: »Besteht eine Verbindung zwischen dem Feuervogel und dem Magier?«

»Ich weiß es nicht.« Nyx schenkte sich Wein ein und starrte mit gerunzelter Stirn in den Becher, ohne zu trinken. »Gibt es eine Verbindung zwischen einem Magier, der einen Schlüssel sucht, und einem Feuervogel, der über die Mauer geflogen kommt? Wenn der Magier vor einem Monat gekommen wäre und der Feuervogel erst morgen, hätte ich gesagt, nein. Aber sie kamen direkt nacheinander, und beide aus Ländern, die außerhalb von Ro Holding liegen.«

»Er sprach von Kriegsschiffen.«

»Dann ist der Zauber sehr alt, und der Zauberer vielleicht tot. Das könnte es mir leichter machen. Oder schwerer, wenn es ein archaischer Zauber ist. Wie lange ist es her, daß Kriegsschiffe unter dem Jungen Schwan über die Wolfe-See gesegelt sind?«

»Jahrhunderte.« Meguet überlief plötzlich ein Frösteln, als sie sich den Zeitraum vorstellte. »Kein Wunder, daß er so schreit, wenn er schon so lange verhext ist. Aber ist der Magier oder Zauberer wirklich tot? Hatte Chrysom nicht schon jahrhundertelang gelebt, bevor er dieses Haus für Moro Ro baute?«

»So sagt die Legende.«

»Was sagte er selbst?«

»Chrysom hat nur wenig über sich selbst gesagt. Er hat sein Leben hinter seinen Zaubersprüchen versteckt. Und anscheinend hat er auch ein paar Zaubersprüche versteckt, verschlossen an einem geheimen Ort ... Meguet, wenn du etwas in diesem Raum verstecken wolltest, wo würdest du es verstecken?«

»Im Schornstein. Unter einem Kaminstein. In einem Tischbein. Außer ich wäre ein Magier. Dann ...« Sie schüttelte hilflos den Kopf, unfähig, sich in einen Magier zu versetzen. »Ich weiß nicht, wie Magier denken.«

»Das weiß ich selbst. Ich möchte wissen, was du denkst.«

»Was soll ich verstecken?«

»Ein Zauberbuch. Vielleicht sieht es nicht aus wie ein Buch. Es könnte aussehen wie ein Türknauf. Vielleicht ist es sogar ein Buch in einem Buch, Sätze, die zwischen anderen Sätzen versteckt sind, Wörter zwischen Wörtern, aber ich habe jedes einzelne Buch in diesem Raum durchsucht, das aus der Zeit vor Chrysoms Tod stammt.«

»Jemand hat es an sich genommen.«

»Nein.«

»Wie kannst du das wissen?«

»Weil in diesem Fall die Zaubersprüche schon längst überall bekannt wären.« Ich habe schon seit einiger Zeit den Verdacht, daß ein Buch verlorengegangen ist oder versteckt wurde. Ich habe keine Ahnung, woher der Magier, der uns besuchte, den Hinweis erhalten hat, der ihn auf die Idee brachte, nach dem Schlüssel zu suchen. Vielleicht kommt er zurück, und ich kann ihn fragen. Vielleicht ist ihm aufgefallen, was mir aufgefallen ist: daß Chrysom ab und zu auf nicht überlieferte Zaubersprüche anspielt, die nicht einmal der Magier Diu kennt, denn er hat mir nie davon erzählt.«

Meguet nickte erstaunt. Der uralte Magier Diu, ein Nachkomme von Chrysom, war eine so sagenumwobene Gestalt, daß es ihr schwerfiel, sich vorzustellen, daß er noch lebte und vor sich hinzauberte. »Woher weißt du das? Was hat deinen Verdacht erregt?«

»Das hier«, sagte Nyx und berührte die rätselhaften Gegenstände auf dem Kaminsims. »In keinem seiner Bücher ist davon die Rede, und ich dachte, ich hätte alle seine Bücher gelesen. Und außerdem bin ich in seinem Zauberbuch manchmal zufällig auf ein seltsames Zeichen am Seitenrand gestoßen: ein C oder ein Sichelmond, der ein M in seinen Armen hält. Der Schlüssel hat die gleiche Markierung auf seinem Griff. Ich dachte immer, die Zaubersprüche, die Chrysom mit diesem Zeichen markiert hat, seien unvollständig oder so alt, daß sie nur noch Kuriositäten sind. Aber jetzt weiß ich, daß er sie woanders vervollständigt hat. An einem geheimen Ort, verschlossen von dem Schlüssel, den er versteckt hat.«

»Aber warum sollte er sie versteckt haben?«

»Das interessiert mich am meisten«, sagte Nyx leise. »Was sind das für Zaubersprüche, von denen er dachte, daß er sie verstecken müßte?«

Meguet bemerkte den fieberhaften Glanz in ihren Augen: Die Zauberin auf der Jagd nach dem Unbekannten. Diese Jagd hatte sie kürzlich erst in einen Sumpf geführt und Aufruhr in das ganze Haus gebracht. Meguet sagte resigniert: »Du stellst also diesen Raum auf den Kopf, um dieses geheime Buch zu finden, das es vielleicht gar nicht gibt.«

Nyx nickte ungerührt. Sie kaute wieder. »Jede Spalte, jede Glasrose, jeden Stein und jeden Steinvogel in diesem Kamin. Ich habe gesucht, wie eine Magierin sucht, allein mit Hilfe meiner Augen und Hände.«

»Dann ist es nicht hier.«

»Ich glaube, daß es hier ist ... Chyrsom hat alles, was er brauchte, in diesem Raum aufbewahrt. Er lebte hier; seine Knochen sind immer noch hier, begraben unter diesem Turm. Sie senden ein Signal aus, wie ein Leuchtfeuer, ein geisterhaftes Signal, aber sichtbar für jeden, der die Spuren der Macht erkennen kann ...«

»Wie der Vogel? Ist es das, was ihn hierhergebracht hat?«

Nyx schwieg. Nachdenklich betrachtete sie Meguet, benutzte die Ruhe im Gesicht ihrer Cousine, um sich selbst zu konzentrieren. »Ich weiß immer noch nicht, woher der Zauber dieses Vogels kommt«, sagte sie schließlich. »Vielleicht wurde er nur geschaffen, um diesen Ort zu finden. Oder jeden Ort, an dem es Macht gibt.«

»Für noch einen anderen Magier?« Meguet wirkte erschüttert. »Nyx, mit wieviel Magiern werden wir uns noch herumschlagen müssen?«

Nyx zuckte mit den Schultern. »Es ist nur Spekulation. Ich beschäftige mich mit Problemen, wenn ich sie habe.« Sie unterbrach sich und lauschte, das Weinglas auf halbem Weg zu ihren Lippen. Abrupt stellte sie es ab. »So wie jetzt. Meine Mutter kommt.«

Der Raum ordnete sich innerhalb eines Augenblicks. Meguet kam es vor, als habe sein aufgeräumter Zustand in einer anderen Zeit abgewartet, bis Nyx ihre Suche durchgeführt hatte. Teppiche und Felle lagen auf dem Boden, Waffen und Gobelins hingen an den Wänden, Bücher umgaben sie auf Regalen und Sockeln. Die Wirtschaftsbücher, an denen Calyx gearbeitet hatte, lagen aufgeschlagen auf dem Tisch, und ihr Stift lag schräg auf einer Seite, um eine bestimmte Stelle zu markieren. Die Stühle, die sich auf dem Weintisch zu einer Pyramide aufgetürmt hatten, die alle physikalischen Gesetze verhöhnte, standen um den Kamin herum. Nicht ein Schatten oder eine Flamme war falsch plaziert. Nyx nahm ihr Abendessen aus der Luft und stellte es auf den Tisch. Die Tür öffnete sich.

Die Herrscherin trat ein, gefolgt von ihren beiden älteren Töchtern und Rush Yarr. Zwei bewaffnete Wachen eskortierten den Fremden. Auch wenn er jetzt zivilisiertere Kleidung trug, sah er immer noch schrecklich aus, groß und muskulös, und etwas von der Wildheit des Vogels haftete an ihm. Meguet, die sich an die Wut und Verlorenheit seines Schreis erinnerte, wünschte sich, sie hätte daran gedacht, sich zu bewaffnen, denn dieser Mann war sich seiner eigenen Wut nicht bewußt. Der Zorn des Vogels verwandelte sich in Edelsteinblätter. Welche Form der Zorn des Mannes annehmen konnte, war noch nicht bekannt, vielleicht nicht einmal ihm selbst.

Doch jetzt, da er den Raum betrat, wirkte er ruhig. Er sah sich kaum um. Sein Blick richtete sich auf Nyx und verharrte dort. Nyx wies auf einen Stuhl. Zögernd, als hätte er vergessen, wie, nahm er Platz. Meguet schlenderte unauffällig zu einem Tisch in seiner Nähe und lehnte sich dagegen. Rush gesellte sich zu ihr. Die Wachen blieben hinter der Herrscherin und ihren Töchtern, schweigend und aufmerksam. Nyx stand am Kamin und beobachtete ihn, während sie an einem Strang winziger Perlen herumfingerte, der ihr über das Ohr fiel.

»Gibt es einen Namen, mit dem ich dich ansprechen

kann?« fragte sie. »Kannst du dich daran erinnern, auf einen Namen gehört zu haben?«

Er schwieg und stocherte in den Tiefen seiner Erinnerung. Schließlich sagte er: »Jeder Name, nach dem ich taste, entgleitet mir. Jeder könnte es sein. Oder keiner.«

Sein Gesicht wurde plötzlich vor Nyx' gedankenverlorenem Blick klar und deutlich, so als hätte sie vorher nur den Feuervogel in ihm gesehen. Seine Augen erinnerten sie an etwas. Sie strich sich den Perlenstrang hinter das Ohr, und dann fiel es ihr ein: an die blaue Kobaltdose hinter ihr auf dem Sims. Sie blinzelte. Der ganze Raum war still, alle waren scheinbar von ihrem Schweigen fasziniert. Sie sammelte ihre Gedanken, die von einer Farbe zerstreut worden waren. »Zwei Dinge haben für mich Vorrang. Ich will das Feuer des Vogels, und ich will seinen Schrei.«

Seine Lippen öffneten sich. »Wie?« flüsterte er.

»Das werde ich dir sagen, wenn ich es geschafft habe. Ich will nicht jedesmal, wenn er mich ansieht, in einen bunten Blätterhaufen verwandelt werden. Und der Schrei, den dieser Vogel ausstößt, ist so wie der Schrei von jedem Vogel, den ich je für meine Zauberei quälen mußte. Es würde mir das Herz brechen.«

Gebannt starrte er sie an, als hätte sie in seinen Augen Kontur bekommen oder eine andere Gestalt angenommen. Er bewegte sich plötzlich, seine Muskeln spannten sich, und seine Hände schlossen sich um die Stuhllehne. Der Schrei glitt wie ein Blitz über sein Gesicht. Silber blitzte auf, als sich hinter der Herrscherin eine der Wachposten bewegte. Meguet fing seinen Blick auf und brachte ihn dazu, ruhig zu bleiben. Nyx fuhr mit grimmiger, aber besonnener Stimme fort: »Magier begeben sich manchmal auf seltsame Wege, an seltsame Orte. Du kannst mir vertrauen, aber das weißt du nicht. Meine Vergangenheit wirft einen Schatten. Wenn du einen Magier ohne Schatten willst, mußt du weiter nach Norden fliegen, zu einem Magier namens Diu, der sehr alt und müde ist, aber bereit wäre, mir einen Gefallen zu tun, wenn ich ihn darum bitte. Du mußt ...«

»Der Vogel hat dich gefunden«, sagte der Mann. Er hielt immer noch die Stuhllehne umklammert, hatte sich aber sonst nicht mehr bewegt. Nyx wartete darauf, daß er weitersprach. Als er fortfuhr, lag etwas Gefühl in seiner tiefen Stimme: »Ich weiß nicht, wie lange der Vogel geflogen ist, um dich zu finden. Aber nachdem er dieses Haus betreten hatte, schrie er seinen Zauber, bis du ihm zuhörtest. Du mußt tun, was du kannst. Was du willst. Der Vogel wird entscheiden, ob er hierbleiben oder wieder davonfliegen wird. Es ist keine Frage des Vertrauens. Und keine Frage, über die ich entscheiden kann. Ich habe keine Wahl.«

Die Herrscherin öffnete den Mund und schloß ihn wieder, als die Zauberin ihr einen schnellen Blick zuwarf. Nyx beantwortete ihre unausgesprochene Frage. »Bevor ich nicht mit meiner Arbeit begonnen habe, kann ich nicht sagen, wie der Vogel mich gefunden hat oder warum, oder ob er geschickt wurde. Ich habe den Verdacht, daß der Zauber vor langer Zeit ausgesprochen wurde und daß der Vogel nur deshalb hierhergekommen ist, weil er den tausend Jahre alten Zauber in diesem Turm gespürt hat. Ich nehme daher an, daß ich erst einmal nur einen Zauber zu brechen habe.«

»Und wenn der Vogel geschickt wurde?« fragte die Herrscherin. »Vielleicht von dem Mann, der gestern hier aufgetaucht ist? Du bringst vielleicht das ganze Haus in Gefahr.«

»Nun«, sagte Nyx mit weicher Stimme, »das wäre nicht das erste Mal.«

»Aber ...«

»Du hast diesen Vogel schreien gehört. Gibt es irgend etwas, das du nicht tun würdest, um das zu beenden?« Die Herrscherin schwieg. Edelsteine funkelten, als sie die Hände faltete. Sie schien noch nicht von Nyx' Argumenten überzeugt zu sein. Nyx fügte hinzu: »Ich kann es beenden. Ich kann helfen. Wenn ich Zauberei in dieses Haus bringe, dann werden wir einen Weg finden, damit fertig zu werden. Aber jetzt ist der Vogel nun einmal hier, und der Zauberer ist nur eine Möglichkeit. Ich muß mit dem Zauber beginnen, den ich vor mir habe, nicht mit Geistern und Schatten, die durch Angst heraufbeschworen sind.« Sie sah den Mann wieder an. Während sie sprach, hatte er nicht die geringste Regung gezeigt. Sie war sich nicht sicher, wieviel er verstand, außer Hoffnung. »Also«, sagte sie und spielte mit einem Ohrring, einem perlenbesetzten Bernsteinring. »Also werden wir darauf warten, daß der Vogel zurückkehrt. Erzähl mir, an was du dich von deinen Wanderungen erinnerst.«

»Ich erinnere mich an das Meer. Ich erinnere mich daran, daß der Vogel durch einen Hagel aus brennenden Pfeilen flog. Ich erinnere mich an das Gesicht eines kleinen Jungen, kurz bevor ihn das Feuer des Vogels traf. Ich erinnere mich daran, in Schnee, in Schlamm und manchmal auf Bäumen aufgewacht zu sein. Manchmal fiel ich vom Himmel, wenn ich erwachte, oder ich rannte vor Jägern davon.«

»Und bevor du verhext wurdest?« Der Ohrring löste sich. Sie fing ihn mit der Hand auf. Die andere Hand streckte sie nach dem Metall an seinem Handgelenk aus, berührte es aber nicht. »Was ist das?«

Er betrachtete den Armreif ohne einen Blick des Erkennens. »Eine Art Schutz, nehme ich an.«

»Kann ich das einmal sehen?«

»Es läßt sich nicht lösen.«

»Kannst du dich an irgendeinen Ort erinnern? Eine Stadt? Ein Haus?«

Er schwieg und dachte angestrengt nach. »Ich erinnere mich an einen Torbogen.«

»Einen Torbogen?«

Er zuckte leicht mit den Schultern. »Sonst nichts. Einen Marmortorbogen, mit einem Blumentopf aus Marmor daneben.«

»Was war hinter dem Tor?«

»Ein Mittagsschatten. Das ist alles, woran ich mich erinnern kann, außer daran, daß ich es sah, nicht der Vogel, denn ich erinnere mich an den Duft von Blumen und an die milde Luft. Es könnte jedes Tor sein, irgendwo. Es bedeutet nichts.«

»Was hast du gemeint, als du zu der Herrscherin gesagt hast ›Alle Zeit, die ich habe‹?«

Er sprang plötzlich ohne Vorwarnung auf. Meguet, die sich von dem Tisch abstieß, an dem sie lehnte, erkannte, wie der Schrei sich über sein Gesicht legte. Dann hörte sie die Mitternachtsglocken und sah, wie das feurige Gefieder seinen Rücken überzog. Sie korrigierte ihren instinktiven Kurs auf Nyx zu, denn sie hatte keine Lust, noch einmal von dem Zauberfeuer eingefangen zu werden. Der Vogel beendete seinen Schrei in der Luft. Feuer schoß auf Nyx zu. Meguet hörte Calyx hinter der seidigen, rot-goldenen Wand aufschreien. Nyx öffnete die Hand und hielt ihre Verteidigungswaffe hoch: einen Bernsteinohrring.

Feuer entzündete sich in dem Bernstein, ein Spiegelbild der lodernden Flamme. Es funkelte in Nyx' nebligen Augen und füllte sie mit Farbe. Für einen Augenblick war ihr Verstand ein Bernstein, ein feuergefüllter Edelstein, der den Zauber lenkte, herausforderte, der sich endlos ausdehnte, als der Zauber sie überflutete, während man beobachten, wie das kleine Juwel in ihrer Hand das Feuer bündelte und verschlang. Die prächtige und magische Bilderwelt der Zauberei des Vogels wirbelte durch ihren Kopf, während der Zauber sie zu verwandeln suchte: schwarze Rosen, Smaragdblätter, Schneeflocken aus Silbergeflecht wie die seltsamen Armbänder, Vögel mit Saphirflügeln und -augen, goldene Lilien, Vogeleier aus Topas und Diamant. Die Fäden des Zaubers bildeten ein vielfältiges Gewebe, das von einer geschickten Hand angefertigt war. Während sie das Feuer und die endlose Bilderflut aus dem Vogel zog, hörte sie entfernt sein unablässiges Schreien.

Dann war nur noch fahles Mondlicht in ihrem Kopf, eine letzte nebelfarbene Rose. Sie konnte wieder sehen und ließ blinzelnd die Hand sinken. Der Vogel saß schweigend auf einem Stuhl. Der Raum wurde langsam wieder dunkler, beherrscht von Schatten und Kerzenlicht. Die Gesichter, die ihr zugewandt waren, wirkten gepeinigt und erschöpft von dem Schrei. Sie hob den Bernstein, der jetzt rot-golden und wie Glas von Rissen überzogen war, und hängte ihn sich wieder an das Ohr. Ihre Hand zitterte leicht.

»Jetzt weiß der Vogel also, wo er ist«, sagte sie.

»Nyx«, flüsterte die Herrscherin. Dann sagte sie nichts mehr. Neben ihr hob Calyx das Gesicht aus den Händen. Tränen liefen ihr über die Finger. Rush, vom Zauber noch benommen, ging zu ihr und legte ihr die Hände auf die Schultern. Die Gesichter der Wachen wirkten verkniffen, als hätten sie in schneidendem Wind gestanden. Iris war verschwunden. Nyx' Blick richtete sich auf Meguet. Ihr Gesicht war gefaßt und aufmerksam wie immer, aber so weiß wie Schnee.

»Das ganze Haus muß aufgewacht sein«, bemerkte Meguet. Ihre Stimme zitterte plötzlich. Sie legte die Hand vor den Mund, als sie einen Widerhall der Wut und des Leidens hörte. »Kannst du einen Edelstein finden, der hart genug ist, den Schrei zu bewahren?«

»Vielleicht«, sagte Nyx leise. Ihre leuchtenden Augen waren weit geöffnet. Sie schien durch Meguet hindurchzusehen. »Vielleicht einen ganz bestimmten.« Meguet, die den Ausdruck in ihrem Gesicht erkannte, spürte, wie sie selbst ruhig wurde. Sie schien den Edelstein zu sehen, der in Nyx' Kopf existierte. »Es ist so leicht, Meguet, wenn man es tun muß, aber ich hatte es noch niemals versucht. Und doch habe ich es alles schon im Auge des Jungen Schwans gesehen ...«

»Was?« fragten Calyx und die Herrscherin wie aus einem Mund.

»All die bruchstückhaften Momente des Ganzen, wie Licht, das von einem Prisma gebrochen wird ... Ein Augenblick, der sich über alle Zeitschichten erstreckt. Wenn ich die Schreie des Vogels in eine andere Zeitschicht werfen könnte, würden wir sie nicht mehr hören, und doch hätte er seine Stimme noch. Ich habe ihm sein Feuer genommen. Dieser Schrei ist sein Herz und das einzige Wort, das er kennt. Ich werde ihm nicht das Herz nehmen.« Sie schwieg einen Augenblick und sah jetzt Meguet an, und nicht mehr das große dunkle Prisma unter dem Turm, das das Auge des Jungen Schwans war. »Ich sah in das Auge des Jungen Schwans, und ich sah seine Macht. Aber zeigte es mir nur Dinge, die ich niemals wissen konnte? Oder habe ich seine Macht erhalten?« Meguet war gebannt wie ein Vogel. Sie konnte ihren Blick nicht abwenden. Kein Geräusch war im Zimmer zu hören. »Du wanderst durch die Wände der Zeit, wenn es sein muß. Das habe ich getan, dieses eine Mal, ging schneller als ein Gedanke. Aber kann ich so wandern, wie ich will? Ich bin die Erbin des Jungen Schwans: Gab er mir nur, was ich brauchte, oder was ich wollte? Ich wollte alles, was ich sah … In diesem Augenblick flog ich durch die Zeit, aber flog ich wirklich? Oder war es der Junge Schwan?« Die schwarzen Turmwände umhüllten sie wie die kleine runde Kammer im Herzen von Chrysoms Labyrinth. Konzentriert, den Blick immer noch auf Meguet gerichtet, sah sie das schwarze Prisma, das facettenüberzogene Auge der Macht, das in der stillen Finsternis in einem dreifachen Ring der Zeit hing. »In diese Stille könntest du hineinschreien«, sagte sie zu dem Vogel. »Ich habe es getan.«

Der Vogel schrie. Sie hörte ihn, während sie wieder unter dem großen Prisma stand, das jetzt nicht mehr dunkel war, sondern weiße Glut, überzogen von Flächen aus Licht. Der Schrei füllte den Raum, tief unten, wo nur der Junge Schwan ihn hören konnte. Der Vogel schrie und schrie noch einmal. Seine Geschichte hallte von den Steinmauern wider, als habe er endlich den sicheren und geheimen Ort gefunden, an dem er sie erzählen konnte. Nyx, die in das Prisma blickte und nach einem vertrauten Wort lauschte, sah, daß Meguets Gesicht sich in jeder Facette spiegelte. Dann sah sie Meguet in dem Schatten auf der anderen Seite des Prismas, gefangen in dem Gewirr der Schreie, als hätte Nyx, die ihr Gesicht benutzt hatte, um sich zu erinnern, sie in die zerbrochene Zeit hineingezogen.

Nyx blinzelte. Das Prisma verblaßte, und sie sah wieder Meguets Gesicht, reglos wie ein Fels. Der Turm des Magiers umgab sie wieder, mit seinem dreifachen Ring aus Stein und

Nacht und Zeit. Farbe schoß plötzlich in Meguets Gesicht. Ungläubig starrte sie Nyx an. Der Vogel schrie, aber seine Schreie waren jetzt geräuschlos, seine Geschichte versteckt.

Die Herrscherin und Calyx waren aufgesprungen.

»Wohin seid ihr gegangen?« fragte Calyx staunend. »Ihr wart beide verschwunden.«

»Ich habe den Schrei des Vogels in das Zentrum des Labyrinths geschickt«, sagte Nyx. Sie fuhr sich müde mit den Händen durch die Haare, den Blick auf Meguet gerichtet. »Es sieht so aus, als hätte ich uns beide dabei mitgenommen.«

»Das ist nicht möglich«, sagte die Herrscherin. Sie wandte sich hilfesuchend an Meguet. »Oder doch?«

»Nein.« Sie holte tief Luft und erschauerte leicht. »Meine Anwesenheit war dort nicht erforderlich.«

»Ich habe dich gebraucht«, sagte Nyx. »Du hast mich in der Erinnerung dorthingebracht. Wer weiß, wer von uns wen geführt hat? Der Vogel schreit jetzt zu dem Jungen Schwan statt zu uns, und das heißt, daß wir alle gut schlafen können.«

Sie ließ eine Hand auf Meguets Schulter fallen und lächelte etwas gezwungen. »Vielleicht war das alles, was wir getan haben: Wir sind in der Erinnerung zurückgegangen und haben passenderweise einen Vogelschrei dort gelassen.«

Meguet, die immer noch benommen dastand, schüttelte den Kopf. »Du hast die Zeit verschoben, nicht die Erinnerung«, sagte sie schlicht. Dann schwieg sie und lauschte ihren eigenen Worten, oder anderen Worten, die unter dem Mondlicht widerhallten. Die Herrscherin richtete ihre dunklen, besorgten Augen auf das Gesicht der Zauberin und sagte leise: »Alle Zeit, die ich habe.«

Kapitel 4

Meguet beobachtete, wie sich die Morgendämmerung wie eine Feuerschwinge über das Delta legte. Sie war früh erwacht, da sie damit rechnete, zum Dienst bei den Beratungen gerufen zu werden und hatte den Torwächter gesehen, der damit rechnete, daß es dämmerte und gerade dabei war, die Fackeln neben dem Tor zu löschen. Hinter der Mauer fingen die Wellen das Licht, rollten es zusammen und rollten es auf dem Strand wieder aus, wie eine Schriftrolle mit einem Zauberspruch in einer vergessenen Sprache. Ohne ihre Bediensteten zu wecken, kleidete sie sich schnell an und zog sich Schwäne über die Schultern und die Handgelenke herunter, denn bei aller Magie und allen Geheimnissen lag heute wieder ein nüchterner Verhandlungstag vor ihnen, wenn es ihnen gelang, dem Zauber auszuweichen, der vom Himmel kopfüber auf sie herabgefallen war. Während sie nach unten ging, flocht sie ihr Haar. Als sie den Hof überquerte, atmete sie die feuchte, süßliche Luft der inneren Sümpfe, Lilien und Moraste und stillen, geheimnisvollen Gewässer ein. Das Gesicht des Torwächters war den Sümpfen zugewandt. Sie fragte sich, ob er es auch gerochen hatte und ob er Erinnerungen einatmete. Dann sah er sie.

Sein Frühstück wurde ihm gebracht, kurz nachdem sie gekommen war. Er teilte es mit ihr, und gemeinsam hielten sie das Tablett in der winzigen Turmstube. Er bestrich warmes Brot für sie mit Butter, bot ihr hellen, würzigen Wein aus seiner Tasse an und schälte Wachteleier. Sie war müde und abwesend, aß nur wenig und horchte unterbewußt auf die Stimme der Herrscherin.

»Ich habe die ganze Nacht hindurch Licht vom Turm des Magiers gesehen«, sagte er.

Sie riß ihren Blick von der weißen Bahn einer fliegenden Möwe los und sah ihn an. »Dann bist du die ganze Nacht wach gewesen.«

»Ich hielt es für das beste angesichts der Dinge, die an mir vorbeigelangt sind«, sagte er. Er schnitt hauchdünne Scheiben von einer Melone ab und reichte ihr eine. »Ich weiß nicht, was als nächstes kommt.«

Sie bemerkte erst jetzt die vertrauten Schatten unter seinen Augen, die immer auftraten, wenn er in einsamen Nachtstunden zu viel oder zu wenig sah. Sie stellte das Tablett abrupt zur Seite und rutschte näher zu ihm.

»Das weiß niemand«, sagte sie und erzählte ihm, was der Feuervogel gesagt und was Nyx getan hatte. Als sie ihren Bericht beendet und den Kopf auf seine Schulter legte, um dem hereinflutenden Morgenlicht zu entgehen, meinte er: »Sie hat wirklich eine Hand für Vögel.«

Meguet hob den Kopf und sah ihn aus schmalen Augen an. Der Ansatz eines Lächelns zeigte sich an seinen Mundwinkeln. »Das möchte ich dir auch geraten haben, daß du lachst«, sagte sie streng.

Er strich ihr über das Haar. »Es ist noch nicht lange her, da hatte sie uns soweit, daß wir wegen Vögeln bei jedem Schatten zusammenzuckten. Und jetzt ist wieder einer so schnell über das Tor gekommen, daß der Torwächter von Ro Haus nur noch mit offenem Mund ein paar Federn zu Boden schweben sah. Ich könnte genausogut wieder in den Sumpf zurückrudern.«

»Nimm mich mit«, seufzte sie. »Diese Ratssitzungen fesseln mich an das Haus. Ich möchte lieber im Sumpf Lilien pflücken, die du mir dann ins Haar flechten sollst.«

»Die Räte der Holds müssen langsam nervös werden.«

»Sie sind neugierig. Ich bin nervös. Die Herrscherin macht den Eindruck, als hätte sie ein Gewitter verschluckt. Ihr Haus ist von einem Magier verhext worden, der keine guten Absichten hat und vielleicht bald zurückkommt, und ihre Erbin ist mit einem Vogel oben in Chrysoms Turm, der uns vielleicht Schwierigkeiten machen wird, ganz bestimmt aber Ärger mit sich bringt. Und mitten in diesem Geschehen muß sie Reden über Schafe über sich ergehen lassen.«

»Was für Schwierigkeiten erwartet sie denn von dem Feuervogel?«

»Den Magier, der den Zauber ausgesprochen hat.«

Er gab einen leisen Ton von sich und bewegte sich unruhig. »Noch einer? Nach wieviel Magiern halten wir denn Ausschau?«

»Vielleicht klopft dieser an das Tor.«

»Sie scheinen nicht die Angewohnheit zu haben, anzuklopfen. Warum gibt der Zauberer ihm die Gestalt eines Mannes in den paar Stunden, in denen der Mond scheint. Nur um ihn daran zu erinnern, daß er ein Mensch ist?«

»Das ist aber auch alles, woran er sich erinnert.«

»Nicht einmal daran, warum man ihn in einen Vogel verwandelt hat?«

Meguet schwieg. Sie dachte an die Schreie, die über das Gesicht des Mannes geglitten waren wie Blitze über eine verdorrte Landschaft. »Der Vogel erinnert sich daran«, sagte sie.

»Aber der Mann nicht.« Er blickte hinaus auf die See. »So ist das also. Ich muß nach einem gefährlichen und kaltblütigen Magier Ausschau halten.«

»Wenn er noch lebt. Und wenn ...« Sie brach ab, zog unsicher die Stirn in Falten und betrachtete einen anderen Vogel: den Jungen Schwan, der auf dem Mantel des Glockenläuters flog, der soeben den Nordturm betrat, um die Ratsmitglieder zusammenzurufen.

»Und wenn was? Was siehst du, Meguet?«

Sie blinzelte, um ihre Gedanken zu klären. »Ich sehe, daß ich dich verlassen muß.«

»Wenn was?« fragte er unnachgiebig, und der Ton seiner Stimme und sein Blick hielten sie zurück. Sie blickte ihn verblüfft an und hörte wieder den schrecklichen verzweifelten Schrei des Feuervogels.

»Wenn der Vogel unschuldig ist«, sagte sie.

Nyx, die äußerlich bei der heutigen Beratung anwesend war, blieb jedoch so in Gedanken versunken, daß Calyx sie ein- oder zweimal berührte, da sie sich offensichtlich fragte, ob sie noch atmete. Ihre ganze Konzentration war auf das Zimmer oben im Turm gerichtet, wo der Magier möglicherweise wieder erscheinen würde. Er würde den Schlüssel wollen. Er würde erraten, daß sie ihn an einem anderen Ort versteckt hatte. Sie hatte vor der Morgendämmerung einige Zeit mit dem Versuch zugebracht, ihn unsichtbar zu machen oder ihn in eines von Calyx' altersgrauen Wirtschaftsbüchern zu verwandeln oder in eine von den hundert Rosen am Turm. Er widerstand jedoch allem Zauber. Schließlich gab sie es auf und steckte ihn in die Tasche, eine Lösung, die der Herrscherin Angst und Schrecken eingejagt hätte. Nyx war selbst nicht begeistert davon, aber sie hatte am Morgen keine bessere Idee gehabt. Der Magier konnte den Rat unterbrechen und den Schlüssel verlangen, aber das Schlimmste, was er wahrscheinlich tun würde, war, allen ein Gesprächsthema zu liefern, das nichts mit Grenzzöllen zu tun hatte. Sie vermutete, daß es dem Vogel möglicherweise schlimmer ergehen würde, obwohl keine wirklichen Anhaltspunkte für diese Vermutung bestanden. Deshalb hatte sie den Schlüssel und den Vogel voneinander getrennt, in der Hoffnung, daß der seltsame, rücksichtslose Magier auf der Suche nach der Lösung des einen Rätsels das andere ignorieren würde.

Sie trug den Schlüssel mit sich in die große Halle im dritten Turm, wo die Ratsmitglieder ausgewählte Delikatessen mit den Fingern aßen, Wein tranken und ihre endlosen Debatten fortsetzten, bis die Familien und Gäste langsam zum Abendessen aus den Wäldern und Gärten, den Geschäften und Nachbarhäusern kamen. Sie hatte der Herrscherin versprochen, daß sie sich wenigstens an diesem Abend nicht wieder mit einem Vogel hinter eine abgeschlossene Tür zurückziehen würde. Doch es hatte den Anschein, als würden Vögel und Gerüchte sie nicht loslassen. Als sie gerade in ein mit geschmolzenem Käse gefülltes Buttergebäck biß, fragte sie der junge Darl Kell aus Hunter Hold, der

Augen hatte wie die Frösche, die sie in ihren Feuern benutzt hatte, mit einer Unverfrorenheit, die er für charmant hielt: »Ist es einer von deinen?«

Sie hob stumm eine Augenbraue, denn ihre Zunge war mit heißem Käse beschäftigt.

»Der große Vogel im Turm. Ein Überbleibsel von deinen Zaubereien im Sumpf?«

Sie verschluckte sich an einem Krümel des Gebäcks und mußte husten. »Nein«, sagte sie, als sie wieder sprechen konnte. »Wenn ich eines bin, dann sorgfältig. Wenn ich etwas verhexe, dann bleibt es verhext, und ich lasse ihm keine Stimme, um sich zu beschweren.«

Darl Kell errötete bis zu seinen abstehenden Ohren. »Du bist anders als deine Schwestern«, sagte er und machte sich davon, um einen Blick auf Calyx zu werfen. Nyx wischte sich Krümel von ihrem Seidenkleid und wünschte, sie könnte im Leben genauso sorgfältig sein wie bei ihrer Arbeit. Jemand drückte ihr ein Glas Wein in die Hand und sagte dicht an ihrem Ohr: »Wenn du Lust zu einer Verwandlung hast, er könnte ein paar Verbesserungen gebrauchen.«

Sie blickte auf zu den lächelnden Augen von Urbin Dacey, dessen Vater den Rat von Withy Hold anführte. Sie hatte diese Augen während der Beratungen schon einige Male bemerkt und sich gefragt, nach welcher Perversität sie Ausschau hielten. Er war groß, schwarzhaarig und hatte bernsteinfarbene Augen. Sie nahm einen Schluck Wein und antwortete gleichmütig: »Ich verwandele nicht nach Lust und Laune. Und ich praktiziere solchen Zauber nicht bei Menschen.«

»Schade. Seine Ohren könnten es gebrauchen.« Er wandte sich geschickt um und hob einen Teller mit gefüllten Pilzen herüber, als sie den Mund öffnete. »Welchen Zauber erlaubst du dir denn bei Menschen zu praktizieren?«

»So wenig wie mög...«

»Du hast einigen Zauber bei mir angewandt.«

»Was?«

»Ich habe es im Ratszimmer gemerkt. Du hast mich aus

deinen mondfahlen Augen angesehen. Du hast mich angezogen. Calyx ist sehr schön, aber sie ist wie der Tag, und du bist die Nacht, geheimnisvoll, schön, rätselhaft, vielleicht gefährlich. Bist du nachts gefährlich?«

Nyx sah ihn an, einen Pilz auf halbem Weg zu ihrem Mund. »Wovon in Moros Namen redest du?«

Sein Lächeln verschwand nicht. »Ich glaube, ich habe mich klar ausdrückt. Ich habe mich ein bißchen in dich verliebt.«

»Oh, sei nicht albern.« Sie biß in den Pilz und fügte kauend hinzu: »Liebe ist das letzte, an das du denkst.«

Er schwieg und blickte so lange auf sie herab, bis sie sich fragte, ob sie irgendwelche Pilzreste an einer unpassenden Stelle hatte. »Es ist ein Spiel«, sagte er leichthin. »Du solltest lernen, es zu spielen. Es verleiht der Welt Anmut.«

Er nahm ihr das Glas aus der Hand, nahm einen Schluck Wein und schob es ihr wieder in die Finger. Sie sagte leise: »Wie gut du hingegen dieses Spiel beherrschst. Du mußt es oft praktizieren.«

»Ich werde es dich lehren.«

»Unglücklicherweise geht mir jede Anmut ab.« Sie stellte das Glas auf den Tisch und stand ruhig auf. Ohne sich zu rühren oder zu sprechen, sah ihn nur an, bis sein Lächeln schließlich verschwand und er sich abwandte.

Sie nahm das Glas wieder auf und trank einen großen Schluck. Jemand anderes trat an ihre Seite und sagte verwundert: »Du hast Urbin Dacey zum Erröten gebracht.«

Sie ließ ihr Glas mit einiger Erleichterung sinken. »Rush.«

Er wischte ihr einen Krümel vom Ärmel. »Es bedarf eines komplizierten Zaubers, um Urbin aus der Fassung zu bringen. Aber er wird nicht so schnell aufgeben. Ich habe gesehen, wie er dich beobachtet. Er spielt ein Spiel, das er nur sehr ungern verliert.«

»Ich habe keine Zeit für Spielchen«, sagte sie und spürte das Gewicht des Schlüssels in ihrer Tasche. Rush blickte sie einen Moment schweigend an. Sie registrierte eine vertraute Neugier in seinen Augen und fragte sich, welches Reich zu erforschen sie wohl vernachlässigt hatte. Er sprach die Frage aus, die in seinen Augen lag.

»Muß Zauberei Liebe ausschließen?«

»Ich weiß es nicht. In Chrysoms Büchern steht nichts darüber.«

»Ist das alles, was du dazu ...«, setzte er an, bemerkte aber dann, daß sie ihn auf den Arm nahm. Er lächelte schwach, immer noch neugierig, während sie sich von einem Teller mit kleinen, gewürzten Mohnbisquits bediente. Weil er es wissen wollte, antwortete sie ihm: »Ich komme nach meiner Mutter, die Ro Holding durchstreifte, als sie jung war, und drei Väter für drei Töchter fand. Zauberei schließt Neugier nicht aus, und ich habe meine Neugier beizeiten befriedigt. Aber ...«

»Mit wem?«

Sie ignorierte die Frage, wie ihre Mutter es getan hätte. »Aber für die Liebe muß man zur Ruhe kommen. Und ich könnte niemals zur Ruhe kommen.«

»Wie Urbin«, sagte er und errötete dann ein bißchen. Aber sie ging nachdenklich darüber hinweg.

»Vielleicht. Aber ich bin wenigstens ehrlich.«

»Ja«, sagte er. Er sah sie nicht an, aber sie sah die Erinnerung in seinen Augen. »Urbin kann die gleiche Sache auf tausend verschiedene Arten sagen. Du versteckst dich nicht hinter der Sprache. Deshalb kann er unter seinen tausend Arten nicht die eine Art finden, mit der er dich zum Zuhören bringt. Auch mir ist das nicht gelungen«, fügte er leicht hinzu, und sie lächelte, denn sie sah keine Verbitterung mehr in seinen Augen.

»Nun hören wir einander zu«, sagte sie. Sie legte ihm kurz die Hand auf den Arm und wandte sich um. Arlen Hunter versperrte ihr den Weg. Er war gekommen, um ihr zu sagen, was er von ihr dachte und was er nicht von ihr dachte, da er glaubte, das sei von Bedeutung für sie. Sie entzog sich abrupt seinem Gemisch aus Ehrfurcht und Lüsternheit und entschied, daß keine Anstrengung, ihrer Mutter einen Gefallen zu tun, es wert war, sich für so etwas zivilisieren zu lassen. Sie schlich sich davon, um auf den Mondaufgang zu warten.

Meguet, die unbewaffnet und in rote Seide und Gold gekleidet war, wurde am anderen Ende der Halle einer schweren Geduldsprobe unterzogen. Tur Hunter, blaue Augen, goldfarbenes Haar, Erbe von Hunter Hold, behauptete, sein Herz an ihre grünen Augen verloren zu haben. Er lächelte zwar, war aber angespannt und hartnäkkig, nicht bereit, seinem Stolz eine Niederlage zufügen zu lassen. Vorsichtig sagte sie: »Mein eigenes Herz ist an dieses Haus gebunden, ich kann meinen Blick nicht frei schweifen lassen.«

»Nicht vom Tor abschweifen lassen?« fragte er, und sein Lächeln wurde dünner. Sie spürte, wie sie zu erröten begann. »Deine Launen sind deine Angelegenheit, aber du solltest deiner eigenen Abstammung etwas mehr Respekt zollen. Was in Moros Namen kannst du mit einem Torwächter anfangen?«

»Ihn lieben«, sagte sie einfach, ohne irgendwelches Taktgefühl. Tur Hunter schnaubte und wurde rot.

»Was wirst du tun? Ihn heiraten und unter den Dorfbewohnern leben?«

Sie zuckte mit den Schultern. »Darüber habe ich noch nicht nachgedacht. Wenn die Vergangenheit wichtig für das Ansehen eines Menschen ist: Einige der Dorfbewohner können ihre Familien über tausend Jahre zurückverfolgen, bis zu einer Zeit, in der Moro Ros Ansehen darauf beruhte, daß er eine größere Hütte als alle anderen hatte, und ein blutigeres Schwert.«

»Und was hat der Torwächter?« erwiderte er. »Geboren zwischen Schildkröten und Wasserratten. Und immer noch verrät seine Sprache den Sumpf. Du wirst dessen schnell überdrüssig werden.«

Sie bemühte sich, ruhig zu antworten. »Dann brauchst du dich ja nicht einzumischen, denn dann werde ich mich seiner ja bald entledigen, weil seine Stimme nach Lilien, dunklem Wasser und kleinen Vögeln klingt.«

Tur schwieg einen Augenblick und änderte dann seine Taktik. »Nun«, sagte er zerknirscht und ergriff ihre Hand. »Ich habe dich in eine Position gebracht, in der du ihn verteidigen mußt. Ich habe dich verärgert. Das war nicht meine Absicht. Wenn die Herrscherin nichts gegen deine Vernarrtheit in die schlammigere Seite des Deltas unternommen hat, bedeutet das sicher, daß sie weiser ist als ich und weiß, daß es nur so wie das bunte, unstete Sumpfirrlicht ist, das wenig Substanz hat und schnell ausbrennt. Sag mir, was ich tun kann, damit du mir verzeihst.«

Sie hätte fast etwas vorgeschlagen. Aber plötzlich erschien die Herrscherin an ihrer Seite, als wäre sie von dem Irrlicht herbeordert worden, das zwischen ihnen in der Luft glimmte.

Sie richtete ihren dunklen Blick auf ihn und sagte: »Tur, hör auf zu versuchen, meine Nichte nach Hunter Hold zu locken. Ich brauche sie hier. Sie ist einer der Grundsteine dieses Hauses, wie der Torwächter, und ich würde sie für alles Gold von Hunter Hold nicht hergeben. Hol mir Wein, nimm ihn mit hinaus und trink ihn.« Sie nahm Meguets Arm, so daß Tur ihre Hand loslassen mußte, und führte sie hinüber zum Kamin. Er war kalt, deshalb war niemand in der Nähe, und so bot er in der überfüllten Halle eine gute Gelegenheit, sich für einen Moment zurückzuziehen.

Meguet sagte sanft: »Ich kann meine Kämpfe selbst austragen. Obwohl ich nicht dachte, daß es nötig sein würde.«

Die Herrscherin, die das Feuer liebte, betrachtete sehnsüchtig den leeren Feuerrost. Sie sagte: »Das dachte ich auch nicht. Aber ich habe mich auch niemals zu jemandem bekannt, den ich hätte verteidigen müssen. Auf jeden Fall wollte ich mit dir sprechen. Ich möchte, daß du in Nyx' Nähe bleibst, wenn du nicht Wache für den Holding-Rat hältst.«

Meguet sagte verwirrt: »Es gibt nicht viel, was ich für sie tun kann.«

»Das weiß ich, aber es ist mir egal. Ich möchte nicht, daß sie mit diesem Fremden allein ist, und du bist die einzige im Haus, die sie bei sich dulden würde.« Sie versetzte dem Rost gedankenvoll einen Tritt, drehte sich dann um und warf einen Blick in die Halle, die mit dem gleichförmigen Gemurmel der Anwesenden erfüllt war. Sie wirkte, als vermutete sie überall Magier, verborgen hinter den Wandbehängen oder unter den Teppichen. »Ich möchte, daß du in den Nachtstunden bei ihr bist, wenn der Vogel Menschengestalt annimmt.«

Meguet schwieg. Sie sah wieder die erstaunlichen Formen vor sich, die der Schrei des Vogels im Hof angenommen hatte. »Ich frage mich, woher er gekommen ist ... Ich frage mich, ob es irgendeine lebendige Person gibt, die ihn vermißt oder nach ihm sucht.«

»Und ich frage mich, wer diesen Zauber ausgesprochen hat, und wann Nyx' Einmischung noch einen Magier an meine Tür führt.«

»Wenn dieser Magier überhaupt noch lebt.«

»Es sind zu viele Magier.« Sie hob ihr Haar mit den Fingern, um ein paar Haarnadeln zum Herausziehen zu finden, doch sie waren zu gut versteckt. Statt dessen verschränkte sie die Arme und starrte düster ihren Schatten an, den das Fackellicht warf. »Nyx geht davon aus, daß der Magier tot ist. Ich gehe zum Wohle meines Hauses vom Gegenteil aus. Darum will ich, daß du bei ihr bist. Sie vertraut dir, und du hast mehr gesunden Menschenverstand als sie.«

»Nur in einer normalen Welt.«

»Und in einer solchen möchte ich sie am Leben erhalten«, sagte die Herrscherin grimmig. »Sie hat soviel Macht, und sie hat sich kaum den Morast dieses Sumpfes von den Füßen gestreift, in dem sie sich verfangen hatte.«

»Die Macht wurde ihr freiwillig gegeben.«

»Es ist nicht ihr Herz, das mir Sorgen bereitet, sondern ihre elsternhafte Neugier, die sich auf alles stürzt, was nur einen Schimmer von Zauberei besitzt. Sie sieht sich einem verzwickten Zauber gegenüber, der sogar ihr unvertraut ist. Sie hat vielleicht die Vögel im Sumpf terrorisiert, aber sie hat niemals ein menschliches Wesen dazu gebracht, so verzweifelt zu schreien. Und alles, was sie von diesem Zauber erkennen kann, vermag sie selbst nicht zu tun – sie ist blind der Gefahr gegenüber. Sogar der junge Mann scheint mir gefährlich zu sein.«

»Ja.«

»Ich glaube nicht, daß er einfach nur jemand ist, der unschuldig verzaubert wurde. Er sieht mächtig und unberechenbar aus.«

»Wie Nyx vor noch nicht allzu langer Zeit.«

Die Überlegungen der Herrscherin richteten sich auf Meguet. »Meguet Vervaine, willst du wirklich Mitleid den Vorrang geben vor gesundem Menschenverstand?«

»Was Nyx betrifft, niemals«, sagte Meguet mit gepreßter Stimme. »Aber in Anbetracht der etwas finsteren Zauberei, mit der sie sich beschäftigt hat, könnte sie mit ihrer zweifelhaften Vergangenheit bei einem Vogel mehr Erfolg haben als ein Zauberer mit einer makellosen Vergangenheit.«

Die Herrscherin räusperte sich ungehalten. »Laß uns hoffen, daß seine Vergangenheit makelloser ist als ihre. Wo immer seine Vergangenheit ist. Oder war.«

»Vielleicht kommt er aus Ro Holding und kann sich nur nicht daran erinnern. Er erinnert sich an den Jungen Schwan auf Kriegsschiffsegeln.«

»Dann müßte er ein sehr alter Vogel sein.«

»Oder ein junger Mann, der außerhalb seiner Zeit gefangen ist.«

Die Herrscherin fuhr sich mit der Hand über die Augen. »Das ist eine Vorstellung, die für Nyx unwiderstehlich sein muß. Aber wieviel weiß sie über die Zeit? Ist solches Wissen Allgemeingut unter Magiern?«

»Sie zog mich durch die Zeit, um unter dem Auge des Jungen Schwans zu stehen. Nach allem, was ich weiß, könnte sie die vollständige Macht des Jungen Schwans haben.«

Die Herrscherin holte tief Luft. »Bei Moros Knochen, das hat es noch nie gegeben.« Ihr Blick wanderte suchend durch die Halle. »Wo ist sie? Ich bat sie, während des Abendessens hierzubleiben.«

»Ich habe sie mit Rush sprechen sehen. Und dann mit Arlen Hunter.«

»Ich kann sie aber nicht sehen.«

»Sie muß hier sein«, sagte Meguet, konnte sie jedoch auch nicht erblicken. »Sie vergißt nichts.«

»Sie vergißt unwichtige Dinge«, sagte die Herrscherin finster. »Abendessen, ihre Schuhe, Schlaf, die Zeit. Vielleicht ist der Zauberer zurückgekommen, ohne daß wir es bemerkt haben, und hat uns alle zwischen einem Bissen und einem Schluck verzaubert.« Etwas hoffnungsvoller fügte sie hinzu: »Vielleicht hat er auch das Buch selbst gefunden und ist zurückgekehrt in sein geheimes Land.«

»Es kann nicht so geheim sein, wenn er von Chrysom gehört hat«, führte Meguet aus.

Die Herrscherin schloß die Augen. »Wir sollten uns nicht mit nebensächlichen Dingen aufhalten«, sagte sie knapp. »Finde Nyx, bevor der Mond aufgeht und ich sie wieder an diesen verrückten Vogel verliere.«

In der goldenen Iris des Vogelauges spiegelte sich eine Zauberin. Der Vogel saß auf einer Fensterbank. Sein Schatten, den eine Fackel neben dem Fenster lang und schwarz durch den Raum warf, versperrte den Weg der Zauberin und nahm auf dem Kamin Form an: ein gesichtsloser dunkler Fleck unter dem steinernen Jungen Schwan. Nyx registrierte den beobachtenden Blick und den Schatten des Vogels. Sie schritt unbeirrt durch beide hindurch und setzte ihre Suche nach dem versteckten Buch fort, während sie auf das Mondlicht wartete. Sie hatte außer den seltsamen Gegenständen auf dem Kaminsims alles erforscht. Dort mußte sich ihrer Meinung nach die Lösung des Rätsels befinden: in der Stimme des Magiers, die in der Kobaltflasche summte, und in der kaum wahrnehmbaren Bewegung gewichtiger Gedanken in der Smaragdflasche.

Der Vogel öffnete den Schnabel. Kein Schrei kam hervor, kein Feuer, doch die Zauberin wandte sich zu ihm um.

»Sei geduldig«, sagte sie. »Ich habe dich nicht vergessen.«

Sie verschränkte die Arme, lehnte sich gegen den Sims und betrachtete den Vogel mit gerunzelter Stirn. Das Rot der Spitzen seiner angelegten Flügel formte zusammen mit den weißen Federn ein kompliziertes Schachbrettmuster. Die längeren Federn hingen tief herab als feine weiße Quasten, die sich bei jedem Atemzug bewegten. In den scharfen Klauen fing sich das Licht wie in Metall. Die Maske aus feurigen Federn um die Augen herum gab seinem Gesicht einen wilden und verschlossenen Ausdruck. Nyx, die sich langsam in einem bernsteinfarbenen Auge auflöste, sah nur sich selbst in seinen Gedanken. Welche Sprache er sprach – die der Vögel oder die der Menschen –, blieb verborgen.

»Du wirst gut bewacht«, meinte sie und wandte sich wieder dem Kamin zu. Der Vogel rührte keine Feder, blieb so unbewegt, als habe er sich in eine seiner Verzauberungen verwandelt. Sein Feuer hing immer noch an Nyx' Ohr. Gedankenverloren spielte sie daran herum. Der Vogel erkannte es und öffnete geräuschlos den Schnabel.

Etwas Rotes in der Farbe der Vogelmaske fiel ihr ins Auge. Sie drehte ihren Kopf und betrachtete einen kleinen roten Tonbehälter auf dem Sims. Er war geformt wie eine Haselnuß, mit einem flachen Boden und einem goldenen Deckel. Der Ton war von kleinen Rissen übersät, als sei der Inhalt des Gefäßes schon vor Jahrhunderten herausgesickert. Nyx nahm es und wog es in der Hand. Chrysom, der Jahrhunderte nach seinem Tod plötzlich neue Rätsel aufgab, konnte genausogut eine leere Flasche wie eine Magierfalle auf seinem Kaminsims zurückgelassen haben. Vor ein oder zwei Tagen hätte sie genau gewußt, wie er dachte. Jetzt war sie sich nicht mehr so sicher.

»Nun«, sagte sie und erwiderte den durchdringenden goldenen Blick des Vogels. »Neugier ist die Mutter der Erfahrung.«

Sie blickte auf den Behälter hinab und ließ ihre Gedanken wie Luft oder Wasser in das Spinnennetz der Risse eindringen. Die rauhen, ausgetrockneten Kanten ließen sie nur bis zu einer gewissen Grenze in die winzigen Spalten eindringen. Sie konnte nicht sagen, was sie aufhielt, es hatte keine Substanz. Der goldene Deckel, der durch das langsame Eindringen seiner Metallteilchen mit dem Ton verschmolzen war, wirkte solide. Als sie ihn berührte, verwandelten sich ihre Gedanken in Gold.

Er war aus einem Stück, so wie der Vogel und wie die Verzauberungen des Vogels: ein Zaubergewebe, das so dicht war, daß sie nicht einen einzigen Faden zu fassen bekam. Staunend nahm sie ihre Hand von dem Deckel, fassungslos über ihre Unwissenheit.

Sie stellte das Gefäß zurück auf den Sims und ergriff eine runde Flasche aus undurchsichtigem, sumpfgrünem Glas, die nicht größer war als ihre Handfläche. Der Hals der Flasche war kurz und dünn und hatte keine Öffnung. Aber sie war nicht leer. Etwas in ihr schwappte gegen die Glaswände. Die Flasche rollte träge auf ihrer Handfläche und richtete sich dann auf. Ihre Gedanken wurden kristallin, gerundet, grün, sie glitten dann nach innen, lösten sich von dem Glas und sanken in den kleinen Zaubersee, den es umschloß.

Nyx fiel in eine große Leere. Die Welt ließ sie los und schickte sie kopfüber in einen endlosen Nebel. Verwirrt hätte sie sich beinah zurückgezogen. Doch dann siegte ihre Neugier, und sie ließ sich weiter fallen, sah nichts, hörte nichts, bewegte sich auf nichts zu, bis sie begriff, daß sie in dieser winzigen Flasche ewig fallen konnte, ohne jemals den Boden zu erreichen.

Langsam zog sie sich zurück, und hinter dem Nebel tauchten wieder Mauern, Bücher und die reglosen Augen des Vogels auf. Es war ziemlich anstrengend gewesen, und sie ruhte sich einen Moment aus, bevor sie ihre Erkundung etwas vorsichtiger, aber immer noch fasziniert fortsetzte. Sie wählte als nächstes einen schwarzen Gegenstand: Er war aus Glas oder Stein und hatte die Form eines kleinen Blocks. Er war von einem Netz aus silbernen Fäden umhüllt, die sich umeinander wanden, wieder trennten, sich dann kreuzten und ein endloses kompliziertes Muster bildeten. Sie konzentrierte sich auf einen der Fäden und fand sich auf einer silbernen Straße wieder.

Sie brauchte sich nicht zu bewegen, die Straße glitt schnell wie der Wind unter ihr her. Rechts und links von der Straße war nur Dunkelheit, so als habe der kleine Block, den das Silber umspannte, keine eigene Existenz. Der Silberstrang wand und drehte sich, führte wieder zurück, kreuzte sich selbst und bewegte sich so schnell, daß sie den Eindruck hatte, ihre Gedanken an irgendeiner vergessenen Kreuzung zurückgelassen zu haben. Die Straße schien überall und nirgends hinzuführen. Instinktiv ließ sie sich von dem sausenden Silber in die Dunkelheit ringsum fallen.

Sie fand sich in einem nachtschwarzen Kasten wieder, und vor ihr, hinter ihr, über ihr und unter ihr strömte das Silber, wie ein Netz. Sie versuchte sich zurückzuziehen, konnte jedoch nicht an dem Silber vorbeigelangen. Es war zu verwickelt, bewegte sich zu schnell, war so schwer festzuhalten wie Wasser, das über eine Klippe strömt.

Ich bin also wie ein Fisch in Chrysoms Netz gefangen, dachte sie. *Aber woraus besteht das Netz?*

Der Weg aus der Falle hinaus sollte erst zur Falle werden ...

Sie konnte keinen einzigen der Fäden zu fassen bekommen. Vielleicht gelang es ihr, das ganze bewegliche, glühende Netz zu packen, wenn sie aus der Dunkelheit, aus sich selbst heraussprang. Ohne zu denken, sich nicht einmal mehr ihres eigenen Namens bewußt dehnte sie sich aus in die Finsternis und dann, an allen Punkten, Biegungen und Kreuzungen gleichzeitig, in den brausenden Silberstrom hinein.

Das fließende Muster erstarrte. Sie hing fest, ihre Gedanken wurden von dem komplizierten Fadengeflecht durchzogen, und sie sah, was die Dunkelheit verborgen hatte: Würfel in Würfeln aus gemustertem Silber, alle völlig unterschiedlich strukturiert, immer kleiner werdend, aber nie verschwindend. Wenn sie sich zwischen ihnen von einem Würfel zum nächsten bewegen konnte, wenn sie jedes Muster abschreiten konnte ... Aber was waren sie?

Und dann erinnerte sie sich an die Metallfäden an den Handgelenken des Fremden, schwarz vom Alter und Feuer. Seine Hände hatten sich weit geöffnet, wie um eine verlorene Kraft in den Mustern freizulassen. Er sprach …

»Die Zeit«, flüsterte sie.

Sie war zwischen quälenden Zeitzaubern gefangen. Aber welcher Zauber würde ihr den richtigen Weg weisen? Wie konnte sie auf diesen phantastischen Silberstraßen, die nicht aus dem Kasten hinausführten, hierhin, dorthin, irgendwohin gelangen? Wie, fragte sie sich dann das Näherliegende, konnte sie aus diesem Kasten hinausgelangen?

Ich bin hereingekommen, ermahnte sie sich. *Ich kann auch wieder herauskommen.*

Aber wenn man in einen tiefen, trockenen Brunnen gefallen war, war das leichter gesagt als getan. Sie mußte zum zweiten Mal in ihrem Leben die kleine, kalte, harte Pille schlucken, daß all ihr Wollen und ihre Kenntnisse vielleicht nicht ausreichten, um in die Welt zurückzufinden.

Ich sehe in Chrysoms Auge, dachte sie. *In seinen Verstand, den ich bisjetzt zu kennen glaubte. Dies ist eines der Rätsel in dem verschwundenen Buch, deshalb kann ich es nicht lösen. Noch nicht.*

Später, nachdem sie nachdenklich die erstarrten, glühenden Wege betrachtet hatte, ohne daß ihr eine Idee gekommen war, fühlte sie wieder den kalten Hauch der Furcht.

Sie werden mich finden, dachte sie. *In der Bibliothek, schweigend, blind, regungslos, mit dem Kästchen in der Hand. Werden sie so intelligent sein, mich damit alleinzulassen? Rush bestimmt nicht. Er würde es zertrümmern, um mich zu befreien. Ich könnte für immer in den Scherben gefangen bleiben … Ich hätte Rush mehr Zauberei beibringen sollen. Aber ich hatte nie die Geduld dazu. Und er hat sich nie genug Mühe gegeben, über etwas nachzudenken.*

Sie unterdrückte ihre wirren Gedanken und zwang sich zur Konzentration. Sie konnte anscheinend nichts anderes tun, als wieder einen der Wege aufzunehmen und zu sehen, ob ihre Gedanken sie irgendwohin führten, wenn der Weg es schon nicht tat. Sie verengte ihre Aufmerksamkeit auf einen

Punkt und ließ sich auf das nächstgelegene Muster fallen. Sofort spürte sie, wie es sich bewegte, teilte, wendete, überall- und nirgendwohin floß wie zuvor, und sie hatte nicht die Macht, seine Bewegung zu kontrollieren.

Zeit, dachte sie. *Was ist das? Ein Wort. Um einem Wort Macht zu verleihen, muß man es verstehen.*

Während sie sich mit diesem Ansatz zum Verständnis von Chrysoms Zauber beschäftigte, erblickte sie in einigem Abstand vor sich einen Mann.

Sein Kopf war leicht gebeugt. Er drehte sich nicht um und sprach nicht. Er ging einfach nur, den Blick auf den webenden Fluß des Silbers gerichtet, als sähe er in den endlosen Windungen und Drehungen einen festen Pfad, dem er folgte.

Sie fand den Weg, den er beschritt, einen Ruhepol in dem wilden Strom, einen einzelnen erstarrten Silberstrang zwischen den brausenden Mustern. Überrascht folgte sie ihm. Sie fragte sich, ob Chrysom einen Schatten seiner selbst auf den Pfaden hinterlassen hatte, um unvorsichtige Magier zu leiten. Der Weg begann jenseits des Führers zu verschwimmen. Nyx beschleunigte ihren Schritt. Als hätte er ihre plötzliche Angst gespürt, wurde er langsamer. Als sie auf ihn zuging, erkannte sie ihn.

Sie hielt die Luft an und betrachtete staunend das lange schwarze Haar und die breiten Schultern des Kriegers. Er drehte sich um und sah ihr in die Augen. Sie blinzelte, und um sie herum erschienen die Mauern des Turms. Der Mond hing vor dem Fenster am schwarzen Himmel. Der Mann sah sie an, vielleicht noch immer gefangen in einem Ausschnitt der Vergangenheit, und erkannte sich für einen Moment selbst.

»Ich heiße Brand.«

Kapitel 5

Mit dem Namen kam die Erinnerung. Er zuckte davor zurück wie vor einer Flamme. Für einen Augenblick verwandelte sich sein menschliches Gesicht wieder in den Schrei des Feuervogels. Dann wurden seine Augen ausdruckslos. Der Träumer erwacht, der Traum verschwindet. Sie flüsterte: »Du warst mit mir in Chrysoms Kästchen. Du hast mich herausgeführt.«

Er sah sie nur mit leeren Augen an. »Ich kann mich nicht erinnern.«

»Brand«, fuhr sie fort, als er schwieg. »Das ist dein Name. Du hast es mir gerade gesagt.«

»Ich kann mich nicht erinnern.«

Die Tür öffnete sich. Gedankenverloren sah sie ihm weiter in die Augen und hob nur die Hand, um zur Ruhe zu mahnen. Sie bekam sie, und zwar so vollständig, daß sie sich fragte, ob sie einen Zauber durch den Raum geworfen hatte. »Du erinnerst dich«, sagte sie. »Deine Augen erinnern sich. Der Vogel erinnert sich.«

»Der Vogel ...« Er schwieg verwirrt. »Der Vogel ist Zauberei.«

»Er schreit dein Leid heraus.«

»Er schreit ebenso Edelsteine wie Leid. Sind das auch meine?«

»Vielleicht. Wenn du ein Magier bist.«

Er schwieg wieder und warf ein Netz in das dunkle Wasser seiner Erinnerung. Das Netz kam leer wieder an die Oberfläche. »Warum sollte ich das sein?«

»Nur ein anderer Magier hätte mich aus Chrysoms Zauber retten können.« Sie hörte etwas aus der Richtung der Tür, weniger ein Geräusch, als die Beruhigung aufgewirbelter Luft. Sie fragte, weil es gefragt werden mußte, nicht weil sie viel Hoffnung auf eine Antwort hatte: »Kennst du den Magier, der einen weißen Drachen auf der Brust trägt?«

Er hob den Kopf ein wenig und blickte an ihr vorbei, als ob sich in dem Schatten hinter dem Kerzenlicht geräuschlos Drachen sammelten. Für einen Augenblick sah es so aus, als sähe er, was hinter dem Licht lag: das Land, in dem er seinen Namen erhalten hatte. Doch die Erinnerung schwand, und er schüttelte den Kopf. »Ich kann diesen Drachen nicht sehen.«

»Den Magier?«

»Was?«

»Kennst du den Magier?«

Er setzte zum Sprechen an, brach dann aber ab. Alles Blut wich aus seinem Gesicht, seine Fäuste ballten sich. Nyx sah den Feuervogelschrei in seinen Augen, Trauer, Wut und Gefahr.

Aus dem Augenwinkel sah sie etwas Rotes. Sie drehte den Kopf und sah Meguet, die in ihrer Abendkleidung geräuschlos ein Schwert von der Wand nahm. Nyx war sich nicht sicher, ob sie Magier oder Drachen bekämpfen wollte. Es schien plötzlich, als könnte jeder von beiden unerwartet vom Nachtwind hereingetragen werden. Sie wandte sich wieder Brand zu und berührte leicht die gemusterten Metallbänder an seinen Handgelenken. Da er nicht protestierte, nahm sie seine Hände in ihre.

»Ist das der Zeitpfad, dem du hierher gefolgt bist?« Er blickte die Bänder stumm an. »Chrysoms Wege sind alle aus Silber. Wie sind diese hier so schwarz geworden?«

Er schüttelte den Kopf, konnte in dem geschwärzten Metall nichts von einem Magier, der Zeit oder Farben erkennen. »Ich verstehe das nicht. Der Vogel hat mich hierhergebracht. Nicht diese hier.«

»Du bist der Vogel«, erinnerte sie ihn geduldig, und er antwortete genauso geduldig: »Der Vogel ist Zauberei.«

Meguet zog Nyx' Aufmerksamkeit auf sich. Sie stand immer noch still an der Tür, aber ihr Gesicht war bleich, und ihre Augen flackerten bei jedem Schatten, den die Kerze im Abendwind warf. Sie erwiderte Nyx' Blick und fragte leise: »Sucht der Magier nach ihm?«

»Wahrscheinlich.«

»Nyx ...«

»Es ist ein interessantes Problem«, gab Nyx zu. »Es ist schwer genug, den Schlüssel zu verstecken, ganz zu schweigen vom Vogel.«

»Wo hast du den Schlüssel hingetan?«

»In meine Tasche.« Als Meguet sie erstaunt ansah, fügte sie hinzu: »Er ließ seine Gestalt nicht verändern, und ich wußte nicht, was ich sonst mit ihm tun sollte.«

»Also hast du ihn mit in die Ratshalle genommen?«

»Nun, ich konnte ihn wohl kaum unter einen Teppich legen. Ich wollte zur Stelle sein, wenn der Magier zurückkommt.«

»Ich nicht«, sagte Meguet knapp. Sie machte eine Bewegung auf einen Stuhl zu, zog sich dann aber wieder zur Tür zurück. Mit den Goldfäden in ihrem losen Haar und dem alten Schwert, das fast so mitgenommen aussah wie das Metall an Brands Handgelenken und unter den Seidenfalten ihres Kleides nur halb verborgen war, sah sie nicht so aus, als könnte sie den Magier ein zweites Mal erschrecken, dachte Nyx. Sie sagte: »Du kannst dich ruhig hinsetzen. Ich glaube nicht, daß ein Drache oder Magier die Tür benutzen würde.«

Meguet folgte widerstrebend der Aufforderung, hielt aber immer noch das Schwert. »Der Drache soll wohl das kleine geflügelte Tier aus Stoffäden sein«, sagte sie.

»Nach Chrysom, der weiter herumgekommen sein muß, als ich es mir je vorgestellt habe, sind Drachen aus Fleisch und Blut und Feuer, und die meisten sind nicht klein.«

»Wie groß ist nicht klein?« fragte Meguet nach einem Moment des Schweigens.

»Riesig. Sagt Chrysom.«

Meguet bewegte sich unruhig auf dem Stuhl und hörte Drachenflügel im Rauschen des Windes. »Nun«, seufzte sie. »wenigstens können sie dann nicht durch die Fenster kommen. Hat Chrysom vielleicht erwähnt, wo Drachen vorkommen könnten?«

Nyx schüttelte den Kopf. »Wie den Feuervogel hielt er sie

für Fabelwesen. So schreibt er wenigstens. Jetzt, nachdem ich in dem schwarzen Kasten war, bin ich mir nicht mehr so sicher, was er wußte, wohin er reiste und wann. Er ...«

»Welcher schwarze Kasten?« Meguets Blick fiel staunend auf den Gegenstand, den Nyx noch immer in der Hand hielt. »Dieser da? Dort warst du drin?«

»Mein Verstand war dort drin.«

»Warum, in Moros Namen?«

»Es schien mir in diesem Moment eine gute Idee zu sein. Ich hatte allerdings schon bessere«, gab sie zu. »Ich wollte wissen, ob in einem dieser merkwürdigen Gegenstände das fehlende Buch verborgen ist. Dieser Kasten ist voller Wege, voller gewundener, verschlungener, sich kreuzender Silberstränge. Ich glaube, sie führen in verschiedene Zeitabschnitte, in Momente innerhalb von Momenten. Vielleicht ist das der Zauber, den der Magier benutzt hat. Doch ich weiß nicht, wie ich die Pfade nutzen kann. Wahrscheinlich enthält das fehlende Buch dieses Wissen, genau wie die Erinnerung des Feuervogels.«

»War das der Zauber, vor dem er dich gerettet hat?«

»Brand. Als er herauskam, erinnerte er sich an seinen Namen. Doch an nichts sonst, nicht einmal daran, daß er mit mir in diesem Kasten einen Zeitweg beschritten hat und mich hinausführte.«

Meguet schloß die Augen und legte eine Hand auf die Stirn. »Ich weiß nicht, warum deine Mutter mich überhaupt hier heraufgeschickt hat.«

»Das weiß ich auch nicht. Warum hat sie es getan?«

»Ich soll dich beschützen. Im besten Fall ist das vergebliche Mühe, im schlechtesten ist es einfach lächerlich.«

Nyx drehte sich um und stellte das Kästchen vorsichtig zurück auf den Sims. »Meine Mutter macht sich zu viele Sorgen.«

»Wie kommst du darauf? Der Magier sucht nicht nur nach dem Schlüssel, den du in der Tasche mit dir herumträgst, sondern auch nach dem Feuervogel. Und beides befindet sich an dem Ort, zu dem er wahrscheinlich zurückkehren wird, es sei denn, du hast ihn so tief in die Fäden verstrickt, daß er immer noch versucht, sich zu befreien.« Es klopfte an der Tür. Sie sprang fast hoch und setzte sich dann mit etwas mehr Würde wieder Platz. »Das wird Brands Abendessen sein. Die Herrscherin bat dich, beim Essen in der Halle anwesend zu sein.«

»Ich habe jetzt keine Zeit«, sagte Nyx abwesend. »Ich denke nach.« Sie setzte sich, streifte ihre Schuhe ab und legte die Beine hoch. Mit verschränkten Armen starrte sie düster in die Luft. Der Page, der das Tablett mit dem Abendessen auf einen Tisch stellte, machte große Augen. Er schien bleiben zu wollen, um dem Feuervogelmann beim Essen zuzusehen, wurde aber von Nyx' Blick verscheucht. Meguet saß angespannt zwischen der nachdenklichen Zauberin und dem heißhungrigen Mann. Sie hielt Ausschau nach einem weißen Faden, der einen Drachenflügel ankündigte, nach einem goldbraunen Gesicht im Schatten, und sie fragte sich, welche Tragödie sich hinter den edelsteinernen Zaubereien des Feuervogels verbarg. Sie murmelte: »Es gibt zu viele Magier.«

Nyx richtete den Blick auf Brand. Sie nickte, immer noch düster dreinblickend. »Er könnte sich selbst verzaubert haben.«

»Und der andere Magier folgt ihm, um ihn zu befreien?«

»Das ist möglich. Es gibt einen Weg, das herauszufinden.«

»Wie?« Dann beugte Meguet sich vor, den Schwertgriff umklammernd. »Nein.«

Nyx zuckte mit den Schultern. »Ich weiß nicht, wie wir uns sonst der Wahrheit nähern sollen. Der Mann kehrt immer wieder in den Feuervogel zurück. Wenn wir zulassen, daß der Magier ihn findet, erinnert sich Brand vielleicht an alles.«

»Nicht hier. Nicht in diesem Turm, mitten im Holding-Rat. Vielleicht sind sie erbitterte Feinde. Das ganze Haus wäre in Gefahr. Ich finde, du solltest den Feuervogel verstekken …«

»Wo denn?« fragte Nyx. »Im Labyrinth unter dem Turm?«

»Natürlich nicht.«

»Wo dann?«

»Im tausendjährigen Wäldchen. Nicht einmal der Magier würde ihn zwischen den wandernden Bäumen finden.«

»Ich könnte ihn leicht dort finden. Wenn ich es kann, muß ich davon ausgehen, daß der Magier es auch kann.«

»Dann irgendwo in der Stadt oder im Sumpf ...«

Nyx verzog den Mund. »Ich kann nicht mit einem Vogel im Sumpf verschwinden. Meine Mutter würde Gift und Galle spucken. Lieber trete ich dem Magier gegenüber.«

»Ich werde gehen«, sagte Brand plötzlich. Sie sahen ihn beide erschrocken an, als hätten sie vergessen, daß er sprechen konnte. Beunruhigt schob er sein Essen von sich. Er erhob sich und ging zu Nyx. »Ich wußte nicht, daß der Vogel euch in Gefahr bringt.«

Nyx unterdrückte eine spontane Antwort und sagte bedächtig: »Du könntest von hier fortgehen, aber der Vogel würde zurückkehren. Du bist es, der lernen muß, Edelsteine herauszuschreien. Kummer herauszuschreien. Oder der Vogel wird dich niemals freilassen.«

Er schüttelte den Kopf angesichts ihrer Sturheit. »Ich weiß nur, daß der Vogel zu dir gekommen ist, der Zauber zur Zauberin«, sagte er. »Du mußt zuerst mit dem Zauber fertig werden. Dann werde ich mich erinnern können.«

Sie holte tief Luft. In seinen Augen war etwas von der Wildheit des Feuervogels, aber es war die Wildheit der Sehnsucht, der Entschlossenheit. »Na gut«, sagte sie schließlich. Sie wunderte sich darüber, daß er sie so umsichtig aus einem Labyrinth herausgeführt hatte und jetzt in einem anderen Labyrinth so blind war. »Ich kann versuchen, etwas aus dem Zauber zu erfahren, statt aus deinem menschlichen Gedächtnis. Das eine kann nicht schwieriger sein als das andere. Aber ich habe schon versucht, einen Weg in den Zauber zu finden, und ich habe nichts dabei erreicht.«

»Versuch es noch einmal«, bat er und setzte sich auf die Fensterbank, wo der Vogel auf den Mondaufgang gewartet hatte.

Sie fand das Gesicht des Vogels in seinen Gedanken. Sein verzauberter Verstand gab ihr keine Erinnerungen oder Geheimnisse des Zaubers preis. Als der Vogel selbst wieder auftauchte, schlüpfte Nyx in seinen Verstand, so leicht, wie sie sich in Chrysoms kleinen Kasten hatte fallenlassen. Eine Zeitlang wanderte sie durch die Verzauberungen des Vogels, die endlos hinter seinen Augen aufblühten und ohne das Feuer, das ihnen Gestalt gab, wieder verblaßten. Sie bildeten sich wie Träume um Nyx herum, gedankenlos, unberührbar, ohne eine Spur von Brand oder dem Magier. Sie fand schließlich den Weg wieder hinaus und sagte mit einem verwirrten Blick auf den Vogel: »Es ist zum Verzweifeln. Der Vogel gibt mir den Weg zu dem Mann nicht frei, und der Mann nicht den Weg zum Vogel. Es ist, als existierten sie in verschiedenen Welten. Ich bin genauso schlau, als würde ich immer noch in Chrysoms schwarzem Kasten stecken.«

»Es gibt immer einen Weg«, sagte Meguet müde. »Das hast du mir selbst gesagt.« Sie erhielt keine Antwort. Nyx war wieder verschwunden. In Meguets Augen sah sie nachdenklich, völlig versunken aus, als spürte sie einer plötzlichen, drängenden Eingebung nach. Sie bewegte sich nicht, schien kaum noch zu atmen. Meguet seufzte unhörbar und lehnte sich in ihrem Stuhl zurück. Sie wollte gerade ihre Augen schließen, als sie das goldene Auge des weißen Drachen im Schatten neben dem Kamin sah.

Sie war auf den Beinen, noch bevor sie die Augen wieder richtig geöffnet hatte. Der Drache war verschwunden. Nyx hatte sich nicht bewegt.

»Nyx«, flüsterte sie und ging langsam auf sie zu, das Schwert in den erhobenen Händen. »Nyx.«

Nyx antwortete nicht. Mit verschränkten Armen fixierte sie den Vogel mit düsterem Blick. Sie bewegte sich nicht, blinzelte nicht einmal. Meguet hob die Stimme. »Nyx!«

»Sie wird dich nicht hören«, sagte der Magier. Er war immer noch unsichtbar, obwohl sie kurz die Bewegung eines Drachenflügels und hier und da das Zucken einer Kralle sah, als er sich unhörbar und vorsichtig zum Kamin bewegte. Sie lauschte und hörte gedämpfte Musik und entferntes Lachen von der Mauerbrüstung herüberschallen. Er las ihre Gedanken. »Ich habe deine Zeit nicht verändert. Ich will auch keine Schwierigkeiten machen. Ich komme nur, um den Schlüssel holen.«

Meguet schrie Nyx' Namen. Nyx blieb versunken, aber durch das Südfenster sah Meguet, wie eine der Fackeln an dem Wachturm sich bewegte, als habe der Torwächter ihre verzweifelte Lage gespürt. Sie hörte, wie sich im Turm Stimmen erhoben, wie Wachen und Bedienstete im Treppenhaus Alarm schlugen, hörte rennende Schritte im Außenhof.

»Ich habe die Tür versiegelt«, sagte der Magier. »Sie können nicht hindurch. Wo ist der Schlüssel? Sag es mir einfach. Ich werde ihn finden und dann verschwinden.« Er sprach leise, wie um Nyx nicht zu beunruhigen, aber Meguet hörte die Anspannung in seiner Stimme. Sie fragte sich, ob er sich vor Nyx oder vor dem Feuervogel versteckte.

»Sie hat ihn irgendwo hingetan.«

»Wohin?«

»Ich glaube, in ein Buch. In eines der Haushaltsbücher dort drüben, ich weiß nicht mehr, in welches ...«

»Du lügst.« Seine Stimme klang erstaunt. »Ich hätte nicht gedacht, daß du lügen kannst. Wo ist er wirklich?«

»Zwischen den Rosen an der Mauer.«

Das Drachenauge kam näher, und sie wich ein oder zwei Schritte in Nyx' Richtung zurück. »Ein guter Ort, um ihn zu verstecken. Eine Rose zwischen tausend Rosen. Aber selbst wenn ich sie alle pflückte, würde ich ihn niemals finden. Wo ist er wirklich versteckt?«

»Der Feuervogel hat ihn mit seinem Schrei verwandelt«, sagte sie verzweifelt, und er schwieg, als schenkte er ihr endlich Glauben. Fäuste hämmerten gegen die Tür, ungeduldige, drängende Stimmen machten unmögliche Vorschläge über improvisierte Rammböcke und Rushs hausgemachte Zauberkunst.

»Meguet«, sagte die Luft, und die Nennung ihres Namens verwirrte sie. »Ich kann nicht darauf warten, daß morgen der Mond aufgeht. Wo ist der Schlüssel? Wenn du es mir nicht sagst, werde ich jeden in diesem Haus, einen nach dem anderen, in einen schreienden Feuervogel verwandeln. Und mit dem Torwächter werde ich beginnen.«

»Ach so«, flüsterte sie mit trockenem Muznd. »Das ist also dein Zauber.«

»Es sieht so aus.«

Nyx drehte sich plötzlich um und zog sich den Bernstein vom Ohr. Sie hielt ihn hoch. Der Vogel, von ihren Gedanken freigelassen, schrie geräuschlos. Sein Zauberfeuer sprang aus dem Bernstein und beleuchtete den Magier für eine Sekunde. Er verschwand, bevor das Feuer ihn traf, aber nicht, bevor der Feuervogel sein Gesicht gesehen hatte.

Der Vogel schrie. Sein stiller Schrei wurde zum Schrei des Mannes, ein Schrei von solcher Wut und Verzweiflung, daß Nyx und Meguet erstarrten und die Menge vor der Tür verstummte. Brand bewegte sich unter ihren staunenden Blikken und riß Schwerter von den Wänden. Der weiße Drache erhob sich zum Flug. Die Schwerter in Brands Händen kreisten blitzend in einem wirbelnden, zischenden Todestanz, dem das Auge nicht zu folgen vermochte. Meguet war wie hypnotisiert von dem glitzernden Flechtwerk, und sie bewegte sich einen Augenblick zu spät, um den tödlichen Flug des Drachen aufzuhalten. Die Schwerter stiegen hoch, drehten sich wieder und stachen dann so schnell auf den Drachen nieder, daß Brand das Gleichgewicht verlor und gegen sie taumelte, als der Zauberer die Klingen mitten in der Luft anhielt. Augenblicklich war Brand von einem Ring aus scharfgeschliffenen Schwertern umgeben, die wie Eis glänzten. Der weiße Drache schlüpfte unter den Klingen hindurch und flog kopfüber in das bernsteinfarbene Licht. Blätter, die die Farbe von Knochen und Perlen hatten, wirbelten auf den Boden.

Brand ließ sich von den Klingen nur für einen Moment aufhalten. Sein Gesicht war weiß und wutverzerrt. Er verwandelte sich; jetzt schrie der Feuervogel in dem Schwerterring. Er stieg in die Luft und flog über sie hinweg. Nyx' suchendes Bernstein fand den Magier wieder: ein kaum sichtbares Flakkern neben dem Fenster. Er bewegte sich. Das Feuer loderte durch das Fenster. Meguet hörte einen Wutschrei vom Hof. Der Feuervogel kreiste durch die Luft. Seine Schwingen strichen über die Wände und durch das Feuer der Fackeln, die silbernen Krallen waren ausgestreckt, um den Magier in der Luft zu packen und festzuhalten. Das Feuer fegte wieder über den Magier. Er bewegte sich weiter und löste sich auf, aber nicht schnell genug. Die Klauen des Vogels fuhren über seinen ausgestreckten Arm, bevor er verschwand. Nyx, die das Bernsteinfeuer durch den Raum flammen ließ, verfolgte seine Bewegungen mit den Augen der Magierin, und fast hätte sie Meguet verwandelt, als er neben ihr auftauchte.

»Gib mir den Schlüssel«, sagte er zu Nyx. »Oder ich nehme sie mit mir.« Seine Stimme zitterte. Meguet sah Blut unter seinem zerfetzten Ärmel.

»Löse den Zauber von Brand«, sagte Nyx mit gefährlich ruhiger Stimme. »Dann können wir über den Schlüssel reden.«

»Er kämpft sich selbst aus dem Zauber heraus«, antwortete der Magier. »Wenn ich deine Cousine mitnehme, wirst du sie niemals wiederfinden.«

»Brand kämpfte gegen dich«, sagte Nyx ungerührt. »Er ist immer noch verzaubert. Löse den Zauber von ihm.«

Meguet wollte nicht länger abwarten, wie um sie geschachert wurde. Sie löste sich geschmeidig aus dem Griff des Magiers und wirbelte weg von ihm. Er verschwand wieder. Diesmal ließ er einen Nebel aufsteigen, um Nyx' Feuer zu zerstreuen. Meguet schwang ihre Klinge gegen einen plötzlichen Regen von Rosenblüten, als das Feuer den Nebel traf. Der Vogel schnappte sinnlos nach ihnen. Meguet duckte sich, als eine seiner Klauen sich in ihrem Haar verfing.

»Moro steh uns bei«, flüsterte sie. Der Vogel verwandelte sich in den Mann, verzweifelt, wild, verwirrt, dann erschienen wieder Flügel, und er wurde wieder zum Vogel. Goldenes Feuer flammte auf, enthüllte die Umrisse des Magiers und überzog die Hälfte der Haushaltsbücher mit Bernstein. Der Vogel stieß immer wieder wütend herunter, und dann schrie er lautlos, als seine Krallen den Magier packten und zum größten Teil sichtbar werden ließen. Der Magier riß sich los, doch bevor er verschwand, gruben sich die Krallen des Vogels in seine Schultern.

Jemand schrie. Brand oder der Magier. Brand erschien wieder, verschwommen, halb Vogel, halb Mann. Blut tropfte von seinen Fingern. Der Vogel drängte ihn wieder aus seiner Gestalt, Flügel erschienen, und Meguet sah seine abgebrochene, blutige Kralle. Sie schrie, und ein plötzliches, hilfloses Mitleid klang aus ihrer Stimme.

»Nyx, mach, daß das aufhört! Kannst du es nicht beenden?«

Nyx warf ihr einen leicht unwilligen Blick zu. Farbe war in ihren Augen erschienen. »Das macht keinen Sinn«, murmelte sie, und wieder flammte das Bernsteinfeuer auf. Etwas flog wie ein dunkler Schatten durch das Fenster, anmutig wie der Drache. Meguet, die ohnehin mit dem Auftauchen von Drachen rechnete, sah es aus den Augenwinkeln und drehte ihren Kopf. Das Feuer verwandelte es sofort. Ein schwarzer Schwan, der von goldenen Flammen umhüllt war, wurde zu einer weißen Rose, die durch das Feuer ins Dunkel fiel.

Tränen stiegen ihr in die Augen, obwohl sie sich sagte, daß es dafür keinen Grund gab: Alles war verhext, sogar die Luft. Der Magier war wieder an ihrer Seite, und dann erschien der Feuervogel mit geöffneten Krallen über ihnen und stieß auf den Magier herab.

Er schien den Flug des Vogels zu verlangsamen. Meguet sah, wie sich dessen Bewegungen überlappten. Ein Bild erschien aus dem nächsten, noch bevor dieses in der Luft verschwunden war. Doch er konnte ihn nicht ganz aufhalten. In diesem zauberhaften Moment fiel ein Goldregen aus der Luft und klirrte schließlich dem Magier vor die Füße. Er beugte sich vor und entging dem Griff des Vogels. Seine Krallen blitzten und sausten unmittelbar über dem Magier durch die Luft. Er schien seinen Schwung jedoch nicht abbremsen zu können und packte Meguet, zog sie mit sich, bis sie stolperte. Der Boden erhob sich wie Wasser um sie herum, und ein Schlüssel trieb darauf in ihre Hand. Dann wurde der Magier wieder von flüsternder Luft und Feuer überspült. Er keuchte und streckte die Hand nach dem Schlüssel aus, als sei er der einzige Festpunkt in einer schwankenden Welt. Seine Hand schloß sich um Meguets Handgelenk. Sie stieß einen verzweifelten Schrei aus, und dann zog er sie in die Steine hinab.

Nyx starrte auf die Stelle am Steinboden, an der Meguet verschwunden war. Sie war nicht mehr zu sehen. Der Feuervogel suchte ebenfalls vergeblich nach seiner Beute. Er stieß seinen lautlosen Schrei aus und schwebte zum Fenster. Brand war in ihm ebenso verloren wie Meguet in der Zeit des Magiers. »Meguet«, flüsterte Nyx.

Dumpfes, rhythmisches Dröhnen klang von der Tür her. Sie hatten etwas als Rammbock heraufgebracht. Nyx hob den Kopf. Im Licht der Kerzen war ihr Gesicht weiß wie eine Nebelwand. Der Boden war übersät von den Verzauberung des Feuers. Sie unterdrückte ihren ersten, automatischen Impuls, die Tür dem Ansturm der Ramme zu öffnen, die dann jedoch quer durch den Raum und durch das Fenster geschossen wäre und den Vogel dabei mitgenommen hätte. Statt dessen erhob sie ihre Stimme.

»Halt …« Ihre Stimme brach ab, und sie räusperte sich. »Hört auf damit! Ich werde die Tür öffnen.«

»Ruhe!« sagte die Herrscherin scharf, und der Lärm vor der Tür erstarb. Nyx brach den Zauber des Magiers. Die Tür öffnete sich, und Wachen fluteten in den Raum. Sie starrten auf die funkelnden Überreste des Feuers: Perlenblätter, Rosenblüten, bernsteinversiegelte Bücher. Dann erblickten sie das Blut an dem Feuervogel, und ein Flüstern erhob sich.

Die Herrscherin zupfte an der Perlenkette vor ihrer Brust, und der Ausdruck ihrer großen dunklen Augen erinnerte an Nyx. »Was ist geschehen?«

»Der Magier ist zurückgekehrt«, sagte Nyx. »Der Feuervogel hat ihn angegriffen. Sie scheinen sich zu kennen.« Sie schwieg und zog an einem Saphirstrang in ihrem Haar. Mit düsterem Blick suchte sie nach Worten, während ihr Blick wieder auf den Steinboden fiel. Die Herrscherin schien ihre Gedanken zu lesen.

»Wo ist Meguet?«

»Der Magier hat sie mitgenommen.«

»Mitgenommen! Wohin in Moros Namen?«

»Irgendwohin. In irgendeine Zeit. An irgendeinen Ort.«

»Warum?«

»Sie war mit dem Schlüssel verbunden, den ich ihm zuwarf.« Die Saphire lösten sich von dem Strang und fielen zu Boden. Sie fuhr sich mit der Hand über die Augen und fügte hinzu: »Er wird zurückkommen. Wahrscheinlich, um Meguet gegen den Schlüssel einzutauschen.«

»Um Moros willen«, flüsterte die Herrscherin. »Wie viele Schlüssel will er denn noch?«

»Nur einen. Ich habe ihm einen falschen gegeben, damit er verschwand.« Sie schwieg und spürte den dunklen, ruhigen Blick der Herrscherin auf sich lasten. »Es gibt dabei Dinge, die keinen Sinn machen ...«

»Du«, sagte die Herrscherin knapp.

»Davon abgesehen, meine ich.«

»Was in Moros Namen hat dich dazu veranlaßt, euer Leben für irgendeinen uralten Zauber aufs Spiel zu setzen, dem tausend Jahre lang niemand Beachtung geschenkt hat?«

»Es ist kein ...«

»Warum hast du dem Magier nicht sofort den Schlüssel gegeben, als er deshalb wieder aufgetaucht ist?«

»Weil ...«

»Statt dessen bringst du das Haus in Gefahr und verlierst Meguet in irgendeine Zeit jenseits der Erinnerungen und an irgendeinen Ort ohne Namen. Und warum ist dieser Vogel immer noch ein Vogel? Du beschäftigst dich mit Zauberei, seit du Lesen gelernt hast – was ist so schwer daran, einen Vogel zurück in einen Mann zu verwandeln? Du hast bestimmt schon komplizierte Dinge mit Vögeln veranstaltet. Woher soll ich wissen, daß er nicht als nächstes dich angreift?«

»Weil ich nicht glaube, daß ...«

»Und wo in Moros Namen ist mein Torwächter?«

Nyx sah sich im Zimmer um. »Ich habe ihn hereinkommen sehen. Ich glaube, er war es.«

»Wenn dieser Magier ihn genau wie Meguet entführt hat ...«

»Nein, es war mein Fehler. Ich kämpfte mit dem Feuer des Vogels. Ich muß ihn in irgend etwas verwandelt haben.«

Die Herrscherin schloß die Augen und fuhr sich mit den Händen durch das Haar. Haarnadeln fielen zu Boden. »Du bist eine Zauberin. Zaubere etwas. Lös den Zauber von diesem Vogel. Und von meinem Torwächter. Finde Meguet. Und wenn dieser Magier zurückkommt, gib ihm alles, was er haben will, den Vogel eingeschlossen, wenn er ihn verlangt. Ich will kein Blutvergießen mehr, keine Zauberkämpfe, keine angehaltene Zeit, keine verschwundenen Leute. Ich will, daß dieser Rat mit noch weniger Aufregung endet, als er begonnen hat. Ich will, daß er als langweilige Randnotiz in die Geschichte von Ro Holding eingeht, nicht als ein völlig, grelles Kapitel.«

»Ja.« Nyx zwang sich zum Sprechen. »Es tut mir leid.«

»Und erledige es bis zum Sonnenaufgang.«

Sie zog die Tür heftig hinter sich zu. Nyx setzte sich blinzelnd hin, ihr Gesicht war starr. Sie schob mit ihrem Fuß ein paar Rosenblüten aus Granat herum und versuchte nachzudenken. Ihr Kopf war ebenso wie das Turmzimmer mit den Zaubereien angefüllt. Die Tür öffnete sich leise. Sie hob den Kopf. Calyx kam herein und wich mit vorsichtigen Schritten den Zauberblüten aus.

»Das mit den Büchern tut mir leid«, sagte Nyx müde. »Sie werden sich zurückverwandeln, wenn morgen der Mond aufgeht.«

»Mach dir keine Sorgen wegen der Bücher.« Sie strich Nyx zärtlich über das Haar und entfernte eine herunterhängende Haarnadel. »Ich wollte dir nur sagen, daß der Torwächter am Tor ist.«

Sie richtete sich ein wenig auf und blinzelte. »Tatsächlich?«

»Er kann niemals durch die Tür gekommen sein. Du hast nur geglaubt, ihn zu sehen.«

»Wahrscheinlich.«

»Sollte ihm jemand wegen Meguet Bescheid sagen?«

»Er weiß es.« Als Calyx sie verwundert ansah, fügte sie hinzu: »Gerüchte sind in diesem Haus schneller als Gedanken.«

»Außerdem wirst du sie bis zum Morgengrauen gefunden haben«, tröstete sie Calyx.

»Nur, wenn der Magier sie von dort wieder zurückbringt, wohin er entschwunden ist. Ich kenne nicht einmal die Namen von Orten, die jenseits von Ro Holding liegen. Wie ist es mit dir?«

»Ich weiß nur, was Cado der Seltsame erwähnt.«

»Wer?«

»Er war der vierte Sohn von Irial Ro. In seinen jungen Jahren wurde er Cado der Ruhelose genannt. Er heuerte auf einem Handelsschiff an, verschwand für elf Jahre und kam dann wieder und verblüffte seine Familie mit Erzählungen von einbeinigen Riesen, Frauen aus Gold, Blumen mit Augen und Zauberern mit Schwänzen. Nach dem Historiker Blaconnes ist anzunehmen, daß Cado in Hunter Hold an Land ging und ein zurückgezogenes, glückliches Leben als Goldgräber in den Jumil-Bergen führte, bis die Frau, mit der er lebte, mit einem reichen Minenbesitzer durchbrannte. Dann segelte er wieder nach Hause, wo er seine Ehefrau wiedertraf und es deshalb für geraten hielt, ein paar Wunderländer zu erfinden.«

»Oh.« Nyx' Blick glitt hinüber zu dem Feuervogel. »Der Feuervogel müßte wissen, wohin der Magier gegangen ist.«

»Der Vogel kann nicht sprechen.«

»Und der Mann kann sich nicht erinnern.« Nyx saß still da und dachte über die beiden nach. Dann berührte sie Calyx, die ihr die Nadel in das Haar zurück steckte. »Du gehst jetzt besser. Wenn ich dich auch noch wie Meguet an den Magier verliere, führe ich lieber ein zurückgezogenes und glückliches Leben als Sumpfschildkröte.«

»Unsere Mutter hat angeordnet, daß dir Essen gebracht wird.«

»Sie füttert mich noch. Das ist ein gutes Zeichen.«

»Ihr seid euch einfach zu ähnlich, das ist alles.« Calyx beugte sich vor und küßte Nyx auf die Wange. »Sei vorsichtig.«

Als sie wieder allein war, studierte Nyx den schlafenden Feuervogel. Ihr Essen kam. Sie aß ein paar Bissen und schritt dabei auf und ab, ohne den Feuervogel aus dem Blick ihrer farblosen Augen zu lassen. In ihrem Kopf spann sie endlos Fäden zwischen dem Feuervogel, dem Mann, dem Magier, dem geschwärzten Metallgeflecht an Brands Handgelenken und den Silberpfaden in Chrysoms Kasten.

»Du weißt es«, flüsterte sie dem Vogel zu, der den Kopf unter das Gefieder gesteckt hatte. »Du weißt, wohin sie verschwunden sind.«

Doch all seine Erinnerungen waren verzaubert.

Schließlich setzte sie sich in einen Stuhl neben den Feuervogel und wartete darauf, daß der Magier zurückkehrte. Er würde den Unterschied zwischen einem Schlüssel, der von Chrysoms Hand gefertigt war, und einem Schlüssel, den sie hergestellt hatte, bemerken. Er mochte schon bei seinem Sturz zurück durch die Zeit gespürt haben, daß dem Schlüssel ihre und nicht Chrysoms Gedanken anhafteten, wenn Meguet ihn nicht in der Hand gehalten hätte. Er war nicht so sehr verletzt worden, daß er nicht einen Zauber hätte aussprechen können. Wahrscheinlich konnte er ein paar Kratzer heilen. Und sein weißer Drache lag in einem Haufen von Perlenblättern. Wenn der Drache aus mehr bestand als aus ein paar Fäden, könnte er auch dafür zurückkommen. Und wo war das Buch, das er so verzweifelt begehrte? Er mußte es bereits haben, überlegte sie, da er keine Zeit darauf verschwendete, danach zu suchen. Ein Buch ohne Schlüssel war wesentlich wertvoller als ein Schlüssel ohne Buch …

Die Augen fielen ihr zu. Der Schlüssel füllte ihr Bewußtsein: goldenfarben, mit einem Stiel aus Ebenholz und Gold, darauf ein C oder eine Mondsichel, die ein M in ihren Armen hielt. Magier Chrysom. Chrysoms Magie … der Schlüssel …

Sie wurde von dem Geräusch der Ratsglocken geweckt. Die Sonne war aufgegangen, sie warf den Schatten des Feuervogels über Nyx und glitzerte über Bernstein und Granat, als könnte ihr eigenes Feuer die Dinge erwecken, die, erstarrt in der Zeit, auf den Mondaufgang warteten. Sie spürte den Schlüssel in ihrer Tasche und hörte, wie der Vogel Wasser aus einer Schale trank. Von dem Magier oder Meguet war nichts zu sehen.

Sie sank in dem Stuhl zusammen und spürte den Riß in dem geregelten Leben Strickwerk des Hauses, den Meguets Abwesenheit bewirkte. Der Magier mußte wegen des Schlüssels zurückkommen. Wenn er Meguet nicht mitbrachte, würde es den Wünschen der Herrscherin zum Trotz einen Magierkrieg in dem dunklen Turm geben. Es war unvorstellbar, daß er Meguet nicht mitbrachte. Aber warum war er noch nicht zurückgekehrt? Hatte er Angst vor dem Feuervogel? Würde er bei Mondaufgang erscheinen, wenn der Vogel sich verwandelte? Würde Brand sich an ihn erinnern? Würde die Herrscherin gelassen einen weiteren Mondaufgang abwarten?

»Sie hat keine andere Wahl«, murmelte Nyx. »Ich bin ihre einzige Hoffnung.«

Sie zog den Schlüssel aus der Tasche und hielt ihn lockend hoch, für den Fall, daß der Magier in irgendeinem Zeitabschnitt lauerte und darauf wartete, daß die Spur eines Zaubers in Chrysoms Turm seine Aufmerksamkeit erregte. Sie drehte ihn auf ihrer Handfläche herum, und feuriges Licht fing sich in dem Gold. Der Halbmond wölbte sich über dem auf dem Kopf stehenden Magier.

Ihr Mund öffnete sich. Sie spürte, wie sich tief in ihr etwas regte, als seien plötzlich kleine Vögel durch sie hindurch ins Licht geschwirrt.

Chrysoms Werk.

»Der Schlüssel ist das Buch«, flüsterte sie.

Kapitel 6

Meguet beobachtete, wie sich die Sonne über einem namenlosen Land erhob.

Seit Stunden saß sie benommen und ohne einen klaren Gedanken fassen zu können auf nacktem Boden unter einem Himmel voller unbekannter Sternbilder. Die Nacht gewährte ihr einen gewissen Schutz. Wenn sie nicht aufblickte, mußte sie sich nicht eingestehen, daß sie Ro Holding verlassen hatte: Die Dunkelheit konnte überall hingehören. Sie saß immer noch an der Stelle, auf die sie gefallen war, und wartete darauf, daß Nyx sie rettete. Ständige Geräusche erfüllten die Nacht. Winde erhoben sich und legten sich wieder, manchmal erklang zischend der warme, übelriechende Atem von einem Wesen, das sie sich nicht einmal vorstellen wollte. Von Zeit zu Zeit murmelte der Magier etwas und bewegte sich unruhig, aber er wurde nie richtig wach. Sie versuchte auch nicht, ihn zu wecken. Nyx würde sie finden, den Schlüssel an sich nehmen, und sie würden verschwinden, bevor sie auch nur einen Blick auf diesen seltsamen Ort jenseits der Schwingen des Jungen Schwans werfen mußte.

Doch jetzt brannte ihr das Morgenlicht das Bild des Landes ein. Es enthüllte eine endlose, ausgedörrte Wüste, goldfarben wie das Auge eines Habichts, mit nackten Felsvorsprüngen, die wie phantastische Türme und verrückte Paläste aussahen. Es war laut, der Wind heulte unerwartete Melodien durch die Felsformationen. Ein Geruch von Brand und Schwefel erfüllte die Luft, und in der Ferne zischten und dampften unterirdische Wasser.

Sie zog die Beine an den Körper, fühlte sich gefährlich ausgeliefert, als hätten die Steine Augen. Vielleicht hatten sie auch welche an diesem seltsamen Ort. Der Boden selbst hatte ja lauter Schlünde. Vielleicht ritten über ihrem Kopf Magier durch die Luft. Und sie saß da in ihrer Garderobe für das Abendessen, einem feuerroten Kleid, das bei jeder Brise wie eine Flamme wehte. Ihre dünnen Samtslipper hätte der Wind mühelos davontragen können. Ihr Schwert war irgendwo zwischen hier und dort verschwunden. Und selbst, wenn sie feste Schuhe und Waffen gehabt hätte und für eine Reise ausgerüstet gewesen wäre, hätte sie es nicht vermocht, das Hier gegen das Dort einzutauschen: Ro Holding konnte ebensogut hinter den Gipfeln liegen, die in der Ferne schimmerten, wie in den Winden.

Überall an diesem harten, grellen Ort funkelte Licht, das Goldflecken in dem Sandstein aufspürte und Silber in den Dampf mischte. Es stahl sich unter die Schulter des Magiers und stach von dort schmerzhaft in Meguets Augen. Sie blinzelte und erblickte den Goldschlüssel, halb unter dem Magier verborgen. Er hatte ihn bekommen, sagte sie sich, er brauchte sie nicht mehr. Aber würde er sich jetzt noch damit aufhalten, sie zurückzuschicken? Sie konnte den Schlüssel an sich nehmen und ihn vor ihm verbergen, ihn zu einem Handel überreden ... Aber er hatte den Schlüssel sogar durch die Zeit erblickt. Es war unwahrscheinlich, daß sein Magierblick ihn nicht unter einem Stein finden würde. Seine Augen waren immer noch geschlossen, nicht einmal der Sonne war es gelungen, ihn zu wecken. Schnell griff sie nach dem Schlüssel und steckte ihn in die Tasche. Er regte sich nicht. Nach einem Augenblick rutschte sie näher an ihn heran und berührte ihn.

Jetzt bemerkte sie sein flaches, unregelmäßiges Atmen und sah, daß sein schweiß- und staubüberzogenes Gesicht kalkweiß war. Der Schmerz grub Furchen in seine Stirn. Er bewegte sich ein bißchen, als spürte er ihren Blick. Dann zuckte er leicht zusammen, murmelte etwas und lag wieder still, während Staubfahnen über ihn hinwegtrieben.

Kalte Angst erfüllte Meguet plötzlich. Angst, daß er sterben und sie allein in diesem seltsamen Land zurücklassen könnte, das sich genausogut auf einem anderen Planeten hätte befinden können. Panikerfüllt stand sie auf und suchte die Ebene nach dem blauen Faden eines Wasserlaufs ab, nach dem dunklen Faden eines Holzfeuers, nach den regelmäßigen Umrissen von Häusern, nach einer Siedlung zwischen den zerborstenen, schiefen Steintürmen. Es konnte sein, daß sie und der Magier die beiden einzigen Lebewesen in dieser Welt waren, und er war schon halb tot. Das Wasser in ihrer Nähe warf Blasen und stank. Der einzige Schutz, den sie erblicken konnte, waren Schatten auf dem bloßen Boden. Sie kniete wieder neben den Magier und versuchte sich zu beruhigen. Vielleicht hatte er sich bei dem Sturz etwas gebrochen. Doch als sie ihn prüfend abtastete, konnte sie kein Anzeichen dafür entdecken. Er schien nichts zu spüren, selbst dann nicht, als sie ihn mit einiger Anstrengung auf die Seite rollte, um die Wunden zu untersuchen, die der Feuervogel auf seinen Schultern hinterlassen hatte.

Die Striemen waren lang, aber nicht sehr tief. Sie mußten schmerzhaft sein, aber wohl kaum tödlich, es sei denn, der Vogel hatte unerwarteterweise Gift in seinen Krallen. Der Gedanke daran erfüllte sie wieder mit Panik. Sie schloß die Augen und spürte den Wüstensand in ihrer Kehle, die brennende Sonne auf ihrer Haut. Sie mußte irgendwo Schutz finden und Wasser, um seine Wunden zu reinigen. Der nächste Schatten, den ein ausgezackter, seltsam geformter Fels warf, lag nur ein Dutzend Schritte weit entfernt, doch die Entfernung zwischen diesem Schatten und dem Magier schien unüberwindlich. Sie rollte ihn vorsichtig wieder auf den Rücken und packte ihn unter den Armen. In dem Moment als sie versuchte, ihn anzuheben bewegte er sich, entwand sich ihrem Griff und rief seltsame Worte, Namen aus Träumen oder Alpträumen.

Sie ließ ihn liegen, kniete neben ihm nieder und fragte sich, was er unabsichtlich herbeibeschwor. Murmelnd strich sie ihm durch das Haar. Ihr war etwas entgangen. Der Vogel hatte ihn auf irgendeine geheime Weise schwer verletzt. Sie dachte über dieses Problem nach, während sie ihm mit den Fingern über das Haar und die Wangen strich, bis er sich wieder beruhigte. Dann zog sie ihm langsam und vorsichtig die Stiefel von den Beinen.

Sie waren aus feinem Leder, abgetragen und verschrammt, und so groß genug, daß ihre Füße selbst mit Schuhen hineinpaßten. Er lag unbeweglich da, zurückgezogen an einen Ort, an dem ihn der Schmerz nicht erreichen konnte. Er bewegte sich nicht einmal, als sie seine Kleidung nach Taschen absuchte. Sie fand eine in einer Seitennaht und faßte hinein. Sie zog ein verschrammtes Dreieck aus Kristall oder Glas hervor, das größer war als ihre Handfläche, ein paar brüchige Blätter von getrockneten Kräutern und einen kleinen Goldwürfel, der an allen Seiten von feinen Gravuren überzogen war, denen der schwere Kristall nichts hatte anhaben können. Sie roch an den Blättern: ein fremdartiger, durchdringender Geruch. Sie hätte mit dem Kristall und den Blättern ein Feuer entzünden können, aber es gab keine weitere Nahrung für dieses Feuer. Die Sonne hatte alles verbrannt. Als sie ihm seine Habseligkeiten wieder in die Tasche steckte, murmelte er wieder etwas und verzog das Gesicht im Licht der Sonne, die schon jetzt wie glühendes Messing am Himmel brannte. Sie mußte ihn hier wegbringen und Wasser finden, sonst würde sie noch neben einem Fremden unter fremdem Himmel sterben. Sie stand auf, schirmte das Sonnenlicht in seinem Gesicht mit ihrem Körper ab und hielt ringsum nach einem geeigneteren Ort Ausschau.

Über ihr verdunkelte ein Schatten die Sonne.

Sie blickte auf. Die Sonne war verschwunden. Eine seltsame Luftmasse hatte über ihr ein Stück des Himmels verschluckt. Sie konnte nicht sehen, was über ihr schwebte. Es war ein Nichts, hatte keine Substanz, und legte doch einen Schatten überall um sie herum. Schließlich zwang sie sich, den Blick zu senken. Sie wollte nichts sehen und sah es doch: den Umriß des kleinen, weißgeflügelten Drachen aus Stoff. Nur war er jetzt groß genug, um die Sonne zu verschlucken.

Winde erhoben sich auf der Ebene und fuhren mit einem dunklen, wilden Heulen über Risse und Steintürme. Zwischen ihnen erklang das Bellen von Stimmen, die jenseits der Welt ihren Ursprung haben mußten. Meguet hörte ein merkwürdiges Geräusch, das von ihrer eigenen Stimme stammte. Sie sank zu Boden, drängte sich an den Magier und versteckte ihr Gesicht vor all den unsichtbaren Augen um sie herum.

»Stirb nicht«, flehte sie. Sie konnte sich selbst kaum hören. »Stirb nicht. Ich kann noch aus dem Schatten eines Steins Hoffnung für uns schöpfen, aber ich kann nichts gegen Drachen ausrichten. Bitte wach auf. Bitte.«

Der Magier antwortete nicht. Schatten lösten sich vom Boden und gaben ihn der Sonne wieder frei. Die Winde bliesen noch immer Staub vor sich her und ließen große Steinflöten erklingen, aber die außerweltlichen Stimmen waren jetzt nur noch als entferntes Gemurmel zu hören. Eine Dampfwolke hob sich aus dem Boden. Die Erde erbebte leicht, so als sei etwas Riesiges, Unsichtbares über sie geschritten. Der Dampf schwand, die Erde wurde wieder ruhig. Meguet richtete sich vorsichtig auf. Sie fragte sich, welche Zaubereien von diesem bizarren, tödlichen Ort noch zu erwarten waren.

Im Augenblick schien es ruhig zu sein. Sie stand auf und ging los, um Wasser zu suchen.

Nicht weit von den kochenden Wasserquellen entfernt fand sie große, dünne sichelförmige Bögen aus einem dunklen Material, das schimmerte wie die Flügel von Käfern. Aufgerichtet waren sie so groß wie sie selbst, aber sie waren leicht genug, um gezogen werden zu können. Sie packte vier von ihnen und schleppte sich hartnäckig mit ihnen durch die Hitze zurück zu dem Magier. Einmal blickte sie sich um. Die Bögen unter ihrem Arm zogen tiefe Furchen in den Boden hinter ihr, wie eine riesige Klaue. Sie schloß die Augen vor diesem Anblick und trottete weiter. Ihre Schritte hallten hohl in den Stiefeln des Magiers.

Mit dem Ende eines der Bögen grub sie flache Löcher und richtete die Bögen wie vier Bettpfosten um den Magier herum auf. Dann riß sie den unteren Teil ihres Kleides ab und löste eine Seitennaht. Sie spannte den Seidenstoff über die Bögen und spießte ihn auf die scharfen Enden, so daß er sich wie ein zitternder Baldachin über dem Magier spannte. Im gleichen Moment regte er sich, und sein Gesicht entspannte sich. Sie riß die Ärmel ihres Kleidoberteils ab und wischte ihm den Schweiß damit aus dem Gesicht. Dann stand sie wieder auf, um nach Wasser zu suchen. Sie war so seltsam bekleidet wie noch nie in ihrem Leben, mit einem ausgefransten rotseidenen Kleidoberteil, einem langen weißen Leinenunterrock und zu großen Stiefeln.

Es schien überall Wasser zu geben, aber es kochte und stank und bildete seltsam gefärbte Kristallkrusten, wo es den Boden bespritzte. Sie durchwanderte ein Ödland aus Hitze und Dampf und blubbernden Schlammlöchern. Ihr Haar klebte an ihrem Rücken, und ihr Mund war so trocken, daß sie getrunken hätte, was in den Rissen und Schründen des Felsbodens dampfte, wenn es nicht so heiß gewesen wäre, daß man es nicht berühren konnte. Müde setzte sie sich auf einen Sandsteinblock und suchte nach einem grünen Flecken in diesem verbrannten Land. Der Gestank trieb ihr Tränen in die Augen, und hinter sich hörte sie das Zischen von plötzlich aufsteigendem Dampf und Wasser. Sie lehnte sich zurück, um ein wenig im Schatten auszuruhen, und spürte plötzlich einen kalten Windhauch auf der Wange.

Sie hatte eine Eishöhle gefunden.

Sie war klein und dunkel, und es dampfte aus ihr ebenso heraus wie aus den Wasserlöchern. Die Öffnung der Höhle war von Eiszapfen gesäumt, und der Boden war dick mit Eis überzogen. Im Innern der Höhle lag eine so schwarze Finsternis, daß es ihr vorkam, als stürzte die Welt dort in einen tiefen Zeitabgrund. Aus diesem Schlund blies beständig eiskalte Luft heraus. Sie hörte auch Geräusche wie das Aneinanderreiben von Steinen, ein gedämpftes, rhythmisches Grollen, wie das Schnarchen eines Berges. Sie brach ein Stück Eis ab und lutschte daran. Es schmeckte eher nach Erde als nach faulen Eiern. Sie schlüpfte aus einem der Stiefel und schlug damit einen mächtigen Eiszapfen herunter.

Als sie sich humpelnd auf den Rückweg zu dem Magier machte, den einen Stiefel mit Eis gefüllt, brannte der Boden heiß unter ihrem Slipper.

Sie fuhr mit dem Eis über sein Gesicht und schob ihm ein Stück in den Mund. Dann drehte sie ihn um und wusch den Schmutz, das getrocknete Blut und die Kleiderfetzen aus seinen Wunden. Er regte sich kaum, bis sie den ausgezackten Riß über seinem Schulterblatt berührte. Da verkrampfte er sich und stöhnte seine Verzauberungen und Träume ungehemmt in den Wind. Sie betrachtete die Wunde genau und sah, daß etwas Silberfarbenes in ihr steckte.

Sie zog es heraus. Es war ein abgebrochenes Stück von einer der Krallen des Feuervogels.

Als sie ihre Arbeit beendet hatte, zitterte sie und war den Tränen nah. Der Magier, dessen Klage jeden schnarchenden Drachen der Welt geweckt haben mußte, beruhigte sich schließlich, als sie ihm Eis auf den Rücken legte. Einer plötzlichen Eingebung folgend griff sie noch einmal in seine Tasche und holte die brüchigen Blätter heraus. Sie legte eines davon auf den Boden, fing die Sonne in dem Kristall und bündelte ihre Strahlen, bis das trockene Blatt zu glimmen begann. Sie hielt es dem Magier unter die Nase.

Seine Augen öffneten sich. Er starrte sie ausdruckslos an, betrachtete dann den Seidenbaldachin, die dunklen Bögen, die ihn hielten, und die Eiszapfen, die in seinem Stiefel schmolzen. Er spannte seinen Rücken an und zuckte leicht zusammen. Er sah sie wieder an, diesmal mit einem Ausdruck des Erstaunens.

»Hast du das alles getan?«

Sie kniete sich wieder hin und antwortete erschöpft: »Nein, natürlich nicht. Ich habe meine Diener herbeigerufen.«

»Du hast das ohne Zauberei gemacht?«

Sie schloß kurz die Augen und sah ihn dann wieder an. Sein Gesicht war bleich wie altes Elfenbein. Er mußte sich um jedes einzelne Wort bemühen. Sie fragte: »Was sollte ich sonst tun? Du hast mich in meiner Abendkleidung hier in dieses Ödland geschleppt. Du wolltest mir nicht helfen. Ich hätte mich auch hier hinsetzen und weinen können. Aber dann wärst du einfach gestorben, und ich brauche dich, damit du mich nach Hause bringst. Warum in Moros Namen mußtest du ausgerechnet mitten in einer Wüste landen?«

»Sie ist mein Zuhause«, sagte er. Für einen Augenblick schien er benommen, und als sie schon dachte, er wäre wieder eingeschlafen, fragte er: »Wo ist der Schlüssel?«

»Ich habe ihn.«

Mit geschlossenen Augen hob er eine Hand und murmelte: »Laß mich ihn sehen.«

Sie rührte sich nicht. »Schwöre, daß du mich zurück nach Ro Holding bringst. Was ich für dich getan habe, kann ich auch wieder rückgängig machen. Diesmal habe ich eine Waffe.« Er öffnete die Augen. Sie hielt einen kleinen Silbersplitter hoch. »Ich werde sie benutzen, wenn es sein muß.«

Sie hörte, wie er den Atem anhielt. Dann holte er blinzelnd tief Luft. »Natürlich bringe ich dich nach Hause.«

»Wie kann ich dir vertrauen?«

»Ich weiß es nicht. Vielleicht kannst du es nicht. Aber ich kann nicht glauben, daß du diesen Zauber wieder dahin tun würdest, wo du ihn gefunden hast. Das wäre ein blutiges und unangenehmes Stück Arbeit. Und du müßtest mich trotzdem am Leben erhalten. Es sei denn, du möchtest hier allein darauf warten, daß dich jemand rettet. Wenn du das tun möchtest, denk daran, daß das einzig Genießbare hier die Felseidechsen sind. Die kleinen schwarzen, nicht die gelben. Du kannst sie in den heißen Quellen kochen. Dann sind sie nicht so zäh, wie wenn du sie brätst. Viel Brennmaterial gibt es sowieso nicht. Aber wenn du ein Feuer willst ...« Er brach ab und bewegte sich ein wenig. Meguet, die immer noch den Splitter, ihre einzige Waffe, fest umklammert hielt, fragte: »Was kann ich verbrennen?«

»Ich werde dir etwas besorgen, bevor du mich tötest.«

»Ich habe nicht die Absicht ...«

»Damit wirst du es tun. Es ist ein dunkler Zauber, der tief wirkt.« Als sie schwieg, fügte er hinzu: »Ich versuche dich zu überreden, mir zu vertrauen.«

Sie fuhr sich mit der Hand über das Gesicht und spürte den feinen Staub, der es überall bedeckte, sogar unter den Augenlidern. »Wie kann ich das?« fragte sie. »Du hast meine Cousine angegriffen und sie bestohlen. Du hast einen Zauber über das Haus der Herrscherin gelegt. Du hast Brand so schreckliche Dinge angetan, daß er nicht darüber sprechen kann, ja sich nicht einmal daran erinnern kann. Er kann nur den Wutschrei des Feuervogels ausstoßen. Ich vertraue dir nicht. Ich habe das alles nur deshalb für dich getan, damit du am Leben bleibst und mich zurück nach Ro Holding bringen kannst.«

Er bewegte sich wieder, zuckte zusammen, und sein Blick glitt hinüber zu den nackten Felsformationen in der Ferne. Müde sagte er: »Ich bezweifle, daß deine Cousine mir den richtigen Schlüssel zurgeworfen hat. Sie wollte nur, daß ich aus dem Turm verschwinde. Du siehst also, daß ich gezwungen sein könnte, nach Ro Holding zurückzukehren, um den richtigen Schlüssel zu holen.«

»Du hast mich wegen eines falschen Schlüssels an diesen verrückten, drachenverseuchten Ort geschleppt?«

Er hob eine Hand und berührte sie wortlos am Arm. »Du hast Drachen gesehen?« fragte er mit heiserer Stimme.

»Ich habe einen Schatten gesehen. Du hast so merkwürdige Dinge gerufen, als ich versuchte, dich zu bewegen. Ich glaube, du hast ihn herbeigerufen. Er schwebte über uns und verdeckte die Sonne. Er war unsichtbar und warf doch einen Schatten.«

»Einen Schatten.«

»Er sah aus wie ein Schatten, den dein weißer Drache werfen würde. Nur hundertmal größer. Ich hatte Angst – Angst, daß er angreifen könnte.«

»O nein. Das tun sie nie.«

»Dein weißer Drache hat es getan.«

»Der ist ein Zauber. Ich habe ihn aus einem versteinerten Drachenherzen gemacht. Ich bin mir nicht sicher, wie wirklich er ist. Aber ich habe Gefallen an ihm gefunden. Ich habe ihn dortgelassen, nicht war?« Er versuchte sich zu erinnern. »Im Turm, mit dem Feuervogel.«

»Ich glaube, er hat sich in einen Haufen weißer Blätter verwandelt.«

»Bis zum Mondaufgang. Dann wird er sich verändern, und Brand wird ihn sehen.«

»Wer ist er?«

»Brand Saphier. Sein Vater, Draken, ist der Herrscher von Saphier. Wir befinden uns in der Wüste Luxour im Süden von Saphier. Einige nennen sie den Rand der Welt. Ich bin hier geboren.«

Das erklärte seine Hautfarbe, dachte sie. »Und warum hast du Brand Saphier in einen Feuervogel verwandelt?« fragte sie hartnäckig weiter.

Er bewegte sich abrupt, so als hätte die kleine Spitze der Kralle in ihrer Hand wieder seinen Rücken berührt. Mit düsterem Blick sagte er langsam: »Wenn ich den Feuervogel gemacht hätte, wäre der Zauber ein Teil von mir. Er könnte mir dann nicht mehr Schaden zufügen, als ein Spiegelbild es könnte. Der Zauber, der den Zaubervogel umfängt, ist tödlich für mich.«

Sie schwieg und prüfte, ob irgend etwas in seiner Stimme, irgend etwas in seinem Gesichtsausdruck seine Worte Lügen strafte. »Nehmen wir einmal an, daß du es nicht warst«, sagte sie gepreßt. »Wer hat dann den Zauber ausgesprochen?«

Seine Augenbrauen zogen sich zusammen, und er wandte den Blick von ihr ab, verlor sich in seiner Erinnerung. »Das ist etwas, das nicht einmal der Wind wissen sollte«, flüsterte er.

»Warum hat der Feuervogel dich denn angegriffen?«

»Ich glaube, er ist geschaffen worden, um mich zu töten.«

Meguet stand auf. Sie geriet dadurch in das sengende Sonnenlicht, aber die Bewegung half ihr beim Nachdenken. Doch diesmal half ihr das Nachdenken nicht weiter. Sie ließ ihr Gesicht in die Hände sinken und sah doch immer noch das grelle Licht. »Ich weiß nicht, wie ich dir glauben soll.« Sie hob den Kopf und blinzelte, bis sie den Magier wieder klar sehen konnte. »Ich weiß nicht, was Lüge und was Wahrheit ist, was dich und den Feuervogel angeht.«

»Du mußt mir nicht vertrauen«, sagte er schlicht. »Du bist meiner Gnade ausgeliefert. Niemand weiß, wo du bist. Brand würde annehmen, am Hof seines Vaters. Wenn er sich überhaupt an Saphier erinnern kann. Du kannst mich mit diesem Zauber bedrohen, aber wenn du mich verletzt, wirst du dafür sorgen müssen, daß ich nicht sterbe, denn sonst kann ich dich nicht nach Hause bringen ...«

»Und wenn es der richtige Schlüssel ist?« fragte sie verzweifelt. »Dann wirst du mit ihm verschwinden und mich hier hilflos zwischen den Drachen zurücklassen. Warum solltest du dir die Mühe machen, mich zurückzubringen und dabei meiner Cousine und dem Feuervogel wieder zu begegnen?«

»Es kann nicht der richtige Schlüssel sein.« Unruhig wandte er das Gesicht von ihr ab. »Deine Cousine ist zu scharfsinnig.«

Sie kniete nieder, schlug mit dem Kristall ein Stück Eis von einem der Zapfen ab und schob es ihm zwischen die Lippen. Sein Gesicht hatte jetzt Farbe bekommen, und ein fiebriger Glanz war in seinen Augen. »Warum hast du diese Rose für mich gepflückt?« fragte sie plötzlich und blickte finster auf ihn hinab.

»Weil du mich daran erinnert hast, was Worte wie Ehre und Tapferkeit bedeuten«, sagte er mit weicher Stimme. »Warum hast du die Rose aufgehoben statt das Schwert?«

Resigniert seufzte sie. »Ich wünschte, ich wüßte es.« Sie wandte sich um und hob den tropfenden Eiszapfen aus seinem Stiefel. Sie drehte den Stiefel um, und der Schlüssel fiel auf den Boden.

Er hob ihn auf und betrachtete ihn neugierig. Er fuhr mit dem Zeigefinger über den Halbmond aus Elfenbein und über den Buchstaben, der sich golden vom dunklen Teil des Mondes abhob. Sie betrachtete sein Gesicht.

»Ist es der richtige?«

Er schüttelte den Kopf. »Jeder Zauber trägt irgendwo ein Zeichen des Zauberers in sich. Es kann die Abfolge der Zaubersprüche sein. Oder das Zauberbuch, das benutzt wurde.

Irgendein vertrautes Element. Chrysom liebte Rätsel. Unerwartete Bilder. Deine Cousine hatte dafür keine Zeit. An diesem Schlüssel haften keine Jahrhunderte. Keine Rätsel, wenn man einmal von seiner Form absieht. Kein Zeichen von Chrysom. Er muß von einem Magier sein, den ich nicht bemerkt hätte.«

»Woher weißt du soviel über Chrysom? Befindet sich Saphier in einer anderen Zeit? Oder bist du tausend Jahre alt?«

»Ich liebe es zu wandern ... manchmal wandere ich durch die Zeit. Ich habe viel dadurch gelernt, daß ich Chrysom beobachtet habe. Ich ging zu ihm und machte ihm Feuer, oder sammelte Dinge für ihn ...«

»Du hast mit ihm gesprochen?«

»Er hat nie gefragt, woher ich komme. Aber wir sprachen über die Zeit, wie sie sich dreht und wendet ... Er wußte, daß ich nicht dorthin gehörte. Er sprach von einem Zauberbuch über die Zeit, das er geschrieben hat. Er hatte es versteckt, aber von Zeit zu Zeit gab er mir Hinweise, wenn ich ihn besuchte. Von Zeit zu Zeit.« Er lächelte schwach und drehte den Schlüssel in der Hand. Dann verschwand sein Lächeln, und er sah den Schatten hinter dem Schlüssel. »Du siehst, ich muß nach Ro Holding zurückkehren.«

»Warum?« fragte sie müde. »Was mußt du über die Zeit noch erfahren? Du und Nyx, ihr werdet nur wieder gegeneinander kämpfen.«

»Ich muß den Schlüssel haben. Ich brauche ihn. Deine Cousine will ihn nur aus Neugier. Für mich ist er lebenswichtig.«

»Sag ihr das«, sagte sie verwirrt. »Sie wird dir helfen.«

»Magier helfen einander nicht.«

»In Ro Holding ...«

»Nicht in Saphier. Und ich kann ihr auch nicht sagen, warum. Ich kann es nicht einmal in die Luft flüstern. Nicht in Saphier. Und mit Sicherheit nicht in diesem Turm in Gegenwart des Feuervogels.«

»Warum nicht? Was bedeutest du für den Feuervogel?«

Er ließ eine kleine Flamme aus dem Nichts aufzüngeln und setzte den Halbmond in Brand. »Wir waren einmal Freunde«, sagte er. Er ließ die Flamme den Mond, den Buchstaben und den restlichen Schlüssel aufzehren wie eine Kerze, bis die Flamme auf einer goldenen Träne auf seiner Handfläche tanzte. Er blies die Flamme aus, ließ die Träne auf den Boden tropfen und vergrub sie. »Jetzt gibt es nur noch das da von deiner Cousine in Saphier. Wie heißt sie?«

»Nyx Ro.«

Er zog die Augenbrauen hoch. »Sie ist ...«

»Die Erbin der Herrscherin.«

»Und du, Meguet Vervaine?«

»Ihre Cousine.«

»Und?« Er lächelte ein wenig, als sie schwieg. »Die Frau, die in die Zeit blickt. Du hast den Schatten des Drachen gesehen. Es bedarf großer, komplexer Fähigkeiten, um den Drachen zu finden.« Sein Blick schweifte über die ausgedörrten, zackigen Felsen, die verschiedenen gold- und sandfarbenen Schattierungen, die Dampfwolken. »Darum liebe ich diese Wüsten. Seit ich jung war, konnte ich den flüchtigen Schimmer von Drachen bemerken. Einen zu Schatten. Einen Fels gewordenen Flügel. Ein Grollen, das nicht der Wind verursacht. Licht, das nicht von der Sonne kommt. Du hast einen vollständigen Schatten gesehen, das ist mehr, als die meisten in ihrem ganzen Leben zu Gesicht bekommen. Ich träume davon, einmal zu sehen, wie sie sich aus Steinen und aus der Luft und aus dem Licht herausbilden ...«

»Sind sie Geister?« fragte sie fasziniert.

»Nein. Ich glaube, sie bewegen sich durch die Zeit.« Und er fügte dunkel hinzu: »Darum brauche ich ja den Schlüssel.«

»Kannst du das Buch nicht ohne ihn öffnen? Wenn du Chrysoms Methoden kennst?«

»Ich kenne Chrysoms Methoden«, sagte er, aber nichts weiter. Er schob die Hand in seine Tasche und holte den kleinen goldenen Würfel heraus. »Du hast einen Drachenzahn benutzt, um dieses Feuer zu entzünden«, bemerkte er. Ihre

Augen weiteten sich, und sie betrachtete den Kristall. »Und Drachenklauen für den Baldachin. Sie lassen immer etwas von sich zurück.«

»Ich habe einen schnarchen gehört. Ich glaube in der Eishöhle.«

»Ich habe versucht, ihn zu Gesicht zu bekommen. Kein Licht kann diese Finsternis durchdringen, nicht einmal Feuer. Er lebt auf einer schwarzen Fläche, die so kalt ist, daß sein Atem sogar bei dieser Hitze hier oben gefriert. Für das menschliche Auge muß er wie sein eigener Schatten aussehen.« Er stellte den Würfel auf den Boden.

»Was ist das?«

»Vorräte. Für meine Reisen.« Er murmelte etwas. Eine Seite des Würfels öffnete sich. Er schüttelte einen Wasserbeutel aus Leder aus dem Würfel. »Größe ist Illusion«, sagte er, während Meguet sich vergeblich vorzustellen versuchte, wie der volle Wasserbeutel in den winzigen Würfel gepaßt hatte. »Ich wollte dich vorher nicht mit meiner Zauberei erschrecken.« Er richtete sich auf, um ihr den Beutel zu reichen, ließ sich dann erschöpft zurücksinken und streckte sich auf dem Boden aus, als ginge irgendeine heilende Wirkung von ihm aus. »Ich habe ein Haus in einem Dorf am Rande der Wüste. Soweit kann ich uns beide bringen. Ich muß mich ausruhen, bevor ich nach Ro Holding zurückkehre. Du hast mir das Leben gerettet, aber viel Leben war nicht mehr in mir. Wenn ich dich nicht mitgenommen hätte, läge ich jetzt träumend hier, während die Sonne und der Sand und die Aasschlangen ihren Zauber bei mir anwenden würden.«

Sie hob ungläubig den Lederbeutel und goß sich etwas Wasser über den Kopf. »Du hast mich absichtlich mitgenommen? Damit ich dir helfe?«

»Ich hoffte, daß du es tun würdest. Ich war verzweifelt Aber ich hatte nicht erwartet ...« Er bewegte sich wieder und betrachtete die dunklen Bögen, auf denen der Wind den Rest ihres Kleides blähte. »Ich hatte nicht erwartet, daß du in der Wüste Wasser findest. Ich hatte nicht erwartet, daß du den Schatten des Drachen siehst.«

Sie blickte ihn wieder finster an, aber sie spürte, wie langsam der Zauber aus Licht und Illusion, der von dieser seltsamen Wüste ausging, langsam in sie drang. »Hast du einen Namen?« fragte sie brüsk.

»Ja«, seufzte er. »Ich dachte schon, du fragst nie danach. Mein Name an Draken Saphiers Hof ist ein Name, den er mir gegeben hat und den nur Magier benutzen. An diesem Ort hier, den ich liebe, wo ich geboren bin, ist mein Name Rad Ilex.«

Kapitel 7

Im schwarzen Turm wartete Nyx auf den Magier und auf den Mond.

Der Torwächter kam jedoch beiden zuvor und erschien bei ihr, als sich der Haushalt am Abend zum Essen versammelt hatte und es im Hof ruhig war. Nyx, die tief in Gedanken über Chrysoms Schlüssel versunken war, der ihr sein Geheimnis nicht verraten wollte, hörte ihn kaum anklopfen. Als sie aufblickte, stand er vor ihr. Es war ein so seltenes Ereignis, daß sie sich einen Augenblick fragte, ob der Turm das Tor war und der Torwächter sie beide bewachte. Dann fiel ihr ein, warum er gekommen war.

»Hew.« Sie nahm ihre nackten Füße von einem Stuhl. »Setz dich.«

Er schüttelte den Kopf. »Ich wollte nur fragen …«

»Was mit Meguet ist.« Sie schwieg einen Moment und sah ihn an. Die Schlaflosigkeit ließ ihre Augen glänzen. Die Torwächter von Ro Haus waren mit dem Haus verhaftet wie die Mauersteine und die Rosenstöcke. Wenn sie alt wurden, gingen sie fort, um einen Erben für ihre seltsame Macht zu suchen, die Nyx nie erforscht hatte. Der Torwächter, auf dessen Gesicht Schatten der Erschöpfung lagen, sah nicht so aus, als sei er jetzt einer Erforschung zugänglich. Aber ein Teil von ihm war letzte Nacht in den Zauber des Feuers verwickelt worden. Sie wußte, daß er da gewesen war, aber sie war sich nicht sicher, in welcher Form. Statt jedoch wie der Drache des Magiers darauf zu warten, daß das Mondlicht ihn befreite, stand er hier vor ihr. Er sah verwirrt aus. Wenn er, wie sie annahm, alles sah, was Ro Haus betrat oder verließ, Geister, böse Omen und den Jungen Schwan selbst eingeschlossen, dann mußte er auch wissen, daß Meguet verschwunden war. Aber nicht wohin.

»Ich dachte, daß dir mittlerweile der Vogel etwas darüber erzählt hat, wo er hergekommen ist«, sagte er.

»Es ist gut möglich, daß dies auch der Ort ist, zu dem der Magier Meguet gebracht hat«, erwiderte Nyx. »Aber es ist immer noch ein Rätsel, wo dieser Ort sich befindet. Er hat etwas hier zurückgelassen, vielleicht kommt er also wieder.«

»Mit Meguet?«

»Wenn nicht, werde ich nach ihr suchen«, sagte sie grimmig.

Er setzte sich mit gesenktem Kopf und starrte auf die Stelle am Boden, wo er sich geöffnet hatte und Meguet wie durch einen Nebel hindurchstürzen ließ. Nyx fragte sich plötzlich, ob der Boden sich auch für den Torwächter öffnen würde, der jedes Tor im Haus öffnete und schloß. Aber er schien nicht die Absicht zu haben, sich kopfüber auf den festen Steinboden zu stürzen. Er fragte: »Wo würdest du suchen? Oder würdest du dich blindlings in eine Zeit jenseits von Ro Holding stürzen? Hat der Vogel oder der Magier irgend etwas gesagt, das dir als Anhaltspunkt dienen kann?«

»Noch nicht. Warum? Hast du schon von Orten jenseits von Ro Holding gehört?«

»Ich? Nein. Ich kenne das Tor und das Haus und die hinteren Sümpfe des Deltas. Die Winde tragen mir nicht die Namen von anderen Orten zu. Und selbst wenn es so wäre, welcher Name würde dann mehr bedeuten als ein anderer? Es sei denn, du könntest es mir sagen.«

»Und was würde es dir nützen? Würdest du das Tor für Meguet verlassen?«

Er hob den Kopf und sah sie an. Seine Augen hatten die Farbe der silbrigen Sumpfmoose und waren genauso durchsichtig. »Du würdest das Haus für sie verlassen.«

»Meine Mutter hat mich beauftragt, Meguet zu finden. Ich habe nicht die Absicht herauszufinden, wie das Leben mit meiner Mutter und ohne Meguet ist.« Er sagte nichts, wartete immer noch auf eine Antwort. Sie fügte hinzu: »Ich werde sie finden. Wenn der Magier sie zurückbringt, werde ich tun, was getan werden muß. Wenn ich nach ihr suchen muß, kenne ich Mittel und Wege und werde jede Möglichkeit nutzen, sie zu finden. Es ist nur eine Frage der Zeit.«

»Davon habe ich nachts am Tor mehr als genug.«

Sie schwieg wieder. Etwas von entscheidender Bedeutung war ihrer Erinnerung nicht zugänglich: Er war im Turm gewesen, hatte den Magier und Meguet gesehen, aber in welcher Gestalt? Hatte sie sein Gesicht gesehen? Oder nur etwas, das sie als den Torwächter erkannt hatte, das den vom Magier verschlossenen Turm betreten hatte und vom Feuer des Vogels gerade lange genug verzaubert worden war, um mitzubekommen, was mit Meguet geschehen war? Sie lehnte sich in ihrem Stuhl zurück. Meguet würde sich erinnern. Mit weicher Stimme sagte sie: »Die Zeit, die du hast, wird nach den Bewegungen des Jungen Schwans gemessen. Ich werde Meguet finden. Wenn du das Tor verläßt, wird mich meine Mutter auch noch auf die Suche nach dir schicken.«

Er bewegte sich unruhig. »Und wenn du gehst? Wer wird nach dir suchen? Wie weit kannst du dich außerhalb des Blickfelds des Jungen Schwans begeben, bis du an ein Tor kommst, das kein Torwächter dir öffnet?« Sie starrte ihn an. Er erwiderte ihren Blick und sagte etwas ruhiger: »Es gibt nur ein Tor zu diesem Haus, und jederman betritt und verläßt das Haus durch dieses Tor. Auch der seltsame Magier. Es ist schlimm genug, Meguet an einen Ort ohne Namen verloren zu haben. Aber du bist mehr als eine Zauberin, und wenn du ohne Wissen der Herrscherin aus diesem Haus verschwindest, wenn du die bekannte Welt verläßt, dann mußt du dir entweder einen anderen Torwächter suchen, oder du mußt dem, den du hast, eine Zeit und einen Ort nennen, wo er dich finden kann. Torwächter werden an ihrem Tor alt. Sie werden nicht vor ihrer Zeit dort hinausgeworfen. Aber das wird mir wahrscheinlich passieren, wenn ich dich hinauslasse, um unter fremden Sternen zu wandern.«

»Du hast Meguet gehen lassen. Und den Magier.« Er sagte nichts. Mit düsterer Miene setzte sie sich gerade. »Hew, siehst du etwas, das mir entgangen ist?«

»Ich will nur wissen, wo du hingehst, wenn du gehst. Das ist alles, worum ich dich bitte.«

»Du bittest nicht, du forderst. Du fragst nur nach dieser kleinen Information, damit du Meguet selbst suchen kannst, wenn ich sie nicht finde.«

»Beide«, sagte er leise. »Euch beide.«

»Wie? Wenn du das Tor nicht verlassen kannst?«

»Danach wird keiner fragen, wenn die Herrscherin dich verliert. Ich selbst am wenigsten.« Er sah sie an und entspannte sich etwas. »Da ist nur etwas, das dir entgangen ist, als du den Weg durch Chrysoms Zauber gegangen bist. Ein kleiner Hauszauber. Es ist ein altes Haus, und es hat seine Mittel und Wege. Ich bin einer davon. Das ist alles.«

»Ist es das?« hauchte sie. »Ist das alles, was du bist? Ein kleiner Hauszauber?«

»Du weißt es. Darum hast du mit mir gesprochen, anstatt mich höflich aufzufordern, mich um meine eigenen Angelegenheiten zu kümmern und dich bei deinen nicht zu stören.«

»Du könntest mich daran hindern, alle Macht von Chrysoms Zauberei zu nutzen, um dahin zu gehen, wohin ich will?«

Er schüttelte den Kopf. »Es ist eine Macht, die nur einem einzigen Zweck dient. Den Jungen Schwan zu beschützen. Nur dazu. Sag mir, wohin du gehen willst, jenseits des Blickfelds des Jungen Schwans, und du kannst frei gehen.«

»Aber warum du?« fragte sie fasziniert. »Warum mußt du es sein, der nach uns suchen soll? Der Zauber des Hauses bindet dich doch an das Tor.«

»Und ein anderer Zauber bindet mich an Meguet«, sagte er mit weicher Stimme. »Darum muß ich es sein. Wie ich das machen soll, werde ich mir später überlegen.« Er stand auf. Wortlos betrachtete sie ihn. Sein Blick glitt über den Feuervogel, dann zurück zu ihr. »Du mußt ihn dazu bringen, sich zu erinnern. Oder die Zeit wird für dich am Tor von Ro Haus anfangen und enden. Das ist die Art des Hauses zu beschützen.«

»Werde ich all diese Dinge wissen, wenn ich einmal Herrscherin bin? All die Hauszauber? Oder sollte ich jetzt schon damit beginnen, ihnen auf die Spur zu kommen?«

Er lächelte sein knappes Lächeln. »Ich weiß es nicht. Ich denke, das Haus wird dir alles geben, wonach du verlangst. Es hat nie eine Magierin gegeben, die Herrscherin von Ro Haus war. Wenn du einmal zu suchen beginnst, wer weiß, was du finden wirst?« Er nickte ihr noch einmal zu, und sie starrte auf die Tür, die er hinter sich schloß.

Nach einem Augenblick richtete sie ihren Blick auf den Feuervogel. Der Zeitpunkt des Mondaufgangs stand kurz bevor. Der Himmel hinter dem Vogel wurde milchig. »Du mußt einen Weg finden, dich zu erinnern«, sagte sie.

Der Vogel schrie seinen lautlosen Schrei und war dann wieder ruhig, wartete auf den Mond. Dann berührte das Mondlicht ihn. Der Vogel spreizte seine weißen Flügel und sprang vom Fensterbrett hinunter. Als er den Boden ereichte, verwandelte er sich. Brand stand im Licht des Mondes und der Kerzen. Andere Zauber verwandelten sich ebenfalls: Die bernsteinversiegelten Bücher wurden wieder frei, Granat- und Opalblüten wirbelten zu einem schimmernden Nebel zusammen, der sich langsam auflöste. Neben dem Kamin schoben sich Blätter aus Perlmutt und Knochen zusammen und formten den Drachen des Magiers. Er schwankte im Schatten der falschen Welt und wirkte gleichzeitig wirklich und unwirklich. Feuer beleuchtete die Fadenstruktur eines ausgebreiteten Flügels und verwandelte ihn in ein feines Gewebe aus Fleisch und Knochen.

Nyx, die staunend zusah, ließ ihn mit einem Wort erstarren, bevor er sich in die Luft erheben konnte. Sie hörte, wie Brand sich bewegte und drehte sich schnell um, doch er war nur näher getreten, um den Drachen zu betrachten. Erinnerungen verzerrten sein Gesicht.

»Wo ist er?« flüsterte er.

»Wer?«

»Rad Ilex. Der Magier, mit dem ich letzte Nacht gekämpft habe.«

»Er ist noch nicht zurückgekommen. Warum willst du ihn töten?«

»Weil …« Er brach ab und verschränkte die Finger über seinen Augen. Schmerz klang aus seiner rauhen Stimme. »Er hat meinen Vater betrogen. Er hält mich in der Gestalt des Feuervogels gefangen. Sein Gesicht ist das letzte, an das ich mich erinnere und das erste, das der Feuervogel gesehen hat.«

»Warum?« Sie stand genauso regungslos da wie der Drache und wagte kaum ihre Fragen zu stellen, weil sie fürchtete, daß der Klang ihrer Stimme die dünnen Spinnweben seiner Erinnerung zerreißen konnte. »Warum hat er diesen Zauber auf dich gelegt?«

Er schwieg lange. Seine Schultern sanken herab. »Ich kann mich nicht daran erinnern«, sagte er bitter.

»Kannst du dich daran erinnern, wer du bist?«

»Ich bin Brand Saphier.« Seine Hände glitten von den Augen, und er drehte sich herum. Sein Gesicht war aschfahl und voller Schmerz, aber seine Vergangenheit hatte wieder einen Ausdruck hineingebracht. »Mein Vater ist Draken, Lord von Saphier.«

Als er diesen Namen nannte, glitt Nyx' Blick zu dem Drachen zu seinen Füßen. »Draken?«

»Sein Vater war ein Drache.«

Wortlos starrte Nyx ihn an und suchte nach dem Drachen in ihm. Statt dessen fand sie den Feuervogel, sein schönes, stolzes, erbarmungsloses Gesicht in Brands Gesicht, so als würde die Trennlinie zwischen Zauber und Wirklichkeit verschwimmen. Schließlich sagte sie leise: »Setz dich.« Sie saß am Tisch und betrachtete ihn noch immer, fragte sich, ob der verzauberte Mann vielleicht noch exotischer war als der Zauber.

»In Ro Holding gibt es keine Sagen über Drachen«, sagte sie. »Du könntest die vier Holds durchwandern und würdest vielleicht vier Leute finden, die das Wort überhaupt schon einmal gehört haben. Abgesehen von den physischen Problemen, ist es denn in Saphier üblich, daß sich Menschen mit Drachen paaren?«

Er schüttelte den Kopf. »Es gibt Leute, die sagen, daß es in Saphier keine Drachen gibt, sondern nur die Erinnerung an Drachen. Aber die Mutter meines Vaters ging in die Wüste im Süden von Saphier und kam mit einem Kind zurück. Sie herrschte in Saphier, und wenn sie sagte, daß ihr Kind von einem Drachen abstammte, widersprach ihr niemand. Sie sagte, daß der Drache ein großer Zauberer war, der seine Gestalt verändern konnte. Mein Vater ...« Die Stimme versagte ihm. Er umklammerte mit aufgerissenen Augen die Lehnen seines Stuhls, während neue Erinnerungen in ihm aufstiegen. »Mein Vater.« Er erhob sich und ging auf und ab. Die Turmstube war kein Zufluchtsort mehr für ihn, sondern ein Käfig. »Ich frage mich, wie lange ich schon weg bin. Ob er weiß, was mit mir geschehen ist?«

»Er muß nach dir gesucht haben.«

»Wahrscheinlich trauert er um mich.« Grimmig fügte er hinzu: »Mit Rad Ilex an seiner Seite.«

»Ist Rad Ilex der Magier deines Vaters?«

Die Frage schien ihn zu verblüffen. »Am Hofe meines Vaters gibt es viele Magier. Mein Vater ist sehr mächtig. Er bildet Magier aus, die eine besondere Begabung haben, so wie Rad. Es ist nicht so wie in diesem Haus. Hier scheinst du die einzige Magierin zu sein. Und du hast keinen besonderen Sinn für Ordnung.« Sie holte tief Luft, fand aber nicht die richtige Antwort. »Oder für Umgangsformen.«

»Wie bitte?«

»Kein Magier würde so zu meinem Vater sprechen wie du zu der Herrscherin.«

»Sie ist meine Mutter«, protestierte Nyx.

»Vielleicht ist es deshalb so, weil du in diesem Haus alle Macht hast.« Er drehte sich um und ging wieder los. Sie starrte auf seinen Rücken. »In Saphier würde man einem Magier dafür seine Macht nehmen.«

Nyx hob die Augenbrauen. Sie nahm einen Weinkelch auf, blies den Staub hinaus und füllte ihn. Sie trank einen Schluck und beobachtete, wie Brand sich umdrehte und wieder auf sie zukam. »Hat der Magier Meguet dort hingebracht? An den Hof deines Vaters?«

»Ich weiß es nicht. Vielleicht, wenn mein Vater ihm noch vertraut.«

Sie nahm noch einen Schluck und setzte den Kelch dann ab. »Glücklicherweise sind Meguets Umgangsformen besser als meine. Wer ist dieser Rad Ilex? Erinnerst du dich an ihn?«

»Ja.« Er blieb stehen und wandte das Gesicht ab. Nyx sah, daß er zitterte. Sie wußte nicht, ob aus Wut oder Trauer. »Er wurde in der Luxour-Wüste geboren und kam als Junge zu meinem Vater. Er sagte, daß es überall in Südsaphier Drachen gäbe. Es hatte immer schon immer Gerüchte über Drachen gegeben. Kristalle, die wie Drachenzähne aussahen. Spitze Pflanzen, die abstarben, schwarz wurden und wie Klauen aussahen. Mein Vater hatte immer den Wunsch, Drachen zu sehen. Er wollte einer werden, so wie sein Vater. Er wollte seinen Vater finden und sich von ihm unterrichten lassen. Er sagte, daß ein Magierfeuer, dessen Macht ohnegleichen ist, durch die Adern von Drachen fließt, und er wolle diese Macht. Als Rad dann sagte, er habe Drachen gesehen, nahm mein Vater ihn in sein Haus und ließ ihn ausbilden.«

Die Tür öffnete sich. Die Bediensteten, die das Mondlicht herbeigerufen hatte, brachten das Abendessen. Brand nahm seine Wanderung wieder auf. Nyx beobachtete ihn und fragte sich, ob seiner Erinnerungen gelangt war oder zu den wichtigsten Punkten. Er kam zurück an den Tisch und blickte auf das Essen. »Ich kann mich nicht daran erinnern«, sagte er schließlich mit gepreßter Stimme. »Es ist wie eine Mauer. Ich kann mich daran erinnern, daß ich Rad geliebt habe. Und jetzt hasse ich ihn. Ich würde ihn so schnell töten, wie ich versucht habe, seinen Drachen zu zerstören. Aber ich kann mich nicht daran erinnern, warum.«

»Der Feuervogel erinnert sich.«

Er warf ihr einen dunklen Blick zu, antwortete aber nicht. Nyx schob einen Teller zu ihm hinüber. »Iß etwas. Wenn Rad Ilex den Schlüssel und seinen Drachen haben will, wird er hierher zurückkommen. Aber ich will kein Blutvergießen in diesem Turm. Meine Mutter hat es verboten.«

Auch darauf erwiderte er nichts. Nyx durchbrach eine köstliche Kruste und fand eine mit Orange und Rosmarin gewürzte Ente vor. Hungrig beschäftigte sie sich ein paar Minuten lang damit und fragte ihn dann: »Hat dein Vater seinen Vater unter den Drachen gefunden?«

»Nein. Er ging mit Rad in den Süden von Saphier. Rad konnte ihm irgend etwas zeigen – ich weiß nicht, was. Es war aber genug, um meinen Vater mit Hoffnung zu erfüllen, ob es nun Wahrheit oder Lüge war. In der Wüste Luxour sammeln einige der Bewohner große, schimmernde Steinbrokken, von denen sie sagen, daß es Drachenherzen sind, und verkaufen sie. Diejenige, die sie kaufen, geben ihnen einen anderen Namen als diejenigen, die sie nicht kaufen. Rad sagte, er wüßte einen Weg, die Drachen in unsere Zeit zu transformieren, aber zuvor müßte er etwas finden. Einen Schlüssel.«

Nyx räusperte sich. »Kein Buch.«

»Er sagte Schlüssel.«

»Wie konnte er wissen, daß er ihn in Ro Holding finden würde?« flüsterte sie. »Er weiß zuviel, dieser Rad Ilex.«

Brand bewegte sich nervös. »Und wo ist er, wenn er diesen Schlüssel so dringend begehrt?«

»Er ist vorsichtig, nehme ich an. Wenn er herkommt, muß er dir oder dem Feuervogel entgegentreten. Vielleicht ...«

»Ich habe mich erinnert«, unterbrach er sie. »Er wird mir entgegentreten, nicht dem Vogel.«

»Du hast dich nicht an alles erinnert. Um Mitternacht werden wir es wissen.«

Sein Messer fiel auf den Teller. Er schob seinen Stuhl zurück und stand auf. Seine Schultern waren gebogen, als klammerte sich der Feuervogel an seinen Rücken. »Was für eine Zaubererin bist du eigentlich, wenn du nicht einmal einen einfachen Zauber brechen kannst?«

Sie zog sich einen kleinen Knochen aus dem Mund und sah ihn an. »Ich nehme an, nach den Maßstäben von Saphier bin ich nicht besonders fähig. Aber in Ro Holding hält man mich für begabt.«

Mit gesenktem Kopf kam er zu ihr. »Vergib mir. Du hast mich hereingeholt, hast versucht, mir zu helfen. Du kannst nichts dafür, daß du es mit dem übelsten Magier am Hofe meines Vaters zu tun hast.«

Mit finsterem Gesicht dachte sie an Meguet. »Wo ist Saphier? Muß man über ein Meer fahren, um es zu erreichen? Über ein Gebirge? Vielleicht könnte dein Vater dir helfen, wenn du nach Hause gelangen könntest.«

»Saphier ist die Welt«, sagte er abwesend. »Ich habe nie über sie hinausgeblickt.« Dann weiteten sich seine Augen, und sie sah einen plötzlichen Hoffnungsschimmer in ihnen. Sie stieß ihren Stuhl zurück und erhob sich.

»Woran erinnerst du dich?«

»An die hier.« Er hob seine Hände und spreizte die Finger, als führten die angelaufenen, verflochtenen Metallbänder an seinen Handgelenken durch Fleisch und Blut bis zu seinen Fingerspitzen. »Es sind alles Wege nach Saphier.«

»Zeitpfade.« Sie fuhr mit dem Finger leicht über einen der Stränge. »Das habe ich mir gedacht. Aber sind sie immer so angelaufen?«

»Nein«, sagte er verwirrt. »Sie sollten silbern sein, wie die Pfade in deinem kleinen Kästchen. Du mußt den Pfad kennen, bevor du ihn einschlägst. Das ist der Grund, weshalb du nicht wieder hinausgefunden hast.«

»Du hast mich hinausgeführt«, sagte sie knapp. »Du bist auch ein Magier.«

Er schüttelte den Kopf. »Ich bin ein Krieger. Ich habe keine Zauberkräfte.«

»Aber du trägst diese Bänder. Du kannst sie benutzen.«

»Ja.« Er zögerte, war immer noch bestürzt über ihren Anblick. »Mein Vater hat es mir beigebracht.«

»Trägst du sie ständig?«

»Ich glaube nicht.«

»Warum trägst du sie denn jetzt? Als ob du wüßtest, daß du sie brauchen würdest. Oder hast du gerade einen Zeitzauber bewirkt oder einen der Pfade bereist, als du verwandelt wurdest?« Sie sah, wie sich sein Gesicht veränderte, als er sich der Erinnerung gefährlich näherte. Schnell sagte er: »Ich kann mich nicht erinnern.«

»Erinnerst du dich daran, wie man sie benutzt?« fragte sie nach einem Augenblick.

»Ja.« Er rieb über einen der Stränge und versuchte ihn mit seinem Daumen zu polieren. »Sie sind so dunkel. Als ob eine gewaltige Kraft durch sie hindurchfließen würde.« Er warf ihr einen Blick zu. Sie erblickte Saphier in seinen Augen, Zukunft statt Vergangenheit. »Ich kann nach Hause gehen.«

»Ja.«

»Heute Nacht. Jetzt. Bevor ich mich verwandele.«

»Ja«, flüsterte sie, atemlos bei dem Gedanken. »Aber wenn du gehst, und Rad Ilex nicht mit Meguet zurückkehrt, wie werde ich jemals wissen, wo ich sie suchen soll? Kannst du nicht noch ein bißchen auf sie warten?«

Er blickte sie abwesend an. Es war der maskenhafte Blick des Feuervogels. »Ich vergaß, daß er hierherkommen muß.«

»Ich werde ihm den Schlüssel und seinen Drachen im Austausch gegen Meguet geben«, sagte sie. »Aber ich werde ihm weder dich überlassen noch dir ihn. Wenn du gegen ihn kämpfen willst, muß das in Saphier stattfinden, sonst wird mir meine Mutter das nie verzeihen, und auch einige andere Dinge nicht.« Er sah sie mit seinem erschöpften, verlorenen Ausdruck an, und sie fügte hinzu: »Bitte. Nur noch eine kleine Weile.«

»Und was dann? Wenn er nicht kommt?«

»Dann wirst du mir den Weg nach Saphier zeigen, und ich werde selbst nach ihr suchen«, sagte sie mit fester Stimme.

Er betrachtete sie schweigend, als habe sie einen merkwürdigen Zauber über sich selbst gelegt. »Du würdest in ein fremdes Land wandern, um nach ihr zu suchen?«

»Sie hat einmal an einem fremden Ort nach mir gesucht. Sie ist ein Teil von Ro Holding, Teil dieses Hauses. Es ist unvorstellbar, daß sie allein in einem fremden Land herumstreifen soll.«

»Du bist exzentrisch.«

»Sogar für die Verhältnisse von Ro Holding«, bestätigte sie trocken.

»Der Hof meines Vaters ist nach strengen Gesetzen gegliedert. Innerhalb dieser Gesetze hat keine Abweichung lange Bestand. Alles muß sich den Gesetzen fügen oder wird vernichtet.«

Sie zog die Brauen hoch. »Gilt das auch für Gäste?«

»Es ist die Arbeitsphilosophie meines Vaters«, antwortete er. »Aus Ordnung entsteht Kunst. Die Kunst des Herrschens, die Kunst des Zauberns, die Dichtkunst, die Kriegskunst. Wir erlauben uns den Luxus der Exzentrität nicht.«

»Vielleicht ist Freiheit ein Luxus«, sagte sie. »Aber davon abgesehen, es muß doch jemanden geben, für dessen Suche du durch ein fremdes Land wandern würdest.«

Wieder sah sie ihn in seinem Gesicht: den plötzlichen, verzweifelt schmerzenden Schatten der Erinnerung, den Schrei des Feuervogels. »Niemand ist gekommen, um mich zu suchen«, flüsterte er.

Sie blinzelte, erschüttert von dem Einblick in eine Sache, die so komplex war, daß sie sie nicht auflösen, sich nicht einmal vorstellen konnte. Sie berührte ihn. Er sah sie an, wieder unfähig zu sprechen, konnte ihr weder Drachenherz noch Steinbrocken geben.

»Wir werden jetzt nach Saphier gehen«, sagte sie bestimmt und spürte dabei das Pochen ihres Herzens. »Es ist grausam, dich hier zubehalten.« Und sicherer, dachte sie und erinnerte sich an die wirbelnden Schwerter und dann an einen anderen Kampf in dem Turm. »Bring mich zum Haus deines Vaters. Wenn Meguet nicht dort ist, zeig mir die Pfade der Zeit, damit ich später wiederkommen und nach ihr suchen kann, wenn es erforderlich ist. Wirst du das tun?«

»Für meinen Vater ist das leicht. Und er wird es tun, aus Dankbarkeit. Die Herrscherin wird nicht einmal wissen, daß du weg warst. Danke.« Er ergriff ihre Hände und ließ sein Gesicht hineinsinken. »Du hast mich aufgenommen, als niemand auf der Welt etwas Menschliches in mir sah. Was immer der Vogel sonst noch weiß, er wußte genug, um zu dir zu kommen.«

Und nicht nach Saphier, überlegte sie grimmig. Das Wort, im Turm laut ausgesprochen, würde seinen Weg zum Torwächter finden, auf seiner eigenen seltsamen Bahn innerhalb der Zeit des Hauses. Brand streckte seine Hände aus und spreizte die Finger, wie um das Licht des Silbers in eine bestimmte Richtung zu lenken. Doch die Bänder blieben dunkel. Er schloß seine Augen und beschritt den Pfad in seinen Gedanken. Nach einer Weile führte er die Bänder an seine Augen. Nyx fühlte, wie tief aus ihrem Innern Mitleid aufstieg, als ob ein verborgenes Wasser sich Bahn bricht durch Erdschichten, grauen Stein und altes Laub. Sie legte ihm sanft die Hand auf die Schulter.

»Ich bin halb Mensch, halb Vogel, und ich bin verloren, ohne einen Weg, der zurück nach Hause führt«, flüsterte er.

»Es gibt immer einen Weg«, sagte sie. »Immer.«

Er sah sie an und las das Versprechen in ihren Augen. Nach einem Augenblick nahm er seinen Platz am Fenster wieder ein und wartete ruhig auf das Vergessen und den Feuervogel.

Kapitel 8

Meguet saß versunken unter dem aufgegangenen Mond.

In seinem Licht glitzerten silberne Federn aus Dampf oder Drachenfeuer auf und verschwanden wieder. Die jäh aufragenden, schroffen Felstürme verwandelten sich. Eine große Schwinge entfaltete sich hier den Sternen entgegen, fast ebenso langsam, wie die Sterne dahinter ihre Bahnen zogen. Ein Auge glänzte dort, heller als der Mond oder schwärzer als die Nacht. Ein felsiger Kopf hob sich, oder hatte sich gerade erhoben, bevor sie ihn erblickte. Ein massiver, geschwungener Schatten zog sich durch das Mondlicht auf dem Boden, durch nichts Sichtbares verursacht. Kristall blitzte. Undeutliche, dunkle, schimmernde Farben schwammen zu den Sternen und verschwanden.

Neben ihr lag der Magier und beobachtete die Szenerie mit ihr. Manchmal betrachtete er sie, und sie spürte seine Augen. »Siehst du?« murmelte er manchmal. »Hast du das gesehen?« Seine erschöpfte und schwache Stimme klang ruhig. Er war verloren in einem Fiebertraum von Drachen, in den er sie hineingezogen hatte. Sie sah wahrscheinlich durch seine Augen, dachte sie. Doch sie beobachtete weiter, während er Drachen erträumte und sie in die Nacht entließ.

»Wir sollten gehen«, sagte sie gelegentlich, denn er fröstelte, obwohl warmer Wind oder Drachenatem über sie strich. Sie hatte ihren Baldachin abgebaut, damit man den Himmel sehen konnte. Die Dinge, die er aus seinem Würfel geschüttelt hatte – Wein, gesalzener Fisch, Brot, getrocknete Äpfel und Feigen –, hatten ihre Spuren auf ihrem Rock hinterlassen.

»Ja«, sagte er, machte aber keine Anstalten, sich zu bewegen. »Ich wollte, daß du das siehst, wenn du kannst.«

»Ich sehe es«, sagte sie leise. »Aber ich weiß nicht, was ich sehe.«

»Zeitverschiebungen. Drachenpfade. Chrysom hat es gesehen. Er hat den Schlüssel gemacht, um ihre Wege durch die Zeit zu erschließen.«

»Können sie uns sehen?«

»O ja. O ja. Viel besser als wir sie sehen können. Wir nehmen sie nur indirekt wahr, mehr mit dem Herzen als mit den Augen.«

Sie sah ihn an. Ein seltsames, tiefes, namenloses Gefühl durchflutete sie. Sie wußte kaum, wie sie es nennen sollte. Hunger? Kummer? Sehnsucht? »Ich wünsche mir«, flüsterte sie. »Ich wünsche mir.«

»Was?«

»Ich weiß es nicht ... Ich wünschte, ich könnte sehen, wie du sie mit diesem Schlüssel freiläßt.«

»Das kannst du. Bleib hier, bis du die Drachen fliegen gesehen hast. Bis ich sie aus den Sternen und Felsen ziehe, bis Fleisch und Blut statt Träume die Schatten werfen. Bleib, bis du die Drachenfeuer gesehen hast.«

Sie riß ihren Blick von den Sternen los, immer noch erfüllt von diesem seltsamen, unmöglichen Sehnen. »Das kann ich nicht. Der weiße Drache, der in Chrysoms Turm auf dich wartet, muß mir genügen. Es ist mir nicht bestimmt, Drachen zu sehen.«

»Sie durchdringen dein Blut. Sie rufen dich in einer geheimen Sprache, die die Steine sprechen. Sie zeigen dir einen Schatten, lassen einen Knochen zurück. Und dann verbringst du dein Leben auf der Suche nach ihnen ... Bleib, bis ich sie freilasse.«

»Ich wage es nicht«, flüsterte sie. »Du bist unter dem Auge des Drachen geboren. Doch bin ich unter dem Jungen Schwan geboren. Ich bin noch nie in meinem Leben so nahe an den Punkt gekommen, wo ich das vergessen könnte.«

»Die Luxour wird es dich vergessen lassen.«

Sie schwieg und erinnerte sich daran, wie die Wüste tagsüber gewesen war, heiß und golden wie eine gigantische Schwinge, die sich dem Licht entgegenstreckt, eine Schwinge, deren festes Knochengefüge sich unter dem felsigen Boden abzeichnet.

»Wir müssen gehen«, sagte sie, rührte sich aber nicht. Sie ritt immer noch den Drachen, zu dem die Sterne die Wüste Luxour machten. Schließlich spürte sie seine Hand und sah, daß sie ihr Kleid wieder trug. Alles andere war wieder in dem kleinen Würfel verschwunden. Nur die Drachenklauen, die verstreut im Sand lagen, verrieten noch ihren Lagerplatz.

»Wir müssen gehen«, sagte er, und die Sterne verschmolzen miteinander, um ihren Weg zu bilden.

Dort, wo der Weg endete, war die Nacht unerwartet ruhig. Hier und da brannte ein Licht, das kein Stern war, und beleuchtete ein rundes Fenster oder einen Eingang. Sogar die Winde hatten sich gelegt. Der Kies, der unter Meguets Füßen knirschte, als sie sich umdrehte, klang laut genug, um die Schläfer in den kleinen Steinhäusern aufzuwecken. Die paar Häuser, die sich in der Finsternis zusammendrängten, wirkten unpassend für den Wohnort eines Magiers.

Der Magier verlor das Gleichgewicht, als er aufstand. Meguet fing ihn auf. Er legte ihr einen Arm über die Schulter und verharrte einen Augenblick unbeweglich, während die Erde sich beruhigte. »Wo sind wir?« flüsterte sie.

»Am Südrand der Wüste Luxour.« Geheimnisvoll fügte er hinzu: »In Sicherheit. Sogar für Magier ist es schwierig, die Luxour zu durchqueren. Dies ist mein Haus.«

Sie half ihm zu einer der einfachen Holztüren. Sie hatte keine Klinke. Er legte seine Hand flach auf die Tür, und sie öffnete sich. Plötzliches Licht überströmte sie. Das Innere des kleinen Hauses war kahl und leer wie die Wüste. Die Sandsteinwände waren nicht verputzt, und auf dem Steinboden lag ein einzelner grob gewebter Teppich. Auf seinem Tisch sah sie nichts von der Unordnung magischer und weltlicher Utensilien – Bücher, Apfelkerne, Kristalle, Knochen und andere namenlose Gegenstände –, die Meguet mittlerweile bei Magiern erwartete. Außer einer Staubschicht befand sich nichts auf dem Tisch. Eine weitere Tür öffnete sich zu einem winzigen Zimmer, das eine Holztruhe und einen Stapel Felle und sorgsam gefaltete Decken enthielt. Nur die Sammlung von bunten Wüstensteinen auf dem

Steinsims über dem Kamin war überflüssig in diesem Raum. Andere Gegenstände, ein paar Kupferkessel, ein Wassergefäß aus Ton, Öllampen, standen ordentlich in ihren Nischen und setzten, wie der Tisch, Staub an.

Sie half ihm, sich auf eine der ungestrichenen Bänke neben dem Tisch zu setzen. »Du kommst nicht oft hierher.«

»Nicht so oft, wie ich möchte.« Er lächelte ihr zu, während sie sich durch das Licht der Lampe bewegte. »In der Truhe sind ein paar Kleidungsstücke. Die Leute werden denken, ich hätte dich aus Gold, Feuer und Elfenbein heraufbeschworen, so wie du jetzt aussiehst.«

Sie sah ihn an. Er schien keine großen Schmerzen zu haben, aber in seinen Augen glänzte das Fieber, und er bewegte sich und redete langsam, als wäre die Luft schwer zur Seite zu schieben, zu schwer zum Atmen. Beunruhigt fragte sie: »Was wird dich heilen? Gibt es Wüstenpflanzen, die ich finden kann?«

»Nein. Ich muß mich ausruhen.«

»Wie lange?«

»Ich weiß es nicht. Ich bin noch nie von einem Zauberer angegriffen worden.« Als er ihren Gesichtsausdruck sah, fügte er hinzu: »Es tut mir leid. Du wirst dich gedulden müssen. Ich werde mich selbst um mich kümmern, wenn du nicht nach mir sehen willst.«

Sie setzte sich auf die gegenüberliegende Bank und ließ ihr Gesicht in die Hände sinken. Hinter ihren Augenlidern spürte sie den feinen Wüstensand. »Nyx wird darauf warten, daß du mich zurückbringst. Im Austausch für den richtigen Schlüssel. Sie wird sich fragen, warum du nicht kommst.«

»Wahrscheinlich wird sie denken, daß ich gestorben bin.«

»Und mich hilflos zurückgelassen hast. In Moros Namen. Was öffnet dieser Schlüssel?«

»Fels. Himmel.« Die Sehnsucht in seiner Stimme ließ sie aufblicken. »Er öffnet die Zeit selbst, um das Gesicht des Drachen zu enthüllen.«

Wieder spürte sie einen Anflug von seinem Wunsch,

Träume zu erwecken, in sie hineinzutreten. Doch sie sagte nur: »In Ro Holding gibt es keine Drachen. Nyx will den Schlüssel nur, weil sie nicht weiß, welchem Zweck er dient. Wenn sie es herausfindet, will sie ihn vielleicht nicht mehr.«

»Es gibt Leute, die sagen, daß es auch in Saphier keine Drachen gibt.«

»In Ro Holding gibt es noch nicht einmal Legenden von Drachen. Warum sollte sie einen Schlüssel haben wollen, mit dem man in Saphier Drachen freilassen kann?«

»Weil es ihn gibt?« schlug er vor. Sie schwieg. Sie kannte Nyx.

»Aber wenn du ihr erzählen würdest, in welcher Gefahr du dich ...«

»Ich kann nicht darüber reden«, sagte er. Und er tat es auch nicht. Sie lauschte in die Stille. Die Stille wurde seltsam, als seien die Sandsteinwände papierdünn, und als duckte sich hinter ihnen etwas, das ihrem Lauschen lauschte. Schließlich bewegte sich Meguet.

»Sag mir, was ich für dich tun soll.«

»Es ist leicht, sich um einen Magier zu kümmern«, sagte er und verzog dabei leicht das Gesicht, als die Erinnerung sich in seinen Rücken krallte. Er sah in den anderen Raum: Felle und Decken hatten sich auf dem Boden zu einem Bett angeordnet. Ein weiteres bildete sich neben dem Kamin. Ein Gedanke durchfuhr sie. Er sah sie an und las den Ausdruck in ihrem Gesicht oder ihre Gedanken. »Wasser. Hinter dem Haus ist ein Fluß. Er fließt langsam, und sogar nachts ist sein Wasser warm. Wenn du darin baden möchtest, werde ich etwas am Ufer postieren, das dich beschützt.«

»Ich beschütze mich selbst«, sagte sie. Der Gedanke an einen Wächter, den er heraufbeschwören mochte, war ihr unbehaglich. Aber später, als sie in dem dunklen Wasser stand, in dem sich ein silbriger Strom von Sternen spiegelte, bemerkte sie, daß er doch einen Wächter geschickt hatte. Ein aufrechter Lichtbalken, substanzlos wie Farbe im Mondlicht, stand in der Nähe ihrer Kleider. Was er genau bewirkte, konnte sie sich nicht vorstellen, denn die Nacht war völlig ruhig. Schließlich kam sie aus dem Wasser, trocknete sich mit einer Decke ab und hüllte sich in lange, dünne, fließende Kleidungsstücke, die die Farbe der Wüste hatten. Sie setzte sich auf die Decke, kämmte ihr Haar mit den Fingern und ließ es trocknen. Hilflos dachte sie an Nyx und die Herrscherin und an den Torwächter, der ihr das Tor in das Land eines Fremden geöffnet hatte. Sie legte sich auf der Decke zurück und wünschte, daß der Fluß mit seiner Stimme sprach, daß die Nacht sich in seiner Gestalt an sie schmiegte. *Hew,* sagte sie lautlos. Nicht einmal seinen Namen wollte sie diesem riesigen, gefährlichen, magischen Land offenbaren.

Als sie nach einer Weile in das Haus zurückging, fand sie Rad Ilex schlafend am Tisch. Sie berührte ihn. Er verschwand so plötzlich, daß panischer Schrecken sie erfaßte: Er war nie wirklich gewesen, immer nur eine Art Konstrukt von sich. Dann erschien er wieder. Er wirkte benommen.

»Meguet. Ich hatte dich ganz vergessen. Du hast mich erschreckt. Ich habe von dem Feuervogel geträumt. Aber er hatte ein menschliches Gesicht.«

»Wessen Gesicht?« fragte sie. Sie fragte sich, welchen gesichtslosen Magier er fürchtete. Aber er sagte nichts mehr. Sie half ihm aufzustehen. Doch das Bett schien für seine Kräfte zu weit entfernt zu sein. Er ging zwei Schritte und sank dann auf den Fellstapel neben dem Kamin. Er schlief so fest, daß er nicht spürte, wie sie ihn auszog und seine Wunden mit etwas anderem auswusch als dem Eis des Drachenatems.

Als es dämmerte, stand sie an der offenen Tür und beobachtete, wie das Dorf erwachte. Es war ein kleiner Flecken von Steinhäusern an der Krümmung eines Flusses, und es schien kaum mehr zu sein als ein paar Kiesel zwischen zwei Ebenen und dem Himmel. Die Südluxour war flach wie Wasser, doch in der Ferne konnte sie die kleinen, phantastischen Umrisse der Gebirge sehen, in denen Drachen oder Legenden von Drachen hausten. Entlang des Flusses grasten Schafe und Ziegen auf kleinen grünen Weiden. Leute, die mit Eimern zum Dorfbrunnen unterwegs waren, warfen ihr neugierige Blicke zu. Sie sprachen nicht, doch ihre Augen sagten: *Der Magier ist zurück*. Ihre Gesichter waren braun und unbewegt wie die Steine der Wüste. Eine alte Frau, die einen kleinen Karren lenkte, hielt vor Meguet an und reichte ihr einen Stein, der zwischen ein paar Säcken auf dem Karren herumgepoltert war.

»Für Rad«, sagte sie. Einer ihrer Schneidezähne war abgebrochen, und ihr Gesicht war runzelig wie eine Wurzel. »Weil er im vergangenen Jahr meinen Esel geheilt hat.«

»Aber was ist das?«

Die spärlichen Brauen der Frau und die Zügel zuckten im gleichen Augenblick hoch. »Ein Drachenherz.« Die Zügel fielen herab, und der Wagen setzte sich ruckelnd wieder in Bewegung. »Ich gehe wieder auf die Suche nach Steinen. Sag ihm, er soll diesmal zu Hause bleiben. Jenseits der Luxour gibt es nichts Gutes.«

»Woher weißt du das?« fragte Meguet neugierig. »Wie erfährt man hier überhaupt Neuigkeiten?«

»Leute kommen und gehen. Und sie kommen wieder, denn sie lassen ihre Herzen in der Luxour zurück, und ihre leeren Körper kehren hierher zurück, um danach zu suchen.« Mit einem leichten Lächeln fügte sie hinzu: »Ich finde sie zuerst. Ich bewahre sie sicher in meinen Regalen auf, bis jemand danach verlangt.« Sie trieb den Esel an, und Meguet blickte ihr nach. Das Drachenherz wog schwer in ihren Händen. Es war so groß wie ein Kohlkopf, Kristall unter einer dünnen, brüchigen Steinschicht. Sie fragte sich, ob die Geister von Drachen durch die Zeit zurückkehrten und nach den Herzen suchten, die die seltsame Frau in ihrem Karren sammelte. Wahrscheinlich ist es nur ein Stein, dachte sie nach einem weiteren Blick.

Sie drehte sich um, wollte wieder hineingehen und dem schlafenden Magier ein Frühstück entlocken. Aber etwas blockierte ihr den Weg.

Es war, als hätte der Schatten im Eingang sich in einen Ausschnitt der Nacht verwandelt, durch den ein Sternzeichen schwebte. Wenn sie in diese Nacht hineintrat, würde es keinen Weg mehr hinaus geben, kein Buch der Zeit, kein Tor, nur die eisigen Umrisse eines Drachen, dessen Augen und Zähne und Klauen aus Sternen bestanden, und der bleiche, glitzernde Sternenwolken in die Finsternis atmete. Wie gebannt stand sie da und starrte in das wilde und leere Auge des Drachen, bis sie voller Schrecken und Staunen die Herausforderung erkannte.

Sie räusperte sich. Sie war sich der Tatsache bewußt, daß sich hinter der Dunkelheit etwas zu ihr durchkämpfte. Eine Hand streckte sich an der Stelle durch die Sterne, an der das Herz des Drachen funkelte, ein wildes, weißglühendes Juwel, das im Takt des Feueratems pulsierte. Die Hand packte sie, zog sie in den Drachen und dann ins Licht.

»Meguet?«

Sie ließ das Drachenherz fallen. Es zerbarst auf dem Steinboden, und Kristallsplitter flogen durch den Raum. Sie starrte auf die Splitter, und das Bedauern über die Zerstörung des schlichten Geschenks der alten Frau schnürte ihr die Kehle zu.

»Es tut mir leid«, flüsterte sie. »Sie hat es für dich abgegeben.«

»Meguet.«

Schließlich blickte sie auf und erwiderte den Blick des Magiers. Seine Augen waren hell wie der Morgenhimmel, weit wie die Wüste. Sie blinzelte, und plötzlich befand sie sich nicht mehr in seinem Griff, sondern auf der anderen Seite des Zimmers. Ein Ausdruck der Anspannung erschien in seinem Gesicht. Er schien sich nur mit Mühe auf den Beinen halten zu können, als habe ihre Bewegung ihn aus dem Gleichgewicht gebracht. Er wirkte nicht mehr so fiebrig, ließ aber immer noch kraftlos die Schultern hängen. Schließlich sagte er: »Du bist eine Magierin.«

»Nein.«

»In dir regt sich eine große Kraft. Ich kann sie fühlen. Du hast deine Gedanken vor mir versteckt. Du hast die Zeit gefaltet, als du dich bewegtest.« Er wartete einen Moment und bat dann mit müder Stimme: »Vertrau mir. Bitte.«

Sie schwieg und spürte, wie die Warnung, die ihrem Erbe entsprang, sie wellenförmig durchdrang. *Der Drache jagt*, sagten die Wellen. *Der Drache jagt den Jungen Schwan*. Dann ebbte die Warnung ab, und sie konnte wieder sprechen. Mit seltener Bitterkeit sagte sie: »Alles was euch interessiert, ist Macht. Euch alle.«

Er stieß ein leises Seufzen aus und schüttelte den Kopf. Sein Gesicht verdunkelte sich, als hätte sie ihn irgendwie verletzt. »Das ist nicht wahr. Aber ich kann es in dir spüren – etwas Ungewöhnliches, Namenloses. Die Macht, die es dir ermöglichte, mich zu sehen, als ich den Zauber über Ro Haus legte. Die Macht, die dich zwang, den Turm zu bewachen, die dich durch den Zauber blicken ließ. Aber du bist keine Magierin. Was ist diese Macht?« Sie schwieg. Sie stand mit dem Rücken an der Wand, und die Bruchstücke des Drachenherzens glitzerten im Licht der Sonne zu ihren Füßen. Schließlich setzte er sich und lauschte ihrem Schweigen. Er blickte auf die Tischplatte und sagte: »Es ist meine Schuld. Ich benehme mich eben wie ein Magier. Ich wandere in Gegenden, in denen ich nichts zu suchen habe. Ich werde dich nicht mit meiner Neugier belästigen. Du mußt keine Angst vor mir haben. Aber vor irgend etwas hast du Angst, in einem Land, das bis gestern für dich noch nicht einmal existiert hat.«

Es dauerte eine ganze Weile, bis sie antwortete, und sie antwortete nur, weil ihre einzige Hoffnung, zu verstehen, wovor sie Angst hatte, der Magier war, dem zu vertrauen sie sich fürchtete. Sie flüsterte: »Ein Drache aus Sternen, der zwischen den Sternen jagt. Eine Bedrohung für Ro Holding. Für den Jungen Schwan.«

Sein Kopf hob sich. Sein starres Gesicht war kalkweiß. »Woher ...«, keuchte er. »Woher weißt du das?«

Sie bewegte sich in plötzlicher Wut, beugte sich über den Tisch und stemmte ihre Hände energisch auf das Holz. »Du hast es gewußt.«

»Hör mir zu.« Er packte sie am Handgelenk. »Hör zu.«

»Du redest zuviel, Rad Ilex. Du läßt mich Drachen zwischen den Sternen sehen, aber du zeigst mir nicht, was sie jagen. Du sagst, du willst einen Schlüssel, nur einen Schlüssel, nur einen kleinen Schlüssel, um das Tor zu einem wehrlosen Land aufzuschließen, das noch nicht einmal das Wort Drache kennt. Du schleppst mich hierher, und ich kann noch nicht einmal eine Warnung ...« Sie hob die Hände wieder und ließ sie hilflos sinken, betroffen von ihrer eigenen Ohnmacht. »Nicht einmal warnen kann ich. Aber ich kann kämpfen. Da ist es, wo die Gefahr anfängt. Da, wo die Drachen sind.«

»Meguet ...der Drache ...«

»Wie weit ist Draken Saphiers Hof entfernt? Liegt er in der Nähe? Wenn du es mir nicht sagen willst, werde ich es von den Dorfbewohnern erfahren. Ich werde durch die Luxour wandern, wenn es sein muß. Ich werde in dem Karren der alten Frau fahren.«

»Gara. Sie heißt Gara.« Er holte tief Luft. »Geh nur. Ich werde dich nicht aufhalten. Vielleicht hält die Luxour dich auf, vielleicht auch nicht, ich werde es nicht tun. Aber wenn du an Draken Saphiers Hof gelangst, wird der Drache dort dich aufhalten. Er wird die Macht in dir spüren, und er wird dich prüfen und prüfen, bis du nicht mehr weißt, wo dir der Kopf steht. Der Drache von Saphier stammt von einem anderen Drachen ab; er ist ein Magier, der andere Magier ausbildet. Er hat mich ausgebildet. Mehr als alles in der Welt will er den Weg zu der Macht im Herzen des Drachen finden. Zu der Macht seines Vaters. Dafür benötigt er einen bestimmten Schlüssel.«

Meguet sah ihn an. Dann begann sie plötzlich zu zittern. Sie setzte sich und versteckte ihr Gesicht hinter dem ungebändigten Haar, hinter ihren Händen. »Nyx«, flüsterte sie, so leise, daß nicht einmal das zerbrochene Drachenherz zu ihren Füßen es hören konnte. Der Magier hörte es. Seine eigene Stimme war sanft wie eine Feder.

»Ja.«

»Du mußt den Schlüssel von Nyx holen. Dann, wenn der Schlüssel in Saphier bleibt, ist Ro Holding nicht länger in Gefahr.«

»Es wird weiter in Gefahr sein. Und diese Gefahr könnte sogar unüberwindlich werden.«

Sie hob den Kopf und starrte ihn mit kreidebleichem Gesicht an. Sie war vor Schreck wie gelähmt. »Dann werde ich an Draken Saphiers Hof gehen, falls die Gefahr dort bekämpft werden muß.«

»Du kannst nicht gegen Draken Saphier kämpfen«, sagte er tonlos. »Deine Macht kommt und geht offensichtlich, und wenn ich es richtig sehe, kannst du ohne sie nicht einmal einen Drachen aus Fäden bekämpfen.«

»Wenn ich dort hingehen muß, werde ich dort sein.«

»Wie …«

»Ich werde dort sein.« Sie verschränkte die Hände ineinander und hielt sie vor ihr Gesicht, entzog sich seinem neugierigen, fragenden Blick. »Du mußt zurück nach Ro Holding gehen und diesen Schlüssel holen.«

»Sie wird ihn mir nicht geben, wenn du nicht mitkommst.«

»Und die Herrscherin wird mich nicht mehr weglassen, wenn ich zurückkehre. Die Gefahr hat mir hier ihr Gesicht gezeigt, nicht dort. Wenn ich Saphier verlasse, wie soll ich die Gefahr erkennen, wenn sie Ro Holding erreicht?« Sie schwieg einen Augenblick und versuchte, nachzudenken. »Ich werde dir eine Nachricht für Nyx mitgeben.«

»Du willst mir eine Nachricht anvertrauen?«

Müde schüttelte sie den Kopf ein wenig. »Ich vertraue darauf, daß du diesen Schlüssel holst, nach dem du so sehr verlangst. Sag Nyx …«

»Sie wird niemals glauben, daß du freiwillig geblieben bist. Sie wird glauben, daß ich dich dazu gezwungen habe. Ich habe es schon einmal getan.«

Düster blickte sie auf den Staub auf dem Tisch und wischte ihn weg, als verberge er eine geheime Nachricht auf dem Holz der Tischplatte. Sie fühlte sich ausgelaugt und erschöpft, als habe sie ihr Herz irgendwo in Saphier verloren und könne nicht zurückkehren, bevor sie es gefunden hatte. Ihr Finger zeichnete einen Schwanenflügel in den Staub. Sie sah den schwarzen Schwan durch das Turmfenster fliegen, kurz bevor sie nach Saphier entschwunden war. Abrupt sagte sie: »Sag ihr, sie soll dem Torwächter von Ro Haus ausrichten, daß er einen Drachen an seinem Tor zu erwarten hat, und daß nur der Schlüssel, den sie hat, das Tor versperren kann.«

Er schien zu zweifeln. »Du willst, daß ich ihr eine Botschaft für den Torwächter ausrichte?«

»Er ist kein einfacher Torwächter.«

»Tatsächlich?« Er beugte sich ein wenig vor und sah ihr in die Augen. Seine Neugier war wieder erwacht. »Ein Torwächter«, sagte er nachdenklich, und sie spürte, daß sie rot wurde. »Und das wird Nyx überzeugen, mich nicht zu bekämpfen.«

»Ich weiß es nicht. Ich weiß nur, daß du alles versuchen wirst, den Schlüssel zu bekommen. Sag ihr, ich hatte eine Vision davon, was der Drache jagt.«

»Komm mit mir«, sagte er nachdrücklich. »Zurück nach Ro Holding. Es ist Saphiers Drache. Ich werde ihn bekämpfen.«

»Wenn das wahr wäre, hätte ich keine Visionen an deiner Türschwelle gehabt«, sagte sie scharf. ‚Du liebst Saphiers Drachen zu sehr, um sie zu bekämpfen.«

Er schluckte und sagte langsam: »Dann versprich mir, daß du hier auf mich warten wirst. Du wirst die Luxour nicht ohne mich durchqueren.«

»Ich werde dahin gehen, wohin ich gehen muß«, sagte sie. »Ich kann überhaupt nichts versprechen.«

Er öffnete den Mund und schloß ihn wieder. Er stand auf und sah ihr dabei in die Augen, als ob dort der Weg nach Ro Holding lag, nicht in seinen Erinnerungen. Schließlich schloß er die Augen. Sein Gesicht war schneeweiß, und seine Schultern schienen sich einer enormen Last entgegenzustemmen. Langsam sah sie ihn verschwinden. Dann tauchte er wieder auf. Er stand nicht mehr, sondern lag zwischen den glitzernden Bruchstücken des Drachenherzens.

Sie stieß ein leises Stöhnen aus und starrte ihn an. Im

Licht zwischen den Steinen und zertrümmerten Kristallen wirkte er wie eine weitere Vision, wie eine Wahrsagung. Doch als sie ihn berührte, spürte sie, daß er Substanz hatte, und sie hörte sein schweres Atmen. Er hob langsam eine Hand und legte sie über die Augen.

»Es tut mir leid, Meguet. Es war zu weit ...« Er schlief zwischen dem geborstenen Herzen ein. Sie schloß die Augen und spürte wieder, wie die langen, dunklen Wellen der Bedrohung und Warnung sie durchfluteten. Doch die alten Stimmen verstummten schließlich, und sie konnte sich wieder bewegen. Sie entfernte die Kristallbrocken, auf denen der Magier lag, und in jedem Bruchstück sah sie das Auge des Jungen Schwans.

Kapitel 9

In Chrysoms Turm stand Nyx wie gebannt und untersuchte den goldenen Schlüssel, den sie in der Hand hielt. Das Sonnenlicht war schon vor einiger Zeit verschwunden. Die lange Sommerdämmerung hatte ihren Weg in das Turmzimmer gefunden und es verdunkelt. Doch Nyx bemerkte kaum, ob es hell oder dunkel war. Ihr Verstand hatte die Form des Schlüssels angenommen. Der Schlüssel war das Buch. Das Buch war der Schlüssel zu den Zeitpfaden in dem kleinen schwarz-silbernen Kästchen, nahm sie an. Es würde sie lehren, wie man einen Pfad einschlug, seine Geschwindigkeit kontrollierte, seinen Windungen folgte und sein Ende erreichte. Sie konnte einen Pfad finden, um den Zeitwindungen an Brands Handgelenk zu folgen, wenn sie nur den Zauberspruch finden könnte, wenn sie das Buch öffnen könnte ... Doch das Buch blieb hartnäckig ein Schlüssel.

Ihre Gedanken drehten sich im Kreise wie die feinen Goldlinien. *Der Schlüssel ist das Buch, das Buch ist der Schlüssel. Der Schlüssel ist der Schlüssel zu sich selbst, er schließt sich selbst auf.*

Sie wußte, daß er möglicherweise einen Weg nach Saphier öffnen konnte, denn Chrysom hatte Drachen gesehen. Waren es flüchtige Träume von Saphier gewesen, die Wirklichkeit geworden waren, als er sie ansah?

Der Schlüssel ist der Schlüssel. Der Schlüssel öffnet sich selbst. Ihr Verstand durchdrang sein Gold und Elfenbein. *Chrysom,* sagte er bei jeder Berührung. Eine ruhende Kraft lag in ihm, wie die Kraft in einer gestimmten, schweigenden Geige. Es gab einen Weg, ihn zu berühren, ihn zum Klingen zu bringen ...

Chrysom, sagte sie in dem Schlüssel, aber der Name veränderte ihn nicht. Sie probierte andere Worte aus seinen alten Zaubersprüchen aus, doch keiner enthüllte das Buch. Sie versuchte ihren eigenen Namen, und dann den von Moro Ro. Der Schlüssel ignorierte beide. *Zeit*, probierte sie. *Buch. Öffne. Magier. Verschließe*. Schließlich sagte sie ihm, was er war und was er werden sollte. *Schlüssel*, sagte sie in ihm, und der Schlüssel blühte in ihrem Verstand auf wie ein Blume.

In ihrer Hand blieb er ein Schlüssel. Irgendwo in der Ferne war sie sich seiner Form und seines Gewichts bewußt. Aber die Zaubersprüche, die in Chrysoms klarer, präziser Handschrift geschrieben waren, erschienen langsam, Seite für Seite, in ihrem Geist. Einige hatten unverständliche Überschriften, andere beschäftigten sich mit merkwürdigen Dingen, die auch nach tausend Jahren noch wiedererkannt werden konnten. Die Seiten blätterten sich langsam um, während sie sie aufmerksam studierte, sie verharrten, wenn sie etwas las, blätterten weiter, wenn sie es wünschte. Schließlich fand sie das Kästchen: die Zeichnung eines dunklen Würfels, die an allen Seiten mit schnörkelige Schrift aus silberner Tinte versehen war.

Zeitpfade, lautete die Überschrift. Dann folgten seitenlange ausführliche Erklärungen. Fasziniert studierte Nyx einen Zauber nach dem anderen, bis sie schließlich den Pfad fand, den sie suchte.

Saphier, hieß er. *Hier seien Drachen*. Sie folgte ihm und prägte sich seine Muster ein. Weitere Zaubersprüche und Pfade mit seltsamen Namen wanden sich durch Saphier. Chrysom hatte dort offensichtlich etwas gefunden, das ihn faszinierte. Aber sie konzentrierte sich auf den Pfad, der am Hof des Herrschers endete. Sie hoffte, daß der Hof sich nach so langer Zeit noch dort befand, oder daß Chrysoms Reise ihn in eine Zeit von Saphiers Geschichte geführt hatte, die näher lag als seine eigene.

Langsam dämmerte ihr, daß seit einiger Zeit in der Dunkelheit um sie herum Sterne leuchteten, ein merkwürdiger Umstand, der sie endlich aus dem Schlüssel herauslockte, um ihn zu untersuchen. Sie sah, daß überall im Raum Kerzen entzündet worden waren. Brand hatte sein Abendessen beendet, saß im Fenster und wartete auf sie.

Eine Mondsichel leuchtete über seiner Schulter, hoch über dem Sumpf. Sie schob den Schlüssel in ihre Tasche zurück und rieb sich müde die Augen. Es war merkwürdig, sich wieder zu bewegen. Sie versuchte, sich daran zu erinnern, wie lange sie dort gestanden hatte, verzaubert von Chrysoms Wissen. Der unbehagliche Ausdruck in seinem Gesicht verriet es ihr: lange genug.

»Was hast du gemacht?« fragte er. »Du hast dich nicht bewegt, hast nichts gesagt. Ich dachte schon, dieser Schlüssel hätte dich irgendwie verzaubert.«

»Nein.« Sie ging hinüber zum Tisch, den Kopf immer noch angefüllt von den gewundenen Silberpfaden. Sie aß ein paar Bissen kaltes Pfefferfleisch, Brot und einen Eintopf aus Pilzen und Lauch, bis sie spürte, daß sie aus dem kleinen schwarzen Würfel wieder in ihre eigene Zeit zurückgekehrt war. Sie schenkte sich Wein ein, trank einen Schluck und drehte sich dann um. Das Kerzenlicht verlieh ihren Augen eine leichte Lavendelfärbung. »Ich habe Chrysoms Weg nach Saphier gefunden.«

Sie hörte, wie er nach Atem rang. Er entfernte sich vom Fenster, verließ den Stammplatz des Vogels. »Ich kann nach Hause gehen?«

»Ich werde dich bringen.«

»Wie?« Seine Finger drehten das schwarze Band an einem Handgelenk. »Wie?«

»Der schwarze Würfel. Du bist schon einmal in ihn hineingestiegen, um mich zu retten. Erinnerst du dich?«

»Nein.« Dann schüttelte er den Kopf ein wenig. »Vielleicht. Es ist wie ein Traum ...«

»Es war Wirklichkeit«, sagte sie ruhig. »Ich hatte mich verirrt, und du hast mich hinausgeführt. Danach hast du dich an deinen Namen erinnert.«

»Ich kann mich nicht erinnern«, sagte er, und diesmal klang Bedauern aus seiner Stimme. »Ich würde mich gern daran erinnern, daß ich etwas für dich getan habe«, fügte er hinzu.

»Das wirst du.« Sie knabberte an Karottenscheiben und

Mandeln, die sie mit den Fingern aß, und dachte nach. »Wohin hat Rad Ilex Meguet wohl am wahrscheinlichsten gebracht?«

Sein Gesicht verdüsterte sich, als er den Namen hörte, aber er wich nicht davor zurück. »An den Hof meines Vaters«, sagte er nach einem Moment. »Er lebt dort.«

»Er würde dort hingehen, obwohl er dich verzaubert hat?«

»Er rechnet nicht damit, mich dort anzutreffen. Er kann Saphier immer noch frei betreten und verlassen. Mein Vater hegt keinen Verdacht gegen ihn.«

»Nun, wir können unsere Suche dort beginnen«, sagte sie.

»Mein Vater wird dir helfen. Er kann seine Magier auf die Suche durch Saphier schicken, wenn es sein muß, sogar durch die Luxour. Nicht jeder Magier kann die Luxour durchqueren. Das habe ich jedenfalls gehört. Es heißt, daß alte Zauber, so alt wie der Beginn aller Zeiten, wie Winde über diese Wüste wehen. Aber einige Magier verstehen es, die Winde vorauszusehen.«

»Rad Ilex?«

Er schwieg und mußte wieder um Fassung ringen. Dann nickte er kurz. »Ja. Und mein Vater. Und einige andere.«

»Es klingt faszinierend.«

»Vielleicht. Ich konnte seine Liebe für die Luxour nie verstehen.«

»Die Liebe deines Vaters?«

»Rads.« Das Blut schoß ihm plötzlich ins Gesicht. Er wandte sich von ihr ab, aber sie sah, daß er zitterte. Sie fragte sich besorgt, welche gefährliche Wahrheit in Saphier auf ihn wartete. Sie tauchte ihre Finger in Wasser, das nach Orangen duftete, trocknete sie an einem Handtuch ab und steckte dann eine lose Haarsträhne fest. Langsam sagte sie: »Ich sollte meiner Mutter sagen, daß ich gehe.«

»Wird sie dich in ein fremdes Land gehen lassen?«

»Wahrscheinlich wird sie so erstaunt darüber sein, daß ich ihr überhaupt Bescheid sage, daß sie vergessen wird zu fragen, wohin. Aber ich weiß nicht, wie lange ich dafür brauchen werde, Meguet zu finden, und ich möchte nicht, daß sie denkt, ich sei in Gefahr.«

»Mein Vater wird dich beschützen«, sagte er schnell. »Nichts wird dir in Saphier geschehen.«

Abwesend sah sie sich nach ihren Schuhen um und fand sie an ihren Füßen. Sie wischte sich einen Krümel vom Kleid. »Ich ziehe mich besser um. Ich kann keine Seidenschuhe in der Wüste tragen, wenn sie mich dazu zwingt, zu Fuß zu gehen.«

»Dort wirst du nicht hingehen müssen. Die Magier werden die Luxour absuchen.«

Sie starrte ihn an. »Eine Wüste voller Zauber, und du erwartest von mir, daß ich im Hause deines Vaters sitze und auf meine guten Manieren achte?«

Er blinzelte. »Ich vergaß, wieviel Freiheit du besitzt«, sagte er. »Du entscheidest selbst, wann du kommst und wann du gehst. Die Magier meines Vaters tun, was er sagt. Du handelst auch aus Liebe.« Bevor sie ihn etwas fragen konnte, erschien ein verschlossener Ausdruck in seinem Gesicht.

»Ich komme sofort zurück, wenn ich mit meiner Mutter gesprochen habe.«

Er zog nervös die Stirn in Falten. »Es ist schon spät«, erinnerte er sie.

»Ich werde mich beeilen. Wenn Rad Ilex kommt ...«

»Rechnest du damit, daß ...«

»Nein«, sagte sie schnell. »Obwohl ich diesen Schlüssel und noch mehr darum gäbe, wenn Meguet hier wäre und nicht dort. Wenn er kommt, sag ihm, daß er auf mich warten soll. Faß ihn nicht an. Laß nicht zu, daß der Feuervogel aus dir herausbricht.«

»Wie soll ich den Vogel aufhalten?« fragte er.

»Laß dir etwas einfallen. Du mußt alles probieren, um Rad Ilex hier fest zuhalten. Das Herz der Zauberei ist ein klarer und geduldiger Verstand. Das sagt Chrysom. Einmal im Leben versuche ich, geduldig und vernünftig zu sein. Aber wenn der Magier noch einmal mit Meguet verschwindet, werde ich wohl die Geduld verlieren und etwas Unüberlegtes tun.«

»Mein Vater sagt, das Herz der Zauberei sei das Feuer, in dem das Herz des Drachen geschmiedet wird.«

»Tatsächlich?«

»So lehrt er es.«

»Um Moros willen. Vermeide einfach einen Kampf.«

Sie rief einen der Turmdiener und schickte ihn zu den Gemächern der Herrscherin mit dem Auftrag, sie um eine private Unterredung zu bitten. Dann verschwand sie und erschien vor ihren erstaunten Zofen. Sie entfernte die Edelsteine aus ihrem Haar, zog sich schnell um und packte ein paar Sachen zusammen. Sie tastete nach dem Bernstein an ihrem Ohrläppchen und warf dann alles – Ohrring, Schlüssel, Mantel, Kamm, einen kleinen juwelenbesetzten Spiegel und ein paar getrocknete Kräuter – in eine Kugel aus Elfenbein, die so klein war, daß man sie in ihrer Tasche nicht sehen konnte. Der Schlüssel fügte sich jetzt, da sie ihn verstanden hatte, widerspruchslos in die Kugel.

Sie ersparte sich den Umweg über Treppen und Flure und erschien einfach vor ihrer Mutter. Die Herrscherin hatte ihre Bediensteten hinausgeschickt und schritt auf und ab. Als sie Nyx sah, änderte sich ihr Gesichtsausdruck kaum, als sei das, was sie mit düsterem Blick ansah, nur eine Verlängerung ihrer Gedanken.

»Wo ist Meguet?« fragte sie.

»In einem Land namens Saphier, glaube ich.«

»Wo liegt das?«

»Ich habe keine Ahnung. Es ist auf keiner Karte verzeichnet, die ich finden kann.«

Die Herrscherin schwieg. Sie hatte die Arme eng vor ihrer Brust verschränkt und schien sogar zu besorgt, um Haarnadeln fallenzulassen. »Du sagtest, der Magier würde zurückkehren, um den Schlüssel zu holen.«

»Das dachte ich auch«, sagte Nyx.

»Wo ist er dann?«

»Ich weiß es nicht.«

»Ich habe dem Holding-Rat gesagt, daß Meguet dich bewacht, und daß du Ro Haus vor der Rückkehr des Magiers beschützt. Es gibt schon Gerüchte, daß ...« Sie brach ab und fuhr sich mit der Hand über die Augen. »Gerüchte.«

»Sie verfolgen mich, nicht wahr?« sagte Nyx leise. »Die Sumpfhexe, allein in dem Turm mit einem Vogel ...« Auch sie hatte ihre Arme verschränkt. Mit ihrem finsteren Blick war sie ein Spiegelbild ihrer Mutter, aber sie dachte nach, war beim Kern des Problems. »Der Magier hat die Zeit verlangsamt und gegen mich gekämpft, um diesen Schlüssel zu bekommen. Es schien nur vernünftig, anzunehmen, daß er dafür zurückkehren würde.«

»Wo ist er dann? Er wird doch wohl kaum Meguet als ausreichenden Ersatz ansehen!«

»Ich glaube ...«, sagte Nyx zögernd, und der besorgte, wütende Blick der Herrscherin traf sie mit voller Wucht. Sie hob die Augenbrauen ein wenig und sagte ruhig: »Wenn du mich anschreien willst, schrei mich an. Ich werde zuhören.«

»Was ich glaube, ist, daß meine jüngste Tochter und Erbin alleine mit einem gefährlichen Vogel in diesem alten, zauberdurchzogenen Turm sitzt und auf die Rückkehr eines sehr gefährlichen Magiers wartet, während meine Nichte in einem Land herumirrt, das auf keiner Karte verzeichnet ist, völlig der Gnade dieses Magiers ausgeliefert. Schreien würde da nicht mehr helfen. Vielleicht würde es helfen, die Kaminsteine mit einem Schürhaken in Stücke zu schlagen. Also. Erzähl mir, was du glaubst.«

»Ich glaube, ich kann den Weg nach Saphier finden.«

»Was?« schrie die Herrscherin.

»Und ich glaube, ich weiß, warum der Magier nicht zurückgekommen ist.«

»Du wirst nicht nach Saphier gehen.«

»Vielleicht muß ich nach Meguet suchen.«

»Nein. Auf keinen Fall.«

»Mutter, ich habe vielleicht keine Wahl. Nach Brands Erzählungen ist Saphier nicht gerade der gastfreundlichste Ort der Welt. Er scheint wild, gewalttätig und voller gefährlicher Mächte zu sein. Der Magier ist vielleicht Meguets kleinstes Problem.«

Die Herrscherin verlor plötzlich ihre mühsam aufrechterhaltene Fassung. Sie zog sich ein Netz aus Goldfäden und Smaragden vom Kopf und warf es auf den Boden. Sie starrte Nyx an, und das Haar fiel ihr auf die Schultern. Ihre nachtdunklen Augen waren voller Schmerz. Mit rauher Stimme sagte sie: »Ich verbiete dir, dieses Haus zu verlassen. Du sagtest, daß der Magier zurückkommen wird. Warte auf ihn. Ich werde nicht euch beide, dich und Meguet, an ein barbarisches Land jenseits von Ro Holding verlieren. Meguet ist einfallsreich. Vielleicht findet sie den Weg zurück ...«

»Nein.« Nyx sah ihre Mutter an. Ihr Hals war trocken, und alle Farbe war aus ihrem Gesicht gewichen. »Ich lasse nicht zu, daß du Meguet für mich opferst.«

»Du hast sie für einen Schlüssel geopfert.«

»Ich ...« Sie mußte schlucken, konnte nicht sprechen. Schließlich fand sie ihre Sprache wieder. »Ich habe Fehler gemacht, ja.«

Die Herrscherin schloß die Augen. »Es tut mir leid.«

»Ich war sorglos«, sagte Nyx vorsichtig. »Aber ich bin nicht ganz einfallslos. Meguet hat für mich gekämpft. Ich bin ihr etwas schuldig. Ich glaube, ich kann den Weg nach Saphier finden.«

»Aber warum?« Die Stimme der Herrscherin schwoll wieder gefährlich an. »Warum mußt du dort hingehen, wenn du erwartest, daß der Magier hierher zurückkommt?«

»Ich glaube, das kann er nicht.«

»Was kann er nicht?«

»Zurückkommen. Ich glaube, der Feuervogel hat ihn verletzt.«

»Um Moros willen«, hauchte die Herrscherin. »Schwer?«

»Es ist keine graduelle Frage ...«

»Glaubst du, er ist tot?«

»Ich habe keine Ahnung.«

»Du hast ihn gesehen, bevor er verschwand. Was hat der Vogel ihm angetan?«

»Es hat gereicht, daß der Vogel ihm überhaupt etwas tun konnte«, sagte Nyx langsam. »Wenn er den Feuervogel gemacht hätte, dann müßte er ihn bei all seinen erstaunlichen Fähigkeiten auch kontrollieren können. Doch er hat nicht einmal versucht, ihn zu verletzen, obwohl der Vogel ihn töten wollte. Er brachte ihn zum Bluten und verlor dabei eine Kralle. Das hat vielleicht schon genügt, um den Magier umzubringen.«

»Eine Vogelklaue? Das verstehe ich nicht.«

»Der Zauber selbst. Die Zauberei, die den Feuervogel verwandelt hat. Sie könnte für den Magier tödlich gewesen sein.«

Die Herrscherin starrte sie an. »Ich dachte, es sei sein Zauber.«

»Das dachte ich auch, bis ich sah, daß er verwundet wurde. Es könnte sein, daß Meguet irgendwo in Saphier mit einem verletzten Magier sitzt.«

Die Herrscherin schwieg. Sie drehte sich abrupt um, ging zum nächsten Stuhl und setzte sich. »Wessen Zauber ist es dann? Müssen wir damit rechnen, daß noch ein Magier auftaucht, der keine Lust hat, das Tor zu benutzen?«

»Ich weiß es nicht ...« Nyx' Stimme war plötzlich voller Sorge. »Ich weiß nicht, was uns als nächstes erwartet.« Sie lehnte sich an das massive Mauerwerk des Kamins und blickte zu ihrer Mutter hinab. Die soliden Steine trösteten sie ein wenig. »Ich habe dich noch nie um Erlaubnis gebeten, das Haus zu verlassen.«

»Ich weiß.«

»Ich habe dir meist nicht einmal gesagt, wohin ich gehe. Ich bin deine Erbin, ja, aber ich bin auch deine einzige Magierin, und es muß mir freistehen, meine Arbeit zu tun. Obwohl mir klar ist, daß ich die letzten paar Monate nicht viel getan habe, um dein Vertrauen zu erwerben.« Die Herrscherin bewegte sich auf ihrem Stuhl, hob wortlos die Hand und ließ sie wieder fallen. Die Ringe an ihren Händen blitzten. »Das einzige, was du mich hier tun gesehen hast, ist, daß ich die Hold-Zeichen wieder in Stickerei verwandelt und einen Vogel zum Verstummen gebracht habe. Aber das letztere hatten dir ja die Gerüchte schon angekündigt.«

»Nyx ...«

»Ich scheine mit dem Feuervogel im Turm nur Mißerfolge zu haben. Es sieht so einfach aus: einen Vogel zurück in einen Menschen zu verwandeln, jeder Magier müßte das können.«

»Es muß ein sehr komplizierter Zauber sein«, sagte die Herrscherin.

»O ja, das ist es. Sehr kompliziert. Und so hartnäckig, daß ich manchmal glauben könnte, daß Brand selbst den Zauber gesprochen hat und sich jetzt hinter dem Feuervogel versteckt und sich weigert, ihn abzustreifen.«

Die Herrscherin räusperte sich und starrte ihre Tochter an. »Er hat sich selbst verzaubert?«

»Ich glaube es nicht. Aber ich fange langsam an zu glauben, daß er ein paar sehr gewichtige Gründe hat, nicht wieder er selbst werden zu wollen. Und ich glaube, die Lösung dieses Rätsels liegt in Saphier. Er selbst kann nicht dorthin zurückkehren. Die Zeitpfade an seinen Handgelenken sind beschädigt worden. Ich muß ihn hinbringen.«

»Das gefällt mir nicht«, sagte die Herrscherin. »Der Sohn des Herrschers, verzaubert und aus dem Land gejagt – das klingt gefährlich. Es ist nicht unsere Sache, Saphiers Probleme zu lösen.«

»Nein. Aber Brand hat mir keinen Grund zu der Annahme gegeben, daß sein Vater ihn nicht zurückhaben will. Wenn ich in einem fremden Land vermißt wäre, wärst du dankbar, wenn jemand mich nach Hause brächte.«

»Ja, aber ...«

»Und dann ist da Meguet. Ich kann sie nicht dortlassen.«

»Nein. Aber ...«

»Warum ausgerechnet ich? Weil du niemanden sonst hast, der diese Dinge tun kann.«

»Du bist meine Erbin.«

»Ich bin deine Magierin. Und das ist eine Sache für Magier.«

»Es gefällt mir nicht.« Die Herrscherin stand auf und schritt über einen gewebten Pfad aus Blumen und Efeu bis zu seinem Rand und wieder zurück. »Du bist mir zu ähnlich«, sagte sie plötzlich. »Hartnäckig und unternehmungslustig. Was ist, wenn ich dich an Saphier verliere? Wo soll ich nach dir suchen? Du kannst mir nicht einmal sagen, wo dieses Land liegt, wenn es überhaupt jetzt existiert, in diesem Moment, und nicht in irgendeinem anderen. Ich finde, diese Frage drängt sich auf, da es auf keiner Karte existiert.«

»Vielleicht existiert auch dieses Problem gar nicht«, sagte Nyx bedächtig und wunderte sich über sich selbst. »Wir sollten uns darüber erst dann den Kopf zerbrechen, wenn es nötig ist.«

»Das ist genau die Unüberlegtheit, die dich schon einmal in Schwierigkeiten gebracht hat«, sagte die Herrscherin erregt.

»Vielleicht. Aber ich habe noch immer den Weg nach Hause gefunden. Irgendwie.« Sie legte ihrer Mutter die Hand auf den Arm. »Bitte«, sagte sie leise. »Ich bin doch nicht umsonst neun Jahre lang fort gewesen. Ich bin eine Zauberin. Laß mich etwas zaubern.«

Die Herrscherin begleitete sie zum Turm. Die Mitternachtsglocken hatten noch nicht geschlagen. Brand, der seinen Gang unterbrach und herumwirbelte, als die Tür sich öffnete, war immer noch menschlich. Nyx warf einen Blick in das Zimmer. Er beantwortete ihre unausgesprochene Frage.

»Niemand ist gekommen. Niemand, den ich sehen konnte.«

»In Ordnung«, sagte sie knapp. »Wir gehen dorthin.« Sie drehte sich um und sah die Herrscherin einen Augenblick wortlos an. Staunend sagte sie: »Ich habe mich noch nie von dir verabschiedet.«

»Tu es jetzt auch nicht«, sagte die Herrscherin barsch. Sie berührte eine lose Strähne in Nyx' Haar, ließ dann die Hand fallen und trat zurück. »Geh einfach. Bring Brand zu seinem Vater zurück, finde Meguet und komm nach Hause. Sonst nichts. Versprich es mir.«

»Ich werde so schnell zurückkommen wie ich kann.« Sie holte die Elfenbeinkugel aus ihrer Tasche und blickte hinein. Sie konnte den Schlüssel im Dunkeln schweben sehen. Sie berührte ihn mit ihren Gedanken. Seiten blätterten sich um, Zeitpfade wanden sich über sie, durchdrangen Nyx' Gedanken, füllten den ganzen Raum. Sie nahm undeutlich wahr, daß Brand zu Füßen der Herrscherin kniete. Er sagte etwas und erhob sich wieder durch ein nebliges Silbernetz. Noch etwas anderes geschah, als er an Nyx' Seite trat und der Raum sich flackernd wie ein Traum über das größer werdende Silbergeflecht hinaus ausdehnte: Da waren unerwartete Geräusche, plötzliche Bewegungen. Eine Tür öffnete sich. Gesichter erschienen und versanken dann wieder in einer weichen Dunkelheit, die so tief wurde, daß sie sogar die hellen Sterne des Kerzenlichts verschluckte. Zeitpfade rasten um Nyx herum, während sie einen Moment versuchte, sich an die Gesichter zu erinnern. Meguet war nicht dabei gewesen, obwohl einer der Köpfe das gleiche Haar hatte wie sie. Auch der Magier war nicht dabei gewesen. Sie war sich bewußt, daß Brand bei ihr war, ein Name und eine Gegenwart, obwohl er hinter ihr blieb. *Saphier,* sagte sie, und all die glühenden Pfade um sie herum erstarrten und verschwanden. Alle außer einem ... Sie betrat ihn, und er setzte sich in Bewegung. Als sie den Pfad entlangging, um das Muster zu formen, das nach Saphier führte, störten flüchtige Geräusche, Gesichter ihre Konzentration und verlangten danach, benannt zu werden. Sie schob sie beiseite und konzentrierte sich, bestrebt, die Windungen und Krümmungen von Zeit und Entfernung genau zu bestimmen, damit der Pfad auch wirklich in Saphier endete und nicht mitten in irgendeinem Ozean. Erst, nachdem sie die letzte Windung geformt hatte und etwas Riesiges sich hinter der Dunkelheit abzuzeichnen begann, wich ihre Konzentration der Erinnerung, und die Geräusche und Gesichter wurden plötzlich deutlich.

Ein Klopfen ... Die Herrscherin drehte sich um, und die Glocken begannen zu läuten. Die Tür öffnete sich ... Der

Torwächter. Sein Gesicht war starr und bleich, wie immer, wenn er seine Angst und Sorge hinunterschluckte und in seinem Innern zu verbergen suchte ... Das Gesicht neben ihm war so unerwartet, daß sie für einen Augenblick nur Erstaunen spürte: dunkelhäutig, hellhaarig, Augen so dunkel wie die erste Nacht der Welt. Es war Meguets Verwandter, ihr ungleicher Schatten, ebenso machtvoll wie machtlos, unter einem Dach, das nicht aus Sternen oder Licht bestand. Und dann sah sie die Warnung in seinen Augen.

Sie spürte, wie ihr das Blut aus dem Gesicht wich. Die Dunkelheit verschwand und enthüllte eine ruhige, düstere Halle, ein Haus in der Nacht, einige Zeit, nachdem die Mitternachtsglocken geläutet hatten, schätzte sie.

Der Feuervogel flog vor ihr auf einen rotierenden Lichtkreis zu.

Kapitel 10

Meguet bahnte sich ihren Weg über das Rückgrat eines Drachen. Es erhob sich als scharfer, unregelmäßiger Kamm aus rotem Fels aus dem trockenen, rissigen Boden. Es war nicht hoch, aber zu lang, um darum herum zu wandern, und fast zu steil, um darüber zu klettern. Nichts wuchs darauf. Auf der anderen Seite setzte sich die Gegend fort, wie sie sie bereits durchquert hatte: die Luxour, ohne einen erkennbaren Horizont. Die Luft flimmerte vor Hitze oder vom Schlagen der Drachenflügel.

Im der Morgendämmerung hatte sie Rads Dorf verlassen, neben einem jungen, flachshaarigen Mann auf dessen Karren. Er war unterwegs, um Salzblöcke zu schneiden, hatte er ihr gesagt, als sie ihn anhielt. Es gab dort eine Stelle in der Wüste, die er kannte, einen weißen Salzsee. Sie sagte, daß sie zu Draken Saphiers Hof mußte. Er wirkte überrascht, bot ihr aber an, sie bis zum ersten Felsring mitzunehmen.

»Ich faahre genau nach Norden«, sagte er. »Bis zur Wirbelsäule des Drachen. Dann folge ich ihr bis zu ihrem westlichen Ende, und dort befindet sich der Salzsee. Du mußt weiter nach Norden.« Er warf ihr einen schiefen Blick zu, als sie auf die Sitzbank des Karrens stieg. Die Antwort auf seine unausgesprochene Frage gab er sich selbst. »Du bist also auch eine Magierin. Wir haben uns alle schon gewundert. Nur Magier durchqueren die Luxour zu Fuß.«

»Wie durchqueren sie denn die anderen?« fragte sie. Er trieb seine Esel an.

»Sie reiten. Die meisten halten sich in östlicher Richtung und folgen dann dem Fluß. Andere kommen mit viel Ausrüstung in Karawanen oder mit Wagen. Diejenigen, die auf Drachen aus sind. Die meisten aber kaufen ein Herz und gehen wieder nach Hause.« Er trieb die Esel an. Seine Stimme klang gut gelaunt und gelassen. »Einige bleiben am

Fluß und verbringen ihr Leben damit, nach Kristallknochen zu suchen. Nur wenige bleiben in der Luxour selbst.«

»In der Wüste?« fragte sie verblüfft.

»Ein halbes Dutzend vielleicht habe ich selbst gesehen. Es können aber auch mehr sein. Sie suchen sich einen Ort in den Felsen und ihren unterirdischen Flüssen. Ihr persönlicher Traum von Drachen besteht darin, in ihrer Nähe zu leben – bei einem Felsumriß, einer heißen Quelle, einem seltsamen Schattenbild, das die Sonne beim Untergehen wirft. Und dort bleiben sie. Manchmal treffen sie auf mich, oder ich treffe sie bei dem Salz. Daher kenne ich sie.«

Sie sah ihn an, registrierte seinen ernsten Mund und die nüchternen Augen. »Du glaubst nicht an Drachen.«

Überrascht schüttelte er den Kopf. »Aber ich liebe die Wüste. Sie genügt mir so, wie sie ist, ohne weitere Mutmaßungen. Die meisten, die hier geboren werden, bleiben immer hier. Oder sie kommen zurück, wie Rad. Obwohl er nie lange bleibt. Rad glaubt an Drachen. Er hat sie schon gesehen, als wir noch klein waren und barfuß durch die Wüste liefen, um Eidechsen zu fangen. ›Sieh doch‹, sagte er. ›Sieh nur.‹ Aber ich habe nie etwas gesehen. Es hat mich daher nicht überrascht, daß er schließlich an Draken Saphiers Hof ging. Alle Magier gehen dorthin. Bist du dort geboren?«

»Nein.«

Er wartete und spornte unnötigerweise die Esel mit den Zügeln an. »Ich dachte, daß es vielleicht so ist, weil du mit ihm gekommen bist und dorthin zurückgehst. Aber es heißt, daß Magier aus ganz Saphier an Draken Saphiers Hof gehen.«

Sie öffnete den Mund, um ihn etwas zu fragen schloß ihn dann aber wieder. Magier, dachte sie und fragte sich, ob sie alle so mächtig waren wie Nyx. Sie spürte eine vertraute, schreckliche Ungeduld, wollte dort sein, anstatt sich hier den Weg durch die Wüste bahnen zu müssen, zumindest so lange, bis die Dringlichkeit ihre Kräfte freisetzte, Zeit und Wüste glättete und sie dahin brachte, wo sie gebraucht wurde. Ob Rad Ilex nach ihr suchen würde, wenn er den Schlüssel von Nyx erhalten hatte, wußte sie nicht. Doch sie konnte nichts für Ro Holding tun, wenn sie in diesem Dorf am Ende der Welt blieb. Sie war auch überzeugt davon, daß Nyx nicht ruhig in Chrysoms Turm sitzen würde, um sich zu fragen, wo Meguet blieb, wenn sie einen Weg nach Saphier finden konnte. Und wenn sie kam, würde sie sich nicht lange mit der Wüste aufhalten. Sie würde direkt zu Draken Saphier gehen ...

»Dort«, sagte der junge Mann neben ihr. »Die Wirbelsäule des Drachen.«

Die Sonne hatte sich über den blauen Bergen in der Ferne erhoben und begann, ihren Bogen über den Himmel zu ziehen. Sie vertrieb die Schatten aus dem Drachenknochen und enthüllte eine flache, zerklüftete Bergkette in der Landschaft, die keinen Anfang und kein Ende hatte. Er zeigte mit dem Finger in eine Richtung.

»Das Salz ist dort, an diesem Ende.« Er sah sie einen Augenblick schweigend an. Vielleicht glaubt er auch nicht an Magier, dachte Meguet, und sieht nur eine wehrlose und unwissende Frau in eine Gegend ziehen, in der es außer Licht nichts gibt. Er sagte nur: »Ich habe von Rad gelernt, daß man einem Magier am besten keine Fragen stellt. Ihre Antworten ergeben keinen Sinn. Wenn du mich für irgend etwas brauchen solltest, ich bin für zwei Tage am westlichen Ende.«

Als sie die Kammhöhe erreicht hatte, konnte sie seinen Karren immer noch sehen. Er rumpelte geduldig wie ein Käfer am Fuß des Kamms entlang. Sie ruhte sich einen Moment lang aus. Vor ihr lagen die merkwürdigen, grotesken Türme und Paläste und Drachenschwingen aus Fels. Ein Wind erhob sich plötzlich und zerrte an ihr. Sie roch Schwefel, und noch einen dunkleren, süßlicheren Duft, als hätte sich in einer tiefen, feuchten Höhle etwas Riesiges bewegt und den Boden erschüttert. Sie stieg den Hang hinunter.

Einige Zeit später wanderte sie an flachen Furchen entlang, geraden Linien, die wirkten, als seien sie vor langer

Zeit von einer gigantischen Klaue gezogen worden. Die Risse waren verwittert, aber nie völlig verwischt. Unbehaglich blickte sie auf und überlegte, wie groß jemand sein mußte, um solche Krallenspuren zu verursachen. Ein grelles, goldenes Auge brannten wie Feuer in ihren eigenen Augen. Blinzelnd senkte sie den Blick und schleppte sich weiter. Sie fragte sich, ob sie schon wie die Wüstenbewohner wurde, die überall Drachen sahen. Ihr Schatten flatterte wie schwarzes Feuer im Wind: die weite, lockere Kleidung, die sie von Rad erhalten hatte. Er hatte in einem seiner wachen Momente einen Zauber auf ihre Samtschuhe gelegt, damit sie jederzeit gehen konnte, wenn die Unrast sie packte, während er sich selbst heilte. Wenn sie Schuhe trug, spürte sie weder Hitze oder Kälte noch Wasser oder Fels unter den Füßen, sondern ging wie auf Luft. Sie bemerkte, daß sich auch kein Sand auf ihnen festsetzte, obwohl der Staub ihr schweißnasses Gesicht bedeckte und sich auf ihr Haar legte. Meguet trug einen Wasserschlauch und einen Beutel mit etwas Brot, Früchten und Ziegenkäse. Wenn ihr die Nahrung ausging, konnte sie Eidechsen fangen. Sie würde auch das Wasser finden, das die Wüstenbewohner tranken. Irgendwie würde es ihr gelingen, die Wüste zu durchqueren. Sogar die Luxour mußte einmal zu Ende gehen.

Ihr Schatten wurde kürzer. Das Auge über ihr brannte auf sie nieder. Sie spürte sogar ihre Knochen unter seinem grausamen Blick schrumpfen, als drückte die Last des auf sie niederströmenden Lichts sie näher an den Boden. Dann erreichte sie eine der seltsamen Ruinen, eine steil aufragende Felsformation, die im Laufe der Jahre verwittert und geborsten war. Aus der Ferne sah es so aus, als hätte sie Tore, zerfallene Türme, eingestürzte Mauern und leere Fenster, die den Himmel einrahmten. Aus der Nähe war es einfach ein Felsgewirr, in dem sie Schatten fand, ein Ruheort. Sie aß und trank sparsam, lehnte sich gegen eine warme Felswand und schloß die Augen.

Sie zuckte zusammen, als ein Geräusch sie weckte und sah, daß eine Frau sie beobachtete.

»Bist du eine Magierin?« fragte die Frau. »Oder ein Drache?« Ihre Augen waren blau wie der Wüstenhimmel, durchzogen von kleinen Silberblitzen. Blinzelnd sah sie Meguet an. Ihr langes Haar war weiß, ihre Hände schlank und zart. Sie trug einen langen Umhang und Zauberschuhe; es lag kein Staub auf ihnen. »Ich hörte deinen Atem. Ich kann nicht mehr so gut sehen. Jetzt atmet alles, und alles hat Flügel. Was bist du?«

»Nichts von beiden«, sagte Meguet. Langsam richtete sie sich auf. Ihre Glieder waren steif. Die Frau, die auf einem Felsbrocken saß wie ein Schmetterling, der sich sonnt, lächelte, und ein Spinnennetz von kleinen Fältchen legte sich plötzlich über ihr weiches braunes Gesicht.

»Ein Rätsel!«

»Nein. Nur eine Frau, die die Wüste durchquert.«

»Du bist keine Magierin.«

»Nein.«

»Dann hast du die Chance, hinauszugelangen«, sagte die Frau.

Meguet schwieg verwirrt. Sie griff nach ihrem Wasserschlauch, trank einen Schluck und hielt ihn der Frau hin. »Bist du durstig?«

»Nein. Aber ich danke dir. Nach so vielen Jahren hier habe ich gelernt, klares Wasser zu riechen. Ich werde niemals durstig.«

»Jahre.« Meguet schluckte. Sie starrte das alte, schöne, halbblinde Gesicht an. »Wie viele Jahre?«

»Ich kann mich nicht erinnern. Ich weiß nur noch, wie alt ich war, als ich mich hier verirrte. Nachdem ich mich entschlossen hatte zu bleiben, zählte ich Drachen anstatt Jahre.« Sie lächelte wieder. »In Drachenjahren wäre ich wahrscheinlich fünf. Oder tausend. Oder wäre vielleicht noch gar nicht geboren. Sie sind so flüchtig ...«

»Bist du eine Magierin?«

»Ich war es. Vielleicht bin ich es noch. Ich denke nie darüber nach.«

»Ich dachte, das wäre das einzige, woran Magier denken.«

»Daran, Magier zu sein?« Sie nickte. Ihr Haar flatterte im Wind wie ein langer, dünner Umhang. »Du mußt welche kennen, wenn du das weißt.«

»Einige. Aber wie hast du dich verirrt? Man kann sich doch am Stand der Sonne orientieren, um eine Richtung zu finden.«

»Magier neigen dazu, in der Luxour abgelenkt zu werden«, sagte die Frau. »Es gibt hier einen komplizierten Zauber. Er lockt dich hierhin und dahin. Er peinigt dich und flüstert dir etwas zu.« Sie legte ihre Hand auf einen zackigen Felsen. »Er lügt. Er sagt: *Einmal war ich das, finde mich, finde heraus, wer mich erbaut hat*. Also sucht man, und wenn man erst einmal einen verlassenen großartigen Palast gesehen hat, fängt man an, ganze versunkene Königreiche zu sehen. Man wandert von Ruine zu Ruine und sucht nach einer Erinnerung.«

»Eine Erinnerung woran?«

»An diejenigen, die hier vielleicht zwischen den Drachen gelebt haben. Oder die von Drachen geboren wurden und die Paläste gebaut haben.« Sie tätschelte den Felsen zärtlich. »Oh, sie sind wie Drachen, diese alten Steine. Sie sagen niemals ja oder nein, aber immer vielleicht. *Vielleicht bin ich ein Stein. Vielleicht mehr als ein Stein.*«

»Warum hast du ihnen dann nie den Rücken zugekehrt und die Wüste verlassen?«

»Weil man zu diesem Zeitpunkt schon selbst in den verfallenen Palästen lebt, man hat das Erbe der vergessenen Königreiche angetreten.« Sie stand auf und ließ ihr Haar in wilden Strähnen wehen. Sie streckte ihre Hand aus. An ihrem Zeigefinger steckte ein Ring mit einem blutroten Edelstein: ein Drachenauge. »Komm mit mir. Ich werde dir zeigen, wo ich lebe, zwischen Eidechsen und Sandkäfern und den blauäugigen Schlangen. Unter den Felsen gibt es eine Quelle, so tief, daß ich nie ihren Grund berühre, wenn ich dort bade. Ein Drache schläft am Grund der Quelle. Manchmal sehe ich ihn mittags, wenn die Sonne zwischen die Felsen fällt, zusammengerollt, golden wie das Licht. Komm. Ich werde es dir zeigen.«

»Ich kann nicht mitkommen«, sagte Meguet höflich. »Ich muß die Luxour durchqueren. Ich wage es nicht, mich davon ablenken zu lassen.«

»Auch ich habe so empfunden, als ich noch viel jünger war. Habe geglaubt, daß hundert verschiedene Gründe mich durch die Wüste treiben. Aber nach einer gewissen Zeit bemerkte ich, daß es keinen Grund für mich gab, nicht zu bleiben. Überhaupt keinen Grund. Was treibt dich an?«

»Ich muß an Draken Saphiers Hof gelangen.«

»Draken Saphier.« Das Gesicht der Frau glättete sich, als könnte sie sich kaum an den Namen erinnern. Dann lachte sie plötzlich. Das Lachen enthielt Erinnerung, Zweideutigkeit, eine Spur von Bedauern. »Der Drache von Saphier. Ich war schon in Saphier, als seine Mutter noch herrschte.« Gedankenverloren schwieg sie eine Weile. »Vielleicht habe ich mich deshalb vor so langer Zeit in der Luxour verloren. Auch ich wollte das Kind des Drachen. Aber ...« Sie warf die Hände hoch und erinnerte sich jetzt an alles. »Ich konnte den Drachen nie finden. Wenn du lange genug bleibst, wird Draken Saphier hierherkommen. Die Luxour wird ihn nach Hause rufen.« Sie wartete. Als Meguet nicht antwortete, drehte sie sich um und verschwand zwischen den Ruinen, gewandt und leichtfüßig wie ein Wüstentier. Ihr Stimme klang zurück zu Meguet. »Die Welt außerhalb der Luxour ist ein Traum. Bleib hier.«

Meguet erhob sich. Als sie aus dem Schatten trat, lastete die Sonnenglut wieder auf ihr, versuchte sie zu schmelzen, sie zu etwas zu formen, das sich eingesunken und flach an die Erde schmiegte. Sie wickelte sich lange Schals um den Kopf, zog sie vor das Gesicht und suchte sich einen Pfad von Fels zu Fels, von Schatten zu Schatten. Wasser, hatte die Wüstenmagierin gesagt. Eine Quelle. Tiefes Wasser. Aber vielleicht war auch das nur ein Traum, denn nichts anderes wuchs aus dem Boden als Steine. Doch sie erinnerte sich an die Eishöhle, an den kalten Atem des Drachens. Allein die Erinnerung daran verschaffte ihr schon Kühlung, bis sie den nächsten Schatten erreichte. *Bleib*, sagte die Wüste. *Setz dich. Warte. Ich habe kein Ende, ich bin überall, und du wirst niemals den Weg aus mir herausfinden. Es gibt keinen Weg aus mir heraus. Halte hier an. Bleib. Ruhe dich aus.* Aber sie weigerte sich zuzuhören, auch dann, als das Licht ihren Kopf beugte und ihr beim Gehen die Augen schloß. Das Licht war der Atem des Drachen, und der Drache jagte den Jungen Schwan ... Sie wanderte durch das Angesicht der Sonne selbst, und sie sagte der Wüste: *Ich habe die Sonne bekämpft, und ich habe es überlebt.* Sie taumelte in den Schatten und zurück in endloses Feuer, und dann wieder in Schatten, bis sowohl Sonne als auch Schatten sie niederdrückten, und Zeit und Sonne ihren Lauf angehalten zu haben schienen.

Endlich kühlte die heiße Schwärze ab. Die Sonne löste ihren Griff nach der Wüste. Der lavendelfarbene Himmel wurde dunkler, und schwach erschienen die ersten Sterne. Sie hörte Wasser um sich herum brodeln und roch Schwefel. Ihr Mund war staubtrocken, und ihr Körper fühlte sich uralt an. Sie setzte sich, tastete nach dem Wasserschlauch und nahm ein paar Schlucke warmes Wasser. Ihre Augen brannten plötzlich, obwohl sie nicht mehr genug Flüssigkeit für Tränen hatte. Ihr Körper wurde von einem plötzlichen, lautlosen Schluchzen der Angst und Verzweiflung geschüttelt. Dann beruhigte sie sich wieder und beobachtete, wie die Nacht dunkler wurde, wie die Sterne größer wurden und unglaublich nah heranrückten. Sie sah keine glänzenden Schwingen, und kein Schatten entfaltete sich, um die Sterne zu verdecken. Vielleicht waren es nur Rads Träume gewesen, die sie gesehen hatte. Die weite, warme Dunkelheit und die sternenüberdachte Stille trösteten sie. *Es haben sich hier schon andere verirrt und überlebt,* dachte sie. *Und ich habe mich noch nicht einmal verirrt.* Sie aß Früchte, die in der Hitze gegoren waren, und Käse, der sich keinen Tag länger gehalten hätte. Dann legte sie sich zurück auf einen Felssims über dem Boden und fühlte, wie der Fels an ihr zerrte, als wollte er sie in sich hineinziehen. *Morgen werde ich vor der Dämmerung aufbrechen,* dachte sie. Kurz bevor sie einschlief, sah sie, wie die Sterne vor dem dunklen Hintergrund zusammenstrebten und das Gesicht des Drachen formten.

Am nächsten Tag wanderte sie in das Herz des Drachen. Es war riesig, golden und siedete von den verborgenen Feuern, die in Stein, Sand und Schatten loderten. Dampfwolken legten ihren Schleier über die Landschaft und wurden von Winden, die aus dem Maul des Drachen strömten, gepackt und auseinandergerissen. Schlammtümpel blubberten und spuckten. Der Boden zischte. Sogar die Luft, die sie atmete, brannte und war verdorben, heiß vom Dampf. Manchmal konnte sie nicht genug sehen, um sich von der Sonne die Richtung weisen zu lassen. Dann wieder war die Sonne überall, glühte in Gewässern, sprang aus Rohkristallen oder Drachenaugen. Dampf oder Drachenatem strich durch die Ruinen und formte seltsame Gesichter, wo einmal Fenster gewesen sein mochten. Die Ruinen boten einen gewissen Schutz vor dem Licht und den heißen, stechenden Winden, aber sogar in ihrem Schatten glühte es. Sie versuchte ein paarmal, Eidechsen zu fangen, die beim Geräusch ihrer Schritte wie Sonnen- oder Schattenflecken über die Felsen flitzten. Aber sie waren zu schnell, und sie konnte sich nicht mehr daran erinnern, welche von ihnen Rad zu essen verboten hatte. Statt dessen aß sie ausgetrocknetes, brüchiges Brot, einen verschrumpelten Apfel. Die Augen fielen ihr zu. Sie zwang sich, aufzustehen und sich zu orientieren. Sie konnte das Rückgrat des Drachen, das hinter ihr Westen und Osten anzeigte, kaum noch erkennen. Die großen Felstürme und die dichten Dampfschwaden verhüllten es zum größten Teil. Wenigstens war es immer noch hinter ihr, sie war nicht im Kreis gewandert.

Die geborstenen Überreste des verlorenen Königreichs erhoben sich überall vor ihr. Sie konnte sich nur von Schatten zu Schatten einen Weg suchen, in der Hoffnung, daß die Felsen und die Erinnerungen an Felsen sich nicht wie ein bewegliches Labyrinth verschoben, um sie einzusperren. Sie wanderte weiter, bis der Staub sie goldbraun bedeckte und ihre Gedanken in der grausamen Hitze verdampften und weggeweht wurden, bevor sie sie fassen konnte. Schließlich bohrte sich eine Drachenklaue aus Licht in ihre

Augen, in ihren Kopf, und während sie noch versuchte, den begonnen Schritt zu beenden, stürzte sie in ihren eigenen Schatten.

Sie schmeckte Wasser, unglaublich süß und kalt. Sie versuchte zu sprechen und würgte. Eine Hand faßte ihren Kopf und hob ihn an. Sie öffnete die Augen, versuchte wieder zu sprechen und sah, wie ein Fremder sich von ihr abwandte, um den Wasserschlauch zur Seite zu legen. Hinter ihm stand ein großer Drache von der Farbe des Zwielichts. Seine Augen waren Sterne, seine Flügel, die sich gerade entfalteten, legten einen rotgrauen Schatten vor den Himmel. Sie versuchte aufzustehen, doch es gelang ihr nur, eine Hand zu heben. Der Fremde drehte sich zu ihr um. Der Drache atmete. Nacht wirbelte um sie herum, völlige Dunkelheit ohne einen Stern.

Als sie wieder aufwachte, war eine große, silbrige Welle über den Himmel geglitten. Der Drache, der sich vor dem Nachthimmel abzeichnete, war ein sternengesäumter Schatten. Ein Stern war in ihrer Nähe zu Boden gestürzt und gab trotz der ruhelosen Winde ein weiches, stetiges Licht. Der Fremde saß außerhalb des Lichtkreises. Sie sah, wie der Wind seine lockere, helle Wüstenkleidung flattern ließ. Vielleicht hatte er geträumt oder Drachen beobachtet, aber jetzt spürte er, daß sie erwacht war. Sie sah einen Silberblitz unter seinem Ärmel, als er die Hand ausstreckte, um den gefallenen Stern zu berühren. Er leuchtete jetzt heller und legte sein weiches Licht über ihr Gesicht. Das seine war immer noch im Schatten.

»Ist das dein Drache?« fragte sie. Ihre Stimme klang dünn, als sei sie weit entfernt, als befände sie sich in einem Traum. Doch er hörte sie. Er hatte sich plötzlich geräuschlos erhoben und starrte in die Dunkelheit.

»Welcher Drache?«

»Der dort oben vor den Sternen.«

Er sah ihn. Sie hörte seinen Atem. Dann beruhigte er sich wieder. »Er ist aus Stein.« Seine Stimme war tief und leidenschaftslos. »Manchmal glaube ich, daß diese großen Felsen nachts ihre Form verändern und dorthin wandern, wo sie wollen ...« Er reichte ihr den Wasserschlauch. »Hungrig?«

»Nein.«

»Du wirst es noch werden.« Er reichte ihr einen anderen Lederbeutel, der mit Honigwein gefüllt war. Sie trank ein wenig und schloß die Augen. Sie sah Drachenflügel, glatt und fein wie Mottenflügel, bestäubt von Sternen. Da fiel ihr wieder ein, wohin sie gehen mußte und warum, und sie öffnete mühsam die Augen.

»Ich muß gehen.« Aber sie konnte kaum den Kopf heben. Er holte etwas aus einem Beutel und begann es zu schälen. Sie konnte kaum glauben, daß der Wind ihr den Geruch von Orangen zutrug. Er reichte ihr ein Stück und aß selbst eines. »Es ist leicht, sich im Dunkeln zu verirren, auch für einen Magier.«

Es sah so aus, als wimmelte die Wüste von Magiern. »Seit wie vielen Drachenjahren bist du schon hier?«

Er schwieg. Sie spürte, daß er sie forschend ansah. »Nicht lange genug, um von nichts mehr überrascht zu sein«, sagte er schließlich. »Hast du dir vorgenommen, in der Wüste zu leben?«

»Nein.«

»Dann bist du gekommen, um Drachen zu sehen.«

»Nein.«

Er reichte ihr noch ein Stück Orange. »Warum wanderst du dann durch das Herz der Luxour?«

»Ich reise nach Norden.«

»Von woher?«

Ihr wurde klar, daß sie nicht einmal den Namen des Dorfes wußte, in dem Rad wohnte. »Aus dem Süden.«

»Die meisten Leute wären dem Fluß um die Wüste herum gefolgt«, bemerkte er nach einer Weile.

»Ich habe es eilig.«

»Die Luxour verlangsamt die Zeit für diejenigen, die es eilig haben. Sie dehnt sich aus. Sie versteckt sich vor den Neugierigen und zeigt sich den Arglosen, die nicht darauf gefaßt sind. Sie hat ihren eigenen Zauber.« Seine Stimme klang abwesend. Seine Aufmerksamkeit schien durch die Wüste um sie herum zu streifen, in die Mondschatten zu spähen, dem Wind zu lauschen. »Es ist ein Ort, an dem gewaltige Kräfte wirken, und wenn du nach diesen Kräften greifst, entschlüpfen sie dir, um wieder zurückzukehren, wenn du nicht mehr nach ihnen suchst.«

Sie suchte die Nacht nach Anzeichen für solche Kräfte ab, sah jedoch nur eine große, gewundene Sternspirale, die dem Pfad des Mondes folgte. Die Spirale erinnerte sie an Rads weißen Drachen. Sie dachte an ihn, der jetzt in einen tiefen, heilenden Schlaf gesunken war, und an den weißen Drachen in Chrysoms Turm und schließlich an Nyx, die in Ro Holding den Schlüssel gefunden hatte, mit dem man die Drachen von Saphier freilassen konnte. Sie machte eine unwillige Bewegung, murmelte hilflos etwas und blinzelte sich den Staub aus den Augen.

»Lassen diese Winde niemals nach?«

»Niemals«, antwortete er. »Sie sind Drachenatem, Feuer und Eis.«

»Ich habe den Eisdrachen gesehen.«

Er beugte sich ein wenig vor, und seine Stimme klang nicht mehr so weit entfernt. »Tatsächlich?«

»Nicht den Drachen selbst ...«

»Nicht.«

»Aber die Höhle, in der er schläft. Wie ein Loch in der Nacht.«

»Ja.«

»Ich hörte ihn atmen.«

»Und was hast du noch gesehen?«

»Einen Schatten. Aber nichts, was diesen Schatten hätte werfen können.«

»Ah«, sagte er leise. »Und was noch?«

»Sonst nichts. Vielleicht ein Herz. Einen Knochen. Die Magierin, die ich gestern traf, sagte, es gäbe einen goldenen Drachen auf dem Grund einer Quelle. Einen Drachen aus Licht.«

»Eine Magierin.« Seine Stimme wurde bei diesem Wort

tonlos. Sie fühlte, daß sich seine gesamte Aufmerksamkeit aus der Nacht zurückzog und auf sie konzentrierte.

»Diejenige, die zwischen den Felsen lebt.«

»Hat diese Magierin auch einen Namen?«

»Ich habe nicht danach gefragt. Sie ist sehr alt und fast blind.«

Er stieß ein leises Geräusch aus, und seine Aufmerksamkeit schweifte wieder ab. »Vielleicht kann sie in der Luxour besser sehen, wo nichts so ist, wie es wirkt.«

»Sie sagte, daß sie alles Interesse an Magie schon vor langer Zeit verloren hat. Wie ist das möglich? Damit aufzuhören, eine Magierin zu sein?«

»Damit aufzuhören, von etwas in den Bann gezogen zu werden«, antwortete er. Er blickte sie nicht an, sein Gesicht war der Ferne, der Dunkelheit zugewandt. Nach einem Moment fügte er hinzu: »Ich weiß nicht, ob das überhaupt möglich ist.«

»Sie scheint von Drachen angezogen zu werden.«

»Jeder in der Luxour wird von Drachen angezogen.«

Sie schwieg: Ein Drache hatte sie in das heiße, unerträgliche Auge der Sonne gezogen. »Es war freundlich von dir, mir zu helfen«, sagte sie.

»Du bist nicht die erste, die ich so finde, überwältigt von der Luxour«, sagte er. »Das kommt vor. Leute kommen auf der Suche nach Wundern, nach der Klaue des Drachen, dem Feuer des Drachen. Sie hören nie auf zu glauben, daß sie vielleicht finden, wonach sie suchen. Sie sehen kristallene Knochen, versteinerte Überreste eines Feuers, Spuren eines längst vergessenen Zeitalters. Aber sie sehen nie das lebendige Feuer, das aus einem flüchtigen Augenblick über sie hinwegbläst. Ich finde sie, sie erwachen und sagen mir, daß die Sonne sie betäubt hat. Dann taumeln sie ins nächste Dorf, kaufen ein Drachenherz und gehen wieder nach Hause. Sie erfahren nie, daß sie vom Feuer des Drachen umhüllt waren, daß sie im Auge des Drachen gestanden haben.«

Sie schwieg. Irgend etwas in seiner Stimme zwang sie, auf

die Winde und den Schimmer der Sterne zu achten. »Ich selbst dachte, daß es die Sonne war«, gab sie zu.

»Als ich dich sah, dachte ich, daß du eine Magierin sein mußt«, sagte er. »Mit verzauberten Schuhen und ohne Nahrung. Niemand hat weniger Verstand als ein Magier in der Luxour. Aber ich habe dich nicht erkannt, und ich kenne alle Magier in Saphier.«

»Ich bin keine Magierin«, sagte sie. »Ein Magier, den ich getroffen habe, hat den Zauber über meine Schuhe gelegt.«

»Ja.« Seine Stimme wurde weich und dünn, als lauschte er dem Geräusch eines Schattens, der über den Sand glitt. »Ich habe seinen Zauber erkannt. Magier hinterlassen Fingerabdrücke, die der Kundige zu lesen versteht. Wie gut kennst du ihn?«

Sie schwieg und dachte an Rad mit einem Drachen in seiner Haustür. Er hatte ihr gesagt, wovor sie Angst haben mußte. »Nicht gut«, sagte sie schließlich.

»Ist er jetzt in seinem Dorf?«

»Ich weiß es nicht«, antwortete sie wahrheitsgemäß. »Er kommt und geht.« Er bewegte sich. Das Magierlicht fiel ihr plötzlich grell in die Augen. Sie blinzelte, als hätte sie wieder Sand in den Augen, und ihr Blick verschwamm.

»Ich kenne diese Dörfer am Fluß«, sagte er. »Jeder kennt jeden und alles.«

»Es ist wahr.« Sie wischte sich die Tränen aus den Augen und schirmte das Licht in ihrem Gesicht mit der Hand ab. »Ich habe hier mein Zeitgefühl verloren. Es scheint so lange her zu sein, daß ich das Dorf verlassen habe. Ich weiß nicht einmal, wo ich selbst bin, wie soll ich wissen, wo ein Magier sich aufhält? Magier – mit Ausnahme von dir – schenken einem keine Aufmerksamkeit, bis sie einen brauchen.«

»Und, hat er?«

»Hat er was?«

»Dich gebraucht?«

Ihre Augen waren endlich wieder klar, und sie betrachtete staunend diesen Fremden, der sie mit jeder Frage tiefer in die Lüge drängte. Sie fragte sich, warum sie sich verpflichtet fühlte, den schlafenden Magier in ihren Gedanken zu verstecken. In dem größeren Umkreis des Lichts erkannte sie endlich sein Gesicht.

Für einen Augenblick vergaß sie zu atmen. Es war das Gesicht des Feuervogels, älter, leidenschaftlich, kontrolliert. Sie erinnerte sich an die schwarzen Brauen über kobaltblauen Augen, das harte, offene Gesicht eines Kriegers, in dem die Erfahrung ihre Spuren hinterlassen hat. Sein langes Haar mit den abwechselnden Schattierungen von schwarz, rauch- und aschgrau war mit geflochtenen Lederbänder zurückgebunden. Der Silberblitz an seinen Handgelenken stammte von den verwobenen Zeitsträngen.

Sie schluckte trocken. Neugierig sagte er: »Du kennst mich. Ich kenne dich aber nicht.«

»Warum solltest du auch?« fragte sie. Sie spürte den dringenden Wunsch, ihren Körper schrumpfen zu lassen, vor seinem Blick in die Erde zu versinken. »Warum solltest du auch?« fragte sie noch einmal verzweifelt. »Ich bin nur eines der Gesichter aus diesen Flußdörfern, die du kennst.«

Er sah ihr so lange in die Augen, bis es schien, als beginne sie die geheimen Stimmen seiner Drachen zu hören, und die Bewegungen ihrer Flügel in seinen Augen zu sehen. Dann änderte sich sein Gesichtsausdruck, und tiefe Furchen erschienen auf seiner Stirn und neben seinem Mund. »Rad Ilex hat dich in die Luxour geschickt und dabei eine Spur seines Zaubers auf jedem Schritt hinterlassen, den du gehst«, sagte er. »Bist du auf der Flucht vor ihm? Mit deinen Schuhen kannst du ihm nicht entkommen. Er hat sich ein wenig mit diesen Schuhen beschäftigt, aber sonst mit kaum etwas.« Sie antwortete nicht. Er berührte das Licht wieder. Es wurde schwächer, und ein willkommener Schatten legte sich über ihre Augen. »Du beschützt ihn.« Seine Stimme war plötzlich rauh und voller Schmerz. Die Ähnlichkeit seines Gesichts mit Brands verwirrte sie. »Es ändert nichts daran. Ich werde ihn finden.«

»Warum?« flüsterte sie. Er legte den Beutel neben sie, zusammen mit dem Wasser- und dem Weinschlauch. Er saß wieder so unbeweglich, wie sie ihn zuerst gesehen hatte, aber seine Fäuste waren jetzt geballt, sein Gesicht starr.

»Er hat meinen Sohn verletzt.« Seine Hände öffneten sich und schlossen sich wieder. Er starrte in das magische Licht. »Brand«, flüsterte er. »Mein einziges Kind. Er ist irgendwo in der Zeit verloren, sein Schrei ist Feuer wie der eines Drachen, und er kann nur in seltsamen Edelsteinzaubern reden. Rad hat ihn aus Saphier vertrieben und den einzigen Weg zerstört, der ihn hätte zurückbringen können.«

»Warum?« Das Wort schmerzte, als sie es aussprach, als sei es ein seltsamer, harter Edelstein.

»Ich weiß es nicht. Sie waren Freunde gewesen. Ich glaube, Rad Ilex hat etwas entdeckt, das eine enorme Macht besitzt, die Saphier gefährlich werden könnte. Brand versuchte mich zu warnen, und Rad brachte ihn zum Schweigen. Ich habe nach ihnen beiden gesucht. Ich habe auch meine Magier auf die Suche nach ihnen geschickt. Aber Rad Ilex ist schwer zu fassen, und mein Sohn ist – irgendwo. Du bist mit Rad in seinem Dorf gewesen. Ist er noch dort? Du weißt es nicht. Er kommt und geht. Genau wie er in das Leben meines Sohnes kam und ging, ihn aus seiner Gestalt riß und die Zeit selbst zerriß, um ihn aus Saphier hinauszuschleudern. Sogar über mein Blickfeld hinaus.« Er schwieg einen Moment, und sie sah ihn schlucken. »Ich habe Rad diese Dinge beigebracht.«

Sie bemühte sich vergebens etwas zu sagen. Sie hörte Rads Stimme: *Der Drache von Saphier wird dich prüfen und prüfen, bis du nicht mehr weißt, wo dir der Kopf steht...* Der Drache aus Nacht und Sternen war vor Rads eigener Türschwelle gewesen, hatte seinen eigenen Eingang blockiert. Es war Rad, der nach dem Schlüssel suchte, Rad, den der Feuervogel angegriffen hatte, Rad, der sie selbst geprüft hatte ... Rad, der allein und träumend dalag, hilflos Draken Saphier ausgeliefert, und sich von Brands Wut erholte.

Oder war es gar nicht so? Hatte er sie belogen, war er heimlich nach Ro Holding gegangen, um ihre Warnungen gegen den Schlüssel zu tauschen? War er jetzt in der Wüste, um sie zu finden, oder hatte er sie in einer unmöglichen Mission zu Draken Saphiers Hof geschickt, damit sie und ihre Neugier in der Luxour verschwanden?

»Ich kann dir nicht helfen.« Ihre Stimme zitterte erbärmlich. Sie war zwischen Lüge und Wahrheit gefangen, konnte sie nicht mehr auseinanderhalten. Sie fühlte, daß etwas wie ein Wind über ihre Füße strich, und dann erhob sich Draken Saphier. Er hielt ihre Schuhe in der Hand.

»Du kannst mir helfen«, sagte er schlicht. »Du kannst hierbleiben, bis Rad der Spur seines Zaubers bis zu dir folgt. Nicht einmal die Launen der Luxour können deine Schritte für ihn auslöschen. Wenn er dich findet, werde ich ihn finden.« Sprachlos starrte sie ihn an. »Behalte das Essen und das Wasser«, sagte er. »Das Licht werde ich nehmen.« Und er fügte hinzu: »Versuch nicht, im Dunkeln zu wandern. Wesen, die sich vor dem Licht fürchten, die sich tagsüber zum Schutz vor der Hitze eingraben, kommen nachts an die Erdoberfläche, um Nahrung zu suchen. Sie sind klein und bösartig, und sie können die Erschütterung eines rollenden Kiesels spüren. Solange du dich ruhig verhältst, bist du in Sicherheit. Und ich werde hier sein und wachen.«

Das Licht erlosch. Er schwieg. Sie begriff, daß er mit der Wüste verschmolzen war: ein geheimnisvoller Windhauch, ein denkender Stein. Sie lag still da, wagte kaum zu atmen und versuchte sich daran zu erinnern, warum sie in einer anderen Zeit, in einem anderen Land, statt einer Rose nicht ein Schwert aufgehoben hatte.

Kapitel 11

Nyx saß in einem weißen Zimmer und betrachtete nachdenklich drei schwarze Blätter, die in einer Wasserschale schwammen. Die Schale war weiß, und der Tisch, auf dem sie stand, ebenfalls. Die weißen Vorhänge fingen das Licht ab, bevor es ein wenig Farbe über den weißen Fußboden legen konnte. Nyx trug eine anmutige Kombination aus weitgeschnittenen Kleidungsstücken, alle aus weißer Seide. Der einzige Farbton in dem ganzen Raum war die Farbe ihrer Augen, und wenn sie ihr Spiegelbild sah, schien ihre Lavendelfarbe so tief wie als ein Kommentar zu ihrer Umgebung.

Sie war allein in der kleinen Kammer, wenn man in einem Haus voller Magier überhaupt von Alleinsein reden konnte. Von dem Moment ihres Auftauchens an war sie mit tadelloser Höflichkeit behandelt worden: eine Zauberin aus einem fremden Land, die über einen Zeitpfad das Haus eines Herrschers betreten hatte, mit einem Feuervogel, von dem sie behauptete, daß er der verschwundene Sohn dieses Herrschers sei. Dies erklärte sie mehr Magiern, als sie je zuvor gesehen hatte, die toten Magier in der Geschichte von Ro Holding eingeschlossen. Kein Schatten eines Zweifels erschien dabei auf ihren Gesichtern. Über ihnen stieß der Feuervogel ununterbrochen seinen lautlosen Schrei aus. Natürlich war das Draken Saphiers Sohn, dieser wilde Vogel, der vergeblich versuchte, sie alle in Juwelenbäume zu verwandeln. Bedauerlicherweise war Draken Saphier nicht anwesend, um ihr persönlich zu danken. Ihre Augen verrieten ihr, daß Rad Ilex und Meguet ebenfalls nicht bei dieser ernsten und aufmerksamen Versammlung waren. Natürlich mußte sie auf Draken Saphiers Rückkehr warten. Sie erklärte ihnen, daß sie woanders dringende Angelegenheiten zu erledigen hätte. Nein, erklärten sie ihr, sie mußte warten. Draken Saphier würde weitere Fragen zu dem Zauber haben, der seinen Sohn gefangenhielt, er würde vielleicht ihren Rat suchen. Das klang vernünftig, mußte sie zugeben, wenn man bedachte, in welchem Zustand sie seinen Sohn zurückbrachte. Man teilte ihr mit, daß Draken Saphiers Rückkehr unmittelbar bevorstand.

Und sie blieb erst einmal unmittelbar bevorstehend. Man hatte ihr schlichte Gemächer zugewiesen, drei Blätter in einer Schale zum Meditieren und Bedienstete von auserlesenem Takt und Können, die sie bald als Magier unterschiedlicher Rangstufen erkannte. Draken Saphier war noch nicht zurückgekehrt, würde aber bald kommen. Aus bald wurden drei Tage, und in den drei Tagen hatte sie in dem riesigen, weißen, lichtdurchfluteten Palast erstaunliche Dinge zu Gesicht bekommen. Aber sie hatte keine Spur mehr von dem Feuervogel gesehen.

Sie hielt nach ihm Ausschau, während die Magier sie durch den Palast führten. Er wirkte wie eine unregelmäßige Anhäufung von Würfeln, die zu unterschiedlicher Höhe aufeinandergetürmt waren. Das gesamte Bauwerk erstreckte sich um einen großen Platz herum, der in streng voneinander abgegrenzte Gärten eingeteilt war, die in ihrer Mitte einen breiten Platz mit rotem und weißem Steinbelag einschlossen. Von den höchsten Fenstern des Hauses aus konnte sie das Muster der Steine erkennen: das Emblem von Saphier, ein kompliziertes, stilisiertes Gewebe von Linien, die sich wanden, ineinanderliefen, sich trennten und wieder miteinander verschmolzen. Sie fragte sich, wohin dieser Pfad sie führen würde, wenn sie ihn betrat. Nach einer Weile begriff sie, daß der Pfad die einzigen gebogenen Linien in dem Palast enthielt. Der Palast selbst hatte keine runden Türme, keine geschwungenen Brustwehren, keine Wendeltreppen oder Rundgänge, nur ab und zu eine Reihe bogenförmiger Fenster, durch die Luft und Licht hereinfallen konnten, und die den Garten überblickten. Alle Räume und Hallen, Korridore und Treppenhäuser waren gradlinig miteinander verbunden, und um die Ecken des Platzes verliefen sie in rechten Winkeln. Nichts war verworren, labyrinthhaft oder trug Spuren der Vergangenheit. Die Vergangenheit war in die Erinnerung verwiesen oder ordentlich in die Gegenwart integriert worden. Für ein Haus voller Magier von unterschiedlicher Macht waren die weiten Räume, die hellen Mauern und das Licht von beruhigender Wirkung, und die geraden Linien, die das Auge trafen, konnten dabei helfen, klar zu denken. Soviel reimte Nyx sich zusammen, aber innerhalb dieser geraden Linien wurden ihr faszinierende Besonderheiten gezeigt.

»Diese Wand ist sehr alt«, erzählte ihr eine sehr alte Magierin namens Magior Ilel, die Brands Großtante war. Sie war ziemlich groß und dünn, mit knochigen Händen, die das Alter fast durchsichtig gemacht hatte, und Augen, die dunkel und still wie der Neumond waren. Die Wand, eine große Tafel aus hellem Holz am Ende eines weißen Raumes, war so vollständig mit sorgfältig ausgeführten Schnitzereien von kleinen Gestalten bedeckt, daß sie sich zu bewegen schien. Als Nyx einen näheren Blick darauf warf, begriff sie, daß das Schnitzwerk eine Schlacht zeigte, die in gnadenlosen, verblüffenden Einzelheiten dargestellt war: Nicht einmal die Wagenpferde schienen von dem Gemetzel ausgenommen zu sein. Nur Vögel, die an einem Auge oder einem blutigen Herzen herumpickten, entgingen Pfeil, Speer, Feuer, Keule und Stein. Die geschnitzte Verwüstung war von kundiger Hand elegant ausgeführt worden. Neugierig studierte sie sie. Solche Schrecken des Krieges schienen in dem friedlichen Haus weit entfernt zu sein.

»Wo sind die Magier?« fragte sie und drehte sich zu Magior um. Zu ihrer Überraschung glitt ein flüchtiger Ausdruck über das alte, gesetzte Gesicht.

»Ein Magier war Augenzeuge«, antwortete sie. »Er schnitzte es, als ein Beispiel für Machtentfaltung, die seiner Meinung nach sogar der Zauberei entzogen war. Es gab damals nur wenige Magier, und Magie schien eine Kraft zu sein, die so selten und unbestimmt war wie ein Blitz.«

»Dann hat er Zauberei nicht mit Grausamkeit in Zusammenhang gebracht«, bemerkte Nyx. Sie wandte sich von dem stillen, erstarrten Gemetzel ab, und wandte sich einem friedlicheren Wandteppich zu, der an einer Seitenwand hing. Auf den ersten Blick schien er einen Baum voller Vögel und Blumen darzustellen, unter schiedliche, glänzende Blüten, die auf demselben Zweig wuchsen, kleine, lebhafte Vögel, die zwischen den Blättern flatterten. Als sie den Teppich länger betrachtete, erschienen plötzlich merkwürdige dunkle Umrisse: Schattenfetzen, vielleicht Gesichter, halb versteckt hinter den Blättern oder sogar in einer Blume. Es war, als ob sich ein anderes Bild in das ursprüngliche hineinstickte. Fasziniert trat sie näher heran und versuchte, die dunklen Bilder zusammenzufügen, doch sie blieben nur flüchtige Eindrücke.

»Am liebsten würde ich die Vögel aus dem Teppich scheuchen, die Blätter zur Seite schieben, um zu sehen, was der Baum versteckt«, sagte sie und sah Magior an. »Was ist es? Was siehst du?«

»Ich bin zu alt, um irgend etwas zu sehen«, sagte Magior mit ihrer langsamen, trockenen Stimme. »Blume und Schatten, Dunkel und Licht, am Ende sind alle, was sie sind. Es gibt keine Auflösung. Doch du bist nicht überzeugt davon. Was siehst du?«

»Ein Rätsel«, sagte Nyx kurz. »Was ich gerne sehen würde, wenn du keine Einwände hast, ist der Feuervogel.« Als Magior sie schweigend ansah, fügte sie hinzu: »Er kann auf der Suche nach Hilfe zu mir geflogen. Ich habe mich an ihn ... gewöhnt. An Brand. Ich habe diese Sache noch nicht zu Ende gebracht, das beunruhigt mich, und ich werde mir Sorgen machen, bis sie beendet ist. Oder hat er sich an alles erinnert? Ist der Zauber gebrochen?«

Ein schwer zu deutender Ausdruck erschien auf dem alten Gesicht. »Der Feuervogel ruht sich aus. Er hat mehrere verschiedene – Ruheplätze. Wir hielten es für das beste, ihn mit vertrauten Gesichtern zu umgeben, damit er sich leichter an seine Vergangenheit erinnern kann. Die Vergangenheit, an die er sich im Zusammenhang mit dir erinnert, steht zu mit dem Zauber in Verbindung.«

»Ich verstehe.«
»Sei bitte nicht böse.«
»Nein.«
»Wenn er dich sieht, wird er sich nur an seine Zeit als Feuervogel erinnern, auf der Suche nach Hilfe.«
»Erinnert er sich denn an sich selbst?«
»Es ist ein schlimmer Zauber«, sagte Magior nach einem Moment des Schweigens. Weitere Ausdrücke wechselten in ihrem Gesicht. »Wenn wir seine Erinnerung zurückverfolgen, kommt jeder von uns unausweichlich an den Punkt, an dem das Gesicht des Vogels erscheint. Der lautlose Schrei des Vogels.«
»Ihr dringt in seinen Verstand ein?« fragte Nyx verblüfft.
»Hast du das nicht getan?«
»Nur in den Verstand des Vogels. Und es war, als beträte ich einen harten, polierten Edelstein, in dem jeder Abschnitt genauso war wie der nächste. Und doch beharrte Brand darauf, daß alles, was er an Zeit und Erinnerung verloren hat, in dem verzauberten Vogel zu finden ist.«
Magior nickte. »Darauf besteht er immer noch«, murmelte sie. »Wir können nur auf Draken Saphiers Rückkehr warten.« Sie schwieg wieder einen Moment und sah Nyx an. »Wir haben uns gefragt, was du mit dem Feuer und der Stimme des Vogels gemacht hast«, sagte sie schließlich.
»Ich habe sie außerhalb des Vogels eingeschlossen. Ich wollte nicht, daß das Feuer bei meiner Arbeit ausbricht, und ich konnte den Schrei nicht ertragen. Niemand im Haus konnte es. Hast du ihn einmal gehört?«
»Einmal.« Magior schloß kurz die Augen. »Mitten in der Nacht. Sein erster Schrei. Bevor er verschwand. Ein schrecklicher, schrecklicher Laut.«
»Dann ist er hier verzaubert worden.«
»Ja. Von einem Magier, der ebenfalls verschwunden ist.«
»Brand hat sich ein wenig daran erinnert ... Er hatte Angst, daß der Magier seinen Vater getäuscht hat und immer noch hier ist.«
»Nein«, sagte Magior ein wenig rauh. »Er ist seitdem nicht

mehr gesehen worden. Er würde es nicht wagen, zurückzukehren.«

»Ich verstehe.« Nyx versuchte, ihre Neugier nicht in ihrer Stimme und auf ihrem Gesicht erscheinen zu lassen, aber ihre Ungeduld schien die Luft zwischen ihnen vibrieren zu lassen, denn der Blick aus den dunklen Augen ruhte forschend auf ihr. Schnell sagte sie: »Ich habe mich über die Zeitpfade an Brands Handgelenk gewundert. Wie sind sie so schwarz geworden?«

»Wir nehmen an, daß der Magier sie zerstört hat, als Brand versuchte, ihm zu entkommen.«

»Ist das leicht zu bewerkstelligen?«

»Nein. Dazu braucht man gewaltige Fähigkeiten. Die Pfade sind nahezu unzerstörbar. Das müssen sie auch sein, denn sonst könnte jemandem der Rückweg von merkwürdigen Orten und aus seltsamen Zeiten abgeschnitten werden.«

»Wer hat sie angefertigt?«

»Draken. Er hat alle Zeitpfade gestaltet.«

Am nächsten Tag beobachtete Nyx, wie sich die Hofwache auf dem gepflasterten Platz versammelte und eine Reihe von komplizierten Bewegungsabläufen durchführte. Die junge Magierin in ihrer Begleitung erklärte ihr, daß es sehr alte Manöver waren. Sie waren von dem ersten Magier, der in Saphier herrschte, zu ganz anderen Zwecken entwickelt worden. Jetzt war es trotz der Schwerter mehr eine Übung, ein Tanz. Die Bewegungen waren langsam, aber Nyx erkannte die wirbelnden Klingen und den tödlichen Rhythmus von Brands Angriff auf Rad Ilex. Es schien Wachen für jedes Fenster und jedes Mauseloch am Hof zu geben, und alle trugen ein rotes Abbild des Zeitpfads unter ihren Füßen als Wappenbild auf ihrer Brust. Sie trugen auch die vertrauten Silberbänder an ihren Handgelenken. Der Gedanke daran, daß eine solche Armee über die sich windenden Zeitpfade marschieren könnte, beunruhigte Nyx außerordentlich. Aber das einzige Beispiel für Kriegskunst, das sie sehen konnte, war eine Tanzaufführung, und der einzige Zauber, den sie sah, war das völlige Verschwinden des Feuervogels.

Die Magierin, die sie begleitete, hieß Parnet, eine kräftige junge Frau aus Nordsaphier mit einem dicht geflochtenen roten Zopf und einem hellhäutigen, sommersprossigen Gesicht. Als die Wachen sich zerstreuten, sagte sie: »Vielleicht möchtest du den Zitronengarten sehen. Die Früchte sind jetzt reif, und die Bäume sind sehr schön.«

»Ich würde lieber Brand Saphier sehen«, entgegnete Nyx. Angesteckt von der permanenten Höflichkeit fügte sie hinzu: »Bitte.«

»Der Feuervogel ruht sich aus«, sagte Parnet langsam. »Ich weiß nicht, wo im Haus er sein könnte.«

»Ich dachte, ihr habt gelernt, Gedanken zu lesen.«

»O nein«, sagte Parnet, und die Selbstzufriedenheit, die sie an den Tag legte, geriet ins Wanken. »Ich meine, ja, das haben wir, aber nicht ohne genaue Bestimmungen, und gewöhnlich auch nicht ohne Erlaubnis. Es ist strafbar, auch wenn unter den jüngeren Magiern immer wieder Experimente durchgeführt werden. Durch solche Regelungen wird viel Verwirrung und Feindseligkeit verhindert. Manche der Magier sind sehr temperamentvoll.«

»Ich verstehe«, sagte Meguet temperamentvoll. »Vielleicht bei Mondaufgang?«

»Ich werde Magior für dich fragen.«

Nyx schwieg. Sie schluckte ihre Enttäuschung hinunter. Sie blieben neben einer riesigen Schale aus schwarzem Marmor stehen, die Wasser enthielt. Über dem Wasser hing ein großer Gobelin, der einen Mann in einem schwarzen Umhang zeigte, der auf einem leuchtenden Fliesenboden vor einer großen schwarzen Wasserschale saß. Er studierte sie mit Interesse, obwohl sie, soweit Nyx feststellen konnte, nur ein paar fadenscheinige Flecken enthielt.

»Wer ist das?« fragte sie. Als Parnet antwortete, lag keine Wertung in ihrer Stimme: »Niemand. Es ist eine Frage.«

»Der Mann?«

»Nein. Was du siehst, ist die richtige Schale, die Schale auf dem Teppich, das Wasser, den Mann. Das alles ist eine Frage über dich.«

»Mich.«

»Kaum jemand geht schweigend daran vorbei. Was man darüber sagt, verrät etwas über einen selbst. Sogar die, die nichts sagen, erzählen etwas über sich. Es ist eine der Methoden, mit denen man Magier-Anfänger je nach ihren Interessenschwerpunkten in Gruppen zusammenfaßt. Du hast den Mann gewählt. Manche fragen, was er in dem Wasser sieht. Andere wollen wissen, in welcher Beziehung die richtige Schale zu der gewebten steht. Ich nehme an, daß dir in einem Land voller fremder Gesichter das unbekannte Gesicht zuerst ins Auge fiel.«

Nyx öffnete den Mund, zögerte dann aber. Plötzlich schien das Haus sich um sie herum zu beleben. Überall waren Bruchstücke von Rätseln, die unversehens aus dem entsprangen, was sie für den Hintergrund gehalten hatte. »Die Schale in meinem Zimmer«, sagte sie plötzlich. »Die Farbe. Oder vielmehr die fehlende Farbe ... Das ganze Haus hier ist voller Fragen.«

»Ja.«

»Wie faszinierend.« Sie blickte in das Wasser und sah, wie seine Farbe unter ihrem Blick dunkler wurde. »Und es gibt keine Antworten. Nur Erwiderungen. Manche müssen all das Weiß in meinem Zimmer für beruhigend halten.«

»Ja.«

»Und die Wand mit den Schlachtszenen?«

»Einige vertiefen sich darin«, sagte Parnet schlicht. »Die meisten von ihnen werden Kriegsmagier.«

»Ist Brand ein Kriegsmagier?«

»Brand ist ein Krieger. Er hat keine Begabung für die Zauberei.«

»Und doch kann er die Zeitpfade an seinem Handgelenk beschreiten.«

»Das ist hier bei Kriegern üblich«, antwortete Parnet, und in ihrer Stimme lag ein Anflug von Überraschung. Nyx sah mit düsterem Blick auf das Wasser hinunter. Sie ließ eine Hand an ihrer Seite herabsinken und berührte die kleine Elfenbeinkugel, die Chrysoms Schlüssel enthielt. Sie sah

Parnets Spiegelbild im Wasser ihren offenen Gesichtsausdruck, ruhig, abwartend. Abrupt fragte sie: »Ist auch der Feuervogel selbst eine Frage? Oder habt ihr hier ein paar Antworten darauf?«

Die Wasseroberfläche erzitterte ohne ersichtlichen Grund, und ihre Spiegelbilder verschwanden. Nyx drehte den Kopf und sah, daß Parnet immer noch in das Wasser blickte. Leichte Sorgenfalten lagen auf ihrer Stirn, aber ihr Gesicht verbarg nichts. Leise sagte sie: »Sie haben es versucht, wie du es versucht hast. Wir können nur auf Draken Saphier warten.«

»Der bald zurückkommen wird.«

»Bald.«

Am Abend saß Nyx nach dem Essen in ihrer Kammer und blickte in die weiße Wasserschale. Sie beobachtete, wie die schwarzen Blätter sich unablässig drehten und aus Wasser und Luft einen eigenen geheimnisvollen Pfad formten. Gedanken, die genauso schwarz waren wie die Blätter, nahmen in ihrem Kopf Gestalt an. Sie ließ sie nicht deutlich werden, faßte sie nicht in Worte, denn in diesem Haus war anscheinend nicht einmal die Erinnerung etwas Privates. Eines der schwarzen Blätter hatte Draken Saphiers Namen, das andere Rad Ilex', und das dritte den Namen eines unbekannten Magiers, der Draken Saphiers Haus betreten und seinen Sohn verzaubert hatte, die Schuld dafür Rad Ilex zuschob und dann verschwand. Oder der von Draken Saphier unterrichtet worden war, zuviel gelernt hatte, und jetzt, nachdem er den Feuervogel geschaffen und Rad Ilex vertrieben hatte, immer noch frei und unbehelligt im Haus lebte. Dieser Magier wäre dann unter denjenigen, die jetzt mit dem Feuervogel arbeiteten, und konnte so den Zauber schützen. Jemand aus dem Umfeld von Brand, der ihn aus dieser Welt geschleudert hatte, den Rückweg zerstörte und nicht damit rechnete, ihn jemals wiederzusehen.

Bis ich ihn zurückbrachte, dachte sie. *Auf meinem Privatweg.* Der Magier konnte auch diesen Weg zerstören, wenn man Chrysoms Schlüssel fand.

Aber wer war es? Und warum? Und was hatte Brand gesehen, daß man ihn so grausam behandelt hatte, und er sogar in seiner menschlichen Gestalt nur durch den Schrei des Feuervogels davon sprechen konnte?

Sie streckte die Hand aus und drehte eines der Blätter um, als sei es die Seite eines Buches. Seine Unterseite war goldfarben. Sie beobachtete es eine Weile, dachte an die Silberpfade und an Draken Saphier, der die gleiche Macht wie Chrysom besaß, Brücken zwischen den Zeiten zu schlagen. Wie weit reichte diese Macht? fragte sie sich. Und warum führte einer der Pfade nach Ro Holding? Oder hatte der Vogel sich einfach in den Zeitsträngen verirrt und war einen der Wege entlanggeflohen, der später durch Zauber zerstört worden war?

Sie drehte ein anderes Blatt um. Es war dunkelblau. Blau, gold, schwarz ... Was würde die dritte Farbe sein? Hatten die Farben eine Bedeutung, oder waren sie nur eine weitere Frage des Hauses? Wenn sie es nicht umdrehte, konnte es jede Farbe haben, die sie sich vorstellte ... Sie konnte den Feuervogel suchen, Chrysoms Buch öffnen und den Weg zur Luxour beschreiten. Der Vogel würde ihr folgen. Sie würden diesem Haus der Rätsel entkommen, den befremdlichen Höflichkeiten und den verwirrenden Zweideutigkeiten. Zumindest würde die Wüste eine eindeutige Sprache reden: Erde, Fels und Licht logen nicht. Oder doch? Es gab alte Zauber in der Luxour, hatte Brand gesagt, komplizierte Dinge auch dort. Aber sie konnten Draken Saphier finden, um Brand von dem Feuervogel zu befreien. Schon allein dafür würde es sich lohnen, einen kleinen Ausflug zu machen, um Brand zu finden und von hier zu verschwinden. Aber wenn sie mit dem Feuervogel in dem gleichen Augenblick über einen der Pfade floh, in dem Draken Saphier über einen anderen Pfad zurückkehrte, würde er vor einem Rätsel stehen und zu Recht wütend sein. Vielleicht brachte sie sich selbst in Gefahr. Niemand hier außer Brand kannte sie, niemand konnte für sie seine Stimme erheben, nur ein Mann, dessen Erinnerung an sie vielleicht unter dem Schrei des

Feuervogels verborgen war. Sie hatte dem Vogel schon sein Verteidigungsmittel, die Stimme, genommen. Wer weiß, was sie ihm sonst noch angetan hatte.

Sie bewegte sich unruhig und berührte sanft das dritte Blatt, um wieder zur Ruhe zu kommen. Meguet ... wo in Saphier war sie, wenn nicht an Draken Saphiers Hof? Bei einem Magier, der sich vor Draken versteckte? Wo würde er sich verstecken?

Die Luxour. Wo die Zauber nicht berechenbar waren, wo nicht einmal ein Magier einen Magier finden konnte. Und er kannte die Wüste. Brand hatte gesagt, daß er dort geboren war, zwischen den Gerüchten von Drachen ...

Sie drehte das dritte Blatt um. Hinter ihr öffnete sich die Tür. Sie wandte sich um und sah Magior Ilel und einen seltsamen Magier an der Tür.

»Du kannst jetzt Brand sehen«, sagte Magior.

Sie erhob sich, drehte sich dann schweigend noch einmal um und blickte in die Schale. Rot wie Blut, wie Drachenfeuer, das dritte Blatt ...

»Ist es eine Frage?« fragte sie.

»Du wählst die Farben«, sagte Magior mit ausdruckslosem Gesicht. »Es ist eine Antwort.«

Sie führten Nyx durch endlose, weite Flure in Richtung eines Gebäudeflügels, der ihr nicht vertraut war. Sie öffnete ihre Sinne ein wenig und spürte eine enorme Macht, wie einen lautlosen Wasserfall. Sie berührte sie kaum, strich nur leicht über das donnernd herabdröhnende Wasser.

»Werden hier die Magier ausgebildet?« fragte sie, und Magior warf ihr einen verblüfften Blick zu.

»Beruhige deine Gedanken«, befahl sie.

»Das ist früher schon vorgeschlagen worden«, sagte Nyx nach einem Moment ruhig. »Aber das Ergebnis hat niemanden zufriedengestellt.«

»Ich wollte dich nicht verletzen«, sagte Magior förmlich. »Du bist eine Fremde in Draken Saphiers Haus. Deine eigenen Kräfte nicht sind uns unbekannt.«

Nyx blickte auf den Schatten neben sich, den der namenlose Magier warf, der hinter ihr schritt. Auf der Brust trug er das Abzeichen von Saphier. Bestimmt kannte er die tödlichen Bewegungen des Tanzes.

Sie schluckte eine scharfe Entgegnung herunter und konzentrierte sich auf ihre Umgebung. Sie waren in einen Korridor eingebogen, der mit dunklem Holz verkleidet war. Er enthielt alte geschnitzt Bilder, von denen sie annahm, daß sie sich auf die Geschichte von Saphier bezogen. Ein großer Bronzedrache hing an der zweiflügeligen Tür am Ende des Korridors. Kriegsmagier bewachten die Tür. Auf ein Zeichen von Magior spalteten sie den Drachen in zwei Teile, und Nyx erblickte Brand durch die offene Tür.

Der Raum war voller Drachen, geschnitzt in Holz, in roten Stein, in Bernstein, gemalt, auf Gobelins gestickt, mit Tinte auf die Rücken und Vorderseiten von alten Büchern gemalt, die auf Pulten lagen und auf Regalen standen. Aus den Lehnen des Stuhls, in dem Brand saß, erhoben sich Drachenköpfe, und die Stuhlbeine waren Drachenklauen.

»Du wolltest mich sprechen«, sagte Brand zu Nyx. Die Höflichkeit in seiner Stimmme erschreckte sie, bis sie sah, daß sein Gesicht genauso steif war wie seine Höflichkeit. Sie nahm an, daß der wütende und verzweifelte Schrei des Feuervogels so dicht unter der Oberfläche seiner Gedanken lauerte, daß er all seine Geduld brauchte, um zu verhindern, daß er zu seiner Sprache vordrang. Er blickte den Kriegsmagier an und dann Magior, bevor Nyx antworten konnte. »Warum ist Han hier?«

»Nur eine Vorsichtsmaßnahme ...«, begann Magior. Brand erhob sich abrupt, die Lippen zusammengekniffen.

»In Ro Holding hat mir niemand solche Aufpasser geschickt.«

»Mylord, Ihr wart ein Vogel. Und wir kennen Nyx Ro nicht.«

»Ich kenne sie. Entlaß ihn.«

Sorge und Zweifel mischten sich in Magiors Gesicht. Der Kriegsmagier beugte den Kopf und löste sich in Nichts auf.

Vorsichtig sagte Nyx: »Ich habe dich nicht gesehen, seit

wir hierhergekommen sind. Ich habe mich gefragt, wie es dir geht, und ob die Rückkehr sich irgendwie auf den Zauber ausgewirkt hat.«

»Nein«, sagte Brand kurz. Er schritt zwischen den Drachen umher, berührte hier ein Auge, dort eine Klaue.

»Es ist ein ungewöhnlich komplizierter und mächtiger Zauber«, sagte Magior voller Abscheu.

»Mein Vater wird mir helfen«, sagte Brand. »Es gibt keinen mächtigeren Magier in Saphier.«

»Wo ist er?« fragte Nyx. Wenigstens von ihm erwartete sie eine klare Antwort. Seine Entgegnung überschnitt sich mit Magiors unklarer Zweideutigkeit.

»Er wird bald zurückerwartet.«

»Er ist in der Luxour auf Drachenjagd«, sagte Brand. Er blieb stehen, um einen pechschwarzen Drachen zu betrachten, der auf etwas gemalt war, das wie eine Art Lederschild aussah. Die Augen des Drachen waren klein, bösartig und granatrot. »Das hat man mir jedenfalls erzählt. Manchmal zieht es ihn dorthin, um sein Herz zu suchen, wie er sagt. Vielleicht sucht er aber auch nach Rad Ilex.«

»Du hattest erwartet, Rad Ilex hier anzutreffen.«

»Ich dachte, er würde hier sein.«

»Rad Ilex ist an diesem Hof nicht gesehen worden, seit Ihr verschwunden seid«, sagte Magior. »Er wäre in dieser Nacht getötet worden, wenn er auch nur einen Augenblick länger hiergeblieben wäre. Das hat Euer Vater gesagt. Nur einen Augenblick.«

Nyx öffnete den Mund und schloß ihn wieder. Sie schluckte ihre brennende Ungeduld herunter. Brand sagte abrupt zu ihr: »Warum bist du dann noch hier? Ich dachte, daß du schon gegangen wärst.«

»Man bat mich zu bleiben, um mit Draken Saphier zu reden«, sagte Nyx ruhig. »Es schien eine vernünftige Bitte zu sein. Jederman scheint ihn bald zu erwarten.«

Strenge Falten erschienen auf Brands Stirn. Er schwieg einen Moment und blickte sie aufmerksam an, als hätte er trotz des gellenden Schreis des Feuervogels den leichten

Spott in ihrer Stimme gehört. Schließlich sagte er: »Die Luxour ist voller Stimmen. Das sagen die Magier. Die Wüste spricht. Die Felsen und die Stille sprechen. So sagen sie. Ich bezweifle, daß ich viel hören würde. Aber das macht es für die Magier schwierig, meinen Vater nach Hause zu rufen. Und ihn zu finden, wenn er nicht gefunden werden will, ist unmöglich. Das hat man mir gesagt. Es ist schwer für mich, geduldig zu warten. Das Äußerste, zu dem ich mich bei Mondaufgang durchringen kann, ist einfach abzuwarten. Es wäre freundlich von dir, wenn du mit mir warten könntest, wenigstens wenn ich eine menschliche Gestalt habe. Die Magier haben versucht, mit mir zu arbeiten. Sie sind nicht weiter gekommen als du. Ich glaube, niemand außer meinem Vater kann mir helfen, und was die Zauberei angeht, ist meine Geduld so gut wie erschöpft. Also. Leiste mir Gesellschaft. Wandere mit mir durch die Gärten.«

»Ich denke, wir sollten weiterarbeiten«, murmelte Magior. »Manchmal können solche Zauber unerwartet schnell gelöst werden.«

»Vielleicht kann das Mondlicht ihn lösen, wenn schon kein Magier in diesem Haus es vermag«, sagte Brand. Sein Gesicht war angespannt. Nyx hörte den lautlosen Schrei so deutlich aus ihm klingen, daß sie sich wunderte, daß die Drachen um ihn herum sich nicht in Zauberjuwelen verwandelten. Seine Großtante hörte es anscheinend auch. Ergeben beugte sie den Kopf.

»Vielleicht habt Ihr recht«, sagte sie. »Ich werde hier auf Euch warten.«

Er sprach eine Weile nicht. Er nahm Nyx' Arm mit festem Griff, als fürchtete er, der Mond könnte auch ihre Gestalt verändern. Sie verließen das Haus und schritten über die breiten Pfade aus weißem Stein, die sich um die Rosensträucher schlängelten. Nyx, die ein so förmliches Durchschreiten eines Gartens nicht gewohnt war, fand es verwirrend, besonders für eine Magierin und einen Mann, die bald davonfliegen würden. Sie legte ihre freie Hand auf seine, um ihn an ihre Gegenwart zu erinnern, und sagte: »Ich glaube ...«

»Nicht hier«, flüsterte er, und sie schwieg wieder, bis sie durch den Rosengarten in einen kleinen ummauerten Garten voller Zitronenbäume gelangten, in dem weiche Mooswege zwischen Springbrunnen und Wasserläufen, die im Mondlicht glänzten, verliefen. Er schloß das Tor hinter ihnen. Endlich lockerte sich sein Griff.

»Das ist der Meditationsgarten meines Vaters«, sagte er leise. »Niemand sonst kommt hierher.«

»In einem Haus voller Magier kann man kaum mit Privatbereichen rechnen«, meinte sie.

»Vielleicht. Aber ich bin es gewöhnt, mit dir allein zu sein. Niemand hatte mir gesagt, daß du noch hier bist. Ich dachte, du wärst aufgebrochen, um nach Meguet zu suchen.«

»Alles, was sie von mir wußten, war, daß ich dich hierher gebracht habe. Sie konnten nicht wissen, daß es dich interessiert. Hast du nach mir gefragt?«

»Nein.«

»Warum sind wir dann hier und flüstern?«

»Weil dein Gesicht sich verändert hat«, sagte er hartnäkkig. »Wachsam. Nicht nur du hast mich studiert in diesem Turm. Auch ich hatte niemanden zum Betrachten als dich. Du tust, was du willst, sagst, was du denkst. Du beugst dich zwar der Vernunft, aber nicht ohne zu argumentieren. Hier dagegen tastest du dich von einem Gedanken zum nächsten, als hättest du Angst. Nein. Keine Angst. Als seist du in Gefahr. Im Hause meines Vaters. Warum?«

»Ich bin allein in einem fremden Land, umgeben von Magiern, die eine unbestimmbare Macht besitzen, und von mehr Kriegern, als ich sie in ganz Ro Holding jemals gesehen habe. Es schien mir ratsam, ein bißchen wachsam zu sein. Wenn du einen Feind hast, hast du vielleicht auch zwei, und einer von ihnen könnte sich unter diesem Dach befinden.«

Staunend blickte er sie an. »Ich?«

»Du sagtest selbst, daß du dich nicht erinnern kannst, warum Rad Ilex dich in einen Feuervogel verwandelt hat. Wahrscheinlich um sich zu schützen gegen etwas, das du gesehen hast, etwas, das du weißt.«

»Eine Verschwörung? Im Hause meines Vaters?«

Sie seufzte geräuschlos. »Ich kann nur spekulieren. Sag du es mir. Du hast mich hierhergebracht. Ich kann mir nicht einmal vorstellen, daß dieser Ort hier unbeobachtet ist. Wahrscheinlich sind diese Goldfische darauf abgerichtet, jedes Wort zu verschlingen, das wie ein Krumen in das Wasser fällt.«

»Niemand spricht hier«, sagte er abwesend. Auf seiner Stirn waren wieder Falten erschienen. Er blickte zum Mond und dann hinunter auf einen kleinen Fisch, der wie eine orangefarbene Flamme zur Wasseroberfläche emporstieg. »Die Wache wechselt um Mitternacht. Ich achte darauf.« Seine Fäuste ballten sich. »Ich kann mich nicht erinnern, wie es sich anfühlt, im Sonnenlicht zu stehen«, sagte er mit gepreßter Stimme. »In einem Bett einzuschlafen. Zu wissen, wo ich gestern mittag war. Wenn mein Vater nicht bald kommt, werde ich selbst in die Luxour gehen und ihn finden.«

»Würde der Vogel dort hinfliegen?« fragte Nyx neugierig. Er sah sie erschöpft an.

»Er ist zu dir geflogen«, sagte er langsam. »Und hier sitzt er mit dir in diesem Haus und wartet, obwohl ich annehmen möchte, daß er meinen Vater in der Luxour finden könnte, wenn er dich in Ro Holding gefunden hat.«

»Warum Ro Holding? Wenn dein Vater die Zeitpfade an deinen Handgelenken gemacht hat, warum sollte er einen Weg nach Ro Holding gestalten?«

Uninteressiert schüttelte er den Kopf. »Ich weiß es nicht. Er hat die Muster durch Zeit und Raum nicht geschaffen. Er hat nur die Pfade geschmiedet, und ich glaube, nicht einmal er weiß, wohin sie alle führen. Ich denke, der Feuervogel ist zufällig nach Ro Holding geraten, und deine Zauberkraft hat ihn erst angezogen, als er schon dort war. Warum? Ist das wichtig?«

»Vielleicht«, sagte sie gleichmütig und dachte an die blitzenden Klingen des Ritualtanzes, die silbernen Pfade, die an jedem Handgelenk gefunkelt hatten. Brand schwieg. Er beobachtete, wie das Mondlicht gelegentlich etwas in dem dunklen Wasser aufblinken ließ.

Sehr leise sagte er: »Du könntest mich in die Luxour bringen. Der Vogel würde dir folgen.«

»Wenn dein Vater nicht bald zurückkehrt?«

»Jetzt.«

Verblüfft sah sie ihn an. »Warum nicht Magior, oder einer der anderen Magier?«

»Der Vogel folgt dir.« Er schwieg für einen Moment, und sein Gesicht entspannte sich ein wenig. »Ich folge dir. Ich bin hier im Garten meines Vaters, den niemand sonst betreten darf. Ich vertraue dir.«

»Du vielleicht«, sagte sie langsam. »Aber für niemanden sonst gibt es einen Grund, einer Magierin zu vertrauen, die sich heimlich mit dir in die Wüste davonmacht. Wenn du zum zweiten Mal verschwindest, wird es ihr Herz brechen. Sie tun ihr Bestes für dich.«

»Und ihr Bestes ist nicht besser als das, was du in diesem Turm für mich getan hast.« Seine Stimme schwankte gefährlich. »Wenn ich nur noch einen Tag länger mit einem Federkleid und Mäuse fressend verbringen muß und dann wieder ich selbst werde, ohne meinen Vater zu sehen, werde ich dieses Haus verlassen und nach Süden wandern, und niemand wird wissen, wo ich bin. Du willst selbst in die Luxour gehen. Rad Ilex wird sich dort versteckt halten. Es ist die einzige Gegend in Saphier, wo er sich vor meinem Vater verbergen kann. Und es ist der Ort, an dem Meguet gesucht werden muß.«

»Laß mich gehen«, bat sie. »Allein. Dann bist du hier, wenn dein Vater schon auf dem Rückweg ist. Wenn nicht, kann ich nach ihm suchen, und nach Meguet.«

»Nein.« Seine Hände schlossen sich plötzlich um ihre Arme. Sie fühlte die Spannung in seinem Griff. »Nein. Ich werde nicht hier warten. Ich werde jetzt gehen. Ich kenne den geheimen Ausgang meines Vaters, der aus diesem Garten und aus dem Haus hinausführt. Du kannst hierbleiben und Magior erklären, wohin ich gegangen bin.«

»Brand ...«

»Jetzt. Vor Mitternacht. Ich bin kein Magier. Wenn ich Magior einweihe, und sie es für unvernünftig hält, wird sie mich hier behalten. Sie wird schon einen Weg finden. Ich kann sie nicht daran hindern. Vielleicht bin ich unvernünftig, aber wenn ich nicht bald meinen Vater sehe, wenn dieser Zauber noch lange auf mir lastet, werde ich eine neue Stimme für den Feuervogel finden, und er wird Tag und Nacht ununterbrochen schreien, und niemand in diesem Haus, nicht einmal du, wird ihn stoppen können.«

»In Ordnung.« Sie berührte ihn sanft und schluckte trokken. »In Ordnung. Ich werde dich dort hinbringen. Jetzt. Und ich werde nicht zu Fuß gehen. Ich glaube, ich kenne einen schnelleren Weg in die Luxour.«

»Wo?« fragte er verblüfft.

»In meiner Tasche.« Sie zog die Elfenbeinkugel hervor. »Chrysoms Buch.«

Kapitel 12

Meguet wartete eine Nacht und einen Tag und eine Nacht auf Rad Ilex. Nachdem sie erst auf nächtliche Jäger gelauscht hatte und dann den Mond und die Sterne langsam sinken sah, schlief sie endlich ein, als der Himmel heller wurde und ihr zerborstene Paläste zeigte, die sich bei Sonnenaufgang in Felsen verwandeln würden. Helles Licht, das auf sie niederbrannte, weckte sie, die Hitze flimmerte über dem Boden. Sie griff nach den Schläuchen und dem Beutel, und als sie zu den nächsten Felsen rannte, um in deren Schatten Schutz zu suchen, verbrannte sie sich die Füße. Sie blieb dort sitzen und bewegte sich nur mit den wandernden Schatten. Ihre Gedanken waren so formlos und wild wie die irrsinnige Hitze. Als es wieder dunkel wurde, fand sie einen Felsblock, auf den sie kroch, weg von allen grausamen kleinen Wesen, die sie als Abendessen betrachteten mochten. Als die erste kleine Eidechse aus einer Felsspalte kroch und über sie hinwegkletterte, wäre sie vor Schreck fast von dem Felsen gestürzt. Danach teilte sie ihren Platz mit ihnen, schüttelte sie fast ebenso gleichmütig ab wie Fliegen. Der Zwang zur Untätigkeit war genauso belastend wie die Hitze. Sie nahm an, daß Draken Saphier sie der Wüste überlassen würde, wenn Rad Ilex sich nicht um sie kümmerte. Als Geist würde sie dann durch die Traumpaläste spuken. Es war widersinnig, allein mitten in der Wüste eines fremden Landes zu sterben. Aber wenn Draken Saphier die Wahrheit sagte und sie dem falschen Magier geholfen hatte, gab es keinen Grund für ihn, sich ihrer anzunehmen.

Vielleicht würde er es ihr nicht einmal mitteilen, wenn ihm Rad Ilex in die Hände fiel. Er könnte sie einfach hier zurücklassen. Dieser Gedanke raubte ihr in der zweiten Nacht den Schlaf. Sie lauschte nach Stimmen, nach Zauberei. In der schwärzesten Stunde vor der Morgendämmerung, als sogar die Winde sich etwas beruhigte, hörte sie, wie unter ihr auf dem Boden ein Kiesel knirschte.

Sie fuhr zusammen und dachte an die kleinen, scharfzähnigen Tiere. Eine Eidechse glitt über ihre Hand. Keuchend schleuderte sie das Tier zur Seite. Als sie hinunterfiel, sagte die Eidechse: »Meguet.«

Meguet spähte über die Kante des Felsen, konnte aber nichts sehen. Sie mußte abwarten, bis sie wieder auf den Felsen heraufgekletterte war, und dann verwandelte sie sich im dunklen Schatten. Rad flüsterte: »Ich weiß, daß Draken hier ist. Ich möchte, daß du vor mir wegläufst. Jetzt.«

Sie schwieg und versuchte in der Finsternis sein Gesicht zu erkennen. Genausogut hätte der verwitterte, zerklüftete Fels zu ihr reden können. »Willst du mich umbringen?«

»Was?«

»Du willst, daß mich die nächtlichen Jäger fressen.«

»Welche nächtlichen Jäger?«

»Diejenigen, die das Geräusch von Schritten wahrnehmen.«

»Wovon redest du?« Seine hauchdünne Stimme wurde etwas fester. »In diesem Teil der Wüste gibt es nur Eidechsen. Und zwischen ihnen hast du geschlafen.«

Sie schwieg mit zusammengepreßten Lippen und unterdrückte einen heftigen Wutanfall. »Draken Saphier sagt, daß es sie gibt«, zischte sie. »Du sagst, daß es sie nicht gibt. Er hat mir geraten, mich nicht zwischen sie zu wagen. Du sagst mir, ich soll loslaufen.«

»Dann glaub ihm.« In seiner Stimme war kein Ärger, aber sie spürte die Dringlichkeit, die zwischen ihnen in der Luft hing. »Ja, es gibt schreckliche nächtliche Jäger. Ja, ich will dich töten. Also renn schnell vor mir davon, Meguet, denn sie werden mehr Erbarmen mit dir haben als ich. Renn. Jetzt. Renn.«

Sie zögerte einen Augenblick und versuchte immer noch, sein Gesicht zu erkennen. Dann rutschte sie von dem Felsblock herunter und rannte über den kühlen, harten Grund. Sie sah nichts, bis hinter ihr ein Licht explodierte wie ein

Stern, der vom Himmel gefallen war und plötzlich sein fahles Licht über die schlafende Wüste warf. Sie stolperte über einen Stein, stürzte heftig und hörte keuchend Rad Ilex' plötzlichen, verzerrten Schrei. Sie unterdrückte ihren eigenen Schrei mit der Hand vor dem Mund und spürte, wie ihr Tränen in die Augen stiegen. Es gab noch einen Lichtblitz. Sie preßte das Gesicht in die Arme und fühlte, wie die Erde leicht bebte, als ob sich unter ihr die aufgescheuchten Drachen bewegten.

Dann war die Nacht wieder ruhig. Sie hörte Schritte. Und dann Draken Saphiers Stimme: »Du bist jetzt in Sicherheit. Ich habe ihn.«

Zitternd stand sie auf. Sie erkannte nur eine schattenhafte Gegenwart in der Dunkelheit. »Wo? Hast du ihn getötet?«

»Nein. Ich brauche ihn lebend, um den Zauber von meinem Sohn zu nehmen.«

Sie strich sich Haare und Sand aus dem Gesicht und versuchte, würdevoll zu sprechen, obwohl ihre Stimme zitterte. »Könntest du mir jetzt bitte meine Schuhe zurückgeben? Ich werde nach Hause gehen.«

Er schwieg. Ein dünner, weißer Lichtstrahl fuhr durch die Luft und traf in der Nähe ihrer Füße auf den Boden. Sie erblickte etwas Kleines, Vielbeiniges, das versuchte, den Lichtstrahl zu beißen, der es aufspießte. Sie erstarrte sprachlos und spürte dann wieder die dunkle Wut in sich aufsteigen, als sei sie wirklich blind, genarrt von Stimmen, Lichtern, Fragen ohne Antworten, ohne Ende: *Wer bin ich, Meguet? Wo bin ich jetzt? Und jetzt*?

»Bitte.« Ihre Stimme zitterte heftig. »Gib mir meine Schuhe und laß mich gehen.«

»Komm.« Er nahm sie am Arm. »Du willst nach Norden. Ich werde dich dort hinbringen. Du bist kaum in der Lage zu laufen, und ich schulde dir etwas für deine Hilfe, obwohl ich nicht sicher war, ob du mir glaubtest, bis du vor Rad weggelaufen bist.« Sie öffnete den Mund und schloß ihn wieder, war wieder sprachlos. »Komm mit an meinen Hof.« Sein Griff war nicht fest, aber sie vermutete, daß er sie nicht gehenlassen würde. »Wohin immer du gehen willst, von meinem Palast aus ist es näher als von der Luxour.«

Schließlich antwortete sie ihm müde. Sie benutzte sich wieder selbst als Köder, um die Wahrheit herauszufinden, denn wenn sie ihr wahres Gesicht versteckte, wurden ihr noch mehr Rätsel aufgegeben. »Dort wollte ich hingehen. An den Hof von Draken Saphier.«

Seine Stimme wurde schärfer. »Du hast den Weg durch die Wüste zu meinem Haus genommen?«

»Ich bin eine Fremde in deinem Land. Ich heiße Meguet Vervaine. Rad Ilex hat mich aus dem Haus der Herrscherinnen von Ro Holding mitten in die Luxour geschleppt. Von dort hat er mich zu seinem Dorf gebracht. Er war verletzt. Er hatte nicht die Kraft, mich zurück nach Ro Holding zu bringen. Ich habe dich erkannt, weil dein Sohn sich in Ro Holding befindet, in der Obhut meiner Cousine Nyx Ro, die eine sehr fähige Magierin ist.« Er rührte sich nicht. Sie sprach ins Nichts, in die Nacht. »Rad hatte mir ein paar Dinge erzählt, die mich dir gegenüber vorsichtig machten. Und du erzählst mir Dinge, die mich ihm gegenüber mißtrauisch machen. Was auch immer zwischen euch steht, es ist zu verwickelt, um von mir durchschaut zu werden. Vielleicht kann Brand selbst die Angelegenheit aufklären, wenn er nicht mehr in dem Feuervogel gefangen ist.«

»Ro Holding.«

»Saphier ist auf keiner unserer Karten verzeichnet.«

»Ich habe von Ro Holding gehört.«

Sie schwieg, nahm die Worte wahr, die in den fremden Wind gesprochen wurden, wie Vögel, die aus ihrem Mund stiegen und nie wieder eingefangen werden konnten. Sie fühlte eine uralte, unbehagliche Regung, nicht aus der Luxour, sondern aus sich selbst, ein leises Stimmengewirr, das durch die Zeiten klang: *Meguet, was bist du, was tust du, was tust du? Ich bin blind*, entgegnete sie ihnen wütend, verzweifelt. *Ich versuche zu sehen.*

Ein Zittern glitt durch die Nacht, als hätte auch sie ein Echo der Vergangenheit gespürt. Meguet sagte schnell:

»Dann wirst du wissen, wohin du gehen mußt, um deinen Sohn zu finden. Vielleicht weißt du sogar wie.«

»Ja.« Endlich sah sie im ersten Licht der Dämmerung undeutlich sein Gesicht. »Der Magier Chrysom wurde in Ro Holding geboren. Es scheint, daß er gerne Reisen unternahm. Er hat seinen Namen in der Luft von Saphiers Vergangenheit hinterlassen.« Sie spürte wieder seine Hand, diesmal fester. Seine Stimme war befehlend, der Distanz überdrüssig. »Komm.«

Sterne blühten aus der Dunkelheit auf, schossen als silberne Blitze an ihnen vorbei und wieder zurück, krümmten sich, kreuzten sich, drehten sich, bis es schien, als stünden sie an einem Silbernetz, das erstarrt war und sich doch gleichzeitig von ihnen entfernte. Draken sagte etwas. Die Pfade verschmolzen miteinander und verschwanden in der Dunkelheit. Außer einem. Er führte sie auf diesen Pfad.

Da waren sie, in einer großen, weiten Halle, in der Aufruhr herrschte. Meguet schaute verwirrt auf Dutzende lärmender Menschen, die in dieser frühen Morgenstunde helle Kleidung trugen, auf die Bronzelampen und magischen Lichter, die überall brannten. Sie begriff, daß sie barfuß in das Haus von Draken Saphier gewandert war. Ihr Haar war aufgelöst und verfilzt, ihr Kleidung durchgeschwitzt und staubig, die Hände verschrammt. Draken, den sie jetzt endlich einmal bei Licht sehen konnte, blickte finster auf das Durcheinander. Etwas schien ihn zu bedrücken: Tiefe Falten der Erschöpfung erschienen neben seinem Mund und zwischen seinen Brauen. Rads Schicksal belastet ihn schwer, dachte sie, wo immer er sich auch befinden mag.

Draken sagte nichts. Er nahm ein magisches Licht von einem Sims und hielt es hoch. Rote, rauchende, gekrümmte Lichtstrahlen wirbelten daraus hervor und nahmen über der Menge Gestalt an. Ein Drache flog über den Leuten; mit ausgebreiteten Flügeln und gesenktem Kopf blickte er auf die Versammlung hinunter. Plötzlich zischte er. Die Luft wurde kalt, Lichter flackerten. Draken warf das magische Licht hoch. Es blieb in der Luft hängen und beleuchtete schweigende, nach oben gewandte Gesichter. Der Drache griff nach dem Stern, hielt ihn in seinen Klauen und starrte hinein.

»Es ist eine Frage«, sagte Draken geheimnisvoll zu der schweigenden Menge. »Denkt darüber nach.« Dann fügte er hinzu: »Magior.«

Eine große anmutige Frau mit einem ruhigen, zerfurchtem Gesicht kam zu ihm. Sie beugte das Haupt. »Mylord.«

»Was soll dieses unziemliche Benehmen meines Hofes, meiner Magier?«

»Mylord ...« Sie fuhr sich müde mit der Hand über die Augen. »Euer Sohn ist verschwunden.«

»Magior ...« Die Stimme versagte ihm. Meguet fragte sich, ob der silberne Pfad sie in die Vergangenheit statt in die Gegenwart geführt hatte. »Was ...«

»Ich meine, schon wieder, Mylord. Er war seit drei Tagen hier.«

»Hier!« Er wirkte überrascht, und dann plötzlich gequält. Seine Aufmerksamkeit von seinem widerspenstigen Gefangenen abgelenkt. Als er wieder sprechen konnte, fragte er ungläubig: »Ist der Zauber gebrochen?«

»Nein, Mylord. Er wurde von einer Magierin aus einem merkwürdigen Land hierhergebracht. Einem Land, wo Magier anscheinend weder ausgebildet noch diszipliniert werden. Wir arbeiteten an dem Zauber, und weil sie darauf beharrte, ließen wir sie schließlich mit Brand sprechen. Man hat sie zuletzt gesehen, als sie Euren Meditationsgarten betreten haben. Letzte Nacht, vor Mitternacht. Danach wurden beide nicht mehr gesehen. Wir haben verzweifelt nach ihnen gesucht, Mylord. Sie sind verschwunden.«

»Wohin?« flüsterte Draken. *Nyx*, dachte Meguet. Der Name ließ sie frösteln, als sei er ein Zauber. Nyx in Saphier.

»Ich glaube nicht, daß sie etwas Böses im Schilde führt«, sagte Magior. »Brand bestand darauf, daß niemand außer Euch ihm helfen soll. Sie weiß anscheinend einiges über die Zeitpfade in Saphier, was erstaunlich ist, denn sie hatte noch nie etwas von Saphier gehört, bevor der Feuervogel nach Ro Holding geflogen kam ...«

»Die Luxour«, sagte Draken mit sorgenvollem Gesicht. Dann schien er aufzuhören zu atmen, zu denken. Es war etwas, das Meguet schon bei Nyx gesehen hatte: Sie wurde so unbeweglich, daß sie wie in die Luft gemalt wirkte. »Und deshalb ging Rad Ilex nach Ro Holding«, sagte er schließlich leise und tonlos, als wiederholte er das Ende einer Erzählung.

»Folgte er dem Feuervogel, Mylord?« fragte Magior. Er sah sie wieder an.

»Zweifellos. Was immer er damit bezweckte. Aber Brand- ...ging es ihm gut? Was hat er gesagt? Erinnert er sich an irgend etwas? Wieso konnte er überhaupt sprechen?«

»Er sagte, daß er sich noch nicht einmal an seinen Namen erinnern konnte, bevor er Nyx Ro traf, oder daran, wo er geboren war und wann. Der Zauber erlaubt ihm nur, von Mondaufgang bis Mitternacht zu sprechen.«

»Seltsam«, flüsterte er. »Und diese Magierin half ihm, sich zu erinnern?«

»Zumindest so weit, daß sie ihn hierherbringen konnte. Aber er kann sich immer noch nicht an die genauen Umstände erinnern, die zu seiner Verwandlung führten, und er verwandelt sich immer noch. Abgesehen von diesen paar Stunden ist er immer noch ein Vogel, Mylord.« Sie schüttelte den Kopf. »Es ist ein unglaublicher Zauber. Wir haben unser Bestes versucht. Er wurde äußerst ungeduldig, während er auf Euch wartete. Ich bin sicher, daß sie gegangen sind, um in der Luxour nach Euch zu suchen.«

»Ja.« Die Furchen in seinem Gesicht vertiefen sich wieder: Der Staub der Luxour hing noch an seiner Kleidung, jetzt hatte er es anscheinend mit einer ungestümen Magierin zu tun und mußte auch noch zwischen den Drachen nach einem Feuervogel suchen. Er sah Meguet an. »Deine Cousine, Nyx Ro – ist es anzunehmen, daß sie so impulsiv war?«

»O ja«, seufzte Meguet. »Aber nur, um Brand zu helfen. Sie würde ihm niemals etwas antun. Ich habe beobachtet, wie sie in Chrysoms Turm an diesem Zauber gearbeitet hat. Sie hat vielleicht nicht viel Disziplin – sie hat sich alles selbst beigebracht –, aber alles, was sie nicht kann, was sie nicht weiß, fasziniert sie. Wenn Brand ihr irgend etwas über die Luxour erzählt hat, wird sie sich durch mehr als den Feuervogel veranlaßt fühlen, dorthin zu gehen.«

»Ich verstehe«, sagte er ohne Überraschung, und Meguet begriff, daß sie eine verwandte Seele in ihm geweckt hatte.

Sie fügte hinzu: »Nyx muß auch gekommen sein, um nach mir zu suchen. Ich bin mit Rad Ilex verschwunden. Brand wird ihr gesagt haben, daß sie in der Saphier nach ihm suchen muß.«

»Mylord?« sagte Magior abrupt und starrte Meguet verwirrt an. »Ist das noch eine Magierin aus Ro Holding?«

»Sie sagt, daß sie keine Magierin ist«, sagte Draken, doch er sah Meguet einen Moment in die Augen, bevor er antwortete, und in seiner Stimme war eine Spur von Neugier. »Wir haben hier die Cousine der Magierin vor uns, Meguet Vervaine. Ich traf sie, als sie durch die Luxour wanderte. Sie ist von Rad Ilex nach Saphier gezogen worden.«

Magior hob die Augenbrauen. »Wie schrecklich«, sagte sie. »Aber warum, Mylord?«

»Das ist eine lange Geschichte«, antwortete Meguet. Sie versuchte in diesem Land der gewundenen Pfade und verschobenen Landschaften bei der Sache zu bleiben. »Ich muß in erster Linie Nyx finden und mit ihr nach Hause zurückkehren. Sie ist die Erbin von Ro Holding, und die Herrscherin wird keinen Schlaf finden, bis sie zurückgekehrt ist.«

»Und wir haben sie drei Tage lang hierbehalten«, sagte Magior besorgt. »Und jetzt ist sie in der Luxour. Mylord ...«

»Ich werde sie finden«, sagte Draken. »Auch in der Luxour bin ich in der Lage, meinen eigenen Sohn zu finden.« Er schwieg einen Moment und dachte angestrengt nach. Dann schloß er kurz die Augen, und schien sich auf einen Zauber zu konzentrieren oder über seine eigene Erschöpfung nachzudenken. Er war die Nacht über genau wie Meguet wach gewesen und hatte auf Rads Schritte gelauscht.

»Ich werde mitkommen«, sagte sie.

»Das ist nicht nötig.«

»Ich muß mitkommen.«

Er schüttelte den Kopf. »Du wirst mich nur aufhalten«, sagte er mit einer Stimme, die keinen Widerspruch duldete. »Du machst dir keine Vorstellungen von den Schwierigkeiten der Luxour. Sogar Magiern fällt es schwer, einander zu finden. Die großen Felsen scheinen die Zauberkraft zu reflektieren oder anzuziehen, sie aufzusaugen. Das Land ändert Zauberei genauso schnell wie es sein Gesicht verändert.«

»Du hast Rad Ilex gefunden«, erinnerte sie ihn und spürte die knisternde Konzentration in der schweigenden Halle. Er hob die Hand, um das magische Licht aufzufangen, das aus den Klauen des Drachen fiel, und sagte: »Ich habe mit der Luxour um ihn gekämpft und habe gewonnen. Mit deiner Hilfe.«

»Mylord ...«, flüsterte Magior.

»Ja«, sagte er knapp. »Ich habe Rad Ilex mit mir gebracht. Und jetzt muß ich zurückgehen und Brand finden. Magior, kümmere dich darum, daß Meguet Vervaine mit äußerster Höflichkeit behandelt wird.«

»Aber was wirst du mit Rad Ilex machen?« hauchte sie. »Was wird ihn halten, während du nicht da bist?«

»Wo ist er?« fragte Meguet. Sie erwartete keine Antwort, aber die ganze Halle wartete in lautloser Spannung auf seine Erwiderung.

»Ich habe ihn in einem Zeitpfad gefangen, den ich angefertigt habe«, sagte Draken. Ich habe ihn dazu gebracht, dort entlang zu flüchten und habe den Pfad dann in sich selbst geschlossen. Er hat keinen Anfang und kein Ende.« Zu Magior gewandt fügte er hinzu: »Ich kann ihn dortlassen, solange ich weg bin. Es wird nicht angenehm sein, aber auszuhalten.«

»Mylord, nehmt die Magier zu Eurer Hilfe mit, wenigstens ein paar von ihnen!«

»Nein. Wir würden uns nur gegenseitig ablenken. Ich

muß Brand und Nyx schnell finden.« Er reichte Magior das magische Licht. Sie stand da und sah ihn an, eine alte Frau mit einem Stern in den Händen. »Sorge für Ordnung im Haus, und behellige Meguet Vervaine nicht mit Einzelheiten. Zeig ihr die Gärten. Laß sie ruhen. Stell ihr keine Fragen außer denen, die jedem Fremden in diesem Haus gestellt werden. Verstehst du mich?«

»Ja, Mylord.«

»Ich werde alle Fragen beantworten, wenn ich zurück bin.«

Er verschwand, und mit ihm der Drache über ihren Köpfen. Meguet zitterten plötzlich die Knie, und sie war dankbar für Magiors festen Griff und dafür, daß sie nicht redete, während sie Meguet durch ein Dickicht neugieriger Blicke führte. Trotz ihrer Erschöpfung bemerkte sie das Silber, das jedes Handgelenk umschloß. Es schien, als ob jedermann von dem feinen Gewebe der Zeit gefangen war in ihren unendlichen Pfaden. Sie dachte nicht weiter darüber nach, nahm kaum wahr, daß sie sich wusch und etwas aß in einem Zimmer, das so voller Licht war, daß es ganz aus Gold zu bestehen schien. Kurz bevor sie einschlief, verwandelte sich das Licht in das goldene Gesicht der Luxour.

Als sie Stunden später in der Abenddämmerung erwachte, umgab sie lauter Silber. Sie hätte fast aufgeschrien, aber nicht einmal dafür reichte ihre Kraft. Das silberne Gewirr schwebte glühend mitten in der Luft, seine Stränge verschwammen in den weichen Schatten. Rad Ilex, der mitten in den endlosen Strangschichten stand, legte den Finger auf die Lippen. Die Hälfte seines Gesichtes war blutverkrustet, die andere vergoldet vom Staub der Luxour.

»Meguet«, flüsterte er. Seine Stimme schien aus einem unbekannten, geisterhaften Raum zu kommen. Sie schluckte und spürte, wie heftig ihr Herz schlug. »Wo ist er? Wohin ist er gegangen?«

»Er will Brand finden«, sagte sie schließlich. »Und Nyx. Sie haben sich auf die Suche nach ihm gemacht.«

»Nyx.«

»Sie ist hierhergekommen.«

»Nach Saphier?« Er bewegte sich langsam, als sei er in einer heftigen, brausenden Strömung gefangen. Erschrokken und fasziniert zugleich beobachtete sie, wie er sich auf nicht vorherzusehende Weise veränderte: Er wurde kleiner, er verlor die Perspektive, ein Körperteil verschwand hinter einer unsichtbaren Ecke und tauchte wieder auf. »Wo ist er?« wiederholte er.

»In der Wüste.«

»Ah«, sagte er sehr langsam. Der Ton verebbte wie eine auslaufende Welle. »Die Wüste hat ihn abgelenkt.«

»Was?«

»Sein Griff um mich hat sich ein wenig gelockert. Also bin ich gekommen, um nach dir zu sehen. Ich brauche Hilfe.«

»Das ist nicht zu übersehen«, flüsterte sie, immer noch fasziniert. »Aber warum von mir? Ich bin keine Magierin. Und als ich dich zum letzen Mal gesehen habe, hast du versucht, mich umzubringen.«

»Ich habe versucht, dich zu retten. Wenn du nicht vor mir geflohen wärst, hätte Draken uns beide angegriffen ...«

»Du hast mich belogen. Du hast gesagt, daß es nichts Gefährlicheres als Eidechsen in der Nacht gibt.«

»Ich habe nicht gelogen.«

»Draken hat etwas getötet. Mit Zähnen. Neben meinem nackten Fuß.«

Sie hörte ihn seufzen. »Meguet. Wärst du lieber mit mir hier drinnen? Ich hätte alles gesagt, um dich zum Laufen zu bringen. Außerdem habe ich nicht gelogen. Draken hat gelogen. Er hat dieses Ding geschaffen und dann getötet. Ich weiß, wie er denkt. Kannst du diese Kleinigkeiten für den Moment nicht einmal außer acht lassen?«

Sie legte ihre Hände über die Augen und sah ihn doch immer noch in der Dunkelheit hinter ihren Augenlidern schweben. »Ich konnte aus Angst vor diesen Kleinigkeiten zwei Nächte lang nicht schlafen. Aus solchen Kleinigkeiten sind große Lügen gemacht. Was willst du von mir? Draken wird Nyx mit zurückbringen, und sie und ich werden hier verschwinden. Wenn es eine Bedrohung für Ro Holding gibt, werden wir ihr dort entgegentreten.«

»Natürlich gibt es eine Bedrohung. Du kennst dieses Haus. Bewaffnete Magier tragen die Zeitpfade an ihren Handgelenken, und wie der Feuervogel dir gezeigt hat, führt einer dieser Pfade nach Ro Holding.«

Sie ließ die Hände langsam vor ihren Mund sinken. Das Blut wich aus ihrem Gesicht. Der Raum verdunkelte sich etwas, ein Schatten zeichnete sich gegen die Dämmerung ab: der jagende Drache. »Aber warum?« flüsterte sie.

»In Saphier werden Krieger herangezüchtet. Krieg ist unsere Geschichte, unser Erbe. Du hast Brand gegen mich kämpfen sehen. Die Bewegungen seines Angriffs sind so alt wie Saphier. Draken ist ein zweischneidiges Schwert: der Kriegsmagier. Sein Blick richtete sich auf Ro Holding, als er Chrysoms Aufzeichnungen hier fand. Ich habe ihm ...« Er brach abrupt ab. Sie hörte das Zittern in seiner Stimme. »Ich habe ihm den Weg nach Ro Holding gezeigt.«

»Was hast du?«

»Unabsichtlich. Er hat durch Brand erfahren, daß ich gelegentlich Chrysom besuchte. Daß ich nach diesem Schlüssel suchte. Daß der Schlüssel Zeitpfade enthält, die nicht einmal Draken kennt. Er strebt nach Eroberungen, sogar durch die Zeit hindurch, und er will die Macht des Drachen, um unbesiegbar zu werden.«

»Dazu bedarf es in Ro Holding nicht viel«, sagte sie benommen.

»Er will den Schlüssel. Hat Nyx ihn hier in Saphier?«

»Ich habe keine Ahnung.«

»Wenn es so ist, und wenn Draken das erfährt, ist sie in schrecklicher Gefahr.«

»Dieser Schlüssel.« Sie spürte wieder die plötzliche, blinde Wut auf dieses Durcheinander, das so rätselhaft war wie die Winde der Luxour, die aus jeder Richtung bliesen, in die sie der Schlüssel unausweichlich führte. »Immer wieder dieser Schlüssel. Draken hat ihn nie erwähnt. Du willst ihn. Du hast mir gesagt, daß mir von Draken schreckliche Gefahr droht. Daß er meine gelegentlichen Kräfte spüren und mich auf den Kopf stellen würde, um sie zu analysieren. Alles, was er in der Wüste getan hat, war, mir die Schuhe wegzunehmen. Alles was er hier getan hat, war, mir anstelle eines Felsens ein Bett zum Schlafen zu geben.«

»So ist er eben. Er wartet auf den richtigen Augenblick. Und dann wird er angreifen.« Als sie schwieg, sagte er drängend: »Meguet. Du mußt mir helfen. Du kannst mir helfen, hier herauszugelangen. In diesem Haus gibt es keinen Magier, der es wagen würde, auch nur einen Finger gegen Draken Saphier zu erheben. Aber du würdest seine Aufmerksamkeit gar nicht erregen. Du mußt mir helfen, mich befreien, damit ich Nyx helfen kann.«

»Ihr helfen!« Sie flüsterte kaum noch. »Alles, was du und Nyx tut, ist kämpfen. Ich werde dich nicht befreien, damit du hingehst, ihr diesen Schlüssel stiehlst und sie dann allein in der Wüste zurückläßt ...«

»Sie kennt den Weg nach Ro Holding. Sie ist schließlich hierher gelangt.«

»Ich weiß nicht, wie sie hierhergekommen ist. Du sagst mir dies, du sagst mir das – und dann sagst du mir, daß ich weiß, was du mir gesagt hast!«

»Du kennst den Feuervogel.« Er atmete schnell, und die Zeitpfade flimmerten um ihn herum. »Sein Gesicht ist das wahre Gesicht von Saphier, und sein Schrei ist die einzige Wahrheit.« Sein Gesicht verdunkelte sich. Er schien flacher zu werden, ein aufrecht stehender Schatten. »Meguet. Denk nach. Hilf mir. Ich werde zurückkommen, sobald ich kann. Wenn ich überhaupt kann.« Die Pfade verschwanden und wurden von Saphiers Nacht verschluckt. Nur seine Stimme schwebte noch im Raum, drängend und befehlend, und als sie verklang, wurde sie zu ihrer eigenen Stimme. »Wähle.«

Kapitel 13

Nyx stand mit dem Feuervogel in der Luxour.

Der Feuervogel saß über Nyx' Schulter auf einer Felskante. Er beobachtete, wie sich am Himmel über den Bergen in der Ferne ein milchiger Silberglanz ergoß. Sein Schnabel öffnete sich, und ein Saphir fiel zu Boden. Ab und zu spuckte er Juwelen statt Feuer, einen einzelnen blutroten Granat, einen Smaragd. Nyx registrierte verblüfft, daß er eine glitzernde Spur in der Wüste zurückließ, als markierte er einen Weg, auf dem Draken Saphier ihnen folgen konnte.

Sie spürte überall verborgene Kräfte, als läge ein Zauber über der ganzen Wüste, als könnten sich ihre Winde und Felsen und leeren Landstriche bei Mondaufgang in etwas völlig anderes verwandeln. Die Verwandlung schien immer kurz bevorzustehen. Außerhalb ihrer Sichtweite bewegten sich Steine, der Wind trieb Schatten über den Boden, die an nichts gebunden waren. Nicht einmal der Grund fühlte sich fest an, er schien von hallenden Räumen unterhöhlt zu sein, in denen Wesen sich regten, atmeten, träumten. Der Wind brachte seltsame Gerüche mit: Schwefel, feuchte Erde, sogar Wasser, oder eine alte Erinnerung an Wasser. Im Licht des aufgehenden Mondes nahmen die großen Felshaufen hier und dort Gestalt an. Da waren Drachenknochen und Paläste. Drachen richteten sich auf und breiteten ihre Flügel aus. Türen öffneten sich, Fenster füllten sich mit Licht.

Der Feuervogel schrie einen blauen Topas. Der Mond schwebte frei über den dunklen, zackigen Bergkette. Nyx beobachtete, wie etwas den Vogel durchlief, wie er im Moment der Verwandlung fast zu etwas anderem geformt wurde. Seine Augen verengten sich, wurden zu Schlitzen, und seine Federn erstarrten zu harten glatten Schuppen. Doch dann rutschte Brand über die Felsen herunter an ihre

Seite. Als er neben ihr stand, war er schon nicht mehr erstaunt darüber, wo er sich befand.

»Hast du das gespürt?« fragte Nyx. Sie staunte über die Laune der gedankenlosen Kraft, die für einen Moment innegehalten hatte, um mit einem Zauber zu spielen, den niemand sonst auch nur zu fassen bekam.

»Was gespürt?« fragte Brand. Er spähte in die Dunkelheit, suchte nach magischen Feuern, wartete darauf, daß sein Vater hinter einem Felsen hervortrat.

»Zwischen dem Feuervogel und dir tauchte etwas auf. Nur für einen kurzen Moment.«

Er wirkte verwirrt, schwankte zwischen Hoffnung und Furcht. »Was?«

»Es sah fast aus wie ...« Sie schwieg einen Augenblick und versuchte sich daran zu erinnern, wie es fast ausgesehen hatte: der schlanke Kopf, die harte, festgefügte Haut. Dann hatte sie es. »Wie ein Drache.«

Er starrte sie schweigend an. Dann drehte er sich um, ungeduldig, enttäuscht. »Wo ist mein Vater? Ich hatte gehofft, daß der Feuervogel ihn finden würde, zu ihm hinfliegen würde, wie er zu dir geflogen ist.«

»Ich fürchte, daß nicht einmal der Feuervogel – welche Kräfte er dir auch immer voraushaben mag – in diesem Sturm der Kräfte einen einzelnen Magier ausmachen kann.«

Er schüttelte den Kopf und sah sich immer noch suchend um. »Ich sehe nur Wüste«, murmelte er. »Felsen. Der Wind fühlt sich wie Wind an. Er riecht wie Drachenatem. Das müssen die heißen Quellen sein.« Er sah sie an. »Was jetzt? Gehen wir einfach los?«

»Ich überlege gerade«, sagte sie abwesend. Sie fragte sich, ob die ganze Luxour im Begriff war, sich in einen Drachen zu verwandeln. Im nächsten Augenblick würde es geschehen, aber dieser Augenblick hatte nach den Zeitmaßstäben der Wüste schon begonnen, bevor Ro Holding einen Namen hatte, und dauerte vielleicht so lange an, bis dieser Name längst vergessen war. »Kein Wunder, daß Chrysom hierhergekommen ist ... Er muß diesen Ort geliebt haben.« Sie zog die Elfenbeinkugel aus ihrer Tasche und öffnete Chrysoms Buch. Sie stellte fest, daß viele der Zeitpfade in der Luxour begannen und endeten. Sie schien von Rätseln durchzogen zu sein. »Ja«, sagte sie schließlich und wählte einen der Pfade. »Wir gehen einfach los.«

Der Pfad führte sie zu den Quellen. Das Wasser kochte und dampfte in der Dunkelheit. Dicke Schlammblasen blähten sich auf und platzten. Der Wind umhüllte sie mit Dampfschwaden und trieb sie schnell wieder weg, als sie zu husten begannen. Über dem Brodeln des Wassers und dem Rauschen des heftigen Windes registrierte Nyx ein dumpfes und gleichmäßiges Geräusch, ein Pulsieren in der Erde, so tief, daß sie es mehr fühlte als hörte. Sie berührte Brand.

»Spürst du das?«

»Was?« fragte er mit neu erwachter Aufmerksamkeit. »Verwandele ich mich?«

»Nein. Es ist wie ein Herzschlag.«

Er lauschte. »Nein.« Er strich herum, spähte in Felsspalten, in die das Mondlicht fiel, studierte bleiche Kristalle, die die Ränder der Quellen säumten. Dann kam er zu ihr zurück. »Nyx«, sagte er, und sie spürte das Flehen in seiner Stimme. Die Zeit verlief für ihn auch in der Luxour nicht langsamer.

»Ja«, sagte sie. Der Wind brachte aus dem Nichts einen Winterhauch mit sich, und neugierig folgte sie dem kalten Luftstrom.

Jetzt hörte auch Brand den Herzschlag. Er drang aus einem Loch in der Nacht, einem Ort, an dem es so kalt war, daß seine Ränder vereisten. Einen Augenblick vergaß er den Feuervogel. »Ist es ein Drache?« flüsterte er, als könnte er in seiner Aufregung den Drachen wecken.

»Ich weiß es nicht.«

»Was sonst könnte die Wüste in Eis verwandeln?«

»Ich dachte, daß sie Feuer spucken ... Ich frage mich, ob Chrysom es erwähnt.« Sie öffnete das Buch wieder. Seiten blätterten sich schnell um und zeigten ihr, woran sie dachte: *Der Eisdrache ... Er existiert,* hatte Chrysom geschrieben, *in einer Zeit, die zwar zugänglich, aber nicht zu empfehlen ist. Sie ist sehr kalt, und der Drache ist furchteinflößend, wenn er sich erhebt, ein Monster mit nachtschwarzen Schuppen und weißen Augen. Er wird dem Zeitpfad folgen, wenn du ihn nicht hinter dir schließt.*

»Was schreibt er?« fragte Brand.

»Er hat den Drachen gesehen.« Das Buch vor ihrem inneren Auge verschwand in Nebeln. »Er hat einen Zeitpfad zu ihm gemacht. Ich frage mich, ob alle seine Pfade durch die Luxour zu Drachen führen ...«

»Wenn du einen Drachen freilassen könntest, würde das meinen Vater anlocken.«

»Und was mache ich dann mit dem Drachen?«

»Darum könnte mein Vater sich kümmern. Er wollte schon immer einen Drachen zu Gesicht bekommen.«

»Es könnte deinen Vater erzürnen, wenn ich in Saphier einen Drachen loslasse. Chrysom hat sie in Ruhe gelassen.«

»Diese Vorsicht paßt gar nicht zu dir«, bemerkte Brand.

»Und diese Unbesonnenheit paßt nicht zu dir.«

Zu ihrer Überraschung sah sie ihn im Mondlicht lächeln. Die seltsamen Zauber der Luxour zeigten eine Wirkung bei ihm. »Mein Großvater war ein Drache«, erinnerte er sie. »So sagt man. Mein Vater sagt, das Herz der Macht ...«

»... ist ein Drachenherz.«

»Wir sollten vielleicht nach meinem Großvater suchen. Wir könnten nachsehen, ob etwas über ihn in dem Buch des Magiers steht. Über einen Drachen, der die Gestalt eines Mannes annehmen konnte. Meine Großmutter fand ihn nicht furchteinflößend. Wenn du diesen Drachen finden würdest, wäre mein Vater in deiner Schuld. Er wollte immer seinen Vater kennenlernen.«

Sie schwieg und dachte an den Geruch von Winter und die zeitlose Finsternis der Eisdrachenhöhle. Sie fragte sich, ob er solche Dinge auch außerhalb seiner eigenen Welt machen konnte. Einen ewigen Winter über ein Land hauchen, es mit Eis überziehen? *Ein Monster,* hatte Chrysom geschrieben. Was mochten die anderen Drachen anrichten, wenn sie losgelassen wurden? Nervös atmete sie tief durch.

Sie fing an zu begreifen, was sie in ihrer Tasche trug und so gedankenlos in ein Land gebracht hatte, das von einem Drachensohn regiert wurde, der Zeitpfade schmieden konnte, aber nicht ihre Richtungsmuster. Um Drachen zu finden, würde er die Muster benötigen, die sie gefunden hatte …

Aber es war Rad Ilex, der nach dem Schlüssel suchte, nicht Draken Saphier.

»Nyx?« In Brands Stimme lag ein Flehen, diesmal nach Drachen.

»Nun gut«, sagte sie gedehnt. »Ich werde nachsehen, ob Chrysom von einem Drachen berichtet, den er nicht furchteinflößend fand.«

Sie fand einige, nachdem sie sich so in das Buch vertieft hatte, daß Brand verschwunden war, als sie ihre Suche beendete. Sie sah sich verwirrt nach dem Feuervogel um und fand schließlich Brand. Er stand fröstelnd in der Eishöhle und lauschte dem Herzen der Macht.

Der Pfad, den sie wählte, endete in einem der großen Felsmassive. Die Winde waren dort heiß und trocken, als wollten sie gleich in Flammen aufgehen. Sie spürte keinen Herzschlag, aber ein merkwürdiges Nachgeben des Bodens unter ihren Füßen, als rieselte die Erde hinweg wie der Sand in einer Sanduhr. Ein leichtes Zittern durchlief die Felsen. Nyx blickte auf und packte Brand für den Fall, daß sie eine Tür ins Nichts öffnen mußte, um nicht von einem großen Felsen erschlagen zu werden. Während sie ihren Blick in die Höhe richtete, formte sich der riesige Felsblock zu hoch emporragenden Mauern, halb eingestürzten Türmen, mondbeschienenen Fenstern.

»Es ist ein Palast«, flüsterte sie.

»Es sind nur Steine«, sagte Brand. Seine Stimme war wieder angespannt. Der Mond setzte seine unerbittliche Wanderung in Richtung Mitternacht fort. »Was sagt Chrysom über diesen Drachen?«

»Er ist feuerrot und atmet Flammen. Aber immerhin, als er begriffen hatte, daß Chrysom harmlos war, brach er seinen verderblichen Angriff ab und ließ ihn an sich herankommen. Chrysom sagt, daß sein Auge wie eine Pforte wirkte, durch die er hätte schreiten können.«

»Was bedeutet das?«

»Daß er riesig ist.«

»Was noch? Hat er gesprochen?«

»Er liegt in einem Feuerring.«

»Hat er etwas gesagt?«

»Die Sache ist doch die: Man kann einen Feuerangriff nicht überleben.«

»Chrysom hat es getan.«

»Chrysom war ein Magier.«

»Hat er etwas gesagt?« fragte er noch einmal geduldig, und sie seufzte.

»Chrysom sagt, daß er interessante Vorschläge in einer faszinierenden, aber rätselhaften Sprache machte.«

»Was heißt das?«

»Ich bin mir nicht sicher.«

»Vielleicht ist er mein Großvater«, meinte Brand hoffnungsvoll. »Wenn er schon einmal einen Menschen gesehen hatte, wußte er, was meine Großmutter war, als er sie Jahrhunderte später traf.«

»Wie hat sie ihn gefunden?« fragte Nyx verwirrt. »Oder hat er sie gefunden? Hat er wegen einer seltsamen Sehnsucht nach einem menschlichen Erben für seine Macht seinen eigenen Zeitpfad nach Saphier beschritten?«

»Niemand weiß es«, sagte Brand. »Sie war eine Kriegsmagierin wie mein Vater, sehr mächtig, obwohl sie keine Magier ausgebildet hat. Sie muß hergekommen sein, um Drachen zu suchen. Der Drache hat vielleicht zugelassen, daß sie ihn findet. Aber ich frage mich, warum.«

»Vielleicht war er wie Chrysom sehr mächtig und sehr neugierig. Vielleicht reiste er gerne. Er hatte vorher schon Menschen gesehen, und er näherte sich deiner Großmutter in dieser Gestalt, um sie nicht zu erschrecken.« Sie schüttelte den Kopf. »Das klingt nicht so, als wäre es dieser Drachen. Dieser hier schläft gerne im Feuer. Er reist nicht.«

»Noch andere Drachen als mein Großvater müssen Reisen

unternommen haben«, bemerkte Brand. »Seit Jahrhunderten dringen Legenden von Drachen aus der Luxour. Du hast den Drachenraum meines Vaters gesehen. Einige dieser Dinge sind sehr alt.«

»Wie viele Drachen sind wohl erforderlich, um eine Legende zu begründen?«

Er zögerte. »Keiner«, gab er zu. »Manche Leute sagen, der einzige Drache, der jemals gesehen wurde, stammte von einem Magier, der in der Luxour einen Alptraum hatte. Doch es gibt sie hier«, sagte er leise aber bestimmt. »Sogar ich kann sie spüren. Chrysom hat sie gesehen.«

»Ja.«

»Dann finde einen anderen. Einen, den ich sehen kann wie du. Vielleicht erkennt er meine Großmutter in mir. Sie hatte langes schwarzes Haar und blaue Augen.« Seine Hand schloß sich leicht um ihren Arm. »Bitte. Ich bin nicht in der Verfassung, mich von Risiken abschrecken zu lassen.«

Sie öffnete wieder das Buch.

Der nächste Pfad endete unter der Erde. Sie standen in sternloser Finsternis, umgeben von einem donnernden Brausen. Nyx ließ ein magisches Licht aufleuchten, damit Brand etwas sehen konnte. Sie fand überall Wasser, dunkle Flüsse und Wasserfälle, in denen sich ihr Licht verzerrt spiegelte. Das magische Licht erfüllte eine riesige Höhle um sie herum. Ihre Wände und die Decke verschwanden jedoch im Schatten. Brand, dem das Wasser eines nebligen, brausenden Wasserfalls auf dem Gesicht perlte, fragte ungläubig: »Sind wir immer noch in der Wüste?«

»Chrysom behauptet es.« Sie sah sich um. Auf ihrem Haar schimmerten Wassertropfen. »Wie merkwürdig ... Es ist, als errichteten die Drachen ihre eigenen kleinen Welten in der Luxour.«

Angezogen von dem herabstürzenden Wasser stolperte er im Dämmerlicht herum. Sie hörte ihn platschen. »Was schreibt er über diesen hier?«

Sie zog das Buch wieder zu Rate. »Dieser Drache ist knochenweiß, mit Augen wie blaues Wasser. Er erkennt die menschliche Gestalt. Er ist ein Gestaltenwandler, ein Imitator, der jede Gestalt annehmen kann ...« Brand öffnete den Mund, aber sie hielt ihre Hand hoch. »Er ist ziemlich alt und verwandelt sich sehr langsam. Es ist für ihn mittlerweile sehr anstrengend. Sein Atem ist eine Art weißes Glühen, das ihn einhüllt, wenn er schläft. Der Nebel ist selbst eine Kraft. Er scheint ein kompliziertes Labyrinth zu sein, eine Zeitfalle, in der Unvorsichtige sich leicht verirren können, wenn der Drache nicht gestört werden will. Offensichtlich hat Chrysom ihn zur rechten Zeit angetroffen.«

»Kann er sprechen?«

»Chrysom schreibt, daß er die Gabe der Kommunikationsfähigkeit besitzt.«

»Dann laß uns mit ihm kommunizieren«, sagte Brand. Nyx blickte über das Buch in ihrer Hand hinweg in sein entschlossenes Gesicht. »Vielleicht kennt er meinen Großvater wenigstens.«

»Nun«, sagte sie nach einem Augenblick. »Ich glaube, es hat keinen Sinn, jetzt vorsichtig zu sein.«

»Es kostet auch viel Zeit.«

»Wenn wir beide gefangen werden, muß ich deinem Vater wenigstens nicht erklären, was aus dir geworden ist.«

»Chrysom war auch nicht vorsichtig«, erinnerte er sie. »Und er hat überlebt und konnte das Buch schreiben.«

»Das ist wahr«, sagte sie, unternahm aber nichts.

»Fürchtest du dich vor Drachen?« fragte er. »Ich dachte, du hast vor nichts Angst.«

»Ich scheine vorsichtiger geworden zu sein«, gab sie zu. »Es gab einmal eine Zeit, in der ich wie Chrysom jeden Weg zu jedem Drachen beschritten hätte, einzig und allein, um sie in all ihrer Macht zu sehen. Damals ging ich davon aus, daß ich auf niemanden als auf mich selbst Rücksicht zu nehmen habe, und daß die Anhäufung von Wissen jeglicher Art wichtiger sei, als immer unversehrt nach Hause zu kommen.«

»Ich bin nicht unversehrt«, sagte Brand bitter. Doch er hörte ihr zu. Sein Blick ruhte auf ihrem Gesicht. Bewegungslos stand er mit verschränkten Armen vor ihr, während hinter ihm das dunkle Wasser endlos hinunterstürzte.

»Das hier ist nicht mein Land«, sagte sie. »Du gehörst nach Saphier. Ich habe dich bis hierher gebracht, und ich bin in der Luxour für dich verantwortlich. Wenn ich dich an die Zeit verliere, wird Saphier um dich trauern und mich verfluchen, und wenn ich uns beide verliere ...«

» ...wird Ro Holding seine Erbin verlieren.«

»Ich bin es nicht gewohnt, so vernünftig zu sein«, sagte sie entschuldigend. »Aber ich habe schon Meguet durch meine Eigenwilligkeit irgendwo in Saphier verloren, und ich traue mich nicht, dich auch noch zu verlieren. Ich kann nicht mein Leben damit verbringen, Leute in die verschiedensten Zeittümpel zu stoßen, aus denen sie vielleicht nie wieder herauskommen. Es gibt nicht viel, wovor ich Angst habe. Aber ich habe ein bißchen Angst vor mir selbst. Und ich habe eine höllische Angst davor, daß dir etwas geschieht.«

Er stand schweigend da, immer noch reglos, die Stirn in Falten, einen merkwürdigen Ausdruck in den Augen. Dann blinzelte er, und der Ausdruck verschwand. »Das ist komisch«, sagte er.

»Was?«

»Ich dachte, ich bin für dich nur ein Rätsel, das gelöst werden muß. Und daher dachte ich, daß du nur eine Magierin bist, die ein Rätsel zu lösen hat. Und jetzt ...« Er zögerte.

»Und jetzt?«

»Jetzt frage ich mich, wer du sein würdest, wenn ich nicht ein Mann wäre, der in einem Zauber gefangen ist. Anstatt mich vor der Mitternacht zu fürchten und die Zeit an mir vorbeirasen zu sehen, wie dieses schwarze Wasser hier, könnte ich dir zur Abwechslung einmal ein paar Fragen stellen.«

Sie schwieg, sah ihn jetzt mit anderen Augen, so als sei er für einen Augenblick an diesem Ort jenseits der Welt nicht mehr von dem Feuervogel in seinem Innern geplagt. Er gehörte nur zu ihm, und sie kannte ihn und kannte ihn doch nicht. Versuchsweise fragte sie: »Was für Fragen?«

»Alle möglichen. Warum du immer deine Schuhe ausziehst.«

»Weil mich Schuhe stören, wenn ich über etwas nachdenke.«

»Oder wie du erkannt hast, daß du eine Magierin bist, als du jung warst und niemand bei dir zu Hause dir sagen konnte, daß du eine bist.«

»Ich hatte Chrysom«, sagte sie. Sie bewegte sich nicht, gefangen von seiner seltsamen Ruhe. Die kleine Elfenbeinkugel hielt sie in der Hand, das magische Licht brannte zu ihren Füßen. Wassernebel umhüllten sie beide, glitzerten im Licht: die schimmernde Zeitfalle des Drachen. Sie beobachtete die Bewegung des Lichts in seinen Augen, das kobaltfarbene Flackern unter seinen dunklen, schrägen Augenbrauen.

»Chrysom ist tot.«

»Chrysom hat uns hierhergebracht.«

»Bist du immer seinen Lehren gefolgt?«

»Nein.«

»Die Magier meines Vaters stellen ihm selten in Frage. Aber der Feuervogel folgt dir. Als wäre da bei dir noch etwas anderes als magische Kraft.« Er bewegte sich. Sein Gesicht wurde deutlicher, wie aus Licht und Schatten gemeißelt. Auf seinen Backenknochen glänzten die Wassertropfen. »Was, glaubst du, weiß der Feuervogel?«

»Daß er bei mir vielleicht in Sicherheit ist.«

»Willst du damit sagen, daß ...«

»Nein. Nur, daß er nicht nach Hause in Sicherheit fliegen konnte. Also flog er zu mir.« Sie schwieg, den Mund leicht geöffnet, und versuchte sich zu erinnern. »Eine seltsame Wahl, wenn man es recht bedenkt.«

»Wieso?«

»Vor nicht allzu langer Zeit lernte ich in einem Sumpf die Zauberei. Ich verbrannte Vögel in meinem Feuer und las die Zukunft aus ihren Knochen.«

»Tatsächlich?«

»Ich dachte ... eine Magierin müßte alles wissen, egal, was der Preis für dieses Wissen ist. Also versuchte ich, alles zu lernen.«

»Hast du es getan?«

»Ich habe gelernt, die Vögel in den Bäumen zu lassen.«

Er lächelte. Sein Gesicht verlor seinen harten, wilden Audruck, und sie beobachtete fasziniert, wie er sich wieder in einen Fremden verwandelte: in jemanden, der in seiner vergessenen Vergangenheit gelernt hatte zu lachen, der geliebt worden war. »Außer dem Feuervogel.« Er setzte sich wieder in Bewegung, verringerte mit jedem Schritt den Abstand zwischen ihnen. Licht fiel über ihn, fing sich in den Kleiderfalten über seiner Brust, hob die gerade Linie seiner Schultern hervor. »Außer dem Feuervogel. Deine Augen haben jetzt soviel Farbe. Wie kommt es, daß sie sich derartig verändern können?«

»Das passiert, wenn ich an einem Zauber arbeite.« Sie schwieg, hatte sich kaum reden gehört, wollte die Hand ausstrecken und einen glitzernden Wassertropfen an seiner Kehle berühren. »Und wenn ich wütend bin. Und wenn ich etwas finde – etwas, das mich außerordentlich interessiert.«

»Und woher kommt es jetzt?«

»Ärger ist es wahrscheinlich nicht.«

Er schluckte. Der funkelnde Stern an seiner Kehle bewegte sich. »Wahrscheinlich arbeitest du an einem Zauber«, sagte er mit rauher Stimme.

Sie schüttelte den Kopf. »Das tue ich nicht.«

»Dein Aussehen verändert sich.«

»Wirklich?«

»Du hast vorher wie eine Magierin ausgesehen.«

»Wie sieht eine Magierin aus?«

»Wie ein geschlossenes Buch voller seltsamer und zauberhafter Dinge. Wie die geschlossene Tür zu einem Raum voller merkwürdiger Geräusche und Lichter, die unter der Tür hervordringen. Wie ein schönes Gefäß aus dickem farbigen Glas, das etwas Glühendes enthält, das man nie richtig sehen kann, wie immer man das Glas auch dreht.«

»Und jetzt?« flüsterte sie. Er trat nah an sie heran. Das Licht zu ihren Füßen warf Schatten über seine Augen und betonte die geraden Linien seines Mundes.

»Jetzt bist du nicht verschlossen«, sagte er mit weicher Stimme. »Jetzt läßt du mich sehen.«

Er schob seine Hand unter ihr Haar und um ihren Nacken. Sie sah, wie Licht in einem Wassertropfen in der Nähe seines Mundwinkels zitterte. Er beugte seinen Kopf zu ihr hinunter. Das Licht sprang von einem Wassertropfen zum nächsten über sein Gesicht und verschwand dann. Sie schloß die Augen, und er war verschwunden. Ihre eigene Hand streichelte Luft, ihr Gesicht hob sich einem Traum entgegen. Tief in ihrem Innern hörte sie seinen Schrei: die Stimme des Feuervogels, die sich losgerissen hatte. Sie hörte ihren eigenen Schrei und öffnete die Augen. Ein Edelstein fiel ihr vor die Füße.

Sie betrachtete den Feuervogel aus Augen, die so farblos waren wie Mehl. Er spreizte seine Flügel und schrie lautlos, als er sich in die Schatten erhob. Ringsum stieß er an Steinwände, es gab keinen Ausweg. Wütend kreiste er in der Höhle, und sie drehte sich hilflos im Kreis, um ihn zu beobachten. Sein wilder Flug wurde langsamer, er schraubte sich zu ihr herab, und endlich umfing ihn das fahle, glühende Licht, das versuchte, das dunkle, brausende Wasser in Gold zu verwandeln. Der Vogel ließ sich zu ihren Füßen nieder. Sie kniete sich neben ihn und berührte seine Brust sanft mit den Fingerspitzen. Dann erhob sie sich und öffnete einen Pfad zurück in die Mitternacht.

Kapitel 14

Meguet starrte auf einen Wasserfall, der aus einer festgefügten Wand kam und in dem Steinboden verschwand. Das Wasser floß geräuschlos und ununterbrochen, ein dünner, gleichmäßiger Strom, der teilweise so weit auseinanderfächerte, daß er sich in feine, schimmernde Fäden zerteilte, bevor er verschwand. Zauberei, dachte sie und versuchte, ein Gähnen zu unterdrücken. Sie hatte schlecht geschlafen, nachdem sie Rad Ilex in seinem Gefängnis gesehen hatte. Ihre Träume waren flüchtig, schienen aber voller böser Omen und dringender Warnungen zu sein, die sie nicht richtig zu deuten vermochte. Als Magior am Morgen erschien, hoffte Meguet, daß man sie zu einem friedlichen Plätzchen brachte und sich selbst überließ. Aber Magior schien der Ansicht zu sein, daß sie etwas Bewegung brauchte, obwohl ihr jeder Knochen schmerzte vom Laufen über Feuer und Schlafen auf Felsen.

»Ist er echt?« fragte sie, denn Magior schien auf eine Bemerkung zu warten. »Kann ich ihn berühren?«

»Das kannst du«, antwortete Magior. Meguet berührte vorsichtig einen Wasserstrahl. Er teilte sich sofort und bildete einen Doppelstrahl. Gedankenlos steckte sie ihren Finger in den Mund und wurde dann rot.

»Entschuldige. Ich muß gedacht haben, daß ich immer noch in der Wüste bin. Ich bin sehr müde.«

Magior ging auf diesen Wink nicht ein und schritt weiter durch die Halle. Sie befanden sich in irgendeinem Stockwerk, in irgendeinem Flügel des riesigen Hauses. Meguet hatte keine Ahnung, wie weit sie gegangen waren. Die langen weißen Flure und lichtdurchfluteten Räume wirkten alle gleich. Sie erinnerte sich an Nyx' seltsames Haus im Sumpf, das sich endlos diesseits und jenseits der Erinnerung erstreckt hatte. »Ist das Haus Wirklichkeit?«

Magior sah sie erstaunt an. »Das hat noch nie jemand gefragt.«

»Es scheint, als würden wir immer durch denselben Flur gehen und durch ein paar Räume. Nur die Dinge in ihnen unterscheiden sich. Dieser Ort hat etwas Zeitloses. Als würde er permanent neu geschaffen.« Als Magior schwieg, fügte sie entschuldigend hinzu: »Mein Verstand durchwandert immer noch die Luxour und sieht überall merkwürdige Dinge.«

»Ja«, sagte Magior teilnahmslos. Sie führte Meguet in einen Raum voller Gold.

Es war unglaublich: eine unschätzbar wertvolle Sammlung von Pokalen und Urnen, Vasen, Tellern, Leuchtern und Körben, die aus flachen Goldsträngen geflochten waren, auf kleinen, verzierten Tischen. Sogar ein Kopf, der aus Gold gegossen war, kleine Vogelstatuen, Lampen, ein Strauß goldener Blumen. Während Meguet die Sammlung betrachtete, nahm das Gold die Farben der Luxour an, die Farben des Staubes und eines Lichts, das so voller goldenem Glanz war, daß es unmöglich kostenlos strahlen konnte. Sie folgte Magior durch den Raum. Sie blieb vor einem runden, dreibeinigen Goldtisch stehen. Auf dem Tisch stand eine einfache Schale, die aus schwarzem Holz geschnitzt war.

Meguet betrachtete sie und war sich dabei bewußt, daß Magior sie schweigend ansah. »Es muß ein Land geben, in dem Holz wichtiger ist als Gold«, meinte sie schließlich. »Aber irgendwie glaube ich nicht, daß Saphier dieses Land ist. Was ist das? Eine Art Test?«

»Sozusagen«, erwiderte Magior ruhig. »Es gibt keine Antworten. Nur Erwiderungen. Manche sehen das Holz als wertvoller an als das Gold. Andere finden seine Gegenwart beunruhigend und wollen, daß es entfernt wird.«

»Testet ihr immer eure Gäste?«

»Nein.«

»Warum dann mich? Weil ich eine Fremde aus einem anderen Land bin? Ist meine Gegenwart beunruhigend?«

»Nein«, sagte Magior schnell. »Nur die Umstände, die dich hierhergebracht haben.«

»Du meinst Rad Ilex.«

»Ich meine Brand Saphier. Rad Ilex ist kein Problem mehr. Er existiert nur noch in Draken Saphiers Kopf. Ich weiß, daß du müde bist und Ruhe brauchst. Darf ich dir noch einen Raum zeigen? Ich verspreche dir, daß ich dich dann in die Gärten bringe.« Sie ging los, ohne eine Antwort abzuwarten. Meguet folgte ihr verblüfft durch einen unendlichen Korridor, ein oder zwei Treppen hinauf, durch einen weiteren Flur, bis sie glaubte, daß ihre Füße einfach stehenbleiben und im Boden Wurzeln schlagen würden. Sie würde dann zu einem der Rätsel des Hauses werden, und andere Gäste würden sie beunruhigend finden und ihre Entfernung verlangen.

Ein Drache ragte vor ihr auf. Sie blieb wie angewurzelt stehen und blinzelte. Er war an einer Flügeltür befestigt, die jetzt von bewaffneten Soldaten geöffnet wurde, so daß der Drache in zwei Teile zerbrach. Der Raum hinter der Tür war voller Drachen. Sie blieb in seiner Mitte stehen und drehte sich langsam im Kreis. Sie hatte sich Drachen nie in so lebhaften Farben vorgestellt, mit unterschiedlichen Gestalten und Gesichtsausdrücken. Sie waren in Fahnen und Teppiche gewebt, aus Bronze und Ton geformt, auf Holz und Seide gemalt, in Stühle, Gitter und Kästen geschnitzt. Sie versuchte, sie alle zu betrachten, versuchte, überall gleichzeitig hinzusehen, bis ihr Blick an einem hängenblieb, der ihre ganze Aufmerksamkeit auf sich zog.

Er war auf einen Schild gemalt: ein schattenschwarzer Drache, mit Schattenflügeln und blutroten Augen, die so bösartig waren, daß ihr Herz zu pochen begann, als sie ihn ansah. Hinter ihr verhielt Magior sich so ruhig, daß sie ebensogut hätte verschwunden sein können.

»Ist er echt?« fragte sie schließlich. Ihre Stimme klang dünn und gespannt.

»Warum dieser?« fragte Magior abrupt. »Warum nicht andere, die viel schöner sind, viel geheimnisvoller?«

»Dieser hier ist erschreckend. Was erschreckt, fasziniert auch.«

»Auch Schönheit fasziniert. Warum fürchtest du dich vor diesem? Er besteht nur in der Vorstellung: Keiner von ihnen ist echt. Warum hast du gerade diesen als die eine Wirklichkeit im Raum gewählt?«

Meguet drehte sich um. Sie schloß kurz die Augen und spürte die Müdigkeit in ihnen, heiß und trocken wie Staub. »Ich wollte nichts Beleidigendes sagen«, meinte sie. Aber die alte Frau sah sie mit düsterer Miene an.

»Du bist mehr als nur eine Fremde. Wenn ich dich einordnen müßte, hätte ich meine Schwierigkeiten ... Aber du hast doch die Kraft gespürt, als wir durch den Korridor gegangen sind, nicht wahr?«

»Was?« Meguet schüttelte verblüfft den Kopf. »Ich verstehe nicht.«

»Die magische Kraft. Deine Cousine hat sie gespürt.«

»Ich bin keine Magierin.«

»Vielleicht nicht. Aber Draken hatte recht, als er mich bat, dich zu befragen. Deine Antworten sind nicht unberührt, selbst wenn man die unvertraute Umgebung in Betracht zieht.«

»Unberührt wovon?«

»Von Erfahrung«, sagte Magior. Sie sah den Ausdruck in Meguets Gesicht. Die Falten in ihrem eigenen Gesicht bewegten sich.

»Draken bat dich, das zu tun?« flüsterte Meguet.

»Du machst ihn neugierig. Du bist in seinem Haus. Er interessiert sich für alle in seinem Haus.« Sie drehte sich um. »Komm. Ich habe dir versprochen, damit aufzuhören. Es tut mir leid, daß es dich aufgeregt hat. Das war nicht Drakens Absicht.«

»Was war dann seine Absicht?«

»Festzustellen, ob du Macht besitzt. Manchmal wissen es die Betreffenden gar nicht. Komm mit mir. Ich bringe dich an einen ruhigeren Ort. Einen Ort ohne Drachen.«

Meguet wanderte allein zwischen Rosensträuchern hindurch. Wohin sie ihren Blick auch richtete, immer sah sie das riesige Haus vor sich: eine abgeschlossene Welt, fixiert auf den Zeitpfad in seinem Herzen. Meguet konnte ihren unruhigen Gang nicht abbrechen, obwohl er sie nirgendwo hinführte. In einiger Entfernung sah sie durch die Rosensträucher die Manöver der Palastwache, einer leuchtenden Armee, die mit wirbelnden Stöcken hantierte, während sie ihr altes Ritual durchführte. »Ritual«, war das Wort, das Magior ihr gegenüber benutzt hatte. Sie hatte erklärt, daß es eher eine Meditationsübung sei. Es gab jedoch mehr Meditierende, als Ro Haus an Bewohnern zählte. Und man hatte ihr gesagt, daß die Kriegsmagier nicht einmal dabei waren.

Sie beobachtete ihre Schrittfolgen und nahm an, daß sie selbst dabei von irgend jemandem irgendwo beobachtet wurde. Sie gestand sich ein, daß es nicht schwierig war, sich die Chancen einer einzigen Magierin, wie mächtig sie auch immer sein mochte, gegen eine Armee auszurechnen, die durch die Zeit marschieren konnte. Der rotäugige, bösartige Drache tauchte wieder vor ihrem inneren Auge auf: Zerstörer, Todbringer. Von all den Drachen, die Magior ihr zeigte, hatte sie diesen einen erkannt.

Der Drache jagt den Jungen Schwan.

Aber welcher Drache? Draken Saphier? Oder die Drachen der Luxour, die Rad Ilex so sehnsüchtig zu sehen wünschte?

Draken wollte auch den Schlüssel. Das hatte Rad jedenfalls behauptet. Es war besser, den Magier die Drachen in der Saphier gegen diese Armee heraufbeschwören zu lassen, als zu dulden, daß diese Armee ihren blutigen Tanz in Ro Holding aufführte, dachte sie kalt. Rad hatte in der Luxour nach Drachen gesucht. Draken hatte den Magier gesucht, der seinen Sohn verzaubert hatte. Draken hatte ihr das Leben gerettet, obwohl er wußte, daß sie seinen Feind beschützte. Und doch traute er ihr nicht: Er hatte sie von Magior ausfragen lassen. Meguet fragte sich unbehaglich, wie weit er in seiner Neugier gehen würde.

Der Drache jagt den Jungen Schwan.

Draken Saphier war in der Luxour und suchte seinen Sohn. Und der war bei Nyx.

Rad, nicht Draken, war nach Ro Holding gekommen, um

einen Schlüssel zu stehlen. Rad hatte Draken Saphier als die Bedrohung für Ro Holding bezeichnet, und doch träumte er selbst Drachen in der Luxour, sehnte sich danach, sie freizulassen. Er sagte, daß Draken Chrysoms Schlüssel wolle. Und doch hatte er selbst einen ganzen Rat verzaubert, um ihn zu erlangen. Und sowohl Brand als auch Draken behaupteten, daß er Brand Saphier genauso verzaubert habe, aber sein Zauber war nicht stark genug, um Brands Wut in dem Vogel zu verschließen. Andererseits war es der Zauber des Feuervogels gewesen, der Rad verletzt hatte: Er sei geschaffen worden, um ihn zu töten, hatte er behauptet.

Müde ließ sie sich auf eine Steinbank nieder. Ob Nyx den Schlüssel bei sich hatte? fragte sie sich. Sie hatte ihn vielleicht mitgebracht, um mit Rad um Meguet verhandeln zu können. Vielleicht hatte sie ihn auch einfach in ihre Tasche fallen lassen und vergessen, daß er dort war. Suchte Draken wirklich nur nach seinem Sohn? Es war Rad, der von dem Schlüssel und von Drachen gesprochen hatte. Draken hatte voller Anteilnahme von seinem Sohn gesprochen.

Aber er wußte von Chrysom, von Ro Holding. Er hatte Meguet in sein Haus gebracht, und soweit Meguet feststellen konnte, war jede Tür bewacht. Er würde auch Nyx finden und mit zurückbringen. Und was würde er dann tun?

Der Drache jagt den Jungen Schwan.

Sie legte ihre Hände vor die Augen, schirmte das Licht ab, und der Drache glitt durch die Dunkelheit hinter ihren Augen. Sie roch Rosen. Die Dunkelheit verwandelte sich in ihren Schatten, in dem eine rote Rose lag. *Wähle*, hatte der Magier gesagt. *Die Rose oder das Schwert.*

Wähle, hatten die bunten, reglosen Drachen um sie herum gesagt, und sie hatte das Gesicht gefunden, das zu fürchten man sie gelehrt hatte.

Abrupt erhob sie sich, als die Bilder in ihrem Kopf klarer wurden. Die rote Rose. Der schwarze Drache. Sie holte tief Luft und spürte, wie ihre Hände vor Angst eiskalt wurden, denn sie hatte bezüglich Rad Ilex schon ihre Wahl getroffen, bevor sie noch seinen Namen erfahren hatte. In Chrysoms

Turm hatte sie seine Rose gegen einen Drachen aus Stofffäden geführt. Er hätte den Schlüssel jetzt schon, wenn er nicht innegehalten hätte, um sie vor seinem eigenen Zauber zu beschützen. Wenn sie das Schwert aufgenommen hätte, hätte er sie in diesem kurzen, angespannten Augenblick nicht erkannt. Er hätte den Drachen losgelassen, Nyx dadurch abgelenkt, dann den Schlüssel an sich genommen und wäre damit geflohen. Nyx wäre enttäuscht, aber sicher in Ro Holding zurückgeblieben und hätte nie erfahren, was Rad gestohlen hatte.

Wenn sie das Schwert aufgenommen hätte.

Die Rose hatte ihnen allen geschadet. Aber der Magier wollte immer noch, daß sie zwischen dem Schwert und der Rose wählte, denn wenn sie ihm nicht half, war er Draken Saphiers Gnade ausgeliefert. Bei dem Feuervogel war von Gnade nichts zu spüren gewesen.

Die rote Rose. Der schwarze Drache.

Der Drache jagt den jungen Schwan.

Sie hatte das Gesicht des Drachen gesehen.

Rad Ilex hatte eine Rose in ihrem Verstand zurückgelassen. Draken Saphier hatte einen Drachen zurückgelassen, und es war keiner der halb wirklichen Träume der Luxour, die zwischen den Welten schwebten, deren Rätsel einen benommen machten. Sie trug ein finsteres und mörderisches Wesen in ihren Gedanken. Es war als einziges von allen Drachen in Draken Saphiers Haus in ihrem Herzen lebendig geworden und hatte zu ihr gesprochen.

Der Drache jagt den Jungen Schwan.

Sie war im Haus des Drachen.

Am Abend brachte Magior sie wieder zurück in den Gebäudeflügel der Magier. Sie erkannte den langen, dunklen Korridor und den großen Bronzedrachen an seinem Ende. Sie versuchte, ihre Stimme unter Kontrolle zu halten und fragte: »Ist Draken Saphier zurück?«

»Nein«, sagte Magior, als die Drachentüren sich für sie öffneten.

»Ich bringe dich zu einem Essen mit den Kriegsmagiern.« Meguet fühlte, daß sie erbleichte. Um sie herum schienen die Drachen zum Leben zu erwachen. Ihre goldenen, glühenden Augen, ihre schimmernden Flügel und ihr Feueratem erfüllten die Luft mit Farbe. Magior sah Meguet an, als hätte sie ihr plötzliches innerliches Frösteln gespürt. »Es muß als Ehre betrachtet werden.«

»Dann fühle ich mich geehrt«, sagte Meguet benommen.

»Sie werden dich mit der angemessenen Höflichkeit behandeln. Es gibt keinen Grund, sich vor ihnen zu fürchten.«

»Ich bin die Gegenwart von Magiern nicht gewohnt. Nyx ist die einzige Magierin, die ich kenne.« Und Rad Ilex, fiel ihr ein. Sie fröstelte wieder, als sie sich vorstellte, daß er plötzlich auftauchte, blutig und hilflos während des Essens über den Magiern schwebte. Wächter öffneten hohe rote Türen an der anderen Seite des Drachenraums. Murmelnde Stimmen und Essensduft erfüllten die Luft. Meguet trat entschlossen in die plötzlich eintretende Stille. Neugierig wandten sich ihr die Gesichter zu, der Fremden aus dem Land am Ende eines der Silberstränge an ihren Handgelenken.

»Das ist Meguet Vervaine vom Hof von Ro Holding«, sagte Magior und führte Meguet zu einem Stuhl. Sogar die langen Tische waren zu einem Rechteck zusammengestellt. Es mußten ungefähr hundert Magier sein, die den komplizierten Windung des Emblems von Saphier auf dem Fußboden zugewandt saßen. Meguet sah, daß sie das Emblem auch auf der Brust trugen. Jeder Pfad war mit einem andersfarbigen Faden gestickt. »Sie ist sehr erschöpft von den Erlebnissen, die sie mit Rad Ilex in der Luxour hatte, und sollte nicht zu sehr mit Fragen behelligt werden«, fuhr Magior fort, als sie sich gesetzt hatten. »Diejenigen von euch, die sie bei Draken Saphiers kurzer Rückkehr gesehen haben, wissen schon, daß sie keine Magierin ist, obwohl sie mit der Magierin Nyx Ro verwandt ist. Sie ist jedoch nach den Maßstäben von Ro Holding eine Kriegerin, und sie hat Interesse an den Bewegungen des Kriegerrituals gezeigt.«

Eine Hand mit einem Stück Ärmel erschien vor Meguet und legte Speisen auf ihren Teller. Sie starrte sie an und fragte sich, was sie wohl damit tun sollte. Die Magierin, die links von ihr saß, eine Frau mit weißgoldenem Haar und unruhigen Habichtsaugen, sagte freundlich: »Die Bewegungen des Kriegertanzes sind sehr alt. Wahrscheinlich haben eure Krieger in Ro Holding keine solche Tradition?«

Wir haben kaum Krieger, dachte Meguet verstimmt. Dann unterdrückte sie ihre Gedanken, aus Furcht, daß die Magierin ihre guten Manieren vergaß und lauschte. Sie versuchte, einen normalen Eindruck zu machen, als sei sie nicht vom Himmel in dieses elegante und gefährliche Land gefallen, und sagte: »Nein. Nur Spiele und Übungen mit geeigneten Waffen.« Sie zögerte. Die Habichtsaugen studierten sie und warteten auf ein Zeichen, auf das enthüllende Wort. »Ihr nennt es Ritual. Als Brand in Ro Holding bei Nyx war, habe ich gesehen, wie er versucht hat, mit diesem Ritual zu töten.«

Wieder verstummten alle, auch an den weiter entfernten Tischen. Die reglosen Augen, aus denen sie gemustert wurde, erinnerten sie an Drachen. Mit trockener Stimme wollte Magior Genaueres wissen: »Wen? Ich hoffe, niemanden aus Ro Holding.«

»Rad Ilex.«

»Brands Vater bringt ihm vielerlei bei«, antwortete die seltsame Magierin glatt. »Er hat außerordentliche Kenntnisse und Fähigkeiten. Ich bin sicher, daß, erschöpft wie du bist, eine genaue Schilderung der Kriegerausbildung in Saphier dich genauso langweilen würde wie die Darstellung der Ausbildung eurer eigenen Krieger. Wie du weißt, wird im Kampf alles zu einer Waffe.«

»Du mußt etwas essen«, murmelte Magior. »Wie willst du sonst wieder zu Kräften kommen?«

Meguet nahm ihre Gabel und aß ein paar Bissen von der faden Mahlzeit. An einem der Seitentische bemerkte jemand, der mit seinem schwarzen Haar und dem knochigen Gesicht Draken Saphier ähnelte: »Ursprünglich wurde das Ritual mit Zeremonienschwertern durchgeführt, die aus Knochen geschnitzt waren. Da man auf ihnen auch spielen konnte, nimmt man an, daß der Tanz mit Musik aufgeführt wurde.«

»Vielleicht ein Jagdritual«, meinte ein anderer, und die endlose Debatte, die dadurch an allen Tischen ausgelöst wurde, brachte die Aufzählung einer endlosen Liste von alten Schlachten mit seltsamen Namen mit sich.

»Der Hauptteil der Musik in Saphier stammt von Schlachtfeldern oder der Übungsplätzen«, sagte die Magierin neben Meguet. »In der Schlacht am Schildkrötenfels wurden Pfeifen aus Rabenknochen geblasen, um die Aasvögel von den Toten fernzuhalten.«

»Schildkrötenfels?«

»Zwei Familienclans stritten um einen großen Felsen, der einer Schildkröte ähnelte. Sie verehrten die Schildkröte als ein dem Drachen verwandtes Wesen, einer Verbindung zwischen den Welten, einer Botschafterin vielleicht. Der Drache ist in Saphier das Symbol aller Macht: der Macht der Magie, des Kämpfens, der Kunst, der Geburt. Ich nehme an, er bedeutet in Ro Holding das gleiche.«

»Es gibt in Ro Holding keine Drachen.«

»Manche Leute sagen, es gäbe auch in Saphier keine. Ich meinte in Legenden.«

»Es gibt keine Drachenlegenden«, sagte Meguet zögernd, als könnte die Magierin aus dieser Bemerkung darauf schließen, daß es auch kein stehendes Heer, keine Kriegsflotte, keine verehrten Schildkröten und fast keine Magier gab.

Die verhangenen Augen wurden weit aufgerissen. »Wie merkwürdig. Was symbolisiert denn in Ro Holding die Macht?«

Der Junge Schwan, dachte Meguet und fragte sich, ob sie dieses Essen überleben würde und noch einmal unter seinen vertrauten Sternen atmen könnte. »In alten Legenden symbolisiert die Sonne den Zorn des Krieges«, sagte sie.

»Und jetzt?« drängte die Magierin. Ihr durchdringender, neugieriger Blick forschte danach, was Meguet zu verbergen suchte.

»Jetzt läßt sie nur noch die Ernte wachsen.«

»Aber unter welchem Symbol kämpft ihr jetzt?«

»Unter einem anderen alten Symbol«, sagte sie verzweifelt. »Eine zufälligen Sternenkonstellation. Tragt ihr den Drachen auch im Kampf? Oder ist es das Symbol auf dem Boden, hier und auf dem Platz, die Muster, die eure Krieger tanzen?«

Ein leichtes Flackern erschien in den goldenen Augen. »Das Symbol ist keineswegs alt, anders als das Ritual«, sagte sie unbestimmt. »Wenn du stärker wärst, könnte ich dir ein paar der Übungen zeigen, die man die Kriegsmagier lehrt. Sie sind ziemlich einfach.«

»Ich bin keine ...«

»Das sagst du. Magior scheint sich nicht so sicher zu sein. Die Übungen sind dazu bestimmt, schlafende Kräfte durch körperliche Bewegung zu wecken, und dann diese Kräfte zu bündeln, zu lenken und als Waffe einzusetzen. Das Erwachen und Freiwerden von solchen Kräften überrascht gelegentlich diejenigen, die nicht wußten, daß sie eine solche Begabung haben. Magior macht selten einen Fehler bei der Beurteilung, in wem magische Kräfte schlummern.«

Es war wieder still im Raum. Meguet kam es vor, als wäre die Aufmerksamkeit der Magier selbst während ihrer lebhaften Unterhaltung nur auf ihre Stimme gerichtet gewesen. Mit mehr Ruhe, als sie für möglich gehalten hätte, sagte sie: »Ich habe keine solchen Kräfte. Und ich interessiere mich auch nicht dafür. Mein Platz im Haus der Herrscherin wird von alten Traditionen bestimmt: Ich habe nicht die Absicht, diese Traditionen dadurch zu beeinträchtigen, daß ich mich ändere, selbst wenn das möglich wäre. Ich weiß, daß ihr in diesem Haus die Bedeutung von Traditionen kennt.«

Magior schob ihre Tasse ein Stück zur Seite, fand doch kein geeignetes Argument darunter. »Vielleicht solltest du dir die Sache noch einmal überlegen. In ein oder zwei Tagen, wenn Draken noch nicht zurückgekehrt ist und du wieder kräftiger bist, werden wir noch einmal darüber reden. Tradition hat ihren Wert und ihre Grenzen. Sie hört auf, nützlich zu sein, wenn sie dem Wissen im Weg ist.«

»Ich möchte nicht nutzlos für die Herrscherin werden«, seufzte Meguet.

»Nein, aber … genug. Du hast kaum etwas gegessen. Wir werden dich heute nicht mehr mit solchen Dingen belästigen.«

Als sie endlich im Bett lag, erschöpft vor Angst, konnte sie nicht schlafen. Sie starrte ins Dunkel und fragte sich, ob sie ohne gesehen zu werden das Haus verlassen und den Weg zurück in die Luxour finden konnte, bevor die Magier anfingen, sie in Stücke zu reißen. Aber wenn Draken mit Nyx zurückkam, wenn Meguet Nyx im Stich ließ, wenn Draken feststellte, daß Meguet verschwunden war …

Sie quälte sich so lange mit Fragen herum, auf die es keine Antworten gab, daß das blutbefleckte Gesicht, das hinter seinem glühenden Silbergefängnis auftauchte, wie ein weiteres böses Omen erschien.

»Meguet.«

Sie begriff erst nach einem Augenblick, daß sie sich stocksteif aufgerichtet hatte, beide Hände auf den Mund gepreßt. Sie ließ die Hände sinken. Er konnte sie anscheinend nicht finden, blickte hin und her, als ob sein Blick die sich verschiebenden Zeitschichten durchdringen müßte.

»Meguet. Hilf mir.«

Sie schwang sich aus dem Bett und stand vor dem fließenden, leuchtenden Gewebe. »Rad«, keuchte sie und versuchte, es zu berühren. Ihre kalten Finger griffen jedoch nur in Luft. Seine Stimme klang schwach und weit entfernt. Er konnte sie immer noch nicht sehen. »Rad.« Ihre Stimme zitterte. »Ich bin hier.«

Endlich sah er sie. »Du bist so weit weg«, sagte er. »Eine Treppe hinunter, am Ende einer großen Halle. Ich verirre mich hier immer mehr. Du mußt mir helfen. Bitte.«

»Ja.«

»Bitte. Schnell. Du mußt mir zuhören, du mußt mir glauben.«

»Ich tue es.«

»Wenn du es nicht tust, bin ich tot, und du wirst Draken

Saphier mit seiner Armee in Ro Holding sehen, um nach dem Schlüssel zu suchen. Du bist in seinem Haus, du mußt irgend etwas gesehen haben, das dich daran zweifeln läßt, daß seine Absichten so friedlich sind wie das Kernland von Ro Holding. Er wird Brände über die Weizenfelder und Schafsweiden dieses Landes legen, bis Friede nur noch eine verkohlte Erinnerung ist, bis in jedem Hold ein Kriegsmagier herrscht und ein Drache sich um Chrysoms Turm schlängelt.«

»Rad.« Sie versuchte wieder, das Gewebe zu packen und ihn näher an sich heranzuziehen. »Kannst du mich hören?«

»Natürlich.«

»Warum hörst du mir dann nicht zu?«

»Ich versuche dir klarzumachen, daß ...«

»Rad. Ich habe diesen Drachen gesehen. Er ist schwarz wie die Nacht, und seine Augen sind aus Feuer. Bitte. Hilf mir.«

Er schwieg und sah sie an. Ein Auge war von Blut, das andere von Staub verkrustet. Sie sah, daß er zitterte. Die Wüste, das Zeitgefängnis und der Angriff des Feuervogels hatten ihn an das Ende seiner Kräfte gebracht. Leise sagte er: »Haben sie dich ausgefragt?«

»Sie haben damit begonnen. Ich will Nyx nicht hier in diesem Haus haben. Hilf mir, sie in der Luxour zu finden. Ich werde dich befreien – sag mir, was ich tun soll, bevor du wieder verschwindest.« Sie ließ ihre Hände durch die Luft gleiten und tastete nach einem einzelnen Silberfaden, als könnte sie dann das Gewebe zerreißen.

»Meguet. Du brauchst einen Zeitpfad.«

»Ja«, sagte sie schnell. »Wie bekomme ich ihn?«

»Draußen vor deiner Tür ist ein Wächter.« Sie nickte. An jeder Tür stand ein Wächter. »Öffne die Tür. Laß den Wächter mich sehen. Ich kann jeden für einen Augenblick sprachlos machen. Ich habe hier drin nicht viel Kraft, aber es genügt, um einen Wächter zu entwaffnen, der kein Magier ist. Wenn Draken es spürt, wird er nur denken, daß ich seine Macht auf die Probe stellen will. Laß uns hoffen, daß der Wächter kein Magier ist. Öffne die Tür.«

Mit zitternden Händen öffnete sie die Tür und rief dem jungen Mann, der davorstand, keuchend etwas Unverständliches zu. Mit einer Bewegung aus dem Ritual wirbelte er in den Raum und blieb beim Anblick von Rads Gesicht wie angewurzelt stehen. Meguet stieß die Tür mit einem Fuß zu, und da der Wächter, soweit sie es in dem silbrigen Dämmerlicht erkennen konnte, keine Waffe trug, packte sie eine Wasserschale, in der drei Blätter schwammen, und hieb sie ihm so fest auf den Kopf, daß sie zerbrach. Er stürzte auf den Boden, und um ihn herum bildete sich eine Pfütze. Ein Blatt klebte an seinem Haar.

Meguet warf die Bruchstücke der Schale auf das Bett und untersuchte den regungslosen Körper. »Nicht einmal ein Messer«, sagte sie enttäuscht. »Was in Moros Namen benutzen sie in Saphier als Waffe?«

»Das ist ein Magier«, sagte Rad trocken. Sie starrte ihn an und setzte sich dann wieder in Bewegung. Sie zog schnell die leichte Seidenkleidung an, die sie ihr gegeben hatten. Dann beugte sie sich über den Wächter und berührte die Pfade an seinem Handgelenk. »Du kannst ihm die Zeitpfade nicht abnehmen«, sagte Rad. »Faß einfach einen an. Ich werde einen Pfad für dich öffnen. Jedem Krieger wird das beigebracht – man braucht keine Zauberkraft dazu. Du mußt über den Pfad zu mir kommen. Draken wird nichts merken, bis du bei mir bist. Der Pfad wird in dieser Falle enden. Komm nicht herein. Ich werde über deinen Pfad hinausgelangen können. Wenn ich frei bin, wird er es wissen. Doch dann werde ich einen anderen Pfad in die Luxour öffnen. Wir werden nicht hierher zurückkehren.«

»Was ist mit dem Magier?« fragte sie.

»Was soll mit ihm sein?«

»Er wird erwachen«, sagte sie. Sie hielt das silberne Armband fest umklammert, als könnten der Magier und die Zeit plötzlich zusammen verschwinden. »Er wird Magior sagen, daß ...«

»Meguet. Er wird das ganze Haus informieren. Sie werden sofort wissen, wohin wir verschwunden sind. Sie werden uns suchen kommen, sie werden schnell kommen, und es werden die Kriegsmagier sein. Aber sie werden die ganze Luxour nach uns absuchen müssen, und hundert Magier in der Luxour werden sogar Draken verwirren. Wenigstens für eine Weile.«

Während er sprach, formte er die Zeit, legte ein Zeitmuster aus silbrigem Rauch um sie herum. Sie vermochte nicht zu sagen, ob der Zeitpfad vor ihr lag oder hinter ihren Augen, in ihrem Verstand.

»Vertrau mir«, hörte sie Rad sagen. Der Wächter bewegte sich etwas unter ihrer Hand. Sie hörte Rad noch etwas anderes sagen – in ihren Gedanken oder dahinter – und erhob sich. *Komm,* sagte der Pfad, der erstarrte, glitzernde Strom zu ihren Füßen, und sie folgte ihm in Draken Saphiers wirres Zeitgeflecht.

Kapitel 15

Nyx saß vor einem eingestürzten Palast und lauschte dem ungleichmäßigen Rauschen von Drachenflügeln. Vor einer Weile war der Palast noch ein Steinhaufen gewesen. Die Dämmerung hatte ihn umgeformt, hatte ihm Tiefe, Farbschattierungen und Geister gegeben. Sie hatte in Chrysoms Buch gelesen und nach Brands Großvater gesucht, denn sein Vater hatte die Luxour entweder verlassen oder war von ihr verschluckt worden. Der Feuervogel war irgendwo zwischen die Felsen geflogen und hatte dabei dunkel schimmernden Granat wie eine Blutspur durch den Schatten fallen lassen. Nyx wandte ihre Aufmerksamkeit einen Augenblick von den Drachenpfaden ab, um ein magisches Licht zu entzünden, damit Brand sie finden konnte, wenn er sich verwandelte. Dann ging sie wieder mit Chrysom auf Wanderung, unter die Erde, durch stille Gewässer, auf eisige nackte Felsgipfel, in magische Ringe aus Nebel und Gold und Feuer. Ein Teil von ihr lauschte nach Brand, war sich der langsam wechselnden Blautöne über den Bergen bewußt, wo der Mond bald aufgehen mußte. Sie unterließ es, in diese Richtung zu blicken, denn das hätte möglicherweise den Aufstieg des Mondes verlangsamt. Sie ließ ihre Gedanken nicht abschweifen, denn dann sah sie durch jede Seite, die sie umblätterte, Brands kobaltblaue Augen auf sich gerichtet. Der Mond ließ sich Zeit, ließ sie zwischen den Drachen umherstreifen, bis das Geräusch von Schritten sie aus der Zeit der Drachen in ihre eigene zurückholte. Sie schloß das Buch in ihrem Kopf.

Der Mond war noch nicht aufgegangen, aber der Mann, der in das Licht des magischen Feuers trat, war Brand so ähnlich, daß sie fast seinen Namen ausgesprochen hätte. Doch dann sah sie das Grau in seinem langen dunklen Haar und die Falten neben seinem Mund. Er sah sie schweigend mit

Brands Augen an. Sie stand langsam auf, ohne eine Bewegung, die er falsch deuten konnte denn sie spürte eine gewaltige Kraft in ihm, als habe er mit dem Blut des Drachen etwas von der Luxour geerbt. Regungslos nahm er auf, was sie dem äußeren und dem inneren Auge enthüllte, bevor er sprach.

»Du bist Nyx Ro.«

»Ja.«

»Ich kenne alle mächtigen Magierinnen in Saphier, daher kannst du nicht aus Saphier kommen. Du kennst mein Gesicht, also kennst du meinen Sohn.« Er schwieg. Sie sah, wie sein Blick der glitzernden Granatspur zu den Felsen folgte. Seine Lippen bewegten sich lautlos. Er drehte sich abrupt um und verschwand für einen Moment in den Spalten und Klüften. Nyx wartete. Er kehrte ohne den Feuervogel zurück. »Er schläft«, sagte er. »Auf einem hohen Sims, das Gesicht dem Mond zugewandt.« Sie sah, daß er schluckte. »Ich denke, er kann dort herunterklettern.«

»Er sagt, daß er daran gewöhnt ist, sich an ungewöhnlichen Orten wiederzubefinden, wenn der Vogel sich verwandelt.«

»Wo hast du ihn in Ro Holding gefunden?«

»Er flog über die Mauern von Ro Haus und fing an, Wagenpferde in Bäume mit Diamantenblättern zu verwandeln. Pflastersteine in Glas. Er verwandelte meine Cousine in einen Rosenstrauch. Er wäre um ein Haar erschossen worden. Seine Schreie waren schrecklich.«

»Ja«, sagte er heiser. »Ich hörte ihn schreien, bevor er aus Saphier verschwand. Und was geschah dann? Du hast ihn beruhigt. Du sprichst von dem Vogel wie von einem Menschen.«

Sie nickte ein wenig erschöpft. »Brand und ich haben uns schon darüber gestritten. Er beharrt darauf, daß der Vogel Zauberei ist und nichts mit ihm zu tun hat. Aber ich glaube, daß er sowohl der Mann als auch der Feuervogel ist, und der Vogel schreit alles heraus, an was der Mann sich nicht erinnern kann, in der einzigen Sprache, die er sich zu benutzen erlaubt.«

Sie hörte seinen Atem. Er kam näher zu ihr und lehnte sich gegen die Felsen zwischen ihr und der Edelsteinspur des Feuervogels. Wieder betrachtete er sie schweigend. Das magische Licht, das sich in seinen Augen fing, enthüllte dünne Strahlen wie Drachengold, die sich über das Kobaltblau zogen. »Du bist sehr scharfsinnig für eine so junge Magierin«, bemerkte er.

»Ich habe sein Gesicht gesehen, als er sich als Mann vor der Erinnerung versteckte«, antwortete sie grimmig. »Wie ein Mann, der vor einem Feuer zurückzuckt.« Sein eigenes Gesicht veränderte sich, als habe er selbst das Brennen der Erinnerung gespürt. Für einen Moment hatte er Brands Gesichtsausdruck. »Was ist es?« flüsterte sie erschüttert. »Woran will er sich nicht erinnern? Weißt du es?«

Er wich ihrem Blick aus und sah zu einem Edelstein auf dem Boden hinunter. »Ich habe Brand schreien gehört«, sagte er. »Und dann sah ich den Feuervogel und den Magier, der ihn verzaubert hatte. Ich hörte den Schrei des Feuervogels, bevor er verschwand. Niemand war bei ihnen gewesen, der hätte bezeugen können, was sich zwischen ihnen abgespielt hatte. Niemand an meinem Hof konnte mir auch nur die geringste Erklärung dafür geben, warum der begabteste Magier, den ich je ausgebildet habe, meinen Sohn verzaubert hat. Niemand. Ich habe jeden einzelnen dazu befragt, oft und auf alle möglichen Arten, mit und ohne Sprache.« Er schwieg. Die Falten neben seinem Mund vertieften sich. Er sah sie wieder an. »Sie waren gute Freunde. Das ist alles, was man mir sagen konnte.«

»Ja«, sagte sie mit erstickter Stimme. »Das sagte er auch.«

Sein Gesichtsausdruck veränderte sich nicht, aber sie spürte den plötzlichen Schock in seinen Gedanken, als hätte er die Luft zwischen ihnen zum Zittern gebracht. »Er hat sich erinnert?«

»An einige Dinge. An den Namen des Magiers. Daß er ihn einmal geliebt hat und ihn jetzt töten will. Sogar der Feuervogel erkennt den Magier.«

»Und woran erinnert er sich noch?«

»An Saphier. An dich. Darum sind wir hergekommen: um nach dir zu suchen. Er ist überzeugt davon, daß du den Zauber von ihm nehmen kannst, weil du der mächtigste Magier in Saphier bist.«

»Der Magier, der den Zauber ausgesprochen hat, wird ihn zurücknehmen«, sagte er mit harter Stimme. »Ich habe ihn.«

Sie machte eine plötzliche, unwillkürliche Bewegung. Ihr Körper löste sich vom Felsen und erstarrte. »Du hast Rad Ilex?«

»Ich habe ihn vor zwei Nächten in der Luxour gefangen.«

Sie streckte die Hand nach ihm aus, berührte ihn aber dann doch nicht. »Bitte.« Sie zitterte wie Espenlaub. »War eine Frau bei ihm? Er hat meine Cousine aus Ro Holding hinausgezogen. Ich kam nach Saphier, um sie zu suchen.«

»Du bist Rad Ilex von Ro Holding aus gefolgt?«

»Nein. Ich kam später. Sie ist groß, hat lange, bleiche Haare ...«

Er nickte. »Meguet Vervaine«, sagte er, und für einen Moment sah sie goldene Strahlen von Drachenlicht in seinen Augen brennen. »Ich fand sie halbtot, allein in der Luxour.« Nyx versuchte zu sprechen, legte eine Hand über ihren Mund. »Ich mißtraute ihr zunächst. Sie versuchte, Rad Ilex zu beschützen, belog mich über sich und ihn. Aber ich überredete sie, mir dabei zu helfen, ihn zu fangen. Sie tat es, also nahm ich sie mit an meinen Hof, wo sie in Sicherheit ist. Meine Magier kümmern sich um sie. Sie weiß, daß du hier in Saphier bist, und daß ich nach dir suche.«

»Danke.« Sie schloß die Augen und fühlte ein Brennen wie von heißen, trockenen Winden, einer gnadenlosen Sonne dahinter. »Danke«, sagte sie noch einmal benommen. »Ich hätte mir bis ans Ende meiner Tage Vorwürfe gemacht, wenn sie hier gestorben wäre, allein und verirrt in einem fremden Land.«

»Diese Vorwürfe müßten wohl eher an Rad Ilex gerichtet werden. Er hat sie hierhergebracht. Unter Zwang, sagst du. Warum hat sie dann versucht, ihn vor mir zu beschützen?«

»Ich weiß es nicht.« Sie lehnte sich wieder gegen die Felsen und dachte über die Frage nach. »Kopfüber in eine fremde Welt gestürzt, traute sie vielleicht niemandem. Ein Magier hatte ihr schon Schrecken eingejagt, vielleicht hast du sie noch mehr erschreckt. Sie ist nicht an Magier gewöhnt.«

»Ich gab ihr zu essen und sprach freundlich mit ihr. Sie erkannte in mir Brands Vater und den Herrscher von Saphier. Und doch versuchte sie ...« Er hob eine Hand und ließ sie wieder fallen. »Es ist nicht wichtig. Ich habe euch jetzt alle: Brand und Rad Ilex, deine Cousine und dich. Wie du schon sagtest, ich werde sie erschreckt haben, und es ist manchmal schwierig, in der Luxour klar zu denken.«

»Aber wo war Rad Ilex?« fragte sie verwirrt. »Warum war sie allein? Wenn sie in die Wüste gelaufen ist, um ihm zu entkommen, warum sollte sie dann versuchen, ihn zu beschützen?«

»Die Leute tun manchmal seltsame Dinge, wenn die Umstände sie verwirren. Als sie mir schließlich ihren Namen verraten hatte, sagte sie mir, daß sie zu meinem Hof unterwegs war.«

»Quer durch die Wüste? Zu Fuß?«

»Das sagte sie.«

»Aber wenn sie vor Rad Ilex davonlief und zu deinem Hof wollte, warum hatte sie dann Angst vor dir und versuchte gleichzeitig, Rad Ilex zu beschützen?«

»Ich dachte, das könntest du mir vielleicht erklären«, sagte er geduldig.

Sie dachte mit zusammengekniffenen Augenbrauen nach. »Es ergibt keinen Sinn. Meguet handelt normalerweise vernünftiger.«

»Ist sie eine Magierin?« fragte er abrupt. Sie verlagerte ihr Nachdenken vom Boden auf ihn.

»Nein«, sagte sie überrascht. »Warum fragst du das? Du hast mich in dem Moment, als du mich gesehen hast, als das erkannt, was ich bin. Du warst mit Meguet zusammen. Wenn es dich interessierte, hättest du die Antwort schon auf die eine oder andere Weise gefunden.«

»Zuerst glaubte ich, sie sei keine Magierin. Und dann sah ich ...« Er zögerte. »Einen Schatten. Vielleicht war es nur die Luxour.«

Sie betrachtete ihn schweigend und versuchte, die Teile des Rätsels zusammenzufügen: Meguet, die Rad Ilex vor Brands Vater beschützte, Meguet, die versuchte, allein und ohne Zauberkräfte durch eine Wüste zu wandern, um an Draken Saphiers Hof zu gelangen, Meguet, die einen Schatten der Macht warf, als sie schon keine Kraft mehr hatte, sich zu bewegen. »Es ergibt keinen Sinn«, sagte sie noch einmal verwirrt. »Wenn Rad Ilex sie in der Wüste zum Sterben zurückließ, warum hätte sie dann ... Und wenn er es nicht getan hat, was hat sie dann hier getan? Sie ist nicht so dumm zu versuchen, eine Einöde wie diese hier zu Fuß zu durchqueren.«

»Ich habe mich auch über ein oder zwei Dinge gewundert. Warum ist Rad Ilex nach Ro Holding gegangen? Und wie bist du von Ro Holding an meinen Hof gekommen, und dann von meinem Hof in die Luxour? Rad Ilex trägt die Zeitpfade, die ich für ihn geschmiedet habe, und das gleiche gilt für meinen Sohn. Aber Brands Pfade sind zerstört worden. Also. Du mußt Pfade beschritten haben, die du selbst angefertigt hast.«

Sie öffnete den Mund, um zu antworten, zögerte dann aber, war nicht bereit, Draken Saphier die Wunder aus Chrysoms Buch zu eröffnen, ohne zu wissen, warum. Während die Antwort zwischen ihnen in der Luft schwebte, sah sie, wie seine Augen sich veränderten, und sie begriff, daß er die Antworten auf diese Fragen schon kannte, noch bevor er sie in der Luxour gefunden hatte. Magisches Licht fing sich in seinen Augen und färbte sie golden. Drachenaugen, dachte sie, während sie wie erstarrt unter seinem seltsamen, unmenschlichen Blick stand. Und dann: Meguet wurde geboren, mit dem Wissen, was zu fürchten ist.

Sie erinnerte sich an die Gestalten, die am Eingang von Chrysoms Bibliothek gestanden hatten, während die Zeitpfade langsam einen Silbernebel auf die Welt gelegt hatten:

der junge Mann mit Meguets Haar und ihrem Erbe, mit der Warnung des Jungen Schwans in seinen Augen …

Die Felsen und Schatten verschwammen um sie herum, wurden von Gold überflutet. Das fahle magische Licht brannte golden. Der Schlüssel schwebte an einem dunklen, geheimen Platz in ihrem Kopf. Aber die Drachenaugen duldeten keine Geheimnisse. Der Schlüssel hätte genausogut in ihrer offenen Hand liegen können. Er drehte sich langsam in ihrem Kopf, als berührten ihn unsichtbare Hände, die im Moment sein Rätsel noch nicht lösen konnten, um ihn zu öffnen.

Dann schloß der Drache die Augen. Das Gold versank in Schatten und Fels und Licht. Nyx blinzelte und sah, daß Draken sich mit finsterer Miene konzentrierte, aber nicht auf sie. Sie wich einen Schritt von ihm zurück, dann noch einen. Er bemerkte es gar nicht, war in einen privaten, schmerzlichen Augenblick versunken. Als sie einen dritten Schritt zurück machte, öffnete er die Augen. Die harten Linien in seinem Gesicht entspannten sich. Erschöpft und verwundert lehnte er sich gegen die Felsen.

»Ich habe ihn verloren«, flüsterte er. »Wie konnte er einem Zeitpfad entkommen, der sich in sich selbst schloß?« Er schwieg und dachte über die Antwort auf seine Frage nach. Auch Nyx versuchte, eine naheliegende Erklärung zu finden, aber die Sache stellte sie nur vor neue Rätsel. »Er hatte Hilfe«, sagte Draken mit tonloser Stimme, und Nyx wurde von kalter Angst gepackt.

»Nein«, sagte sie hastig. »Nicht …«

»Niemand in meinem Haus hätte ihm geholfen. Niemand sonst.«

»Sie würde es nicht tun. Sie konnte es gar nicht tun. Sie hat keine magischen Fähigkeiten.«

Ungeduldig schüttelte er den Kopf. »Dafür braucht sie auch keine Zauberkraft. Sie wird jetzt bei ihm sein.«

»Nein.«

Er dachte nach. Seine Augen waren wieder menschlich. »Die Luxour«, sagte er schließlich. »Sie werden hierherkommen. Es ist der einzige Ort in ganz Saphier, wo er noch ein paar Momente länger atmen kann. Aber er ist schon tot, während er noch rennt.« Dann verzerrte ein Hauch von Erinnerung sein Gesicht. »Brand«, flüsterte er. Er wandte sich von Nyx ab, ließ sich gegen die Felswand fallen und preßte sein Gesicht in den angehobenen Arm.

Sie hörte ein Geräusch. Das Knirschen von Steinen, Drachenkrallen, die über Felsen schrammten. Sie begriff, daß es Brand war, der von dem Schlafplatz des Feuervogels herunterkletterte. Die Granate waren verschwunden. Unter dem Blick aus den goldenen Augen des Drachen hatte sie den milchigen Aufgang des Mondes nicht wahrgenommen. Draken hob den Kopf und lauschte, während Brand sich einen Weg zwischen den Felsen hindurch zu dem magischen Licht und Nyx suchte.

Er blieb stehen, als er das Licht erreichte. Sie sah, wie es ihn schüttelte, als zerrte ein heftiger Wind an ihm. Dann drang ein Laut über seine Lippen, ein unverständliches Wort, und er sank zu Füßen seines Vaters auf die Knie. Draken beugte sich vor, um ihn hochzuziehen, und kniete dann selbst nieder, als könnte er all die Zauber des Vogels nicht anheben. Er nahm Brand in die Arme.

Brand hob sein Gesicht von Drakens Schulter, sah Nyx und streckte ihr eine Hand entgegen. Drakens Schatten lag zwischen ihnen. Sie konnte sich nicht vom Fleck bewegen. Draken half Brand auf die Füße und sagte: »Nyx Ro sagt, daß sie dich in Ro Holding gefunden hat.«

»Der Feuervogel hat sie gefunden.« Er sah sie noch einen Augenblick länger an und wandte sich dann wieder seinem Vater zu. Sein Griff um Drakens Arme wurde noch etwas fester. »Sie war meine einzige Hoffnung, dich wiederzufinden.«

»Ja. Ich wußte nicht, wie, wann oder wo ich dich wiedersehen würde, da deine Zeitpfade zerstört waren.«

»Nyx hat ein Buch. Der alte Magier Chrysom aus Ro Holding hat Zeitpfade gestaltet, die überall durch die Luxour verlaufen. Ich habe sie dazu gebracht, mich hierherzubringen, um nach dir zu suchen. Als wir dich nicht finden konnten, ließ ich sie nach Drachen suchen. Nach meinem Großvater.«

Draken warf ihr einen unergründlichen Blick zu. »Und hast du Drachen gefunden?« fragte er.

»Nein.«

»Nyx war der Ansicht, daß Drachen sogar für einen Mann in der Gestalt eines Feuervogels zu gefährlich sind.«

»Das war weise von ihr.« Er strich seinem Sohn sanft über das Haar und ließ seine Hand dann auf Brands Schulter fallen. »Wie seltsam, ausgerechnet in Ro Holding die Pfade zu den Drachen der Luxour zu finden.«

»Und wie seltsam, am Handgelenk eines Kriegers einen Pfad von Saphier nach Ro Holding zu finden.«

Beide sahen sie an. Das magische Licht warf ihren Schatten lang und dunkel über die Felsen hinter ihr. Draken schien nur über etwas nachzudenken, aber Brand löste sich beunruhigt von ihm.

»Nyx.« Er legte ihr die Hände auf die Schultern, sah sie besorgt an und küßte sie dann, als wollte er damit den Ausdruck in ihrem Gesicht ändern. Doch es änderte sich nur der Ausdruck im Gesicht seines Vaters. »Wie kannst du glauben, daß mein Vater dir, deinem Haus, ganz Ro Holding etwas anderes als Dankbarkeit entgegenbringt für die Sorge um mich?«

»Wie kann ich nur?« fragte sie sich.

Er hielt sie noch einen Moment fest, sah ihr forschend in die Augen, dachte über den Unterton in ihrer Stimme nach, verstand ihn aber nicht. Er wandte sich wieder seinem Vater zu. »Hilf mir. Bitte. Nyx hat versucht, den Zauber zu brechen, Magior hat es versucht ... Ich weiß kaum noch, was ein Tag ist, und ich fange an, die Nacht zu hassen. Es ist wie ein Ertrinken, jede Mitternacht, Nacht um Nacht. Nur Nyx hat es erträglich gemacht.«

»Ich verstehe.«

»Du kannst den Zauber brechen. Du hast Rad Ilex alles beigebracht.«

»Rad.« Draken preßte die Lippen aufeinander. »Für ein oder zwei Tage hatte ich ihn gefangen.«

»Du hast ihn gefunden?« sagte Brand scharf. »Wo?«

»Hier in der Wüste. Aber es gelang ihm zu entkommen.« Er fuhr sich mit der Hand über die Augen. »Es tut mir leid.«

»Befrei mich.« Für einen Augenblick erkannte Nyx, die an alle Gesichtsausdrücke von Brand gewöhnt war, ihn kaum wieder: Er hatte das kalte, aufmerksame, gnadenlose Gesicht eines Kriegers von Saphier. »Wir werden ihn zusammen finden.«

Meguet, dachte sie fröstelnd. Der Blick eines Fremden flackerte zu ihr herüber, als reagierte er auf ihre Furcht, obwohl er sie kaum sehen konnte.

»Er muß noch hier sein«, fügte Brand hinzu. »Wohin könnte er sonst gehen, ohne Saphier zu verlassen? Es sei denn, er ist zurück nach Ro Holding gegangen. Aber er will Chrysoms Schlüssel, und den hat Nyx hier. Er muß gewußt haben, daß sie hierherkommen würde, um Meguet zu finden.«

Nyx schloß die Augen und hörte, wie Draken sagte: »Chrysoms Schlüssel.«

»Sein Buch. Der Schlüssel ist das Buch. Vater, ich bin nur bei Mondlicht menschlich, nur bis ...«

»Hör mir zu.« Nyx, die sich mittlerweile fragte, ob sie sich in Luft auflösen konnte, ohne daß einer von ihnen es bemerkte, öffnete die Augen, als sie das Drängen in Drakens Stimme hörte. Er nahm Brands Gesicht zwischen die Hände. »Hör mit zu«, sagte er wieder. »Ich werde versuchen, dir zu helfen. Aber es könnte sein, daß es mir nicht gelingt.«

»Nein.«

»Hör zu. Ich kenne Rads Macht. Die Luxour hat sie gestaltet. Noch bevor er sprechen konnte, verstand er die Sprache der Winde und der Steine. Er hörte die Drachen atmen, bevor er das Wort Drache kannte. Ich weiß nicht, wieviel von dieser gewaltigen und unkalkulierbaren Macht um uns herum in diesen Zauber eingeflossen ist ...«

»Warum?« flüsterte Brand. Er zitterte. Nyx sah eine Tränenspur silbrig über sein Gesicht rollen. »Warum hat er mir das angetan? Ich kann mich nicht erinnern.«

Draken schüttelte den Kopf. »Ich habe keine Ahnung«, sagte er bitter. »Ich habe dich erst gesehen, als du schon verwandelt warst. Als dein menschlicher Schrei sich in den Schrei des Feuervogels verwandelte. Du wirst dich erinnern. Sieh mich an.«

Sie schwiegen beide. Nyx, die spürte, wie Drakens ganze Konzentration sich auf seinen Sohn richtete, wurde von dem Zauber der Luxour umfangen, als deren Magie auf Drakens Bemühungen reagierte. Ihre Schatten, die lang und schwarz auf dem Boden lagen, veränderten ihre Form: Ein großer Drache zog sich durch den Lichtkreis, die Flügel angelegt, den langen Hals einem Ding zugebeugt, das er mit seinem Blick in Bann hielt. Hinter Brand lag der Schatten des Feuervogels. Winde bewegten ihn, färbten ihn gelb, rot, pfauenblau. Dann hoben sich die Flügel des Drachen, öffneten sich, legten sich um den grellen Schatten und ließen ihn in schwarzer Finsternis versinken. Nyx hob plötzlich den Kopf, aufgeschreckt durch ein Geräusch über ihr. Etwas bewegte sich durch die Nacht: Ein Kopf so hell wie Blut zeichnete sich deutlich vor dem Mond ab. Feuer entströmte ihm und legte sich rot über die Sterne. Dann verschwand der große Kopf. Nyx sah Brand wieder. Zaubereien flossen über ihn und lösten sich von ihm wie zerrissene Lumpen: ein Eulenflügel, eine Eidechsenpfote, ein Löwengesicht, der neblige, glimmende Atem eines Drachen.

Dann floß die Magie woanders hin. Ihre Schatten nahmen wieder die gewohnte Form an, bewegten sich, als Drakens Hand sich von Brands Gesicht löste, und Brand mit weißem Gesicht und tränenlosem Blick einen Schritt von ihm zurücktrat.

»Es tut mir leid«, hörte Nyx Draken sagen. Dann öffnete sie Chrysoms Buch, suchte sich irgendeinen Drachen aus und rannte los.

Sie war sich nicht sicher, ob Draken versuchte, ihr zu folgen oder nicht: Was sie ansprang wie ein mächtiger Wind, fast die Muster des Pfades in ihrem Kopf durcheinanderbrachte, konnte auch die pure Kraft sein, die durch die Luxour fegte und ihre eigenen Zaubereien um alles Magische legte. Sie fand sich in den unterirdischen Höhlen zwischen den donnernden Wasserfällen wieder, wo Brand für so kurze Zeit die Erinnerungen vergessen hatte, die ihn immer wieder verwandelten. Ihre eigenen Erinnerungen drohten sie abzulenken. Sie empfand seinen plötzlichen Verlust wie eine Lücke in der Luft neben sich, eine Stille, wo seine Stimme hingehörte, Felsen, wo ihre Augen sein Gesicht erwarteten. Aber sie konnte sich nicht mit diesen ungewohnten Gefühlen aufhalten. Sie wußte nicht, ob Draken Saphier erst sie oder Rad Ilex verfolgen würde, und sie mußte Meguet finden, bevor er es tat.

Sie blätterte eine Seite um und öffnete einen anderen Pfad. Er endete zwischen Felsen und Traumpalästen, zu nah an der Stelle, an der Draken sie gefunden hatte. Sofort öffnete sie einen weiteren Pfad und fiel an einen Ort, der so dunkel war, daß sie dachte, die Höhle des Eisdrachen erreicht zu haben, die sich plötzlich in der Nacht zwischen den Sternen aufgetan hatte. Aber die Luft war warm und ruhig. Sie hielt für einen Augenblick den Atem an und las ein paar Sätze über den Drachen, der sich in diesem Schatten verbarg.

...eine kleine und feingliedrige Kreatur, mit Schuppen wie Goldlaub und glänzendes Kupfer ... seine Augen sind azurfarben. Sein Wesen ist scheu, aber nicht unfreundlich ...

Sie öffnete den Pfad zurück in die Luxour und fand sich einem Kriegsmagier gegenüber.

Er trug die rituellen Klingen. Die Klingen und die Zeitpfade an seinen Handgelenken glitzerten wie Rauhreif im Mondlicht. Seine schwarze Kleidung flatterte im Wind. Seltsame Farben schienen aus den Kleidern aufzuflammen, lösten sich und verschwanden in die Nacht. Mit ihrem Magierblick erkannten sie einander.

»Nyx Ro.«

Sie unterdrückte ihren Impuls zu verschwinden, bevor er angriff. Er wirkte nur überrascht.

»Ja«, sagte sie knapp.

»Draken Saphier sucht nach dir und seinem Sohn. Wo ist Brand?«

»Er ist schon vorausgeflogen«, sagte sie in der Hoffnung, daß es ungefähr Mitternacht war. Der Magier sah beunruhigt aus.

»Rad Ilex streift durch die Luxour. Der Feuervogel ist hier alleine nicht sicher.«

»Wie ...«

»Meguet Vervaine ist bei ihm«, sagte der Magier ausdruckslos. »Deine Verwandte. Die Kriegsmagier durchsuchen die Luxour.«

»Er muß sie dazu gezwungen haben«, sagte Nyx hastig. »Er hat sie verzaubert.«

»Wahrscheinlich«, pflichtete ihr der Magier höflich bei.

»Wie viele der Kriegsmagier sind hier draußen?«

»Alle.« Bedauernd schüttelte er den Kopf. »Magie wird einem hier wie Sand in die Augen geweht. Es ist schwierig, Gedanken, ja sogar Gesichter von den Lügen der Wüste zu unterscheiden. Sogar diejenigen von uns, die gemeinsam suchten, wurden voneinander getrennt. Du darfst den Feuervogel nicht verlieren.«

»Nein«, sagte sie, und er verschwand. Ein flimmerndes, gesichtsloses Geisterbild von ihm blieb in der Luft zurück. Eilig öffnete sie einen Pfad irgendwohin und verbrühte sich fast im Dampf einer kochenden Quelle.

Sie wich vor der Hitze und dem ekelhaften Geruch zurück und fand einen etwas kühleren Platz, wo sie nachdenken konnte. Umgeben von den brodelnden Quellen und den Nebelschwaden fühlte sie sich im Augenblick geborgen. Sie strich feuchte Haarsträhnen aus ihrem Gesicht und fragte sich benommen, wie sie in einer Wüste voller wilder Magie und Magiern, die sich kaum selbst finden konnten, die beiden aufspüren sollte, die hierher geflüchtet waren, um sich zu verstecken.

Die Luxour selbst hatte Rads Macht geformt. Das hatte Draken gesagt, und wenn Rad das Gesicht der Wüste, der Felsen, der Drachenträume und Schatten annehmen konnte, und wenn er seinen Kopf von allem außer den ständig wechselnden Winden der Macht freimachen konnte, dann würde sogar Draken mit seinen Drachenaugen und seinem gnadenlosen Verstand Schwierigkeiten haben, ihn zu entdecken. Aber Nyx konnte sich nicht vorstellen, wie Rad Meguet verstecken konnte. Er konnte ihren Körper vielleicht in einen Mondschatten verwandeln, aber nicht einmal er konnte ihre Gedanken verbergen. Sie würde an Nyx denken, an Ro Holding, an den Jungen Schwan. Worte, die in Saphier fremd waren, würden in Drakens Verstand eindringen. Wenn die Kriegsmagier Meguet nicht zuerst fanden. Wie Draken würden sie nach ihr suchen, um Rad zu finden. Würde Rad, der das wußte, Meguet zurücklassen, damit sie Draken sagen konnte, daß er sie gezwungen hatte? Wahrscheinlich würde Meguet eher kämpfen, und das würde der kürzeste Kampf ihres Leben werden. Und wenn Draken sie nicht tötete, würde er sie dazu benutzen, Nyx aus ihrem Versteck zu zwingen.

Und um den Schlüssel zu erhalten. Sie zuckte zusammen, dachte wieder an die Gefahr, in der sie selbst schwebte, und machte sich so durchsichtig wie der Dampf, der um sie herum waberte. Doch was würde er mit Brand machen? fragte sie sich. Sie war sicher, daß Rad Ilex diesen Zauber nicht auf ihn gelegt hatte. Wenn er ihn ebenfalls nicht lösen konnte, würde Brand die Stimme des Feuervogels dem Labyrinth des Jungen Schwans entreißen, sein Feuer Nyx wegnehmen und selbst die glühende Wüste mit seiner Verzweiflung versengen.

Aber der Feuervogel hatte Rad angegriffen. Brand hatte ihn als den Urheber des Zaubers bezeichnet.

Meguet hatte versucht, Rad vor Draken zu beschützen.

Rad wußte, wer den Zauber ausgesprochen hatte. Er war dabei gewesen.

Sie war so schockiert, daß sie wieder sichtbar wurde. Sogar in den heißen Dampfschwaden war ihre Haut eiskalt.

Keine Zeugen, hatte Draken gesagt. Niemand hatte es gesehen, nur er selbst, sein Sohn und Rad.

Drei Blätter. Eines blau wie Brands Augen. Eines golden wie die Luxour. Eines rot wie die Augen des schwarzen Kriegsdrachen.

»Draken«, flüsterte sie.

Und als hätte sie ihn herbeigerufen, tauchte er langsam in den Nebeln vor ihr auf.

Sie rannte los, bevor er ein Gesicht hatte. Aber sein inneres Auge erblickte sie und den Zufallspfad, den sie aus Chrysoms Buch gewählt hatte. Er setzte ihr nach, ein einzelnes Drachenauge, das in der Dunkelheit brannte, eine Kraft wie ein Nachtwind, der hinter ihr herwehte. Ihr fiel voller Schrecken ein, daß er sich eigene Pfade schmieden konnte, vielleicht nicht von einem Ort zum anderen, aber von hier nach nirgendwo. So schnell wie sie Chrysoms Pfad formte, löste er ihn wieder auf, zerschnitt ihr Silbergewebe, brachte sie an den Rand des Nichts oder führte ihren Pfad wieder auf sich selbst zurück. Schließlich verlor sie den Überblick über Chrysoms Muster und nahm an, daß der Pfad, über den sie flüchtete, sich in sich selbst schließen würde, um sie unweigerlich, Strang für verbogenen Strang, zum Drachen von Saphier zu führen.

In ihrer Verzweiflung öffnete sie einen anderen Pfad, dann noch einen, der von diesem wegführte. Sie formte einen dritten, einen vierten, warf sie in die Dunkelheit und rannte über sie, ohne zu wissen, welche Drachen an ihrem Ende auf sie warteten. Sie öffnete weitere, warf Silberfäden wie wirre Netze von sich, um einen vorbeiziehenden Moment festzuhalten und zu öffnen. Sie ließ Draken keine Zeit, die Pfade zu ändern, bevor sie einen neuen öffnete, formte immer wieder Abzweigungen in das Unbekannte. Schließlich öffnete sie zwei Pfade, die glücklicherweise so dicht aneinander verliefen, daß man sie fast nicht voneinander unterscheiden konnte. Sie floh über den einen Pfad und ließ Draken sich auf den anderen stürzen, bis er vollkommen mit sich selbst verwoben war und Draken feststellen mußte, daß er nichts darin gefangen hatte.

Das hoffte sie jedenfalls. Der Pfad, dem sie folgte, behielt unverändert Chrysoms Muster. Sie hatte keine Ahnung, wohin er führte. Sie überlegte, daß es nichts Schlimmeres geben konnte als den Drachen, der sie jagte. Als der Pfad endete, schloß sie ihn hinter sich, ließ ihn zu einer puren Möglichkeit werden, und dann zu einem Traum, den nur Chrysoms Schlüssel zum Leben erwecken konnte. Gestrandet auf irgendeiner Zeitinsel in der Luxour, drehte sie sich, um dem Drachen entgegenzutreten.

Zuerst dachte sie, sie sei allein. Sie stand am Eingang einer Höhle, die so gigantisch war, daß nicht einmal ihre Magieraugen Wände oder Decke finden konnten. Doch sie roch Erde, nasses Gestein, hörte das langsame Tröpfeln und Gluckern von Wasser. Sie machte einen Schritt nach vorne und spürte etwas, wo ihr Auge nur Luft sah. Prüfend ließ sie ihre Gedanken um dieses Etwas herumfließen: Vielleicht war es nur der Geist des Gesteins, das einst die Höhle ausgefüllt hatte. So wie sie es mit Chrysoms kleinen Gläsern getan hatte, ließ sie ihre Gedanken hineinfallen.

Für einen Moment schien sie nur aus Licht zu bestehen, als brannte die Sonne hinter ihren Augen, und als leuchteten ihre Knochen hell wie Feuer. Sie konnte weder sprechen noch denken. Sie war gestaltlos und hell wie die Mittagsluft in der Luxour. Dann blinzelte die Sonne, und sie spürte kalten Stein unter ihrem Gesicht, unter ihrem Körper. Sie begriff, daß sie gestürzt war. Zitternd, benommen und blind stand sie auf und wartete auf das Einsetzen des Schmerzes, auf die Strafe für das Berühren eines Feuers. Doch sie spürte nur den kühlen Atem der Höhle. Schließlich öffnete sie die Augen und sah den Drachen.

Sein Schatten hatte sich anscheinend in ihr Bewußtsein gebrannt. Ihre Augen enthüllten einen dunklen Umriß in der Finsternis. Der mächtige Kopf ragte über ihr auf. Er hätte sie mit einem Biß mühelos verschlucken können. Seine großen Augen glänzten schwach, Lichtflecken, so farblos wie die Sterne. Seine Stimme füllte die Höhle oder ihren Kopf wie langsamer, alter, trockener Staub, der über Staub hinwegtrieb.

»Wer bist du?«

Ihr Stimme klang dünn verlor sich zitternd in dem riesigen Raum. »Es tut mir leid ...«

»Antworte.«

»Nyx Ro. Eine Magierin. Ich kam ... ich rannte ... ich habe dich nicht gesehen. Ich wollte dich nicht stören.«

Sie hörte seinen endlos langen Atemzug. »Nyx Ro. Rannte. Von woher? Wohin? Antworte.«

»Ich rannte vor jemandem davon. Vor einem anderen Magier.«

»Welchem Magier?«

»Draken Saphier.«

Sie hatte keine Vorstellung davon, was diese Worte für ihn bedeuten mochten: Er würde nie auf die Idee kommen, zu rennen, und sie konnte sich nichts vorstellen, was ihn dazu veranlassen könnte, wegzulaufen. Riesige Nüstern, farblos und verschwommen, weiteten sich ein wenig. Sie hörte ihn zischen. »Wenn Menschen rennen, rennen sie von einer größeren zu einer kleineren Gefahr. Sie rennen nicht die Spinnenweben der Zeit hinunter dorthin, wo unbekannte Drachen warten. Wie hast du mich gefunden? Antworte.«

»Ich habe ein Buch mit Pfaden ...«

»Du hast sie nicht gemacht.«

»Nein.«

»Ich fresse die Pfade derjenigen, die ich nicht mag.« Er bewegte sich ein wenig. Ein hohles Echo rollte durch die Höhle. Funken sprühten, als seine Schuppen über den Fels rieben. Sie konnte immer noch nicht seine Farbe erkennen. Sie schluckte.

»Du frißt Macht.«

»Ich verabscheue kleine Störungen.«

Sie machte eine Bewegung, ging einen halben Schritt auf ihn zu. »Ich werde dich nicht ...« Schwarze Monde, die sich aus der Dunkelheit formten, senkten sich hinter ihr, schoben sich ineinander und schlossen sich. Sie war von Drachenklauen umringt und fragte sich, ob einige der kleinen Störungen, die er fraß, Menschen waren. Vorsichtig sagte sie: »Ich wäre kaum eine lohnende Mahlzeit. Du hast mich schon genug erschreckt. Deine Macht ist wie die der Luxour, alt und unvorstellbar. Du hast es nicht nötig, mir zu drohen, so wenig wie die Sonne es nötig hat zu drohen. Ich muß zurück in die Luxour. Diejenigen, die ich liebe, sind in schrecklicher Gefahr. Wenn ich für die Störung einen Preis zahlen muß, sag mir einfach, welchen.«

Er machte wieder ein Geräusch, ein schwaches, fernes Grollen. »Wer stört die Luxour? Antworte.«

»Draken Saphier. Und seine Magier.«

Eine Augenlid senkte sich, Sterne verschwanden und tauchen wieder auf. »Ein Sandsturm. Das zufällige Verrutschen eines Felsens. Die Luxour wird es überleben.«

»Ja.« Ihre Stimme zitterte wieder. »Aber Brand Saphier vielleicht nicht. Und Ro Holding vielleicht nicht ...«

»Menschennamen. Menschenträume.«

»Ich kenne nur diese. Ich bin nun einmal ein Mensch. Ich habe nicht die Zeit eines Drachen zum Lieben. Während ich hier in deinem Griff stehe, störe ich dich nur, und diejenigen, die ich liebe, verlieren vielleicht ihr Leben. Bitte laß mich gehen. Sag mir, was ich tun soll. Ich werde dich in Ruhe lassen, du wirst mich nie wieder sehen. Bitte.«

»Du hast mich geweckt, Nyx Ro. Hast meinen geheimen Pfad aus Magierfeuer gewebt.«

»Zerstör den Pfad hinter mir«, sagte sie verzweifelt. »Ich habe keine Macht, solche Dinge zu bewerkstelligen, ich kann nur den Pfaden folgen.«

»Wer stellt sie her? Antworte.«

»Er ist tot.«

»Wer noch?«

»Niemand.«

»Warum bist du hierhergekommen? Was für ein Sturmwind über der Luxour läßt Menschen aus der Zeit hinauslaufen? Antworte.«

Sie atmete durch und hielt die Luft an. Es kam ihr vor, als hätten sich seine Gedanken miteinander verschlungen, in einer Frage gefangen, auf die es keine Antwort gab. Es gab keinen Platz, an dem sie sich vor seinen hellen, unbarmherzigen Augen hätte verbergen können. Er würde die Blätter von Chrysoms Buch in ihrem Bewußtsein verbrennen. Er konnte ihre Knochen in Gold verwandeln und horten, bis in der Luxour Bäume wuchsen. Sie suchte nach einer Antwort, die er noch nicht gehört hatte, und endlich fiel ihr das Wort ein, nachdem sie gesucht hatte.

»Der Sohn des Drachen«, sagte sie.

Der Drache schwieg. Sie wartete einen Augenlick lauschend, bevor sie begriff, daß die Finsternis um sie herum keine dunklen Schatten mehr enthielt und die Stille keine Fragen hatte. Sie drehte sich zitternd um und öffnete Chrysoms Buch, um einen einfacheren Weg zurück in die Luxour zu finden.

Kapitel 16

Rad Ilex machte einen Schritt von dem Zeitpfad in die Luxour und verschwand. Meguet, die sich hektisch im Mondlicht nach ihm umsah, fühlte Winde und schimmernde Schleier aus Dunkelheit und Silber, die um sie herumwirbelten. Sie schloß die Augen und hörte Rads Stimme.

»Meguet.«

»Was?« fragte sie. Sie öffnete die Augen und sah nichts als die leere, windgepeitschte Wüste.

»Ich habe dich unsichtbar gemacht.« Für einen Moment wagte sie nicht, sich zu bewegen. Sie blickte starr geradeaus, um nicht herunterzublicken und feststellen zu müssen, daß sie auf nichts stand. »Hab keine Angst«, fügte er hinzu. »Du selbst kannst dich sehen. Auch ich kann dich sehen.«

»Ich kann dich nicht sehen.«

»Warte.«

Langsam erschien er aus Luft und Nacht. Sie sah, wie die seltsamen Winde über ihn glitten. Als sein Gesicht mehr war als ein leerer Schatten, sagte er leise: »Ich benutze die Macht der Luxour dazu. Überall in der Wüste herrschen turbulente Kräfte. Draken wird Schwierigkeiten haben, mich von ihnen zu unterscheiden.«

»Wodurch werden sie verursacht?«

»Durch Drachen, glaube ich. Sie atmen Macht. Sie träumen sie. Sie entweicht aus all ihren privaten Welten in die Wüste. Ich kann mich darin verkleiden. Aber es wird schwieriger sein, dich zu verstecken. Sieh.«

Sie blickte zu Boden und sah einen Mondschatten, den die seltsame Kraft an ihre unsichtbare Ferse geheftet hatte: einen schwarzen Schwan mit ausgebreiteten Flügeln. Sie schluckte trocken. Der Schatten löste sich auf und verschwand mit dem Wind.

»Wird er sehen, daß ...«

»Ich weiß es nicht. Die Magie erschafft sich immer wieder neu, besonders, wenn sie auf andere Machtquellen reagiert.« Sie hörte damit auf, die Nacht nach dem Schatten des Jungen Schwans zu untersuchen und sah Rad an. Er sagte: »Ich kann mich vor Draken Saphier verstecken. Vielleicht kann ich auch dich verstecken. Aber du kannst dich nicht vor der Luxour verstecken.«

Sie begriff, daß er besorgt war, und zwar aus gutem Grund. Sie spürte wieder den Boden unter sich weichen, als ob sie auf nichts stand. »Es ist eine Kraft, die sich nur regt, wenn der Junge Schwan verteidigt werden muß«, hörte sie sich sagen. »Wenn Ro Holding selbst in ernster Gefahr ist.«

Sie sah, wie sein grimmiges Gesicht noch ernster wurde. »Jetzt?« fragte er ungläubig. »Mitten in der Luxour, wo hundert Magier und Draken Saphier auf jede Andeutung von Macht lauern?«

»Wenn Draken Ro Holding bedroht oder Nyx bedroht wird auf eine Weise, die Ro Holding selbst gefährdet, verlangt mein Erbe von mir, daß ich für den Jungen Schwan kämpfe. Sogar in der Luxour. Sogar gegen hundert Magier.«

Ein weiterer Schatten bildete sich und löste sich von ihr: eine schwarze Rose. Sie hörte seinen Atem. »Wie bist du ausgebildet worden? Und von wem?«

»Von niemandem«, sagte sie einfach. »Ich wurde geboren. Ich bin das Auge des Jungen Schwans, seine Hand. In solchen Momenten. Jetzt bin ich nur eine Frau, mitten in der Nacht in einer Wüste, die sich ohne ein Schwert einer Gefahr gegenübersieht.«

»Ein Schwert. Du hast gesehen, wieviel es dir in Chrysoms Turm genützt hat.«

»Ich weiß. Aber ich würde mich damit besser fühlen.«

»Wenn ich es riskieren könnte, würde ich dir hundert Schwerter machen. Aber wenn du eine Waffe gegen die Kriegsmagier erhebst, die rituelle Klingen tragen, werden sie zurückschlagen. Sie sind schnell, erbarmungslos und wirkungsvoll. Du hast gesehen, was Brand tun konnte. Und er ist noch nicht einmal ein Magier.«

Sie nickte mit großen Augen. »Sie haben mich belogen.«
»Wer?«
»Die Kriegsmagier. Sie haben behauptet, daß der Tanz nur ein Ritual sei. Ich glaubte ihnen nicht, und sie wußten es.«
»Sie bereiten sich auf einen Krieg vor. Es ist ihnen egal, wo er stattfinden wird. Sie wollen mit einem Angriff durch die Zeit experimentieren: eine Armee von Magiern und Kriegern und Drachen, die anscheinend aus dem Nichts auftauchen und wieder darin verschwinden kann. Ro Holding ist genausogut wie jeder andere Ort, um damit zu beginnen.«
Sie starrte blicklos auf den Boden und versuchte nachzudenken. »Wir müssen Nyx finden.«
»Und diesen Schlüssel, bevor Draken es tut. Ich kann ihn für immer vor ihm verstecken, zwischen den Drachen.«
»Sie werden dann immer noch Zeitpfade haben«, sagte sie gepreßt. »Wer wird Ro Holding verstecken?«
Er schüttelte den Kopf und sah forschend über die Wüste. Doch die einzige Bewegung, die sie im Mondlicht erkennen konnte, waren die Staubwolken. Sie hätten die einzigen Menschen in der Luxour sein können. »Ich werde tun, was ich kann.«
»Kannst du etwas Wasser finden? Mit diesem Gesicht siehst du aus, als seist du schon tot.«
»Oh.« Er berührte es. Die dunkle Maske aus Blut und Staub verschwand. Sein eigenes Gesicht, verzerrt von Erschöpfung und Schmerz, machte keinen tröstlicheren Eindruck. Er stand ruhig da und ließ seine Gedanken lange wandern. Er schien aus der Macht der Wüste Kraft zu ziehen, und aus den alten, unveränderlichen Bergen Ruhe. Sein Gesicht entspannte sich ein wenig, während er sich der geliebten Wüste zuwand. Als er sich endlich wieder bewegte, sagte sie: »Und was jetzt?«
»Ein Dutzend Magier schleichen in der Nähe herum, aber weder Draken noch Nyx sind dabei.«
»Ich kann nichts sehen«, sagte sie erschrocken. »Können sie uns sehen?«
»Ich kann sie auch nicht sehen. Aber ich kenne den Unter-

schied zwischen der Macht eines Kriegsmagiers und der Macht der Luxour. Das gibt mir Sicherheit. Für sie bin ich nur ein beliebiger Gedanke der Luxour.«

»Und was bin ich?«

»In Gefahr«, antwortete er. »Laß uns zwischen den Felsen und Quellen suchen. Es ist leichter für sie, sich dort zu verstecken als hier draußen.«

Sie erschlossen einen neuen Zeitpfad zum Rand eines dampfenden Wasserfalls, der über Stufen hinunterstürzte, die er in den Felsen gegraben hatte, und der von allen denkbaren Opalschattierungen überzogen war. Rad schwieg. Er sucht wieder, dachte Meguet, während die feuchten, übelriechenden Nebel zwischen ihnen waberten, nichts fanden, auf das sie sich hätten legen können, und wieder verschwanden. Schließlich hörte sie Rad aufatmen.

»Ich glaube, sie ist hier ...« Dann verschwand er wieder in seinen Gedanken. Meguet beobachtete, wie die wirbelnden Farben des Wassers ein Spiegelbild ihres Gesichts formten. Das Spiegelbild glitt wie ein Blatt die Stufen hinunter, bevor es zerbrach. Ein Kriegsmagier erschien aus dem Nichts und starrte in das Wasser. Plötzlich drehte er sich um und spähte in die Nebel. Meguet wagte nicht zu atmen. Sie verwandelte ihre Gedanken in Dampf, Fels und Kristall. Dann sprang der Nebel den Magier an, strömte sengend in seinen Mund, als er Luft holte, um einen Schrei auszustoßen. Er stürzte rückwärts in das brühend heiße Wasser und folgte Meguets Spiegelbild in tieferes Wasser. Meguet sah, wie sich über ihm ein Silberpfad zu bilden begann, der zerbrach, als er versank. Eine seiner rituellen Klingen wirbelte aus dem Wasser und hieb auf die Kristalle am Ufer. Meguet betrachtete sie, konnte sich aber irgendwie nicht von der Stelle rühren.

Nah an ihrem Ohr hörte sie Rads Stimme und zuckte zusammen.«Ich habe Brand gefunden. Den Feuervogel. Aber ich kann Draken nicht entdecken.«

Endlich konnte sie sich wieder bewegen und versuchte, ihn zu berühren. »Laß uns Nyx finden. Sie muß nach Hause gehen. Sie wird nicht weggehen, ohne zu wissen, wo ich bin.«

»Sie wird nicht ohne dich gehen«, sagte er verwirrt.

»Ich muß hierbleiben. Ich kann mich nicht hinter den Mauern von Ro Haus verstecken und darauf warten, daß Draken Saphier seinen Krieg dorthinbringt. Wenn ich kämpfen muß, muß ich hier kämpfen.«

»Du wirst sterben«, sagte er ungläubig.

»Entweder hier oder in Ro Holding. So wie ich bei der Verteidigung von Chrysoms Turm gestorben wäre, wenn Draken Saphier an deiner Stelle gekommen wäre, um den Schlüssel zu stehlen. Es ist mein Erbe.«

»Es ist lächerlich« fauchte er, aber sonst nichts mehr, denn die Nebel, die nach Meguets Gedanken schnappten, türmten sich wirbelnd zu einer hohen weißen Säule auf. Sie war mit etwas bedeckt, das auf den ersten Blick wie rote Rosen wirkte, sich dann aber zu Meguets Schrecken in die bösartigen, flammend roten Augen des schwarzen Drachen verwandelte. Sie blickten in alle Richtungen, die Augen von Draken Saphier. Sie sahen durch Nebel, durch Rads Zauber, durch ihr Bewußtsein in das Auge des Jungen Schwans ... »Komm«, sagte Rad und packte sie. Sie konnte sich nicht bewegen. Er riß sie grob fort von dem Bild und hinab auf einen neuen Silberpfad.

An seinem Ende waren sie von brodelnden Quellen umgeben. Sogar der Schlamm sprach. Meguet konnte die gelbe Felswand kaum erkennen, die über den schlammigen Quellen aufragte, dabei hätte sie sie mit der Spitze eines Breitschwertes erreichen können. Sie wartete, während Rad den Platz absuchte. Dann kamen seine Gedanken zurück zu ihr.

»Du mußt weg von hier«, flüsterte er. »Du wirst uns beide umbringen.«

»Dann verlaß mich.«

»Nein.«

»Sind sie wirklich?« fragte sie. »Die Drachenaugen?«

»Eines war vielleicht wirklich. Draken weiß mit den Kräften der Luxour zu spielen. Aber nur so, wie ein Mann mit einem Finger Flöte zu spielen versteht. Ich kann ihn immer noch nicht finden. Es wird gefährlich genug sein, ihn zu finden, aber es ist noch viel gefährlicher, nicht zu wissen, wo er ist.«

»Versteck dich«, schlug sie nach einem Moment vor. »Ich werde ihn zu dir bringen.«

Er warf ihr einen dunklen Blick zu, sagte aber nur: »Wie es aussieht, wirst du das ohnehin bald tun. Erst will ich den Schlüssel. Dann mußt du mit Nyx Saphier verlassen. Und dann will ich Draken Saphier. In dieser Reihenfolge.«

Sie machte sich nicht die Mühe, ihm zu antworten. Sie sah, daß sich in der soliden gelben Felswand etwas bewegte. Nebel, dachte sie, ein kleines Wasserrinnsal. Aber irgend etwas brachte sie dazu, Rad am Arm zu fassen, ihn still zu warnen. Ihre Finger faßten ins Leere. Sie konnte ihn nicht mehr sehen. Die kleine Bewegung wurde zu einem Riß in dem Felsen. Während sie hinsah, verbreiterte er sich. Dann riß die Felswand auf wie Papier, und ein Dutzend Kriegsmagier kamen zum Vorschein.

Sie war sofort von ihnen umzingelt. Ihre wirbelnden Klingen sausten um sie herum in den Boden und verlängerten sich zu einem tödlichen Käfig, der so eng war, daß sie sich in den Unterarm schnitt, als sie sich umdrehte. Die Launen der Wüste ließen auf einem der Schwertgriffe Schwäne erscheinen, und sie griff verzweifelt danach. Silbernes Licht schoß über ihre Hand und betäubte sie. Sie taumelte zurück, und eine andere Klinge schnitt ihr in die Schulter. Verzweifelt fand sie ihr Gleichgewicht wieder und stand zitternd da, während die Magier auf der Suche nach Rad Ilex in den Nebeln verschwanden und wieder auftauchten.

Der Boden um sie herum verwandelte sich in kochenden Schlamm. Er verschluckte die Klingen der Magier und einen der Magier, der Meguet ansprang. Er wurde mitten in der Luft sichtbar, als eine Schlammwoge sich aus dem Boden erhob, ihn erfaßte und mit sich herabzog. Überall stiegen Dampfsäulen hoch, in denen kleine Gold- und Silberkörnchen glänzten. Meguet versuchte, ihren Arm wegzuziehen, als eine Hand sich um ihr Handgelenk schloß. Die Hand zog fester. Die Silberkörnchen bildete ein Muster um sie herum.

Dann zersplitterte das Muster wie Glas. Sie hörte Rad aufschreien. Der Griff um ihr Handgelenk lockerte sich und wurde dann wieder fester. Licht flammte auf, hell und schmerzhaft wie ein Blitz. Die Insel, auf der sie stand, schmolz unter ihr. Sie hatte keine Zeit zu schreien, bevor sie in den Schlamm hinuntergezogen wurde. Doch wie der Nebel fand auch der Schlamm keinen Halt an ihr. Silber wob sich in den Morast. Sie konnte plötzlich wieder sehen, als der Schlammtümpel sich auflöste. Rad blieb weiterhin unsichtbar. War es überhaupt Rad? fragte sie sich plötzlich voller Panik. Oder war es Draken Saphier, der sie auf den Zeitpfad ziehen wollte? Sie riß sich heftig los. Ein Schwarm kleiner Schwäne löste sich aus dem Silberpfad, erhob sich in die Luft und kreiste um sie herum. Sie blieb stehen und spähte mit großen Augen ins Nichts.

»Meguet.«

Es war Nyx. Die Schwäne zerbrachen an dem Wort und wurden wieder zu Silber. Nyx erschien einen Augenblick später, bleich und aufgelöst. Ihre Augen waren voller Farbe, aber soweit Meguet sehen konnte, war sie unversehrt. Nyx holte tief Luft und schloß die Augen. »Meguet«, sagte sie noch einmal.«An was für einem Ort finde ich dich hier? Ein See aus kochendem Schlamm.«

»Nyx.« Als sie den Namen aussprach, fühlte sie sich so hilflos wie noch nie in ihrem Leben. Da fand sie nun die Erbin von Ro Holding unter der Erde in einem fremden Land, während über ihren Köpfen ein tödlicher Zaubersturm wütete. »Hast du eine Vorstellung davon, in welcher Gefahr du schwebst?«

Nyx nickte. »Ich weiß genau, in welcher Gefahr ich mich befinde. Genau wie du und Ro Holding.« Ihre Stimme klang gefaßt, aber als sie Meguets blutenden Unterarm berührte, sah Meguet ihre Hand zittern. »Du bist verletzt.«

Meguet riß ungeduldig einen Stoffstreifen von dem aufgerissenen Ärmel. »Nyx, hör mir zu ...« Sie brach ab und blickte suchend in die geräuschlose Finsternis jenseits des Zeitpfads. »Wo ist Rad Ilex?«

»Er kämpft noch immer mit den Magiern.« Sie nahm den Stoffstreifen und wickelte ihn sorgfältig um Meguets Arm. »Ich dachte, ohne dich wäre er sicherer.«

»Auch er sagte das. Aber er wollte mich nicht verlassen.«

»Du könntest genausogut eine lodernde Fackel tragen, soviel Macht strömst du aus.«

»Ich kann es nicht ändern. Rad hat sich auch schon darüber beschwert.« Nyx untersuchte ihre Schulter, aber Meguet drehte sich weg. »Nyx, hör zu.«

Nyx stand mit verschränkten Armen ruhig vor ihr. Ihre Augen waren wieder farblos. »Ich höre zu.«

»Ich will, daß du mir diesen Schlüssel gibst, nach Ro Holding zurückgehst und keinen Schritt mehr in die Luxour setzt.«

Nyx zog eine Augenbraue hoch. »Tatsächlich? Und was tust du derweil? Bekämpfst mit deinem guten Willen die Kriegsmagier von Saphier? Sei nicht albern.«

»Dann gib Rad den Schlüssel und geh nach Hause. Er kann die Drachen finden und sie in die Luxour bringen, um Draken zu bekämpfen.«

Nyx schwieg einen Moment und hielt ihre Oberarme fest umklammert.
Sie wich Meguets Blick aus. Ihr Gesicht war ausdruckslos. »Hält er sie für so hilfsbereit? Daß sie sich zum Kampf für oder gegen Draken erheben, je nachdem, welcher Mensch ihnen seine Laune als erster unterbreitet? Sie sind sehr gefährlich.«

»Ich weiß es nicht.« Meguet rieb sich müde die Augen. »Ich weiß nicht, was er denkt, ich weiß nur, daß es das ist, was er will. Er sagt, daß er die Macht der Luxour nutzt. Vielleicht kann er sie damit überreden. Wenigstens könnte er den Schlüssel vor Draken verstecken. Vielleicht könntest du es auch. Versteck ihn auf irgendeinem Zeitpfad und geh.« Nyx rührte sich nicht. Meguet erhob die Stimme. »Nyx, du bist die Erbin von Ro Holding.«

»Ich könnte auch die Erbin des Mondes sein, wenn es uns nicht gelingt, Draken hier und jetzt aufzuhalten. Ich weiß, was er will. Wenn ich nach Hause ginge, säße ich nur in Ro Haus und würde darauf warten, daß er und seine Armee von Magiern und Drachen an das Tor klopfen. Ich habe deinen Verwandten mit dem maisfarbenen Haar in Chrysoms Turm auftauchen sehen, kurz bevor ich mit Brand aufgebrochen bin. Er kam, um mich zu warnen.«

»Warum bist du dann gegangen? Nyx, was hat dich getrieben, hierherzukommen?«

»Was hat dich getrieben zu glauben, du könntest die Luxour zu Fuß durchqueren, um an Draken Saphiers Hof zu gelangen?«

»Ich mußte die Gefahr finden – ich konnte sie nicht sehen, solange ich sicher in Rads Dorf saß.«

Nyx zuckte mit den Schultern. »Ich konnte nicht sehen, was der Feuervogel sah, wenn ich sicher in Chrysoms Turm saß. Und ich hätte dich nicht finden können. Das ist für dich vielleicht nebensächlich, aber meine Mutter schien es für wichtig zu halten. Was für eine Warnung hast du erhalten?«

»Ich sah im Morgenlicht einen Drachen aus Nacht und Sternen vor Rads Tür. Zuerst dachte ich, daß Rad die Gefahr ist – er wußte zuviel –, und als Draken mich in der Wüste fand, war er sehr überzeugend. Ich wußte nicht, ich war durcheinander …«

»Aus gutem Grund.«

Meguet schwieg. Sie erinnerte sich an den Drachen, ihre Hand glitt zu ihrer Schulter. »Ich bezweifle, daß Corleu auch nur den Namen von dem wußte, vor dem er dich warnen mußte. Der Drache jagt den Jungen Schwan. Das ist die Warnung.«

»Das habe ich mir gedacht.« Nyx starrte ins Leere, befand sich auf einem komplizierten Pfad des Zaubers oder der Erinnerung, während Meguet grimmig darüber nachdachte, was sie beide erwartete. »Brand«, sagte Nyx leise. Der Name brachte wieder Farbe in ihre Augen. »Er könnte Draken aufhalten.«

»Warum sollte er?«

»Es ist kompliziert«, sagte Nyx, und dann nichts mehr,

schien plötzlich sprachlos geworden zu sein. Meguet sah sie an und fand die unausgesprochenen Worte in ihren Augen.

»Nyx Ro«, sagte sie ungläubig. »Er ist ein Krieger!«

»Na und? Du liebst einen Torwächter.«

»Er ist wenigstens ein Teil von Ro Holding.« Meguet legte sich die Hand auf die Stirn, wo ihr Kopf zu schmerzen begann, und fügte gereizt hinzu: »In Moros Namen, Brand weiß kaum, wer er ist. Außer, daß er der Sohn eines Herrschers ist, der die vier Holds von Ro Holding mit Drachenfeuer versengen will. Ist er der Erbe von Saphier?«

»Ich habe vergessen, danach zu fragen.«

»O Nyx, also wirklich.«

»Solche Dinge sind in Ro Holding unwichtig. Das weißt du. Ich kenne nicht einmal den Namen meines Vaters.«

»Das kommt daher, daß deine Mutter sich diskret und privat verliebt hat, und nicht, wie ich annehmen möchte, mitten in einem fremden Land, in einen Mann, der die meiste Zeit des Tages auf einem Baum sitzt.« Sie hielt sich ihre verletzte Schulter mit schmerzverzerrtem Gesicht.

»Wahrscheinlich«, sagte Nyx etwas ruhiger. Sie zog die Elfenbeinkugel aus ihrer Tasche, öffnete sie und zog etwas heraus, das wie eine braune, verschrumpelte Hand aussah.

»Was ist das?«

»Olemwurzel. Aus Berg Hold.« Sie legte sie sanft auf Meguets Schulter. Ein Taubheitsgefühl wogte über den Schmerz. Der Geruch von Nelken, Erde und Pfefferminz schien sogar den bohrenden Kopfschmerz zu besänftigen. »Bauernzauber. Sie wird hängenblieben, bis die Blutung gestoppt ist, und dann abfallen und wieder verdorren. Ein wenig abstoßend, aber es hilft.«

»Ja«, seufzte Meguet. »Danke. Also. Brand wird um deinetwillen seinen Vater davon abhalten, Ro Holding zu zerstören?«

»Nicht unbedingt um meinetwillen«, sagte Nyx ohne weitere Erklärungen. Auch ihr Gesichtsausdruck blieb unergründlich. Sie nahm den Bernsteinohrring aus der Kugel und hängte ihn sich ans Ohr. Goldfeuer schimmerte über ihn hinweg und verschwand. »Wie du ganz richtig gesagt hast, wir kennen uns kaum.« Leise fügte sie hinzu: »Aber seinen Vater kennt er noch weniger.«

»Was …«

»Wir müssen den Feuervogel jetzt finden. Schnell.«

»Draken wird bei ihm sein.«

»Draken war allein, als ich ihn zuletzt sah. Ich hoffe, die Luxour hat sie getrennt.«

»Was ist mit Rad?« fragte Meguet besorgt, als Nyx das silberne Muster entwarf, das sie in ihre Zukunft führen sollte. »Sollen wir ihn sich selbst überlassen?«

»Er würde den Feuervogel nur ablenken. Ich will Brands ungeteilte Aufmerksamkeit.« Sie lauschte einen Moment, wonach, konnte Meguet nur ahnen: Drachenatem, die lautlosen Stimmen der Magier, die Schritte des Drachenfürsten. »Komm.«

Winde, Wüste und Sterne umgaben sie am Ende des Pfades. Meguet sah die geborstenen Paläste in den nächtlichen Himmel ragen. Die durchsichtigen, flüchtigen Farben von Libellenflügeln leuchteten in Fensterhöhlen und verschwanden wieder. Im nächsten Augenblick waren die Paläste nur Felsen.

»Sollen wir uns verstecken?« flüsterte sie zu Nyx. »Sind wir unsichtbar?«

Nyx schüttelte den Kopf. Der Wind zerzauste ihr Haar in dunkle, wirre Strähnen. Für einen Moment spiegelte sich Mondlicht in ihren Augen. »Ich will, daß der Feuervogel mich findet.«

»Was ist, wenn die Magier dich zuerst finden?«

»Das ist ein Risiko, das ich eingehen muß.« Als Sterne auf dem Boden um Meguet herum funkelten und sich zu einer vertrauten Konstellation zusammenfügten, flüsterte sie: »Meguet. Wirst du damit aufhören!«

Der Junge Schwan erhob sich über ihren Köpfen. Sternenfeuer markierte seine Schwingen und sein kalt leuchtendes Auge, bis der Wind die Sterne auseinandertrieb und sie wie erlöschende Funken durch die Finsternis fielen. »Das ist die

Luxour«, sagte Meguet ein wenig unwillig. »Ich kann es nicht kontrollieren.«

»Ich auch nicht.«

»Was soll ich deiner Meinung nach tun? Soll ich mich verstecken?«

»Warte zwischen diesen Felsen. Vielleicht können ihre Kräfte die deinen überdecken.«

Meguet ließ sie allein zurück, kaum mehr als einen Schatten in der Wüste, der eine Kraft benutzte, um den Feuervogel herbeizurufen, die gleichzeitig einfacher und viel komplizierter war als jede Zauberkraft. Sie drehte sich um, als sie zwischen die nächstgelegenen Felsmassive trat, und sah, daß kleine schwarze Schwäne sich aus ihren Fußabdrücken in die Luft erhoben. Erschrocken kletterte sie tiefer zwischen die Steine.

Das Licht des Mondes hob ihren eigenen Schatten von der Dunkelheit ab. Sie blickte auf und sah wieder die gespenstische Verwandlung von wirren Felsformationen in die eingestürzten Mauern und geborstenen Türme einer riesigen Palastruine. Ihre Gedanken wanderten einen imaginären Zeitpfad entlang und fanden den Palast wieder in einem Moment so dicht an der Zeit der Luxour, daß die beiden Welten aus Wüste und Palästen, die von gewaltigen, zufälligen Kräften aus dem Gleichgewicht gebracht wurden, sich dauernd überlappten. Das Mondlicht in den hohen Fenstern wurde von Schmetterlingsfarben überzogen. Dann verschwanden die Farben wieder, und kaltes Licht fiel über die Steine. Sie hörte Nyx' Stimme.

Geräuschlos ging sie an den Rand der Felsen und spähte durch die Öffnung. Der Feuervogel war zu Nyx gekommen. Sie lockte ihn an, und er schraubte sich zu ihr hinunter. Schließlich setzte er sich vor sie und blickte sie einen Moment lang an. Er bewegte sich nicht, schrie weder Kummer noch Feuer. Und dann verwandelte er sich.

Er ist frei, dachte Meguet staunend. Doch dann bebten die Felsen um sie herum, und er verwandelte sich wieder vor ihren Augen. Sie erkannte die breiteren, kräftigeren Schultern, das Weiß in seinem Haar. Sie fühlte, wie etwas aus ihrem ganzen Körper herausflammte. Die Winde packten ihre Angst und formten sie zum Schatten eines Drachen.

Nyx verschwand. Draken drehte den Kopf und blickte in Richtung der Felsen, zwischen denen Meguet sich versteckte. Nyx tauchte wieder auf.

»Nein«, sagte sie mit scharfer Stimme.

»Dann gib mir, was ich will.«

»Wo ist Brand?«

»Da, wo ich ihn verlassen habe. Gib mir den Schlüssel. Dann werde ich dich und Meguet auf den Pfad nach Ro Holding bringen. Ihr könnt nach Hause gehen.«

»Um dort auf dich zu warten.« Ihr Stimme zitterte vor Wut. Draken sagte leise: »Ja.«

Meguet spürte wieder etwas durch ihren Körper flammen. Diesmal formte ihre Wut den Schatten, der geräuschlos und schwarz wie die Nacht mit seinem kalt brennenden Auge auf Draken Saphier zuflog. Sie flog und flog doch nicht. Sie spürte, wie sich neue Kraft in ihr sammelte, während der schwarze Schwan sich ihm näherte. Blaues Licht flackerte an seinen Schwingen entlang. Draken mußte gehört haben, wie sich der Wind vor ihm teilte, denn plötzlich fuhr er herum und hob die Hand. Der schwarze Drache zeichnete sich mit funkelnden roten Augen vor Mond und Sternen ab. Er öffnete sein Maul, schwang seinen langen Hals herab und packte den schwarzen Schwan, als er in Draken Saphier hineinflog.

Er schrie auf, als die blaue Flamme über ihn zuckte. Dann zermalmte der Drache den Hals des Schwans und schleuderte ihn zur Seite. Meguet, die immer noch in ihm gefangen war, spürte, wie sein Tod ihr die Kraft aus Geist und Körper sog. Sie schien zu fallen, tiefer und tiefer, entfernte sich immer mehr von einem Lichtpunkt, der immer kleiner wurde, so klein, daß sie ihn kaum noch sehen konnte, obwohl es ihr in ihrem Sturz so vorkam, als sei er die einzige wichtige Sache, die es zu tun gab.

Dann nahm der harte Boden unter ihr wieder Gestalt an.

Jemand packte und schüttelte sie. »Meguet!« Sie öffnete die Augen. Die Welt war immer noch schwarz, aber sie erkannte Rads Stimme. Sie hob den Kopf und sah, daß Draken aufstand. Neben sich hörte sie ein merkwürdiges Geräusch. Draken hörte es auch und verschwand gerade noch rechtzeitig, bevor das magische Licht einschlug.

Auch Nyx war verschwunden. Das Licht schlängelte sich an der Stelle durch die Luft, an der sie sich befunden hatte, und machte eine der Kriegsmagierinnen sichtbar. Der Glanz des Lichtes fing sich in ihren rituellen Klingen und Zeitpfaden und leuchtete heller als der Mond. Dann schien alles Licht von ihr zu weichen, wurde ein Stück von der Dunkelheit der Nacht. Ohne einen Laut stürzte sie zu Boden. Ein anderer Magier erschien neben ihr. Kraftströme federten auf Rad zurück. Die Felsen um ihn herum bebten. Ein Steinsplitter schrammte an Meguets Wange vorbei. Sie zuckte zusammen und hörte Rad etwas flüstern.

»Bleib hier«, sagte er und verschwand. Sie kam taumelnd auf die Beine, suchte Halt an den Felsen und spähte hinaus.

Sie sah eine ruhige und leere Wüste. Dann flimmerten sowohl Rad als auch Nyx in der Luft, als würden sie von jemandem in dessen Blickfeld gezogen und zögen sich andauernd wieder daraus zurück. Während sie in dem gnadenlosen Kampf langsam sichtbar wurden, erschienen um sie herum die Kriegsmagier im Mondlicht, still wie Monolithen.

Draken sah Meguet. Sofort war er ein Auge in ihrem Bewußtsein, blutrot und völlig starr. Sein Blick verfolgte sie, wohin sie auch floh, und zwang sie schließlich in ein Labyrinth, in dem sie an jeder Kreuzung die falsche Wahl traf, und wo jede Wand, die ihr den Weg versperrte, sich in das Auge des Drachen verwandelte und sie weiterzwang. Einmal wandte sie sich um und begegnete seinem Blick, weigerte sich, sich zu bewegen. Das Auge verwandelte sich in Feuer in ihrem Kopf, und aus weiter Entfernung hörte sie ihre eigene Stimme. Sie rannte.

Plötzlich konnte sie wieder sehen. Sie war auf den Knien,

klammerte sich an Felsen und zitterte, als sei sie durch das Palastlabyrinth der Luxour um ihr Leben gerannt. Draken hatte sich von ihr abgewandt, um die Ankunft des Feuervogels zu beobachten.

Er flog schnell, und er flog geradewegs auf Rad Ilex zu.

Er konnte sich anscheinend nicht bewegen, konnte ihn nur mit erhobenem Kopf kommen sehen. Vergeblich versuchte er zu sprechen. Die Silberklauen des Vogels glänzten wie rituelle Klingen. Sie waren offen, gekrümmt und zielten genau auf sein Herz. Nyx' Gesicht war dem Vogel zugewandt. Auch sie versuchte zu sprechen. Meguet, die der Aufmerksamkeit von Draken entkommen war, bewegte sich im Geist durch das Labyrinth an den Ort, den der Drache gesucht hatte: das Auge des Jungen Schwans.

Nyx, sagte sie von diesem geheimen Ort aus, und Nyx sah ihr in die Augen.

Kraftströme durchflossen sie, vom Jungen Schwan zur Erbin des Jungen Schwans. Nyx schüttelte die Gedankengewebe ab, die sie umklammert hielten, und rief dem Feuervogel zu: »Brand! Nicht Rad! Es ist der Zauber deines Vaters! Erinnere dich!«

Der Feuervogel verharrte über Rad. Er riß seine Stimme aus Ro Holding zurück und schrie. Dann stürzte er vom Himmel, als sei er angeschossen worden. Brand, das Gesicht verzerrt von der Wut des Feuervogels, rollte sich ab, kam auf die Füße und sprang aus derselben flüssigen Bewegung heraus seinen Vater an. Draken hätte in seiner Verwirrung beinah magisches Feuer losgelassen. Er zog es schnell zurück, als Brands Körper gegen ihn prallte. Er taumelte, fand das Gleichgewicht wieder und packte Brand. Die Rückseite seiner Hand, verstärkt durch die schweren Zeitpfade, fegte über Brands Gesicht. Er stürzte, wie der Feuervogel vom Himmel gestürzt war, und lag regungslos am Boden.

Ein paar der Kriegsmagier bewegten sich unruhig. Meguet hörte sie scharf atmen. Draken erwiderte ihre Blicke und sagte ruhig: »Es war notwendig. Er wird es verstehen.« Er sah Nyx an: »Den Schlüssel.«

Ihre Augen glitten zu Meguet hinüber, die erschöpft und hilflos an den Felsen lehnte. Sie senkte den Kopf. Ein kleines Ding, von Bernsteinfeuer poliert, fiel in ihre Hand. Draken richtete seinen Blick darauf und ging auf sie zu. Sie warf ihm den Bernstein vor die Füße.

Er explodierte mit all den schönen Zaubern des Feuervogels. Für einen Augenblick verschwand Draken darin: eine Wolke von Granatrosen, ein Schneegestöber aus Diamanten. Aber während er sich aus seinem eigenen Zauber herausarbeitete, hielten die Magier Nyx fest und zogen sie wieder ins Licht des Mondes, als sie zu verschwinden versuchte. Draken schüttelte sich goldene Blätter aus dem Haar und schritt über Brands Körper hinweg zu ihr.

»Vielleicht fällt dir in eurem friedlichen Königreich etwas ein, mit dem du gegen mich kämpfen kannst. Du und deine Cousine, die keine Magierin ist.«

Er sah ihr in die Augen und streckte ihr fordernd die Hand entgegen. Nach einer langen Zeit, während der sie wie die Kriegsmagier dastand, starr wie eine Säule unter dem sinkenden Mond, griff sie in ihre Tasche, nach dem Schlüssel zu allen Traumwelten.

Kapitel 17

Der erste der Drachen erschien in der Morgendämmerung. Nyx beobachtete, wie das schwache Dämmerlicht über den Bergen vom Sonnenaufgang in Feuer getaucht wurde, und lauschte Brands Atem. Er hätte ebensogut noch der Feuervogel sein können, so leer war der Ausdruck seines verschrammten Gesichts, so weit waren seine Gedanken von ihr entfernt. Zweimal hatte sie in der Nacht gehört, wie er vergebens versucht hatte zu sprechen. Er saß neben ihr auf dem Boden. Die Magier hatten ihm die Hände auf den Rükken gefesselt, während sein Vater die Zeitpfade durchstreifte. Nyx nahm an, daß sie keine Zaubermacht auf Draken Saphiers machtlosen Sohn anwenden wollten. Rad lag in seiner Nähe gegen einen Felsen gelehnt. Ein Spinnennetz der Zauberkraft, das die Magier gesponnen hatten, die einen Kreis um ihn herum bildeten, hielt ihn mit seinen wirren Strängen gefangen. Nyx konnte es im Licht der Morgendämmerung undeutlich erkennen. Es wirkte feingesponnen und gefährlich, alle Fäden umschlangen Rad und warnten ihn bei jedem seiner Atemzüge durch ihr Zittern. Dann verschwand das Netz aus ihrem Blickfeld. Die Magier verbargen es vor dem Tageslicht. An sich selbst spürte sie keine solchen sorgsamen Fesseln. Sie wußten, daß sie Meguet oder Brand nicht verlassen würde. Meguet hatten die Magier ebenfalls freigelassen. Sie beobachteten die seltsamen Zauber, die die Luxour aus ihr hervorbrachte, mit kalter Neugier. Sie war eine Magierin und doch keine Magierin. Nyx verstanden sie, aber Nyx hatte Angst, daß sie Meguet vielleicht nicht nach Hause ließen. Meguet saß in der Nähe von Rad, gegen denselben Felsen gelehnt wie er. Gedankenverloren betrachtete sie mit düsterem Blick den Sonnenaufgang. Nyx fragte sich, ob Meguet anstelle der aufsteigenden Sonne das große, leuchtende, in der Zeit versteckte Prisma sah, die Macht und das Auge des Jungen Schwans.

Sie hörte, wie Brands Atem stockte. In der Ferne hatte sich in den Bergen ein weiteres Auge geöffnet: Eine zweite Sonne flammte rotgolden durch die schroffen, nackten Gipfel. Einer der Felsgipfel entfaltete sich, dehnte sich zu einem breiten goldenen Bogen empor. Noch ein Auge öffnete sich. Die richtige Sonne stieg über ihnen auf. Schatten verschwanden von den Berghängen, als das Gesicht des Drachen erschienen. Ein zweiter Gipfel brach auf und stieg in den Himmel, um den Wind zu fangen. Der Drache wand sich aus dem Berg, stieg in die Luft, und Licht glitt wie geschmolzenes Gold über seine hellen Schuppen. Nyx spürte, wie die Aufmerksamkeit der Magier nachließ. Es spielte keine Rolle; während sie beobachteten, wie der Drache lodernd durch den Morgen flog, hätte sich niemand regen können.

Er kam genau auf sie zu. Sein riesiger Schatten, der ihm vorauseilte, erreichte sie zuerst. Es war, als verdunkelte sich die Erde unter seinem breiten Rumpf, als habe er die Sonne verschluckt. Dann drehte er sich und ließ die Sonne wieder unter seinem Flügel erscheinen. Er ließ sich auf einer steilen Felsformation in der Nähe nieder und dehnte seine Flügel im Licht. Gold stach ihnen in die Augen. Dann verschmolz er mit den Felsen, das leuchtende, steinerne Profil dem Licht entgegengewandt. Ein Auge starrte auf sie hinunter, groß und unbarmherzig wie die Sonne.

Nyx spürte eine Berührung und zuckte zusammen. Brand war näher an sie herangerückt. Seine Schultern berührten die ihren. Sie sah ihn an. Der Drache hatte etwas in ihm geweckt weitab vom lautlosen, endlosen Schrei des Feuervogels.

»Mein Vater ...« Die Stimme versagte ihm. Er begann noch einmal mit leiser Stimme, aber Nyx spürte, daß die Aufmerksamkeit der Magier auf sie gerichtet war. »Er wird nicht damit aufhören, bis er seinen eigenen Vater gefunden hat. Den Drachenmagier.«

»Ich weiß.«

»Solche Monster werden Ro Holding in eine Wüste verwandeln.« Er schloß die Augen, und in seinem Gesicht zuckte es. »Warum muß er gerade Ro Holding erobern? Am Ende jedes Pfades wartet ein anderes Land auf ihn.«

»Er spürt die Macht, die in Meguet ruht«, sagte Rad Ilex mit müder Stimme. »Sie ist rätselhaft und entzieht sich seiner Kontrolle, seiner Erfahrung. Er wird Ro Holding auseinandernehmen, um die Quelle dieser Macht zu finden.« Meguets Blick glitt zu ihm hinüber. Dann preßte sie die Lippen aufeinander und drehte ihr Gesicht zur Seite. Angestrengt, als wären seine Knochen aus Stein, streckte er die Hand aus und berührte sie. »Es tut mir leid. Wenn ich dich nicht mit mir hierhergeschleppt hätte ...«

»Wenn ich dir einfach den Schlüssel überlassen hätte«, sagte Nyx bitter.

Meguet ließ den Kopf sinken. »Wenn ich die Rose nicht aufgehoben hätte.«

»Es ist die Schuld meines Vaters«, sagte Brand mit wilder Bestimmtheit. »Ihr könnt nichts dafür. Keiner von euch.« Er riß ungeduldig an seinen Fesseln und fügte leidenschaftslos hinzu: »Ich möchte ihn umbringen.«

Nyx fragte versuchsweise: »Kannst du dich erinnern ...«

»An alles.« Er schwieg einen Moment. Dann zog er eine Schulter hoch und rieb sie über seine geschwollene Wange, wo Abschnitte von Zeitpfaden ihre blutigen Spuren hinterlassen hatten. Schließlich sah er Rad an und sagte noch einmal: »An alles. Du hattest mir gesagt, daß das geschehen würde. Daß du Saphier verlassen mußtest, um nach Chrysoms Schlüssel zu suchen, und warum. Du hattest meinem Vater in aller Unschuld erzählt, daß es ihn gibt, und dann hast du begriffen, daß du der einzige Unschuldige warst. Du wußtest, daß er dich für den Schlüssel töten würde. Ich glaubte dir nicht. Dann kam er herein, und ich sah seine Augen. Drachenaugen. Du hattest schon einen Pfad nach Ro Holding geöffnet. Er ... ich ...« Er schüttelte den Kopf. »Hier wird es unklar. Er versuchte, dich aufzuhalten ... ich versuchte ihn aufzuhalten ... ich weiß nicht, wie ich glauben konnte, daß ich dazu in der Lage sei.« Er schluckte und fügte mit rauher Stimme hinzu: »Er war in diesem Moment ein völlig anderer. Nicht mein Vater – ein Fremder. Er hatte sich verwandelt. Er war der Drache. Und ich wurde der Feuervogel.«

»Er machte den Feuervogel, um mich zu töten«, sagte Rad und schwieg dann, als wären sein Worte wie seine Hände im Zaubernetz der Magier gefangen und zu schwer, um ausgesprochen zu werden. Plötzlich hob er den Kopf. Nyx folgte seinem Blick und sah, wie sich ein Stück des Morgenhimmels löste und herabfiel. Vor der goldbraunen Wüste wurden seine Umrisse sichtbar: ein himmelblauer Drache, kleiner als der erste, mit Augen wie Wolken. Er ließ sich auf einem anderen Felshaufen nieder und verschwand wieder. Mit Mühe konnte sie erkennen, wie er sich ausrichtete. Er war jetzt braun und steingrau mit schwarzen Flecken, ein Felsdrache, versteckt zwischen den Felsen. »Ich beneide ihn darum, daß er all ihre privaten Welten sehen kann«, flüsterte Rad. Nur Brand starrte blicklos auf den Boden. »Brand«, sagte Rad, mit Anstrengung, und Brand richtete seinen düsteren, leeren Blick auf ihn. »Er kannte dich damals auch nicht. Du warst einfach jemand, den er benutzt hat. Er hätte jeden benutzt.«

»Verteidige ihn nicht«, sagte Brand heftig. »Nicht mir gegenüber.«

»Das tue ich nicht. Er hatte damals kaum etwas von dem gesehen, was er jetzt in die Luxour bringt, und wenn du nicht dagewesen wärst, hätte er sich selbst in den Feuervogel verwandelt, um mich aufzuhalten.«

»Ich war da. Und du auch. Er hatte für uns beide kein Mitleid. Es war grausam. Und unverzeihlich.«

»Ja. Ich versuche dir nur zu erklären, warum ...«

»Macht. Schließlich kenne ich meinen Vater gut genug.« Plötzlich zerrte er heftig an den Lederriemen, die seine Handgelenke festhielten. Die Magier beobachteten ihn teilnahmslos. Nyx schnürte es plötzlich die Kehle zu, und sie streckte die Hand aus, um seine Fesseln zu lockern. Licht versengte den Boden unter ihrer Hand, und ein Luftstrom betäubte ihre Finger. Sie schluckte ihre Wut hinunter und wollte aufstehen, um mit den Magiern zu reden. Doch ein warnender Blick aus Meguets großen Augen ließ sie innehalten.

»Aber warum wurde Brand wieder menschlich, wenn auch nur für ein paar Stunden in der Nacht?« fragte Nyx Rad. »Warum hat Draken das getan?«

»Ich glaube nicht, daß Draken das war«, sagte Rad leise. Sie beobachteten einen langen, gewundenen, karmesinroten Drachen, der flimmernd aus der Zeit heraus erschien und wieder darin verschwand. Seine witternde Zunge war hell und schnell wie ein Blitz, flammte auf und war schon wieder verschwunden. Die Winde der Luxour gaben ihm schließlich eine feste Gestalt, und er nahm seinen Platz auf einer anderen Ruine ein. »Brand und ich hatten uns heimlich bei Mondaufgang getroffen. Um Mitternacht hat Draken ihn in den Feuervogel verwandelt. Ich erinnere mich daran, wie ich den Wachwechsel gehört habe, wie die vertrauten Geräusche des Rituals beim Schrei des Feuervogels durcheinandergerieten. Ich glaube, Brand hat den Zauber seines Vaters jede Nacht durchbrochen, wenn er versuchte, sich an die Bedeutung des Mondaufgangs und der Mitternacht zu erinnern. Nicht einmal Draken konnte einen Zauber aussprechen, der mächtiger war als Liebe, Wut oder Trauer.«

Brand wurde plötzlich von einem heftigen, lautlosen Schluchzen geschüttelt. Er ließ den Kopf sinken und verbarg sein Gesicht hinter seinen Haaren. Nyx sah die Tränen wie Regen auf den ausgedörrten Boden fallen. Sie schob sich näher an ihn heran und schlang ihre Arme um ihn. Er ließ den Kopf auf ihre Schulter sinken. Ihre Arme schlossen sich noch fester um ihn, und sie spürte, wie ihre eigenen Tränen in sein Haar tropfen. Die Magier legten keinen Zauber auf sie, um sie aufzuhalten. Sie hielt ihn, bis er aufhörte zu zittern. Als sie sich zurücklehnte, waren ihre eigenen Augen heiß und schwer. Er hob den Kopf und schüttelte die Haare aus seinem Gesicht. Dann beugte er sich vor und küßte sie.

Sie schmeckte seine Tränen. Leise sagte er: »Und so hat der Feuervogel dich gefunden.«

»Wenn der Feuervogel ein oder zwei Monate früher nach Ro Holding gekommen wäre, hätte er mich niemals erwählt.« Ihre Stimme zitterte. »Auf meine Art war ich genauso erbarmungslos wie dein Vater. Die kleinen Vögel in den entlegenen Sümpfen des Deltas wissen das. Meguet weiß es auch.«

Er legte seinen Kopf noch einmal auf ihr staubiges Haar. »Mein Vater plant keinen Krieg gegen Sumpfvögel«, sagte er matt. »Und was auch immer du Meguet angetan hast, sie liebt dich und sie lebt noch.«

Ein weiterer Drache erschien am Morgenhimmel. Er stieg aus einer langgestreckten Felsformation auf, die halb im Boden versunken war. Er war riesig, grau wie Rauch und hatte einen flachen Raubtierkopf. Seine Augen blitzten wie Diamanten und sahen genauso hart und kalt aus. Als er sich in die Luft erhob, flüsterte einer der Magier einem anderen unbehaglich etwas zu. Sein großer Schatten glitt langsam über sie hinweg. Der Drache zog einen Kreis und ließ sich dann auf einem großen Felsmassiv nieder, das so grau war wie er selbst. Irgend etwas in der Ferne schien ihn zu stören, vielleicht ein Bild, das die Winde mit sich brachten. Sein Maul öffnete sich, und farbloses Licht schoß daraus hervor. Einer der Felsen explodierte und ließ nur ein geisterhaftes Ruinenbild an der Stelle zurück, wo er gestanden hatte. Das Beben der herabstürzenden Felsbrocken ließ die Magier taumeln.

»Um Moros willen«, flüsterte Meguet. Nyx beobachtete sie gespannt. Sie fragte sich, ob Meguet verschwinden würde, um einen Drachen zu bekämpfen, der sogar die Magier wachsam machte. Noch einer erschien. Nyx erkannte ihn: Eine schwebende Dampfwand zwischen den Quellen öffnete sich und enthüllte eine schwarze Leere, ein Loch in der Gestalt eines Drachen mit Augen wie Sterne und einem Atem, der die Felsen vereiste, auf denen der Drache sich niederließ. Einige barsten in der Kälte, und Felsstücke polterten zu Boden. Der Drache rollte sich zusammen und atmete. Das heiße Morgenlicht glitt wie weißes Feuer über das Eis auf den dunklen Felsen.

»Wie viele noch?« fragte Meguet erbittert.

»Ich bin nicht sicher.«

»Ein Dutzend? Zwei?«

»Vielleicht. Allerdings kommt es auf ein Dutzend mehr oder weniger nicht an.«

»Draken kann sie nicht alle kontrollieren«, sagte Rad. Sein Kopf wurde zurückgerissen, als hätte sich ein Strang des Zaubernetzes fester um seine Kehle geschlossen. Er schluckte und lehnte sich schweigend zurück.

»Er sucht nach seinem Vater«, sagte Brand. »Sein Vater wird sie kontrollieren.«

»Das hoffe ich«, murmelte Nyx. Meguet drehte den Kopf und sah Nyx an, ohne Angst, ohne Hoffnung, erkannte einfach die dünnen Bande der Zeit und Erinnerung zwischen ihnen. Mit einem tiefen Schock, als hätte alles, was Ro Holding hieß, plötzlich aufgehört zu existieren, begriff Nyx, daß die Luxour vielleicht die einzigen Momente enthielt, die ihnen noch geblieben waren. Alles wegen eines Feuervogels, dachte sie benommen. Wegen eines Schlüssels. Wegen der Herausforderung eines Magiers an einem warmen Sommertag. Sie starrte blind auf ihren augenlosen Schatten und spürte, wie eine tiefe, regungslose, endlose Trauer sie durchdrang.

Weitere Drachen wurden sichtbar: Einer war aus Luft, durchsichtig, mit Knochen aus fahlem Licht und Flügeln, die nur aus einem Hitzeflimmern bestanden. Ein anderer, der sich aus trüben Wolken formte, hatte dunkelrote, blaugraue und violette Schuppen. Ein weißer Drache, der aus kunstvoll verarbeitetem Elfenbein zu bestehen schien, formte sich aus Dampf und flog auf dem Wind zu seinem weit entfernten Thron. Die Felsen füllten sich mit Drachen, die die Wüste beobachteten wie Raubvögel. Ein kobaltblauer Drache flog aus dem zerbrochenen Dach eines der Paläste. Dann löste sich ein schwarzer mit rostroten Flügeln aus dem

Schatten des Palastes, und sein langer Hals mit dem großen, keilförmigen Kopf senkte sich herab, um sie zu betrachten, als er über sie hinwegflog.

Und dann erschien Draken Saphier aus einem Silberblitz.

Er betrachtete die Drachen, die sie umgaben. Ihre Köpfe und die großen geflügelten Körper zeichneten sich in klaren Linien vom Himmel ab. Er sagte zu den Magiern: »Es gibt noch mehr. Ich habe meinen Vater nicht gefunden. Vielleicht versteckt er sich in einem nebligen Zeitpfad, der gefährliche Eigenschaften für den Unaufmerksamen hat. Sind sie ruhig gewesen?«

»Die Drachen, Mylord?« Nyx zuckte zusammen, als sie Magior erkannte.

»Unsere Gäste. Was habe ich von Meguet verpaßt?«

»Ein oder zwei Bemerkungen, Mylord.«

»Ich kann sie mir vorstellen.« Er nahm eine rituelle Klinge von ihr entgegen und ging zu Brand hinüber. Sein Schatten fiel über seinen Sohn. Brand blickte zu ihm auf. Was immer sein Gesicht ausdrücken mochte, es brachte Draken dazu, die Klinge auf den Boden zu werfen. Er setzte sich vor Brand hin und packte ihn an den Schultern. »Hör mir zu ...« Er wich aus, als Brand ihn anspuckte, und sagte noch einmal geduldig: »Hör zu.« Brand sah regungslos an ihm vorbei. »Ich wollte diesen Zauber auf Rad Ilex legen. In irgendeinem mißgeleiteten Versuch, ihn zu beschützen, bist du dazwischengeraten. Du bist geflohen, bevor ich ...«

»Du hast meine Zeitpfade zerstört, so daß ich niemals nach Saphier zurückkehren konnte!« sagte Brand wütend. »So daß ich nie die Wahrheit berichten konnte, nie sagen konnte, daß du einen Feuervogel aus mir gemacht hast, um Rad Ilex zu töten.«

»Das ist nicht wahr«, sagte Draken ernst.

»Was ist nicht wahr?«

»Daß ich nicht wollte, daß du jemals zurückkehrst. Ich hätte in jeder Welt, die wir erobern werden, nach dir gesucht.«

Flammende Röte überzog Brands Gesicht. Er rollte sich so

schnell zur Seite, daß sein Vater kaum darauf reagieren konnte. Sein heftiger Tritt traf Draken Saphier an der Brust, war aber gerade kräftig genug, um ihm zurücktaumeln zu lassen. Als Brand mit seinen gefesselten Händen aufstand, kämpfte er um sein Gleichgewicht. Draken schlüpfte schnell hinter ihn, schob einen Arm zwischen Brands Handgelenke und riß die Lederriemen hoch. Brand keuchte. Draken zwang seine Arme rücksichtslos höher. Das Blut wich Brand aus dem Gesicht, und er schloß die Augen.

»Hör mir zu«, sagte Draken noch einmal sehr geduldig, und Nyx dachte kalt: *Entweder hier oder in Ro Holding*. Sie warf einen Zauber auf das Netz und duckte sich in ihren eigenen Schatten. Meguet bewegte sich so schnell, daß das Auge ihr kaum zu folgen vermochte, und nahm die Klinge auf, die Draken fallenlassen hatte. Nyx' Zauber verfing sich in dem Netz, und es wurde für eine Sekunde sichtbar, ein flammendes Lichtgewebe, das sich in dem Moment auflöste, als es Draken Saphier fast erreicht hatte. Meguet war fast unsichtbar. Sie ließ die Klinge zwischen Brands Handgelenken niedersausen. Sie durchschnitt die Lederiemen, aber Draken löste sich bei ihrer Berührung auf. Als er wieder auftauchte, verschwand Meguet. Der Junge Schwan, der in den Winden wie eine schwarze Flamme loderte, markierte die Stelle, an der sie gewesen war.

Dann erschien ein seltsames Licht aus dem Nichts und riß Schichten von Wind, Zauber und Zeit wie Papier auseinander, um Meguet zu finden. Bleich und zitternd wurde sie trotz aller Kräfte des Jungen Schwans wieder sichtbar. Benommen löste Nyx schließlich den Blick von Meguet und ließ ihn dem Licht durch die Luft über ihnen folgen, durch das Sonnenlicht des hellen Morgens, über Felsen und Felsenschatten bis zu seiner Quelle: dem Drachenmaul.

Um sie herum bewegte sich niemand. Niemand sprach. Sogar die Magier starrten nach oben. Rad Ilex hätte sich bei ihrer gelockerten und schwindenden Konzentration befreien und sich davonstehlen können, aber auch sein Blick ruhte auf dem Drachen, der sich langsam aus dem Felsen über ihnen erhob und seine Flügel zum Fliegen ausbreitete.

Nyx erinnerte sich daran, daß er mit der Sonne aufgestiegen war: der goldene Drachen mit den rot-goldenen Augen. Er hatte den ganzen Morgen dort oben gesessen ohne eine Klaue oder einen Flügelknochen zu bewegen. Seine großen Augen hatten ohne zu blinzeln auf sie niedergebrannt, bis er das Maul geöffnet und Meguet so mühelos mit einem Lichtschimmer umfangen hatte, wie eine Sumpfschildkröte einen Schmetterling fängt.

Er löste sich von den Felsen, und der Himmel verdunkelte sich, als er seinen Schatten über sie alle legte. Sein massiger Körper senkte sich schnell zu ihnen herunter, und immer noch regte sich niemand, nicht einmal Draken, denn der Blick seiner feurigen Augen hielt sie alle im Bann. Er hätte auf ihnen landen oder sie zu Asche verbrennen können, zu kleinen Machtfetzen, mit denen der Wind dann spielen konnte. Niemand konnte vorhersehen, was er tun würde, und niemand hob auch nur einen Finger, um ihn aufzuhalten.

Er verschwand. Das gleiche galt für das Licht, das Meguet umfing. Verblüfft durch sein plötzliches Verschwinden suchte Nyx den Himmel nach ihm ab, bis eine Bewegung zwischen den regungslosen Magiern ihre Aufmerksamkeit wieder auf den Boden zurückholte.

Ein fremder Magier ging zwischen ihnen hindurch auf Draken zu. Sein Haar war golden, seine Augen bernsteinfarben mit roten Flecken. Er trug einen Umhang aus Drachenschuppen, der wehte und glühte wie die merkwürdigen Wüstenwinde. Sein Gesicht war hart, klar und kraftvoll wie die Wüste selbst, ein so altes Gesicht, daß nur seine wesentlichen Züge die Erosion durch Wind, Sonne und Zeit überdauert hatten.

Er blieb vor Draken stehen und musterte ihn mit ausdrucksloser Miene. Drakens Gesicht verlor seine Farbe in diesem Licht. Nyx sah, wie er vergeblich etwas zu sagen versuchte. Der Drache sprach zuerst, mit tiefer, barscher, kräftiger Stimme und merkwürdiger Betonung. »Du bist mein.«

Drakens Augen brannten von dem Drachengold, das sich in ihnen spiegelte. »Ich bin Ragahs Sohn.«

»Sie gab mir keinen Namen«, sagte der Drache gleichgültig. »Sie bat mich, ihr einen Namen zu geben, und ich tat es. Das Wort bedeutet ›Abenddämmerung‹. Wegen ihres Haars und ihrer Kräfte, die bei Mondlicht wuchsen. Sie schickte eine Botschaft in die Traumwinde, daß sie sich ein drachengeborenes Kind wünschte. Ich hörte ihren Traum in meinen Träumen. Sie geisterte durch die Wüste, legte ihren Wunsch in jeden Wind, und ich träumte und träumte, bis sie mich weckte und aus meiner Welt an diesen Ort hier zog. Und ich erinnerte mich an die Menschgeborenen, an die menschliche Gestalt. Und jetzt bist du hier, Ragahs Sohn, und weckst Drachen mit deinen Träumen.«

»Ich habe dich gesucht.« Nyx hörte das Staunen in Drakens Stimme. »Ich wußte nicht, daß ich dich schon gefunden hatte.«

Der Drachen seufzte, ein langes und langsames Zischen wie bei einer Eidechse. »Du hast mich gefunden.« Seine brennenden, lichterfüllten Augen wanderten zu Brand, der in Drakens Schatten stand, und zu Meguet, die immer noch Magiors Ritualklinge in der Hand hielt. Dann drehte er sich um. Sein langsamer, starrer Blick glitt über die Gesichter sämtlicher Magier. Seine Hände öffneten sich. Nyx sah, wie das Zaubernetz sichtbar wurde und schimmerte. Alle seine Fäden waren mit Rad verbunden. Die Hände des Drachen schlossen sich wieder. Die Fäden schnellten in seinen Griff und verschwanden. Rad klammerte sich an dem Felsen fest und zog sich auf die Beine. Er zitterte vor Erschöpfung oder vor Verwunderung. »Du hast von Drachenkriegen geträumt und mich gefunden«, sagte der Drachen zu Draken.

»Unterrichte mich«, stieß Draken aus. »Unterrichte mich. Das Herz der Macht ist das Drachenherz. Du hast die ganze Macht der Luxour in dir, all die Kraft der Drachenwelten, all die Kraft der Zeit. Du spukst in meinen Träumen herum, dein Schatten liegt über meinem Leben. Ich suche nach dir, seit ich geboren wurde.«

»Du hast mich aufgeweckt.«

»Ja.«

»Und du hast mich hierhergebracht.«

»Ja.«

»Dafür.« Sein Gesicht wurde dunkler, und tiefe, bittere Falten erschienen. »Dafür.« Er blickte zu Nyx. Seine Augen waren unendlich. Sie hatten schon ewig gesehen, und sie nahmen ihr den Atem, als fiele sie langsam aus der Welt heraus, während sie auf ihr ruhten. Dann wanderten die Drachenaugen wieder zu Brand, der mit dem ausdruckslosen, unnachgiebigen Blick des Kriegers zurückstarrten. Wieder seufzte der Drache. »Was gibst du mir, wenn ich dich unterrichte?«

»Alles.«

»Deinen Sohn?«

»Alles.« Bei dem Wort lief ein Zucken über Brands Gesicht. Er schloß die Augen. »Alles, was du willst.«

»Sieben Jahre.«

»Sieben. Zwölf. Ein ganzes Leben.«

»Sieben werde ich dir nehmen. Im Gegenzug werde ich dir beibringen, was du wissen mußt, bevor ich dir erlauben werde, dich meinen Sohn zu nennen.«

»Ja«, stieß Draken atemlos hervor.

»Wenn du in sieben Jahren nicht gelernt hast, was du lernen mußt, werde ich dich töten.« Draken öffnete den Mund zu einer Antwort, sagte aber nichts. »Antworte«, sagte der Drachen. Nyx, die ihn anstarrte, spürte, wie Furcht und Staunen sie wieder kalt überliefen.

»Ja.«

»So behandeln Drachen ihre Kinder. So habe ich es von dir gelernt, als ich an diesem hellen, hochgelegenen Ort wartete und deinem Sohn lauschte. Als ich in meiner ruhigen Finsternis aufwachte und der Magierin zuhörte, die auf der Flucht vor dir um ihr Leben rannte und sich plötzlich mir gegenüber fand. All diese dünnen, störenden Menschenstimmen. Wegen dir bin ich geweckt worden, wegen dir habe ich zugehört, da ich sonst nichts zu tun hatte. Du hast mich unterrichtet.«

Draken schwieg. Er drehte den Kopf und sah Nyx an,

genau wie Brand, Rad Ilex und der ganze Magierkreis; alle, außer Meguet, die ihre Augen schloß bei dem Gedanken, daß die Erbin des Jungen Schwans kopfüber in eine Drachenhöhle gerannt war. »Du? Du hast meinen Vater gefunden?«

»Ich wußte es nicht«, flüsterte sie.

Er wandte seine Aufmerksamkeit Brand zu. Er schien plötzlich unsicher, als könnte er seinen Sohn nicht erkennen, wenn er den Feuervogel nicht sah. »Brand?« sagte er. Das harte, gefaßte Gesicht mit Drakens Haar und seinen Augen gab nichts preis.

»Du wolltest Pfade, um uns zu finden«, sagte der Drache. »Du hast uns geweckt und herausgeholt, um uns zu benutzen. Um zu verbrennen und auszulöschen. Es gibt welche unter uns, die sich danach sehnen. Wie du, treffen sie keine Unterscheidungen. Sie können direkt hier beginnen.«

Draken schwankte ein wenig, als hätte ihn ein Windstoß getroffen. »In Saphier?«

»Du hast uns in dein Land gebracht.« Sein langsamer, brennender Blick glitt wieder über die Magier. »Sie könnten nicht einmal damit beginnen, uns zu bekämpfen.«

»Du würdest Saphier nicht zerstören«, flüsterte Draken. Etwas anderes als die Erinnerung an seine tote und zerstörte Vergangenheit erschien in Brands Gesicht und ließ die harten, weißen Linien etwas weicher werden. In seinen Augen funkelte es schwach, ob aus Hoffnung oder Schrecken, vermochte Nyx nicht zu sagen.

»Es ist ein Ort, an dem man anfangen kann«, sagte der Drache gleichmütig.

»Nein.« Der Wind wehte heftiger, stieß Draken einen Schritt zurück. Die Stimmen der Magier klangen betroffen und protestierend um ihn herum.

»Du wirst ein anderes Land finden. Nimm Ro Holding statt dessen. Was macht es für einen Unterschied, wo du herrschst, wenn du die Zeit erobert hast?«

»Es macht einen Unterschied.«

»Welchen?«

»Saphier ist das Gesicht des Drachen. Die Luxour ist sein Herz. Saphiers Geschichte ist meine Vergangenheit, meine Zukunft. Die Luxour ist mein Herz.«

»Du hast kein Herz«, sagte der Drache verächtlich. »Dieser Fels hat mehr Herz als du. Ich sollte dich jetzt töten und sie Saphier in Schutt und Asche legen lassen. Soll ich?« fragte er Brand, der unter dem plötzlichen Blick zusammenzuckte. »Soll ich? Antworte.«

Brand ballte die Fäuste zusammen und preßte die Lippen aufeinander. Sein Schweigen zerrte an Nyx' Nerven. Sie saß angespannt da, ohne sich zu bewegen oder zu atmen, und wartete auf seine Antwort. Es zerrte auch an Drakens Nerven, der in Brands Schweigen oder in sich selbst etwas von dem endlosen qualvollen Schrei des Feuervogels hörte. »Er ist dein Sohn«, sagte Brand schließlich. Seine Stimme zitterte. »Wie behandeln Drachen ihre Kinder?«

Die Verbitterung verschwand unerwartet aus dem alten Gesicht. »Wer hat dich gelehrt, Drachen Rätsel raten zu lassen? Dein Vater? Kennt er die Lösung dieses Rätsels? Sag uns die Antwort, Ragahs Sohn. Rate, wenn du es nicht weißt. Wie behandeln Drachen ihre Kinder? Antworte.«

Draken blickte in Brands starres Gesicht, setzte zu einer Antwort an und brach ab. Er hob eine Hand und schützte seine Augenvor dem, was sie sahen. »Mit Lügen«, sagte er. »Mit erbarmungsloser Grausamkeit. Sie bringen ihre Kinder dazu, sie zu lieben, und verwandeln ihre Liebe dann in Haß, ihr Vertrauen in Wut, ihre Unschuld in Verzweiflung und Trauer. So behandeln Drachen ihre Kinder.«

»Nein«, sagte der Drache leise. »Du täuschst dich. So behandeln Menschen ihre Kinder.«

Die Stimmen der Magier raschelten wie Blätter an diesem baumlosen Ort. In der Ferne erhob sich der große graue Drache von seinem Felsmassiv und schickte einen tödlichen Lichtstrahl zu etwas, das ihn ärgerte. Der Boden bebte, als das Drachenfeuer die Luxour versengte. Steine wurden in die Luft geschleudert. Draken beobachtete, wie sie zu Boden fielen. Wie ein unregelmäßiger Herzschlag trommelten sie auf die Erde. Als er sprach, klang seine Stimme erschöpft, fast so alt wie die seines Vaters. »Ich kann dir für Saphier nichts als mein Leben anbieten.«

»Ein armseliger Preis.«

»Es ist alles, was ich habe. Verschone Saphier. Ich bitte dich darum.«

»Es hat dich geschaffen. Du bist seine Vergangenheit und seine Zukunft.«

»Es hat auch Rad Ilex geschaffen. Es muß auch etwas Gutes aus den Träumen der Drachen in die Luxour, in die Luft von Saphier gelangen, um Leute wie Rad Ilex zu schaffen, der mir als einziger meiner Magier getrotzt hat. Und Saphier hat meinen Sohn geschaffen. Trotz mir.«

»Es gibt einen Preis für Saphier«, sagte der Drachen.

»Und alles, was sich darin befindet?«

»Alles.«

»Nimm den Preis«, sagte Draken heiser und senkte den Kopf.

Silber explodierte in der Luft. Pfade verstrickten sich in Pfade, schmolzen, zerflossen, zerrissen, bis es Nyx vorkam, als seien sie alle in Chrysoms unglaublichem schwarzen Kästchen gefangen, wo alle Zeitpfade ineinander übergingen und kein Pfad aus dem Chaos hinausführte. Das Bild von geschmolzenen, brennenden Silbersträngen hing noch für einen Augenblick in der Luft, nachdem die Zeitpfade von allen Handgelenken verschwunden waren.

»Es gibt nun in ganz Saphier keine solchen Pfade mehr«, sagte der Drache. »Außer einem.« Er streckte seine Hand aus. Der Schlüssel aus Gold und Elfenbein lag darauf. Sein Gesichtsausdruck wurde noch weicher. Er sah Nyx an. »Der Magier – wie war sein Name? Chrysom. Er war ein feiner Mann. Ich hasse es, Bücher zu verbrennen.«

Die Spannung in Nyx' Gesicht sah erschüttert aus. Sie legte ihre Hände vor den Mund, und heiße Tränen rannen ihr über die Finger. Meguet, die wie erstarrt dasaß, drehte sich wie auf ein Kommando zu ihr um, als sie es begriff: Die

Zeit, die für sie beinah in der Luxour geendet hatte, bildete wieder einen Weg nach Hause.

»Ich werde den Schlüssel mitnehmen«, sagte der Drache. Dann dachte er kurz nach und fügte hinzu: »Und dich, meinen mißratenen Sohn. Für sieben Jahre. Und ich werde die Drachen zurückbringen.« Er betrachtete nachdenklich die Magier. »Aber wer wird für mich auf diese menschlichen Drachen aufpassen?« Die Magier erstarrten wieder unter seinem Blick. Er hob einen Finger und spann einen Feuerfaden. Er zischte durch die Luft und umfing Rad Ilex.

Rad wurde von Feuer umfangen und starrte dem Drachen schweigend in die Augen. Die Winde legten sich. Die Zeit der Luxour hielt den Atem an. Nach einer Stunde oder nach einem Atemzug bewegte Rad sich wieder und wandte sich den Magiern von Saphier zu. Das Drachenfeuer teilte sich, schlang sich um sein Handgelenk und brannte goldfarben und rot und in allen Nuancen dazwischen. Er sagte nichts. Das brauchte er auch nicht, dachte Nyx. Nur er und der Drache wußten, welche Macht zwischen ihnen übertragen worden war, und es sah nicht so aus, als wollte jemand es herausfinden.

»In sieben Jahren wird Rad Ilex wegen Draken Saphier zu mir kommen«, sagte der Drache. »Zwingt ihn nicht auf irgendeine Weise, mich früher aufzusuchen.«

In dem regungslosen Kreis der Magier bewegte sich jemand: Magior trat hervor. »Und wer wird in Saphier herrschen, Mylord?« fragte sie demütig. »Es ist am besten für Saphier, wenn du die Wahl triffst.«

»Wer wird an deiner Stelle sieben Jahre lang herrschen?« fragte der Drachen Draken Saphier. »Antworte.«

Draken schwieg. Ein flüchtiger Wind warf eine Handvoll Staub vor seine Füße. Sein Schatten in der Mittagssonne nahm die Umrisse des Feuervogels an. Er schien etwas Bitteres, Schmerzvolles herunterzuschlucken. Tiefe Furchen erschienen auf seinem Gesicht, bevor er aufblickte und Brand ansah.

»Brand Saphier wird herrschen«, sagte er. »Jetzt und für

den Rest seines Lebens. Ich kenne Saphier. Ich werde nicht zulassen, daß es sich bei der Wahl zwischen dem Feuervogel und dem Drachen selbst zerreißt.« Mit so leiser Stimme, daß sogar die Luxour schwieg, um ihn zu hören, fügte er hinzu: »Wenn du in sieben Jahren überhaupt daran interessiert bist, mich zu finden, suche hier nach mir. Die Luxour scheint das einzige zu sein, das ich je geliebt habe.«

Brands Gesichtsausdruck verschwamm, als hätten die magischen Winde ihm eine neue Form gegeben, und dann erschien wieder die Maske des Kriegers in seinem Gesicht. Der Drache sagte zu ihm: »Ist menschliche Gerechtigkeit zwischen Vater und Sohn geschehen? Bist du zufrieden? Antworte.«

»Nein«, sagte Brand heiser. Seine Fäuste ballten sich. Wechselnde Ausdrücke glitten wieder über sein Gesicht und unerwartet auch über Drakens. »Dafür gibt es keine Gerechtigkeit. Nichts wird jemals den Schrei des Feuervogels stillen.«

Draken nickte müde. »Ich höre ihn jetzt«, sagte er. Er wandte sich von Brand ab und seinem eigenen Vater zu.

»Komm«, sagte der Drachen, und Draken verschwand. Ein schwarzer Drachen mit Augen aus Kobalt und Gold erhob sich über Brand in die Luft. Die Drachen hoben von den Felsen und Palästen ab und stiegen in die Luft, Umrisse aus Feuer und Schatten zogen über den klaren Himmel, seltsam und prächtig wie die Zauber des Feuervogels. Während der Drachenmagier sie zurück in ihre geheimen Welten führte, sandte die Luxour ihnen einen Schatten hinterher, eine Erinnerung im Wind: Der Junge Schwan mit seinen nachtschwarzen Schwingen und seinem Sternenauge folgte den Drachen über einen unvertrauten Himmel.

Kapitel 18

Nyx sah das Gesicht des Feuervogels ein letztes Mal, als die Drachen verschwanden: Sein Schrei füllte Brands Augen, und dann wurde sein Blick leer, suchte in der öden Wüste etwas, das er vergessen hatte. Sie ging einen Schritt auf ihn zu. Seine Augen fanden sie. Er wartete erschöpft und regungslos darauf, daß sie zu ihm kam. Die schreckliche Leere seines Blickes füllte sich langsam wieder mit Erinnerungen, Drachen, den Zaubern der Luxour. Sie nahm ihn in die Arme und hörte lange Zeit nichts als sein Atmen, seinen Herzschlag. Schließlich hörte sie seine Stimme.

»Kannst du bleiben?«

Sie schüttelte den Kopf auf seiner Schulter. Ihr Gesicht war bleich und ausdruckslos. »Ich muß nach Hause gehen.«

»Wie werde ich dich dann wiedersehen?«

»Es gibt einen Weg«, sagte sie, aber diesmal zweifelte sie an ihren eigenen Worten. »Es gibt immer einen Weg.« Sie rückte ein Stück von ihm ab, um sein Gesicht sehen zu können. Es war ernst, aber mehr aus Entschlossenheit als aus Verzweiflung. Er lächelte sogar etwas schief.

»Ich habe es dir nie leichtgemacht.«

»Ich habe es nie leicht haben wollen.« Sie umarmte ihn wieder fest. Diesmal war sie sich alle der schweigend zuschauenden Magier bewußt. »Wirst du in Sicherheit sein?« fragte sie ihn.

»Der Drache herrscht in Saphier«, sagte er leise. »Sieben Jahre lang. Auch der mächtigste Kriegsmagier wird sich dessen bewußt sein. Ich vertraue Magior. Und Rad. Sie werden mir helfen. Saphiers Zukunft war immer seine Vergangenheit. Ich weiß nicht, wie ich das ändern soll. Vielleicht kann nur die Bedrohung durch Drachen das Wesen von Saphier ändern. Die Bedrohung durch etwas, das gefährlicher ist als das Land selbst.« Er ließ sein Gesicht gegen ihr schlaffes, staubiges Haar sinken und küßte es. »Eines Tages werden wir diese Höhle voller Wasserfälle und Drachennebel wiederfinden«, flüsterte er.

»Ich werde einen Weg finden«, versprach sie. Ihre Kehle schmerzte. »Chrysom hat es getan. Ich kann es auch.«

»Ich kann es nicht. Diesmal wirst du zu mir kommen müssen.«

Sie sah ihn an, sah sein Gesicht, das Gesicht seines Vaters, sogar etwas von dem harten, kraftvollen Gesicht des Drachen. »Wenn Saphiers Herz die Luxour ist, und die Luxour ist das Herz des Drachen, vielleicht ist es dann mehr das Herz deines Großvaters. Er hat etwas an Ro Holding gefunden, das er schätzt. Etwas von Ro Holdings Frieden.«

»Das habe ich auch«, flüsterte Brand. Er senkte den Kopf, fand ihre Lippen und entlockte ihnen Frieden, bis die heißen, dampfenden Zauberwinde der Luxour, die um sie herumwirbelten, ihr wie die Winde der Heimat erschienen. Schließlich hob er den Kopf. Sie spürte, daß er einatmete, als wollte er allen Zauber der Winde schlucken.

Sie löste sich zögernd von ihm. »Komm zu mir«, sagte er, und sie nickte. Dann warf er einen Blick zu den Magiern hinüber. Einige beobachteten ihn erstaunt. Andere blickten verträumt in die Ferne und suchten nach dem Schimmer eines Drachenflügels. Die meisten hatten sich in kleinen Gruppen zusammengefunden, um Klarheit über die Ereignisse zu erlangen, die den Weg in Saphiers Zukunft so abrupt geändert hatten. Nyx blickte sich nach Meguet um. Sie stand neben Rad Ilex, der mit Magior sprach. Nyx sah, wie er eine Hand hob und Meguet sanft über das Haar strich. Sie verkrampfte sich ein wenig und sah dann Nyx in die Augen. Sie wirkte so müde, daß sie sich kaum noch auf den Beinen halten konnte. Ihr Gesicht bat erschöpft: *Nach Hause*.

»Wir müssen gehen«, sagte Nyx zu Rad Ilex als sie zu ihnen trat. Magior meinte mit feinen, besorgten Linien in ihrem Gesicht zu Nyx: »Draken Saphier hatte anscheinend einen Zauber über sein ganzes Haus gelegt, genau wie über seinen Sohn. Wir waren alle von seiner Vision verzaubert.

Der Drache hat weise gehandelt, als er die Zeitpfade zerstörte. Es ist immer noch eine sehr kraftvolle Vision.«

»Es gibt andere Visionen«, sagte Nyx müde. »Vielleicht träumen die Drachen der Luxour einmal etwas anderes als Krieg für die Magier von Saphier.«

»Ja«, stimmte Magior zu, aber in ihrer Stimme lagen noch Zweifel. »Es wird einige Zeit dauern, sich an die Änderung zu gewöhnen.« Sie wies auf eine plötzlich in der Ferne aufsteigende Dampfwolke. »Saphier ist immer sehr ... flatterhaft gewesen.«

»Saphier hat die Wahl zwischen der Entdeckung des Friedens und dem Ende seiner Existenz«, sagte Rad grimmig. »Eine gnädigere Wahl, als ihr sie Ro Holding zugestanden hättet.«

»Ja.« Magior räusperte sich. »Ich weiß. Gewalt rechtfertigt sich aus sich selbst heraus. Sie existiert in erster Linie deshalb, weil ihre Existenz möglich ist. Jetzt, da wir machtlos geworden sind, fällt mir keine Rechtfertigung mehr für das ein, was wir vorhatten. Ich dachte, daß ich zu alt sei, mich zu ändern. Zu alt, um Saphier anders zu sehen als im Licht seiner eigenen Vergangenheit. Wir werden Hilfe brauchen. Deine Ideen, Rad, und Brands. Sogar Drakens. Vielleicht wird er in sieben Jahren noch leben, um uns raten zu können.«

»Du würdest ihm trauen?« fragte Rad scharf.

»Ich würde seinem Vater trauen«, sagte Magior ruhig. »Wenn er Draken erlaubt, zu leben, wird er das Herz von Saphier selbst geändert haben.« Sie schwieg einen Augenblick und sah Nyx an. »Vielleicht beginnt es schon, sich durch Brand zu verändern.«

»Auch Ro Holding wird sich verändern, wenn es euch gelingt, euch wiederzufinden«, murmelte Meguet.

»Über Berge und Meere und endlose Wüsten«, sagte Nyx und sah sie die Entfernung zwischen Ro Holding und Saphier ausfüllen, sah jeden Berg, jeden Ozean, der sich zwischen sie schob. »Und Welten«, fügte sie nachdenklich hinzu. »Und die Zeit.« Sie legte die Hand vor die Augen, um diese Vorstellung zu vertreiben und spürte Meguets Hand auf ihrer Schulter.

»Es gibt immer ...«

»... einen Weg«, beendete Nyx den Satz. Sie sah Rad an und fragte sich, wie jemand, der so mitgenommen und erschöpft aussah, daß er kaum noch einen Schatten warf, sich auf den Beinen halten konnte. »Gibt es einen Weg nach Hause?« fragte sie ihn. »Wird der Drache es dir erlauben, Chrysoms Zeitpfad zurück nach Ro Holding zu benutzen?«

Er nickte und streckte seine Hand aus: Was er in Ro Holding gesucht hatte, lag auf seiner Handfläche. »Ein letztes Mal«, sagte er mühsam. »Dann muß ich ihm den Schlüssel zurückgeben. Oder er wird zurückkommen und in Saphier danach suchen, aber er würde dann nicht in guter Stimmung sein. Du wirst mir helfen müssen, die Pfade zu öffnen. Ich kann kaum das Buch öffnen.«

Nyx schwieg. Sie dachte an den Schlüssel, der alle Geheimnisse der Luxour enthielt, all die unschuldigen, geheimnisvollen Reisen Chrysoms. Auch Rad dachte daran. Ihre Gedanken berührten sich unabsichtlich und umfingen den gleichen Schlüssel. Sie zogen ihre Gedanken zurück und sahen sich an. Nyx sagte bedauernd: »Nun reicht es, wenn einer von uns ihn behält.«

»Ja.« Er streckte die Hand nach Meguet aus und hielt ihre Handgelenke, wie er sie gehalten hatte, als sie so unvorbereitet in Saphiers Geschichte geschleudert worden war. »Nun muß ich dich also zu deinem Torwächter zurückbringen«, sagte er, ohne sie anzusehen. Sie sagte nichts, bewegte sich nicht, bis er schließlich den Blick zu ihr hob. »Ich werde die Drachen nie vergessen«, sagte sie leise. »Oder die Luxour.«

»Oder die Rose?«

Sie setzte zum Sprechen an, hielt dann aber inne. Sie lächelte plötzlich, und es kam wieder ein bißchen Farbe in sein angespanntes Gesicht. »Oder die Rose, die uns in all diese Schwierigkeiten gebracht hat.«

»Jetzt weißt du, warum ich sie dort fallengelassen habe.«

»Jetzt weiß ich, warum ich sie aufgehoben habe«, sagte sie.

Er sah ihr in die Augen. Nyx begriff, daß er sie als Ruhepunkt benutzte, auf den er seine Konzentration richtete. Sie drehte sich schnell um, und warf noch einen letzten Blick auf Brand, der in der Luxour vor den hoch aufragenden Felsen stand, die so wild durcheinanderlagen und doch immer den Eindruck erweckten, als würden sie gleich zu einer Ordnung zusammengefügt. Im nächsten Moment, im nächsten … Obwohl er von den Magiern umringt war und ihre Gedanken und Vorstellungen seine Aufmerksamkeit beanspruchten, löste er sich einen Augenblick davon, stand allein, sah nur sie. Die Luxour verschwamm langsam von Gold in Kobaltblau und dann in Schwarz, bis das einzig Deutliche auf der Welt der Silberpfad nach Ro Holding war, der sich unter ihren Füßen bildete.

Chrysoms Turm, der sich um sie herum aus den Nebeln hob, schien einen Moment lang nur ein weiterer Felsen zu sein, der sich im Augenblick des Wechsels zeigte. Er verwandelte sich in einen Palast und behielt diese Form, obwohl Nyx leicht überrascht bemerkte, daß der Feuervogel fehlte. Die Kehle schnürte sich ihr zusammen. Rads weißer Drache wartete noch auf ihn, und sie befreite ihn. Er flog anmutig zu seinem Platz quer über Rads Herzen. Zusammen mit Rad formte sie einen Pfad zurück in die Luxour, solange er noch die Kraft zum Denken hatte. Meguet war nicht einmal mehr dazu in der Lage. Nyx fand sie einen Augenblick später tief in einen Ledersessel gesunken, fest eingeschlafen.

Ziellos machte sie einen Schritt vorwärts. Die Stille befremdete sie, und etwas in ihr rechnete immer noch damit, den Feuervogel zu sehen. Alle Knochen schmerzten ihr vor Erschöpfung, aber sie konnte es nicht über sich bringen, den Turm zu verlassen. Er schien die einzige Brücke zwischen zwei Welten zu sein, eine zerbrochene zwar, aber doch die einzige, die sie hatte. Erinnerungen überfluteten ihr Bewußtsein, viel zu viele, um in dem Turm Platz zu finden. Sie hatte keinen anderen Ort, um sie aufzubewahren.

Sie ging immer noch auf und ab, fuhr sich mit der Hand über das Gesicht und fand eine Träne auf ihren Fingern. Ihre Hand zitterte, ihr ganzer Körper wurde geschüttelt. Sie sah Meguet an, die der Welt irgendwie entkommen war. Nicht einmal Nyx' Tränen brachten sie zurück. Sie war anscheinend, wie der Feuervogel, in Erinnerungen gefangen: unfähig, den Weg zurückzugehen, aber genauso wenig in der Lage, die Tür des Turms zu öffnen und die Vergangenheit hinter sich zurückzulassen. Schließlich zwang sie sich, stehenzubleiben. Sie stand im Licht der Sonne, das durch eines der Turmfenster fiel, und verschränkte die Arme fest, um das Zittern zu stoppen. Sie konnte immer noch keinen Pfad formen, nicht einmal in den nächsten Moment.

Plötzlich wurde die Tür aufgerissen. Sie erblickte kurz das kreidebleiche, feine Gesicht ihrer Mutter, bevor die Herrscherin sie packte, ein wenig schüttelte und schließlich so fest in die Arme nahm, daß es ihr fast den Atem raubte. Sie blinzelte und war sich kaum dessen bewußt, daß ihre Mutter sie aufrechthielt; ihren ganzen Körper zog es mit aller Macht zum Boden.

»Was ist geschehen?« fragte die Herrscherin. Ihre Aufmerksamkeit war zwischen Nyx' starrem Gesicht, ihren zerrissenen, staubigen Kleidern und Meguet hin- und hergerissen, die genauso seltsam gekleidet war und Blut an ihrem Ärmel hatte und ein bleiches, regloses Gesicht wie Elfenbein. »Was ist geschehen?«

»Ich habe mich verliebt«, sagte Nyx.

Meguet erwachte aus einem Drachentraum. Ein schwarzer Drache hatte versucht, ihr etwas zu sagen: nicht der rotäugige Kriegsdrache, nicht der Drache mit den menschlichen Augen, der Draken Saphier gewesen war, sondern einer mit einer sanften Stimme und Augen, die so kalt und klar wie Sterne waren. Oder war es gar kein Drache gewesen? fragte sie sich in diesem Augenblick zwischen Traum und Erwachen. Etwas Nachtschwarzes, das flog ... Sie öffnete die Augen und sah, daß es Nacht war.

Langsam kehrte die Erinnerung zurück: Sie war in einem Sessel in Chrysoms Turm eingeschlafen und nicht, obwohl ihre Knochen etwas anderes behaupteten, auf dem Steinboden einer Höhle in der Luxour. Nyx war in Sicherheit. Ro Holding war in Sicherheit. Die Zeit war durchbrochen und wieder versiegelt worden. Sie riß sich zusammen, immer noch wie zerschlagen, und stand auf. Nyx hatte eine brennende Kerze für sie hinterlassen. In dem dunklen Hof unter dem Südfenster sah sie eine weitere Flamme. Sie ging gedankenlos darauf zu, als könnte sie sich durch die Luft bewegen. Dann erwachte ihr Bewußtsein und sagte ihr, was es war.

Sie drehte sich um und benutzte statt dessen die Treppe.

Als sie den stillen Hof überquerte, fragte sie sich, wie spät es war, welcher Tag es war. Mitternacht konnte schon vorüber sein, es gab keinen Feuervogel, der dagegen anschrie. Doch es gab den Torwächter noch. Sie sah, wie eine dünne Wachskerze, deren Flamme in der Seebrise flackerte, erhoben wurde, um seine Pfeife anzuzünden. Plötzlich verlosch die Flamme, als hätte er Pfeife und Kerze fallenlassen. Eine dunkle Gestalt stand im unsteten Licht der Fackel am oberen Ende der Stufen, die zu seinem Turm hinaufführten.

Sie sah nicht, wie er herunterkam. Er war einfach da, bei ihr im Hof, und hielt ihr Gesicht zwischen seinen Händen . »Meguet«, sagte er, und sie fühlte seine schnelle, wilde Umarmung, als ob er nicht einmal einen Schatten der Nacht zwischen ihnen ertragen könnte. Sie hielt ihn ebenso fest, fühlte sein Gesicht in ihren Händchen und fühlte seinen Herzschlag an ihrem. »Ich dachte, ich hätte dich verloren«, flüsterte er.

Sie schüttelte den Kopf. »Ich bin zurückgekommen.« Er sagte nichts mehr, legte sein Gesicht sanft an ihres und suchte ihre Lippen. Für einen Augenblick entführte er sie aus der Zeit, aus der Erinnerung, aus Erschöpfung und Schrecken. Eine leichte Berührung ließ sie zusammenzucken. Sie fiel wieder in die Gegenwart zurück.

»Du bist verletzt«, sagte er, und seine Hände fuhren vorsichtig an ihren Armen herunter, während er sich von ihr löste.

»Nur ein bißchen.« Drakens unbarmherzige Augen entdeckten sie plötzlich, während sie über die geheimen Pfade ihres Bewußtseins lief. Sie versteckte ihr Gesicht an Hews Schulter und fügte benommen hinzu: »Ich müßte eigentlich tot sein. Und du müßtest versuchen, dein Tor gegen hundert Magier zu verbarrikadieren und gegen Drachen aus Luft und Nacht und Fels, die dieses Haus mit einem Atemzug zerreißen und in den Sumpf schleudern könnten. Und gegen den Drachenfürsten von Saphier, Brands Vater, der diesen ganzen Ärger verursacht hat.«

Sie spürte, wie ihn ein Frösteln überlief. »In letzter Zeit ist kein ungewöhnlicher, unerwarteter Besuch am Tor erschienen. All die seltsamen Zauber sind mit dir und Nyx verschwunden. Wir haben eine Warnung erhalten. Und dann nichts mehr, nicht einmal ein verirrter Sumpfvogel. Blauer Himmel und ruhige See. Und ein Torwächter, der fast erblindet wäre bei dem Versuch, dich im Nichts zu erkennen. Du verschwandest aus der Welt mit einem Magier, der dir eine Rose gab ...«

Blinzelnd sah sie zu ihm auf. »Ich wurde herausgerissen.« Sie konnte sein Gesicht undeutlich im Fackellicht erkennen, ohne einen Ausdruck wahrzunehmen. »In eine Wüste. An einen Ort, der anders war als alles, was ich jemals gesehen habe, selbst in meinen Träumen. In Abendkleidung in einer heißen, kahlen, namenlosen Ödnis, wo es Drachen gab, oder auch nicht, mit einem sterbenden Magier unter meinen Händen.«

Er stieß ein leises Seufzen aus und berührte sie wieder sanft. »Laß uns nach oben gehen, wo ich dein Gesicht sehen kann«, sagte er.

Sie saßen in dem Turm, und ein Drachenauge von Mond beobachtete sie von den Sümpfen her, während sie ihm erzählte, wohin die Rose sie geführt hatte. Im Licht der Kerzen konnte sie ihn jetzt deutlich sehen, die Schatten unter seinen Augen, die Spuren der Sorge und Anteilnahme, die immer noch auf seinem Gesicht lagen, als er ihr zuhörte, während er eine ihrer Hände umklammerte. Er war so still, daß sie ihn kaum atmen hörte. Als sie schließlich berichtete, wie sie in dem Sessel in Chrysoms Turm erwacht war, bewegte er sich wieder. Sein Mund öffnete sich, doch er sagte nichts. Er streckte eine Hand nach einer Kerze aus und ließ sie wieder sinken. Sehr leise sagte sie: »Du hast das Tor zwischen Ro Holding und Saphier geöffnet.«

Er sah sie an und konnte immer noch nicht sprechen. Dann hörte sie seinen Atem, lang und langsam wie die Flut.

»Ich bin ein Torwächter«, sagte er schließlich. »Ob bei Tageslicht oder in der Finsternis, letztendlich bin immer ich es, der hier steht, und die Entscheidung treffen muß, ob das Tor geöffnet wird oder nicht.«

»Nyx sagte, daß sie in dem Moment, als sie mit dem Feuervogel verschwand, die Warnung erhielt, daß dem Jungen Schwan eine Gefahr drohte. Du hast sie gehenlassen.«

Er nahm die Kerze aus dem Wandleuchter und entzündete seine Pfeife. »Ich versprach ihr, es zu tun.«

»Obwohl ...«

»Sie gab mir einen Namen. Den Ort, an den du verschwunden warst, wo sie dich suchen wollte, wenn sie eine Möglichkeit dafür fand. Ich habe nie den Schatten des Drachen hinter dem Feuervogel gesehen, nur den fremden Magier, und den Feuervogel, der Fragen hinausschrie, für die es hier in Ro Holding keine Antworten gab. Und nur dich, die einfach so verschwunden war, von einem Magier, der an mir vorbeigeschlüpft war, irgendwo hingeschleppt.«

»Ist er wirklich an dir vorbeigeschlüpft? Oder hast du ihn hereingelassen?«

Er legte die Pfeife aus der Hand, wandte sich ihr zu und ergriff ihre Hände. »Er hat seinen eigenen Weg hereingefunden. Wie er es schon einige Male zuvor getan hatte, das hast du selbst gesagt. Chrysom hat dieses Haus mitsamt dem Tor gemacht, und vielleicht hat er für den Magier, den er mochte, irgendwo eine Tür offengelassen. Was wäre gewesen, wenn ich Nyx daran gehindert hätte zu gehen? Wir hätten zumindest einen Drachen vor unserem Tor gehabt, und wir können vielleicht das Haus durch Ro Holding bewegen, aber nicht Ro Holding selbst an einen sicheren Ort bringen. Der Junge Schwan fliegt allein durch die Gefahren der Nacht. Er lebt nicht ruhig an irgendeinem sicheren Ort. Und Nyx ebenfalls nicht, wie du von uns allen am besten weißt.«

Sie öffnete sprachlos den Mund. Das Haus, überlegte sie, hatte seine Geheimnisse, sie selbst war eines davon, und er auch. Geheimnisse verhielten sich naturgemäß geheimnisvoll. Sie lehnte sich einigermaßen beruhigt zurück. »Manchmal meine ich, dich in- und auswendig zu kennen«, sagte sie. »Und dann wieder überhaupt nicht.«

Er betrachtete sie. Auch sein Gesicht war jetzt ruhig, und er hielt immer noch ihre Hände. Er beugte sich vor zu ihr, und sie kam ihm entgegen. Der Mond verschwand zwischen ihren Gesichtern und tauchte nur ab und zu in verschiedenen Phasen auf, bis Schritte sie störten, und sie sich voneinander lösten, so daß der Mond wieder voll zwischen ihnen schwebte.

Nyx stand oben auf der Treppe. Sie sah müde, aber gefaßt aus. »Meine Mutter nach mich nach dir geschickt«, sagte sie zu Meguet. Sie streckte abwehrend ihre Hand aus, als Meguet sich aufrichtete. »Sie braucht dich jetzt noch nicht. Sie wollte sich nur vergewissern, daß du nicht schon wieder verschwunden bist.« Meguet sah sie aus zusammengekniffenen Augen an. Nyx war in gewohnter Manier zum Abendessen gekleidet, aber das Essen war schon lange vorbei, und kleine Edelsteine blitzten seitlich in ihrem Haar, und ein Knopf ihres Kleides hing an einem Faden herunter.

»Was hast du getan?«

»Ich habe versucht, Saphier zu finden.« Sie schob sich eine Haarsträhne hinter das Ohr. »Was sonst?«

»Wie?«

»In Büchern. Und an anderen Orten.«

»Was für andere Orte?«

»Seltsame Orte.« Ihr Blick wanderte zu dem Torwächter. »Hew ...«

»Was für andere Orte? Dieses Kästchen von Chrysom?«

Nyx atmete tief ein. Sie verschränkte ihre Arme und lehnte sich gegen die Wand. »Mach dir keine Sorgen. Ich bin vorsichtig. Ich habe herausgefunden, wie ich kommen und gehen kann. Ich verirre mich nicht in dem Kästchen, und ich gehe die Pfade in seinem Inneren nicht weit entlang« Müde fügte sie hinzu: »Keiner von ihnen ist auch nur irgendwie bekannt. Hew ...«

Er schüttelte mit gerunzelter Stirn den Kopf. »Es tut mir leid«, sagte er sanft. »Du hast den Weg dorthin schon einmal gefunden. Das kann ich nicht für dich tun. Ich öffne nur das Tor und schließe es.«

»Na gut.« Nachdenklich blickte sie zu den Sternen empor, während der Torwächter an Meguet vorbei aus dem kleinen Turm schlüpfte und sich neben Nyx stellte. Er entzündete seine Pfeife wieder. »Wenn man einmal davon ausgeht, daß es sich in der gleichen Welt befindet, in Ro Holdings Gegenwart, und nicht – was ich nicht ausschließen kann – in seiner Vergangenheit oder Zukunft, dann muß es irgendwo sein. Nicht einmal Calyx kann es finden, und sie hat in Dokumenten geforscht, die so alt sind wie das Haus.«

»Nach allem, was man hört, kann es genausogut sein, daß der Drache bisher noch nie aufgetaucht ist, und deshalb nirgendwo etwas über ihn verzeichnet ist.«

»Das nehme ich auch an«, gähnte Nyx. Ihre Augen waren farblos und leuchteten wie der Mond. Meguet, die sie durch den bogenförmigen Turmeingang betrachtete, sagte mitfühlend: »Was denkt deine Mutter über all das?

»Sie wirkt ungewöhnlich resigniert. Ich glaube, sie hofft, daß ich Saphier niemals finden kann und Brand vergessen werde. Vielleicht. Alles ist möglich. Aber von mir zu erwarten, daß ich Brand vergesse, und die Luxour, und die Drachen in der Luxour, und den Drachenmagier, und all die wilden, ziellosen Kräfte, die sogar den Jungen Schwan aus unseren Gedanken geformt haben, das ist zuviel verlangt. Ich habe sie daran erinnert, daß mein Fall nicht der erste ist. Auch Chrysom liebte die Luxour.«

»Und für einen Moment liebte sogar ich sie«, sagte Meguet leise. »Als ich sie durch Rads Augen sah.«

»Das hast du mir nicht erzählt«, sagte der Torwächter. Sie sah ihn durch das Fackellicht an.

»Nein«, sagte sie mit einem kleinen Lächeln. »Ich fühlte, daß es falsch von mir war, Drachen sehen zu wollen. Dinge, die sich außerhalb des Blickfelds des Jungen Schwans befinden.«

»Woher weißt du, daß sie das tun?« fragte er neugierig. »Weißt du es überhaupt?«

Sie schwieg und erwiderte seinen Blick. »Ich weiß es nicht«, sagte sie und stand abrupt auf. »Niemand von uns hätte früher einen Drachen erkannt. Und vielleicht habe ich dort nur deshalb den Jungen Schwan nicht zwischen den Sternen gesehen, weil ich nicht erwartet habe, daß er an Saphiers Himmel fliegt.«

Sie trat aus dem Turm heraus. Nyx suchte bereits den Nachthimmel ab. »Der Drache jagt den Jungen Schwan«, murmelte Nyx. »Hinter dem Sternbild? Oder darüber? Der schwarze Kriegsdrache mit den blutroten Augen.«

»Ich habe ihn gesehen«, sagte Meguet staunend. »Das Sternbild an Rads Haustür. Den Drachen aus Nacht und Sternen. Es kam mir nie in den Sinn, daß er vielleicht ...«

»Da«, sagte der Torwächter und wies mit der Hand auf den Himmel über dem Meer. »Knapp über dem Horizont. Dieser rote Stern. Zwei rote Sterne. Und seht. Ein Stern ist seine Brust, ein Stern ist die Spitze seines gespreizten Flügels, diese Sterne sind seine Klauen, und diese dort, diese schwache Sternenwolke, ist sein Feueratem. Und dieser Stern dort drüben vielleicht sein Schwanz? Kann das sein?«

»Ich sehe ihn«, flüsterte Nyx. Ihre kalten Finger schlossen sich um Meguets Handgelenk. »Da. Südwestlich über dem Meer.«

»Ich sehe.« Meguet starrte den Torwächter an.

»Ist es das Sternbild, das du gesehen hast, Meguet?«

»Ja.«

»Also liegt Saphier irgendwo unter dem Auge des Drachen. Ich kann dort hinsegeln ...«

»Bitte«, stieß Meguet aus.

»Ich werde Kundschafter aussenden«, lenkte Nyx ein. »Boten. Sogar meine Mutter wäre damit einverstanden. So sehr, wie sie mit all dem einverstanden ist. Ich werde Chrysoms Kästchen zu Rad Ilex bringen. Vielleicht kann er mir helfen, einen Weg zwischen Ro Holding und Saphier zu finden. Einen Privatweg ...«

Ihre Stimme erstarb. Sie studierte das Auge des Drachen einen Moment lang, bevor sie fragte: »Wie kann ein Mann, der in einem Sumpf im Delta von Ro Holding geboren wurde, einen Drachen erkennen?«

»Das habe ich mich auch schon gefragt«, sagte Meguet. Und dann spürte sie, wie alle Gedanken von ihr wichen, bis sie kaum noch Luft war, kaum noch Nacht in der Nacht. Die leichten, flatterhaften Winde der Luxour schienen sie zu streifen. »Bist du dort gewesen?« fragte sie den Torwächter. Schatten lagen wieder über seinem Gesicht. Sie konnte seine Augen nicht sehen. »In der Luxour? All diese dunklen Schwäne, die aus meinem Nachtschatten flogen, all diese Winde, die den Zauber aus mir stahlen. Einer dieser Schwäne war kein Wind. Einer war echt.« Er antwortete nicht. »Sag es mir«, bat sie mit immer noch verzauberter Stimme. Sterne markierten ihren Ellenbogen, ihren Hals und die erstaunten Augen. »Sag mir, daß du die Drachen gesehen hast. Daß, wenn ich Drachen sage, du dieses Bild vor Augen hast: einen Schwarm fliegender Drachen unter der Mittagssonne über der Luxour.«

Er setzte zum Sprechen an, schwieg aber. Dann trat er ins Licht, und sie sah die Drachen in all ihrer schrecklichen Anmut und Macht durch seine Augen fliegen. Er zog Meguet eng an sich heran, vielleicht um zu verstecken, was er bei Tag gesehen hatte, vielleicht in Erinnerung daran, wogegen er nachts gekämpft hatte. »Torwächter verlassen das Tor nicht«, sagte er schließlich in ihr Haar. »Aber was mein Herz tut, wenn es vor Schrecken, Staunen oder Liebe aus mir herausfliegt, kannst nur du mir sagen, denn es wird immer nur dir folgen.«

Sie fühlte, wie sein Herz in sie hineinflog. Ihr Kopf füllte sich mit Träumen und Erinnerungen an die sanften Flügelschläge, an das nächtliche Rauschen des Fluges. Ihre Hand strich über sein Handgelenk. Seine Finger schoben sich in ihre. »Dann folge mir«, flüsterte sie.

Sie führte ihn die Turmstufen hinunter. Hinter ihnen stand Nyx im Mondlicht und wartete geduldig wie ein Fels oder die Zeit darauf, daß der langsame Tanz der Sternzeichen ihr einen Weg enthüllte unter Sternen und über das Wasser hinweg in die Drachendämmerung.

ENDE

Band 20 282

Patricia A. McKillip
Die Zauberin und der Schwan
Deutsche Erstveröffentlichung

Die Wanderer sind dunkelhäutige Nomaden, die Türen und Mauern verachten. Corleu gehört zu den Wanderern, obwohl sein Haar die Farbe des Mondes hat. Als sein Volk und seine Geliebte in einem unirdischen Sumpf gefangen werden, der außerhalb der Zeit liegt, wagt er es, jenes geheimnisvolle Haus zu betreten, das die Schwelle zu einer anderen Welt bildet. Von dort macht er sich auf die Suche nach einem lange verlorenen Schatz, der seinem Volk die Freiheit bringen könnte: dem Herz des Schwans. Als Lehrling einer wunderschönen, doch undurchschaubaren Zauberin warten zahllose Abenteuer auf ihn…

BASTEI LÜBBE

Sie erhalten diesen Band im Buchhandel, bei Ihrem Zeitschriftenhändler sowie im Bahnhofsbuchhandel.

Band 20 281

Diana L. Paxson

Die Kelten Königin

Britannien im 5. Jahrhundert vor Christus. Die vom Kontinent eingewanderten Kelten haben die Ureinwohner, die Erbauer von Stonehenge, unterworfen und verdrängt. Cridilla, die jüngste Tochter von Leir, wurde in der Tradition beider Völker erzogen. Sie ist Schamanin und zugleich Kriegerin. Verzweifelt versucht sie, zwischen den beiden Welten zu vermitteln – und steht plötzlich vor einer schweren Entscheidung: Muß sie ihren Vater, den fremden Eroberer von jenseits der Meere, verraten, um ihr Land und die Menschen, die sie liebt, zu schützen?

BASTEI LÜBBE

Sie erhalten diesen Band im Buchhandel, bei Ihrem Zeitschriftenhändler sowie im Bahnhofsbuchhandel.

Band 20 292

David Gemmell

Der Dunkle Prinz

Parmenion, der Löwe von Macedonien, ist noch nicht am Ende seines Weges angekommen. Und seine Aufgabe besteht nicht mehr allein darin, die Gegner seines Meisters Philipp zu besiegen, denn dem König ist ein Thronfolger geboren: Alexander, der Dunkle Prinz. Dieser kann das Schicksal der Menschen entscheiden. In ihm wüten die Mächte des Lichts und der Finsternis, und sie werden den jungen Prinzen und sein Reich vernichten – wenn Parmenion, der geniale Stratege, nicht im rechten Augenblick eingreift ...

Nach *Der Löwe von Macedonien* ist dies der zweite große Roman von DAVID GEMMELL um den heldenhaften Spartaner Parmenion – ein Buch, in dem sich die überlieferte Historie mit der mythischen Dimension der Fantasy verbindet.

BASTEI LÜBBE

Sie erhalten diesen Band im Buchhandel, bei Ihrem Zeitschriftenhändler sowie im Bahnhofsbuchhandel.

Band 20 291
E. R. Eddison
Styrbjörn der Starke
Deutsche Erstveröffentlichung

Dies ist die abenteuerliche Geschichte von Styrbjörn dem Starken. Sein Onkel, Erich der Siegreiche, herrscht als König in Schweden, und er verspricht Styrbjörn die ihm zustehende Hälfte des Reiches, sobald dieser das Mannesalter erreicht hat. Derweil geht Styrbjörn auf Wikingfahrt, um Heldenruhm zu erlangen. Und als Sigrid die Stolze, Erichs Königin, die beiden Recken entzweit, zieht Styrbjörn mit einer gewaltigen Flotte gen Norden, um sein Recht auf die Krone mit dem Schwert einzufordern…

›Ein ausgezeichneter historisch-phantastischer Roman, der den Abenteuern seines mächtigen Helden in den skandinavischen Königreichen und unter den Jomswikingern des Ostseeraums folgt.‹

L. Sprague de Camp

BASTEI LÜBBE

Sie erhalten diesen Band im Buchhandel, bei Ihrem Zeitschriftenhändler sowie im Bahnhofsbuchhandel.